KB218868

일러두기

* 본문에 있는 각주는 옮긴이주이며, 원주는 [원주]라고 따로 표시하였습니다.
* 책의 차례는 원서의 차례를 그대로 따르되, 1부의 〈살림을 되살리는 일〉과 〈척도로서의 자연〉의 순서만 맞바꾸었습니다.
* 읽기에 도움이 되는 경우 본문 안에 원어를 병기하였으며, 그 밖의 원어-번역어는 뒤쪽에 따로 정리해 놓았습니다.
* 본문에 들어가 있는 사진은 원서에 없는 것으로, 내용의 이해를 돕고 글의 분위기를 잘 전달하는 사진을 편집부에서 따로 뽑아 넣었습니다.
* 원/달러 환율은, 글이 써진 시기에 맞춰 하나로 통일하기 어려워 임의로 1000원/달러를 적용하였습니다.

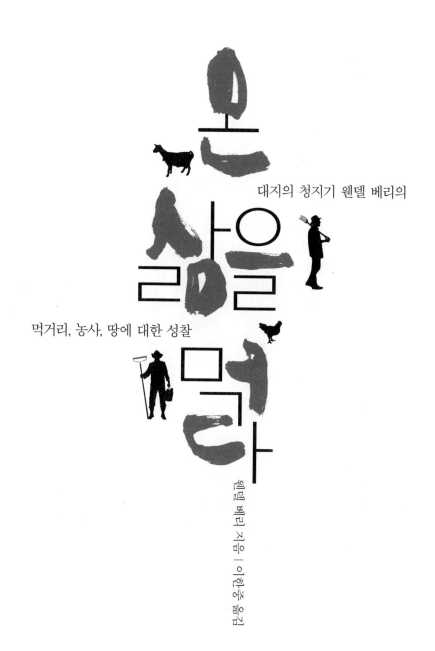

대지의 청지기 웬델 베리의

온 삶을 먹라

먹거리, 농사, 땅에 대한 성찰

웬델 베리 지음 | 이한중 옮김

낮은산

차례

3부 | 먹거리

웬델 베리, 이 시대의 예언자

마이클 폴란[1]

미셸 오바마는 2009년 3월 백악관 앞뜰 사우스론에 유기농 텃밭을 만들었고 그 몇 주 뒤, 〈뉴욕타임스〉 일요판의 비즈니스 섹션에는 '먹거리 혁명, 철을 맞았나?'라는 제목의 커버스토리가 실렸다. 농업 담당 기자가 쓴 이 기사는 "지난 몇 년 동안 유기농 먹거리 및 로컬푸드의 옹호론자들은 대체로 워싱턴으로부터 무시를 받아 왔는데, 이제 백악관에서 '경청해 주는 사람 하나'를 얻었다."고 평했다.

요즘은 확실히 미국인의 먹거리 생산과 공급 방식을 개혁하고자 애써 온, 흔히 하는 말로 '먹거리 운동'에 힘써 온 사람들에게는 설렐 만한 시절이다. 대안적인 먹거리, 즉 지역에서 길렀거나 유기농으로 키웠거나 방목해서 기른 먹거리를 취급하는 시장이 번성하고 있고, 농민이 주도

---

1) Michael Pollan(1955~). 미국의 저술가이자 언론학 교수로,《잡식동물의 딜레마》《욕망하는 식물》《마이클 폴란의 행복한 밥상》같은 먹거리에 관한 산업문명 비판서로 유명하다.

하는 직거래 시장들이 버섯 자라듯 여기저기서 빠르게 번져 나가고 있다. 아울러 농무부에 기록된 농민의 수가 100여 년 만에 처음으로 늘기도 했다. 농무부의 새 장관은 농무부의 역량을 '지속가능성'에 집중하기로 했고, 얼마 전만 해도 농무부 앞에서 항의 피켓을 들고 섰거나 트랙터로 교통을 마비시키던 활동가나 농민과 회의를 하기도 한다. 말이야 쉽다고 할지도 모른다. 적어도 지금까지는 행동보다 말이 많았던 게 사실이기는 하다. 하지만 그 중에는 놀라운 말도 있었다. 이를테면 당선 직후 버락 오바마는 〈타임〉 기자에게 "우리의 농업 시스템 전체가 값싼 석유에 의존하고 있다."고 말했으며, 산업농업의 단일경작이 만연해 있다는 사실과 에너지 위기와 건강과 의료의 위기 같은 문제를 점 잇기 하듯 연결 짓기 시작했다.

버락 오바마가 웬델 베리를 읽은 적이 있는지는 모를 일이지만, 아무튼 베리의 생각이 오바마의 입을 통해 표출된 셈이었다.

오늘날 미국인은 먹거리와 농업에 관하여 국가 차원의 대화를 나누고 있는 중인데, 이는 불과 몇 년 전만 하더라도 상상도 못할 일이었다. 그렇더라도 이제 많은 미국인은 값싼 먹거리가 실은 비싼 대가를 치른다거나, 땅과 건강이 서로 밀접한 관련이 있다거나, 농사를 바르게 짓지 않으면 사회가 잘 먹고 건강을 유지하는 게 불가능하다는 사실에 대한 열띤 토론이 이루어지는 것을 보면서, 생전 처음 들어보는 이야기 같다는 인상을 받을 것이다. 하지만 웬델 베리가 주로 1970년대와 1980년대에 쓴 이 번득번득하는 에세이 선집의 글들을 보면 오늘 우리가 말하거나 듣고 있는 것들 가운데 그가 이미 힘주어 얘기하지 않은 게 거의 없다는 사실을 알게 된다.

그 '우리' 중에는 부끄럽지만 분명 나 자신도 포함된다. 최근에 내가 먹거리나 농사에 대해 쓴 글에 담긴 아이디어나 통찰 가운데 웬델 베리가 농사에 대해 쓴 에세이들에서 이미 생각해 보지 않은 게 과연 있는지 여러분께 한번 묻고 싶다. 어딘가에 혹 한두 가지 있을지도 모르지만, 이 책에 실린 에세이들을 읽고 또 읽으면서 내가 얼마나 초라해졌는지 밝히지 않을 수 없다.

웬델 베리의 글을 읽으면서 나는 지금 먹거리와 농사의 문제를 둘러싸고 전 국민적으로 전개되고 있는 대화가 실은 1970년대에 이미 시작되었다는 사실을 확실히 되짚어볼 수 있었다. 거기에는 웬델 베리와 몇 안 되는 그의 동시대인들, 이를테면 프랜시스 무어 라페[2], 배리 코모너[3], 조앤 거소[4] 등의 공로도 컸다. 이들 네 저술가는 점 잇기의 탁월한 대가들이었다. 이들은 환원주의 과학에 깊이 회의적이었으며, 생태학을 끌어안을 뿐만 아니라 실제 사고를 생태적으로 펼쳐 나가는 면에서도 일찌감치 앞서나갔다. 이들은 햄버거와 석유값이라는 두 점을, 흙의 생명력과 흙에서 난 것을 먹고사는 동식물과 사람의 건강이라는 두 점을 선으로 이어 사고할 줄 알았다.

나는 그런 대화가 1971년부터 진지하게 시작되었다고 본다. 그것은 웬

---

2) Frances Moore Lappé(1944~). 환경 문제 분야의 베스트셀러 작가인 동시에, 기아, 빈곤, 환경위기의 근원을 탐사하는 단체들을 설립한 운동가이기도 하다.

3) Barry Commoner(1917~). 미국의 생물학자, 생태사회학자로 카터 정부의 미온적인 개혁에 불만을 품고 1979년에 시민당을 조직하여 1980년 대선에 출마한 바 있다.

4) Joan Dye Gussow(1928~). 식품 정책을 비판해 온 영양학 교수이며 저술가로, "지역적으로 먹고 지구적으로 생각하자!"는 운동의 대모라는 평을 듣기도 한다.

델 베리가 〈라스트 호울 어스 카탈로그〉[5]에 알버트 하워드 경[6]의 저작
을 미국인에게 소개하는 글을 실었을 때이다. 웬델 베리는 1964년에 영
국의 이 농업경제학자를 처음 접한 이후 큰 영향을 받았다. 실제로 베리
의 농업관 중 상당 부분은 하워드의 주요 아이디어를 심화한 것으로 볼
수 있다. 하워드는 농업이 숲이나 대초원 같은 자연을 본보기로 삼아야
하며, 과학자와 농민과 의료 연구자는 "흙과 동식물과 사람의 건강 문
제를 모두 하나의 큰 주제로" 재인식할 필요가 있다고 주장했다. 앞 문
장만큼 웬델 베리의 글에 자주 등장한 것은 없을 터인데, 그 이유는 충
분하다. 그것이 가장 환원주의적인 과학자들도 인정하기 시작한 명백한
사실일 뿐만 아니라, 우리의 숱한 문제들을 깊이 생각해 보게 해 주는
길잡이로서 언제나 새롭기 때문이다.

　같은 해인 1971년, 라페는《작은 지구를 위한 식사》를 출간하여 현대
의 육류 생산방식을, 특히 풀을 먹어야 하는 소에게 곡물을 먹이는 방
식을 세계의 기아 문제, 환경 문제와 연결 지어 보여 주었다. 1970년대
후반에는 코모너가 산업농업의 문제를 에너지 위기와 연관 지어, 우리
가 산업적인 먹이사슬을 이용해 먹거리를 해결한다면 엄청난 석유를
먹고사는 것이나 마찬가지임을 보여 주었다. 또한 그 무렵은 거소가 농
업 문제를 건드리지 않고는 먹거리의 건강 문제를 이해할 수 없다는 점

---

5) 〈The Last Whole Earth Catalog〉. 창의적이고 자족적인 생활양식을 위한 갖은 물건들을 소개
하던 반문화 카탈로그로, 1968년부터 1971년까지만 정기적으로 발행되었다.

6) Sir Albert Howard(1873~1947). 영국의 식물학자이자 농학자이며, 유기농업 운동의 선구자
로 꼽힌다. 웬델 베리가 누구보다 존경하는 이 학자에 대한 에세이 《흙과 건강》에 대하여"가 이
책 뒷부분에 따로 소개되어 있기 때문에 상세한 설명은 생략한다.

을 영양학계 동료들에게 명확하게 알렸던 때이기도 하다. 값싼 먹거리에 드는 진짜 비용과 건실한 농업의 가치에 대해 우리가 알아야 할 모든 것을 알려 준 그들의 놀랍도록 풍성한 작업을 돌이켜보며, 나는 격통과도 같은 아쉬움을 두 번 느꼈다. 하나는 개인적인 것이고 또 하나는 정치적인 것이다. 하나는 그로부터 20여 년 후에 이 분야에 관심을 기울이기 시작한 젊은 필자로서, 지금껏 내가 생각보다는 그리 독창적이지 못했다는 것이고, 또 하나는 지금의 심각한 곤경을 피하게 해 주거나 완화해 줄 수도 있었던 경고에 우리 사회가 주의를 기울이지 못했다는 것이다.

기후변화 문제에 대해 아직 무지했던 1970년대에 웬델 베리가 그토록 예언자적으로 논했던 '환경위기'를 지금 우리가 되새겨 봤자 무엇하겠는가? 비만과 2형 당뇨병[7]이 유행병이 되기 시작한 1980대 초 이전의 공중보건 문제가 지금에 비하면 손쓰기 쉬웠다고 한들 무슨 소용이겠는가?

아무튼 역사는 생태적인 인식을 갖추라는 선각자들의 권유를 우리가 받아들이지 않았음을 증언해 줄 것이다. 석유값이 진정되고 지미 카터가 그의 카디건과 자동온도조절장치, 태양광 집열판과 함께[8] 조지아 주 플레인스로 귀향했을 때, 우리는 웬델 베리의 도움으로 시작됐던 그 대화의 고리를 경솔히 끊어 버리고 다시 이전처럼 살기 시작했다. 1980년대 중반 로널드 레이건은 카터가 백악관 지붕에 설치했던 태양광 집

---

7) diabetes mellitus type 2. 육류 위주의 식생활과 운동 부족 등의 원인으로 인슐린 생성이 부족해서 생기는 당뇨병. 1형 당뇨병은 인슐린 생성이 전혀 안 되는 이른바 '소아당뇨'를 말한다.

8) 카터는 재임 기간(1977~1981) 중 에너지 위기가 닥칠 때면 카디건 차림으로 국민들에게 가정의 자동온도조절장치의 설정 온도를 낮춰 달라고 호소하는 방송을 내보낸 바 있다.

열판을 철거했고, 웬델 베리를 비롯한 선각자들이 제기한 문제들은 국가 정치와 문화의 주변부로 밀려나고 말았다.

나는 1980년대에 〈하퍼스 매거진〉의 편집자로 일하는 동안 웬델 베리의 강연문이나 에세이를 잡지에 싣고는 했다. 레이건 시절 베리는 적어도 내가 거주하던 맨해튼의 언론가에서는 흔히 '기계파괴 운동가'나 '괴짜' 취급을 받았고, 문학적으로나 철학적으로 대체로 골동품 취급을 받았다. 다른 사람들은 모두 타자기를 컴퓨터로 바꾸던 시절, 나는 타자기 사용조차 거부하는 웬델 베리의 짧은 에세이를 실어 독자들의 비웃음을 샀다. '농업'이라는 단어조차 시대에 뒤떨어진 가망 없는 말로 여기던 시절, 포스트모더니즘 사조에 유린되어 버린 무언가를 거론해 본들 아무 소용도 없었다.

실제로 나는 1980년대 말과 1990년대에 농업에 관한 글을 쓰기 시작할 무렵부터, 맨해튼의 어느 편집자도 그런 주제를 시의적절하다거나 관심 가질 만하다고 여기지 않으리라는 걸, 그리고 그런 단어를 피하고 먹거리 얘기를 하는 게 낫다는 걸 바로 알 수 있었다. 먹거리 문제는 그 시절 사람들도 여전히 가치를 인정하고 관심을 갖는 주제였지만, 이상하게도 사람들은 땅이나 농민의 수고와는 연결 지어 생각하지는 않았던 것이다.

내가 웬델 베리의 저작을 면밀히 그리고 열심히 읽기 시작한 건 그 무렵부터였다. 그때 나는 텃밭을 일구면서 가졌던 의문에 대한 실질적인 해답을 그의 글에서 발견할 수 있었다. 나는 농장이 아니라 뉴욕 교외의 변두리에 있는 주말 주택의 뒤뜰에서 먹거리를 조금 기르기 시작했는데, 야생동물이나 잡초에 대해서는 속수무책이라고 절감하던 차였다.

소로우와 에머슨[9]은 둘 다 잡초를 야생의 표상으로, 텃밭을 자연으로부터의 일탈로 보는 오류를 범했는데, 그 둘의 충실한 추종자로서 나는 야생에 대한 경의의 뜻으로, 잠식해 들어오는 숲으로부터 내 채소를 지키려고 울타리를 치는 일을 삼갔다. 결과가 어땠는지는 굳이 말하지 않아도 알 것이다. 소로우는 월든에서 콩밭을 일구기는 했으나 자연에 대한 사랑과 작물을 보호할 필요성을 조화롭게 화해시키지 못했고, 결국 농사를 포기하고 말았다. 나아가 소로우는 이렇게 선언하기까지 했다. "나에게 인간이 고안해 낸 가장 아름다운 정원이 있는 동네에 살 것인지 아니면 적적한 습지가 있는 곳에 살 것인지를 고르라고 한다면, 나는 단연코 습지 쪽을 택할 것이다." 얼마간은 위험스러운 이 선언 때문에, 자연에 관한 미국인의 글쓰기는 인간에게 길들여진 풍경에는 거의 등을 돌리고 말았다. 그러니 우리가 농사나 원예보다는 야생지 보존에 열심이었던 건 전혀 놀라운 일이 아니다.

내가 직면한 이러한 소로우 문제를 해결하는 데 도움을 준 이는 웬델 베리였다. 그는 미국인이 갈라놓은 자연과 문화 사이에 튼튼한 다리를 놓아 주었다. 베리는 야생지보다는 농장을 교재로 삼아, 나와 자연의 다툼이 연인 사이의 사랑싸움처럼 있을 만한 것임을 가르쳐 주었고, 대포를 동원할 것까지 없이 해결할 수 있는 싸움임을 알려 주었다. 그는 야생성을 '저 밖', 즉 울타리 너머 숲으로부터 텃밭의 한줌 흙이나 콩의 싹으로 옮겨다 주었다. 그가 옮겨다 준 야생성은 보존만이 가능한 게 아

---

9) Ralph Waldo Emerson(1803~1882). 영성을 강조하는 미국 초월주의 운동의 중심 인물이며, 에세이 〈자연〉(1836), 시와 강연 등으로 미국의 사상사와 문예사에 지대한 영향을 끼쳤다.

니라 경작도 가능한 것이었다. 그는 우리에게 더 이상 방관자가 아니라 어엿한 참여자로서 자연으로 돌아갈 수 있는 길을 알려 주었다. 나는 그의 글을 대부분 찾아 만끽했는데, 나에게 그의 발언은 전혀 골동품 같지 않았다. 그 어떤 글보다도 생생하고 유익했다.

지금 우리에게는 텃밭의 울타리보다 훨씬 더 위태로운 게 있다. 내가 갖고 있던 소로우 문제는 미국의 환경주의 문제의 다른 이름이다. 역사적으로 미국의 환경주의는 자연을 잘 이용하는 법보다는 자연을 그냥 내버려 두는 일을 훨씬 더 강조했다. 마침내 우리는 도시의 먹거리 소비자와 시골의 생산자 사이뿐만 아니라 미국의 환경주의자와 농민 사이에도 새롭고 보다 친근한 대화가 이루어지리라는 소식까지 듣게 되었는데, 웬델 베리는 다음과 같은 글을 써서 선구적으로 그 시작을 도왔다는 점에서 공로가 크다.

보존론자가 왜 이를테면 농사에 적극적인 관심을 가져야 하는가의 문제다. 그 이유야 많지만 가장 명백한 것을 들자면, 보존론자도 먹는다는 사실이다. 먹거리에 관심이 있으면서 먹거리 생산에 관심이 없다는 건 명백한 부조리다. 도시에 사는 보존론자는 자신이 농민이 아니므로 먹거리 생산에 무관심해도 좋다고 생각할지 모른다. 그러나 그리 쉽게 책임을 면제받을 수 있지는 않다. 그들 모두 대리로, 즉 남을 시켜서 농사를 짓고 있는 셈이기 때문이다. 그들은 누군가가 어딘가에서 어떤 식으로든 그들을 위해 땅을 일구어 농사를 지어야만 먹을 수 있다. 보존론자는 먹거리에 대해 똑같은 책임이 있다는 사실을 인정하고 함께 책임을 지려고 할 때, 먹거리 문제가 자연의 안녕에 대한 그들 본연의 모든 관심사와 직결됨을 확인하게 될 것이다.

— 〈보존주의자와 농본주의자〉에서

우리 모두가 농사와 불가분의 관계를 맺고 있다는 인식을 하게 된 것은, 즉 이제는 잘 알려진 그의 표현으로 하자면 "먹는다는 게 농업적인 행위"라고 말하게 된 것은 아마 오늘의 먹거리와 농사를 다시 생각하는 데 베리가 크게 기여한 바일 것이다. 이런 표현은 내용과 더불어 형식 면에서도 베리 고유의 것이라 할 만하다. 뜻이 분명한 동시에 사람을 잡아끄는 힘이 있다. 그의 글들을 읽다 보면 거듭해서 그런 느낌을 받게 되며, 아주 자명한 사실에도 자꾸 자신을 돌아보게 된다. 이 책을 읽다 보면 마주치게 될 그런 성찰들을 몇 가지 더 소개해 보자.

우리는 땅과 사람을 상대로 한 경쟁에서 이겨 왔으며, 그러는 가운데 스스로에게 헤아릴 수 없는 손해를 끼쳐 왔다. 그리고 이러한 '승리'에 관하여 현재 우리가 내보일 수 있는 건 식량의 잉여다. 하지만 이 잉여는 그 근원을 훼손함으로써 얻은 것이며, 지금의 경제를 옹호하는 사람들은 그 훼손의 부작용을 감추기 위해 이 잉여를 이용한다.

— 〈척도로서의 자연〉에서

'지속가능'이라는 말은 (……) 무한히 계속될 수 있는 방식의 농업을 말하고 있지 않나 생각한다. 장소의 본연과 사람의 본성이 부과하는 조건을 따르는 농업이기 때문이다.

— 〈집중의 어리석음〉에서

여기서 우리는 문제의 핵심에 이르게 된다. 산업경제는 그 바깥에 있는 모든 이상이나 기준과 결별해 버렸다는 점이다.

― 〈가족농을 옹호한다〉에서

태양에 기대는 이 옛날식 농업은 산업경제와는 근본이 판이하게 달랐다. 산업 시대의 기업은 그런 농업으로부터 얻을 수 있는 이익이 상대적으로 적었다. (……) 농민들은 점점 더 화석연료 에너지에 의존하게 되면서 생각도 근본적으로 바뀌고 말았다. 한때는 살아 있는 것들의 이치와 생명과 건강에 중점을 두던 생각이 이제는 기술과 경제에 중점을 두기 시작했다. 이를테면 신용이 날씨만큼 중요한 문제가 되어 버렸다.

― 〈농업과 에너지〉에서

점점 더 소수의 대규모 업자에게만 생산을 집중시키면 과연 청결과 위생이라는 목적에 기여할 수 있는가? 아니면 무책임한 생산자와 부패한 검사관이 결탁할 가능성을 높이기만 할 뿐인가?

― 〈위생과 소농〉에서

그렇다면 여느 정치학과 마찬가지로 먹거리의 정치학은 우리의 자유와 연관이 있다. 우리는 우리의 정신과 목소리가 다른 누군가의 통제를 받을 경우 우리가 자유로울 수 없다는 사실을 아직은 잊지 않고 있다. 하지만 우리의 먹거리와 그 원천이 다른 누군가의 통제를 받을 경우 우리가 자유로울 수 없다는 사실은 간과해 왔다. 수동적인 먹거리 소비자로서의 조건은 민주적인 조건이 아니다. 책임 있게 먹어야 하는 이유 하나는 자유롭게 살기 위해서다.

— 〈먹는 즐거움〉에서

베리의 글에는 '예언자적'이라는 수식이 흔히 붙는데(그는 지난 40여
년 동안 우리 생활양식의 과오가 어떤 결말로 이어질지를 정확히 보여 주는 작
업을 해 왔다), 그 까닭은 그의 글이 분노에 떨며 외치거나 노려보는 법이
없기 때문이다. 그의 글은 언제나 절제되고 논리적이며 반듯하고 섬세
하다. 마치 잘 다듬어진 목공예품 같다. 나는 그의 사고의 틀뿐만 아니
라 문장의 구성에서도 배운 바가 많다. 베리의 책들은 내가 글을 쓰다
문장이 꼬일 때마다 바로 손이 닿도록 내 책꽂이 낮은 칸에 놓여 있다.
그의 글을 아무데나 몇 줄만 읽다 보면 엉킨 매듭이 풀리고는 하기 때
문이다. 남의 머릿속에 뜻이 분명한 목소리를 남긴다는 것은 사고와 표
현을 모두 새롭게 해 줄 만큼 강력한 강장제를 투여해 주는 일이며, 더
바람직하게는 일상적으로 생각 없이 받아들인 견해라는 때를 벗겨 주
는 일이다.

마지막으로 베리의 최근 글 가운데 가장 좋았던 부분을 인용하며 이
글을 맺고자 한다. 2008년 가을 경제 파탄 직후 그가 오랜 친구이자 협
력자인 웨스 잭슨과 함께 발표한 기명 칼럼의 일부다.

지난 오륙십 년 동안, 우리는 돈이 있는 한 먹거리를 얻게 되리라 쉽게
믿어 왔다. 하지만 그건 착각이다. 우리를 먹여 주는 땅과 일손을 계속해서
업신여긴다면, 먹거리의 공급은 줄어들 것이며, 우리는 이번 종이 경제[10]
의 파탄보다 훨씬 더 복잡한 문제에 직면하게 될 것이다. 정부는 농기업들

에게 수천억 달러를 주고도 먹거리를 조달하지 못할 것이다.

내가 이 대목을 좋아하는 건 그 식견 때문이다. "종이 경제"라는 표현 하나만 해도 경제위기에 관한 백만 마디의 논평만 한 가치가 있다고 할 것이다. 그런데 훨씬 더 마음에 드는 것은 이 대목이 전하는 아주 행복한 소식이다. 없어서는 아니 될 이 목소리가 곤경의 시기에 여전히 밖에서 우리에게 들려오며, 여전히 힘이 된다는 소식 말이다.

---

10) paper economy. 실물보다는 종이(서류)상에 기록된 계약 등이 주가 되는, 금융 위주의 경제를 뜻하는 개념이다. 종이처럼 약하고 비실질적이라는 뜻도 있다.

1

먹거리에 관심이 있으면서
먹거리 생산에 관심이 없다는 건 명백한 부조리다.
도시에 사는 보존론자는 자신이 농민이 아니므로
먹거리 생산에 무관심해도 좋다고 생각할지 모른다.
그들은 누군가가 어딘가에서 어떤 식으로든
그들을 위해 땅을 일구어 농사를 지어야만
먹을 수 있다.

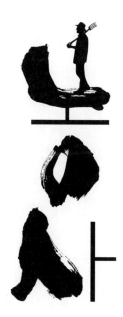

살림을 되살리는 일
Renewing Husbandry, 2004

1950년쯤의 어느 여름날 아침을 나는 잘 기억하고 있다. 그 무렵 나는 집에 막 들여온 트랙터로 풀을 베던 중이었는데, 아버지가 예초기[11]와 노새 한 팀을 가진 사람을 고용해 함께 밭으로 보냈다. 그 기억은 나라는 사람의 정신과 인생사에서 하나의 랜드마크와도 같다. 나는 노새 팀이 대변하는 농사 방식을 쓰던 시대에 태어났고 그게 참 좋았다. 나는 노새가 훌륭한 가축임을 잘 알고 있었다. 녀석들은 나보다도 좀 느린 정도의 속도로 우아하게 걸었다. 그런데 이제 나는 갑자기 트랙터 위에 올라앉아 녀석들을 내려다보는 입장이 되었고, 녀석들의 느린 걸음을 몹시 못마땅하게 여기고 있었던 것이다. 그들이 내 '앞길을 가로막고' 있기라도 한 기분이었다. 비슷한 경험이 없는 분이라면, 내가 도심의 도로에

---

11) mowing machine. 풀 베는 기계 중에서도 바퀴 달린 자리에 사람이 앉아 조종을 하고 말이나 노새가 끄는, 구식 트랙터 같은 농기계를 가리킨다.

서 늙은 느림보 뒤에 붙들린 폭주족처럼 저열한 우월감을 갖고서 골을 내고 있었다고 하면 이해가 될지 모르겠다. 1950년 여름은 내가 열여섯이 되어 개인적인 모든 일을 자동차를 몰고 해결해도 되는 때였다는 점에서 꽤 의미심장한 시기다.

이 장면이 내 개인사에서 아주 예외적이거나 대단히 극적인 한 토막인 것은 아니다. 여기서 그 기억을 되살려 보는 것은, 농업의 산업화가 나에게는 아주 친숙한 경험의 한 부분임을 확실히 보여 주기 위해서다. 나는 농업의 산업화를 제3자와 같은 입장에서 볼 특권이 없다. 달리 말해 농업의 산업화는 나에게 이해 못할 문제가 아니다. 오히려 이 글에서 나는 농업의 산업화가 나나 다른 누구나에게 무척 이해하기 쉬운, 매우 단순한 문제라는 점을 밝혀야 한다.

아무튼 그날 아침 우리, 즉 노새들을 부리는 사람과 트랙터를 가진 나는 아버지의 집 헛간 뒤편에 있는 밭에서 풀을 베고 있었다. 그 집은 내 아버지가, 그리고 아버지의 아버지 즉 할아버지가 태어난 곳이었고, 할아버지가 1946년 2월에 돌아가신 곳이었다. 할아버지는 여든둘에 돌아가시는 날까지 옛날 방식의 농사에 대한 확신을 그대로 간직하고 있었다. 할아버지는 평생 노새를 부려 농사를 지었고, 노새를 아주 잘 알았으며, 좋은 노새를 무척이나 좋아했다. 할아버지는 트랙터를 막연하게만 알았고, 실제로 몇 번 본 적이 없으며, 거리를 두려고 했다. 트랙터가 땅을 눌러서 단단하게 만든다고 제대로 알아보았기 때문이다.

그럼에도 할아버지의 사후 4년, 그의 손자가 노새가 '느리다'며 갑자기 골을 냈다는 사실은 역사가 어떻게 흘러갈지를, 즉 트랙터는 남고 노새는 가리라는 것을 예고하는 일이었다. 농업은 해가 갈수록 점점 더 산업적인 기술과 변천에, 산업적인 경제학의 지배에 적응해야만 할 터였다. 그러한 변화는 그것 자체가 제시한 기준에 따르자면, 무척 성공적이었기 때문에 대단히 빠르게 이루어졌다. 그 변화는 '일손을 덜어 주었고' 현대적인 위신을 세워 주었으며, 대단히 생산적이었다.

나는 농사에서 혹은 적어도 농사지을 생각에서 완전히 벗어난 적이 없었고 고향땅에 강한 애착을 갖고 있었음에도, 1950년 이후 14년 동안을 고향에서 멀리 떨어져 있었고, 그 기간에는 그 이후 40년 동안과는 달리 농사에 면밀하고 지속적인 관심을 쏟지 못했다.

1964년, 나와 내 가족은 켄터키로 돌아왔고, 1년 안에 내 고향에 있는 비탈진 농장에 자리를 잡아 지금까지 같은 곳에 살고 있다. 나는 그 이전까지 나그네로 떠돌다 정착할 작정으로 돌아온 사람이었기에, 같은 장소라도 전보다 더 똑똑히 살펴봤다. 또한 나는 비판적인 눈으로 그곳을 보았다. 사람들의 생활도 농장의 생명력도 농촌사회도 기울어 가고 있던 까닭이었다. 옛날 같은 자급적 농경 방식은 사멸해 가고 있었다. 제2차 세계대전 동안과 그 이후 몇 년 동안 농민들에게 잠시 찾아왔던 경제적 번영은 이미 끝나 버린 뒤였다. 한때는 토요일 낮밤마다 시골 사람들로 붐비던, 지역의 사회경제적 중심지이던 소읍들이 더 큰 읍과 도시에 자리를 내주고 있었다. 한때는 기억과 일과 도움을 함께 나누던 농촌의 이웃들이 흩어지고 있었다. 닭이나 계란이나 크림을 내다 팔 지역 시장도 없어졌다. 한때는 지역의 주산물이던, 서너 달 된 어린 양고기 산업도 죽어 버린 뒤였다. 트랙터를 비롯한 농기계들이 떠나 버린 농민들의 일손을 덜어 준 건 사실이지만, 남은 사람은 전보다 더 고되게 오래 일하고 있었다.

나는 내 조부모님과 그 동시대 시골 사람들에 대하여 애정과 경의가 깃든 기억을 갖고 있었고, 훌륭한 친구와 이웃과 다시 함께 농사를 짓게 되었기에, 대체 무슨 일이 벌어지고 있으며 왜 그런지를 질문해 보기 시작했다. 그런 변화가 땅에, 공동체에, 자연에, 농사 방식에 어떤 영향을 끼칠지를 질문해 보았다. 그리고 그런 질문은 그 뒤로도 줄곧 내 곁을 떠나지 않았다.

그러한 산업화 과정의 여파는 너무나 뚜렷할 뿐더러 광범위하고, 농기업에는 유리하고 그 나머지에게는 모두 불리해서, 1960년대와 70년대에는 나와 얼마 안 되는 사람만을 괴롭히던 질문을 이제는 어디서나 하고 있다.

이런 변화의 원인을 설명할 방법이야 많겠지만, 여기서는 맥락의 차원에서 살펴보고자 한다. 우리가 농사짓는 방식이 지역사회에 영향을 끼치고, 지역사회의 경제가 우리가 농사짓는 방식에 영향을 끼친다는 사실은 점점 더 분명해지고 있다. 우리가 농사짓는 방식이 지역 생태계의 건강과 온전함에 영향을 끼치고, 농장이 지역 생태계의 건강에 복잡하게 의존하고 있다는 사실 또한 마찬가지다. 우리는 더 이상 농업을 부품만 갈아 끼우면 되는 '경제 기계' 같은 것으로 취급할 수 없다. 농업은 어디서나 똑같고 '시장의 힘'에 좌우되며 다른 모든 것과는 무관한 기계가 아닌 것이다. 우리는 특수한 격리 공간에서 농사를 짓는 게 아니다. 세상에서, 우리가 이해할 수 있는 것보다 훨씬 정교하게 의존하고 영향을 주고받는 거미줄 속에서 농사를 짓고 있는 것이다. 그렇다면 우리는 그동안 근본이 되는 경제를 그릇된 규범을 따라 운영해 온 게 분명하다.

환원론적 과학과 결정론적 경제학으로 농업을 다 설명할 수 있다고 여긴 것은 오류였다.[12]

맥락을 충분히 좁히고 회계기간을 충분히 짧게 유지할 수 있다면, 일손을 줄이고 생산성을 높인다는 산업주의 기준은 잘 통하는 듯하다. 그러나 생태적 연관성과 지역민의 삶을 중시하는 옛 규범은 여전히 유효하다. 그런 규범을 무시해 온 대가가 축적되어 이제 우리의 환원론적이고 기계론적인 해석이 그간 무언가를 가두고 감춰 두었던 그 경계는 허물어지고 말았다. 그때 우리 모두에게 명백히 드러난 것은 감춰 두었던 생태적·사회적 피해였다. 국가와 세계의 기업 경제가 농업에 대한 사고의 맥락을 좁혔다고 하면 역설적으로 받아들일 사람들도 있겠지만, 그건 명백한 사실이다. 그들 대규모 경제는 이해로나 계산으로나 땅과 사람에 대해서는 아무런 고려도 하지 않았다. 이제 우리는 인간과 생태계가 전혀 불필요한 피해를 당하고 있는 와중에, 새로이 농업을 할 필요성에 직면했다.

그러므로 1950년 그날 아침의 정경을 돌이켜보면서, 그때 보았던 대로 느낀다는 것은 있을 수 없는 일이다. 물론 내가 변하기는 했어도, 그때처럼 느낄 수 없는 것이 그 때문은 아니다. 그로부터 54년 동안의 역사와 인연에 의해 그 광경의 맥락이 물에 던진 돌의 파문이 퍼지듯 확대

---

12) 환원론(reductionism)은 복잡한 자연을 훨씬 단순한 것들 사이의 상호작용으로 축소(환원)함으로써 이해하려는 접근법이고, 결정론(determinism)은 모든 일이 선행하는 조건의 불가피한 귀결이므로 선택의 자유란 허구라는 철학적 입장이다. 경제학적 결정론은 인류 역사의 전개에서 경제 구조가 정치에 우선한다고 주장하는 학설이다.

되었기 때문이다.

노새들의 느린 걸음을 보고 내가 속을 태운 것은 다분히 상징성을 띤 감성이었다. 나는 기계와 생명의 경쟁을 목격하고 있었고, 그 승자는 기계일 수밖에 없음을 알았을 것이다. 하지만 그날 아침 밭에 도착한 노새들이 농사의 역사에서, 그리고 그 농장 자체에서 왔다는 사실은 알아보지 못했다. 반면, 트랙터는 거의 정반대의 역사에서, 그리고 농장의 범위를 넘어서는 머나먼 과정을 거쳐 밭에 왔다는 사실도 알지 못했다. 노새들은 그 농장에 속하고 농장의 직접적인 부양을 받아 살 수 있는 반면, 트랙터는 멀리서 공급되는 물자에 전적으로 의존하고 농업과는 별 상관없이 존재할 수 있는 경제에 속한다는 사실을 내가 이해하기까지는 오랜 시간이 걸렸다. 트랙터의 도래는 다른 무엇보다, 농업이 무상의 태양에너지에 거의 전적으로 기대다가 이제는 돈이 드는 화석연료에 철저히 의존하는 상태로 변화함을 알리는 신호였다. 하지만 1950년의 나는 당시 대다수와 마찬가지로, 값싼 연료의 공급에 한계가 있을지 모른다고 어렴풋이 지각하게 되기까지 여러 해를 보내야 했다.

그 무렵 우리는 한계를 모르는 환각의 시대에 접어든 셈이었는데, 그럴 수 있었다는 것 자체가 놀라울 따름이다. 내 할아버지는 한계의 세계에서 그것을 겪고 목격하는, 한계의 삶을 살았다. 나는 그 세계에 대해 할아버지나 다른 어른들로부터 많이 들어서 알고 있다가 변해 버린 것이었고, 일손을 줄이는 기계와 무한하고 값싼 화석연료의 세계에 빠져들고 만 것이었다. 이 세상에서 한계는 불가피할 뿐만 아니라 불가결한 것임을 다시 알게 되기까지는 여러 해 동안의 독서와 사고와 경험이 필요했다.

여기서 나는 농사에 짐승을 부려먹는 문제, 즉 역축役畜의 문제를 건드리려는 게 아니다. 그보다는 트랙터의 영향력에 대해 말하고자 하는 것이다. 우리가 어떤 일을 할 때 사용하는 수단은 우리가 세계를 바라보는 방식에 확실히 영향을 끼친다. 이 글의 서두를 장식한 자전적인 정경한 토막이 어떤 의미를 갖는다면, 그건 노새 팀을 몰며 자라던 소년에서 트랙터를 모는 소년으로 변모한 것이 세상 보는 눈을 바꿔 버리는 경험이었다는 뜻일 것이다.

노새를 몰며 자라다가 트랙터를 몰게 된 소년은 갑자기 농장을 다른 눈으로 보게 될 수밖에 없다. 소년은 땅을 완전히 다른 수단과 다른 비용을 써서 극복해야 하는 대상으로 보게 된 것이다. 노새들도 소년처럼 지치는 게 흠이었지만 그럴 일은 돌연히 없어져 버렸고, 이제 소년은 연민을 갖고서 대해야만 했던 산목숨과의 끈이 끊어져 버리자 땅과도 단절되고 말았다. 트랙터는 지치는 법 없이 몇 시간이고 계속해서 최고의 속도로 작업할 수 있다. 이제는 일을 멈추고 쉬기에 좋은 그늘진 곳을 기억할 필요도 없어졌다. 지칠 줄 모르고 아주 빨리 작업할 수 있는 트랙터의 능력은 소년이 농장을 보는 방식을 다시, 그리고 더 위험스럽게 바꿔 놓는다. 소년은 땅을 가능한 한 빨리, 되도록이면 쉬지 않고서 극복해야 할 대상으로 보게 되면서, 고속도로나 비행기로 이동하는 사람의 심리를 갖게 되었다. 소년의 관심은 장소에서 기술로 이동해 버리고 말았다.

이제 나는 우리가 기계로 일을 하면 세상이 기계처럼 보이고, 살아 있는 가축을 데리고 일하면 세상이 살아 있는 대상으로 보이지 않겠나 하는 생각을 한다. 아무튼 기계로 농사를 지으면 분명 땅과 가축에 대해 기계적인 생각을 하기 쉽다. 심지어 자기 자신에 대해서도 기계적으로 생각하기가 쉬운데, 트랙터의 지치지 않는 특성은 인간의 경험에 새로운 차원의 피곤함을 가져다주었다. 게다가 건강과 가족생활이라는 충분히 계산하지 않았던 비용까지 치르면서 말이다.

농장과 농부의 생각이 충분히 기계적인 것으로 바뀌면, 산업농업은 유지나 관리보다는 생산에만 초점을 맞추게 된다. 여기서 문제는 극대화된다. 거의 전적으로 생산만을 강조하다 보니 작업 방식이 생태계와 인간공동체에 내재된 농장의 본연과 성격에 의해 결정되는 게 아니라, 국가 또는 세계 경제와 이용 가능한 기술에 의해 결정되고 만다. 그리하여 생산과 직접적인 연관이 없는 농장과 모든 고려 사항은 사실상 시야에서 사라져 버렸다. 그런 곳의 농부도 사실상 사라져 버렸다. 농부는 더 이상 자기 장소와 가족과 지역사회의 독립적이고 성실한 대리인이 아니라, 자신과 자신이 대표해야 하는 모든 것에 근본적으로 적대적인 경제의 대리인으로 일하고 있다.

기계화되었다 해도, 농부가 자신이 대하는 생명을 돌보는 자세를 유지할 수도 있다. 기계화된 농장에서도 건실하게 농사를 짓는 농부를 아직 찾아볼 수는 있다. 하지만 기계화 이후, 그런 자세를 유지하려면 각별한 의지력이 필요하다. 그런 의지력을 알아보고 유지해 줄 문화적 재원이 무엇인지 묻는다고 할 때, 나는 그것들이 '살림'[13]이라는 제목 아

---

13) husbandry. 현대적으로는 '농사'라는 뜻으로, 작물을 기르는 것뿐 아니라 가축을 치는 것까지 포함해 쓰이지만, 여기서는 집에서 일하는 가장으로서 땅을 보살피고 살리며 가족과 함께 먹고사는 일이란 뜻에 가깝다. husband(남편)의 어원에는 농토와 가축을 가진 집의 가장이라는 뜻이 있다.

래 모일 수 있다고 생각한다. 이제 여기서 이 글은 드디어 '살림'이라는 주제에 도달한다.

'살림'은 이어져 있음을 가리키는 말이다. 그 어원을 살펴보면, 집에 있는 남자domestic man가 하는 일이라는 말이다. 이 남자는 가정에 매인 자로서의 구속을 받아들이는 사람이다. 여기서 우리는 '남녀의 역할'이라는 문제를 제기할 필요는 없을 것이다. 땅에 의지해 살자면 남편의 일husbandry 바깥살림도 아내의 일housewifery 안살림도 필요하며, 어떠한 가정도 그 두 가지 일을 제대로 다 돌보지 않고서는 온전할 수 없다고만 하면 될 것이다.

살림은 우선 가정에 관계된 일이다. 즉 농장과 가정을 이어 주는 일이다. 살림은 아내의 일, 즉 가사와 결부된 일이기도 하다. 살림하는 가장 노릇을 한다는 것은 아껴 쓰고, 지키고, 모으고, 오래가게 하고, 보존하는 일이다. 옛 용법을 살펴보면, 살림은 가장으로서 땅과 흙을, 집안의 식물과 동물을 돌본다는 뜻이기도 하다. 그런 것들이야말로 가정에 정말 중요한 것이기 때문이리라. 역사적으로는 사람의 가정과 사람이 길들인 것들의 목숨이 야생의 세계에 의존하고 있음을 인식하여, 길들여지지 않은 생물에 대하여 인간이 적절하게 살림을 행하거나 보살핌을 제공하려 한 예가 더러 있었는데, 지금도 그런 때라고 할 수 있다. 살림은 우리와 우리가 사는 장소와 세계를 보존 관계로 이어 줌으로써 생명을 지속시키는 모든 활동이다. 우리를 지속시켜 주는 생명의 그물망에 있는 모든 가닥이 서로 계속 이어져 있도록 해 주는 일이다.

그러니 산업농업의 가장 명백한 실패는 아마도 살림의 노력 없이 땅에게 생산만을 강요하려 한 시도의 결과인 듯하다. 농업을 과학이자 산업으로 재편하려 한 시도는 농업으로부터 유구한 살림의 전통을 축출해 버렸다. 살림은 예로부터 농업에서 가장 핵심적인 요소였으며 늘 근본적인 가정적 연관성을 드러내 주고 땅과 그 생물을 이용할 때 복원을 위한 보살핌을 요구하는 요소였는데도 말이다.

이러한 시도는 농사를 자급자족[14]의 경제로부터 분리시키는 데 아마 처음으로, 그리고 가장 획기적인 성공을 거두었을 것이다. 제2차 세계대전 동안에 내가 사는 지역의 농민들은(아마 다른 모든 곳에서도 그랬을 텐데) 텃밭과 낙농과 가축과 식육용 동물에만 의존하여 먹거리를 해결하는 생활을 했다. 어려울 때면 특히 이들 농가와 그 농장은 자급자족 경제 덕에 살아남을 수 있었다. 가장의 살림과 아내의 가사 덕분이었다. 반면에 산업농업의 방식은 농가가 자신의 먹거리를 생산하는 것이 '비경제적'인 일이라 주장했다. 거기에 드는 노력과 땅을 영리 위주의 생산에 쓰는 게 낫다는 주장이었다. 그 결과, 인간사에서 전혀 새롭고 이상한 현상이 나타났다. 농가 사람들이 자기 먹거리를 전부 사먹는 일이 벌어진 것이다.

살림을 과학으로 대체하려는 의도는 농과대학 분과의 명칭을 바꾸는 데서 분명히 드러난다. 이를테면 '흙 살림'은 '토양과학'이 되어 버렸고, '가축 살림'은 '동물과학'이 되어 버린 것이다. 이런 변화에 대해 좀 생각

14) subsistence. 다양한 뜻이 담긴 개념어인데, 여기서는 돈벌이보다는 생존에 필요한 최소한의 물자를 자급자족하는 데 중점을 두는 삶의 방식으로 이해할 수 있다.

해 볼 필요가 있는 것은, 이것이 무의미한 말장난에 잘 넘어가는 우리의 속성을 드러내 주기 때문이다. 어떤 학문 분과가 과학으로 만들어지거나 과학이라 불릴 경우, 우리는 그것이 훨씬 정확하고 복잡하고 위신이 높아졌다고 생각하기 쉽다. 살림을 과학이라고 하면, 미천한 지위가 높아지고 촌스러운 게 세련되어진 것 같다. 농사는 보잘것없는 기술 같으니 세련되게 만들려는 의도일 텐데, 실은 이렇게 바뀌면서 농사는 과도하게 단순한 것이 되어 버린다.

토양과학자가 하는, 심지어 농민에게 전수된 토양과학은 흙을 생명 없는 모태로 대하는 경향이 있다. 그 안에서 '토양화학'이 작용하고 '영양분'이 '이용 가능해지는' 모태 말이다. 그리고 이러한 경향은 흙에 대한 이해라는 면에서, 농사를 갈수록 얄팍한 것으로 만들어 버렸다. 현대식 농장은 다양한 중장비가 가동되고 다양한 화학물질이 투여되는 표면으로 인식된다. 그 표면 아래에 있는 미생물과 뿌리의 실체는 대체로 무시된다.

그에 비해 흙 살림은 다른 유형의 태도가 필요한 다른 유형의 활동이다. 유기농업의 선구자 알버트 하워드 경의 말을 빌리자면, 흙 살림은 "흙과 식물과 동물과 사람의 건강을 하나의 큰 주제"로 이해하는 데 이르는 일이다. 우리는 '건강'이라는 말을 살아 있는 생물에만 사용하는데 흙 살림에서도 건강한 흙은, 대부분 밝혀지지는 않았어도 생명으로 가득한 야생지다. 흙은 살아 있는 것들의 공동체이기도 하고 서식지이기도 하다. 농장의 가장과 가족과 동식물은 모두가 흙 공동체의 일원이다. 모두가 장소의 본성에 속하는 것들이다. 그러니 농가를 '노동력'으로만, 농가의 동식물을 '생산물'로만 본다는 것은 과격하고도 파괴적인 과도 한 단순화일 뿐이다.

'과학'은 건강한 농장을 구성하는 복잡한 관계를 설명하기에는 너무 단순한 개념이다. 대세가 되어 버린 환원주의적 과학이 아니라 복잡성의 과학을 꾀한다 하더라도 부적절하기는 마찬가지이다. 과학이 인식할수 있는 복잡성이란 어쩔 수 없이 인간의 구성물일 것이며, 그래서 너무 단순할 테니 말이다.

인간밖에 모르는 살림 역시 충분히 복잡할 수 없을 것이다. 하지만 살림은 언제나 살림의 대상이 궁극적으로 신비라는 것을 이해해 왔다. 리버티 하이드 베일리[15]에게 써 보낸 어느 농부의 말처럼, 농부는 "'하느님 신비'의 분배자"인 것이다. 이를테면 동물의 모성 본능은, 이해하지는 못해도 살림이 이용하고 신뢰해야 하는 신비다. 농가의 가장은 '관리자'나 객관을 지향한다는 과학자와는 달리, 살림의 대상이 되는 복잡성과 신비의 영역에 본래부터 속하며, 그래서 살림에 임하는 자세는 조심스럽고 겸손하다. "한 바구니에 모두 계란만 담지는 말라."나 "부화되기도 전에 닭의 수를 세지 말라." 또는 "신중을 기하라."는 격언도 모두 살림에서 비롯되었다. 살림은 "세계를 먹이겠노라."며 기술의 업적을 자랑하지도 않는다.

과학으로 대체될 수 없는 살림은, 그럼에도 과학을 이용하기도 하며 과학을 교정하기도 한다. 살림은 과학보다는 포괄적인 범주인 것이다. 살림을 과학으로 축소시키는 것은 실은 동물 배설물을 농업 '폐기물'이

---

15) Liberty Hyde Bailey(1858~1954). 미국 원예학회를 창설한 식물학자로, 코넬대학교 교수를 지냈으며 다수의 농업 관련 잡지를 발행했다.

라며 오염물질로 바꿔 버리는 일이며, 돌려짓기를 하면서 다년초와 풀 뜯는 동물을 제외하는 것과 같은 일이다. 살림이 없어진 환경에서, 과학과 산업이 주도하는 농업은 지주와 자영업자의 수효를 줄이는 산업경제의 목표에 크나크게 이바지했다. 그런 농업은 미국을 주인이 많은 나라에서 종업원이 많은 나라로 바꾸어 버렸다.

살림이 없으면 토양과학 역시, 흙에서 살고 비롯되며 흙을 만들고 흙에 의해 만들어지는 생명의 공동체를 쉽게 무시한다. 마찬가지로 살림이 없는 동물과학은 거의 필연적이기라도 하듯 연민을 망각해 버린다. 우리가 같은 동물로서 우리 자신을 인식할 때 갖는 연민 말이다. 그런 과학은, 동물을 'animal'이라 부르는 게 우리가 한때 동물이 영혼을 타고난다고 믿었던[16] 까닭임을 망각한다. 동물과학은 우리의 그런 믿음을, 혹은 동물의 신성함에 대한 믿음을 저버리게 했다. 그 대신 우리를 동물공장으로 인도했다. 동물공장은 집단 강제수용소와 마찬가지로 지옥을 형상화한 것이다. 그에 비해 가축 살림은 시편 작가가 형상화한 푸른 초장과 맑은 물, 그리고 하느님의 농사[17]에서 비롯되었으며, 우리를 다시 그런 것들로 인도한다.

아내가 맡아 하던 아주 중요한 고도의 살림이 나중에 '가정학'으로 알려졌다가 지금은 '가족 및 소비자 과학'이 되어 버렸다는 언급까지 한

---

16) animal의 라틴어 어원은 숨 또는 영혼을 뜻하는 아니마(anima)를 가졌다는 뜻이다.

17) "너희는 하느님의 농사요"(ye are God's husbandry)라는 말이 고린도전서 3장 9절에 있다. 몇몇 역본에서는 '밭'이라고 번역했는데, 영어본과 문맥으로 판단하건대 하느님이 자라게 하는 농작물이라는 뜻에 가까워 보인다.

다고 해도 마찬가지일 것이다. 이렇게 하면 가정이라는 맥락, 혹은 경제로부터 가정생활과 소비를 제거함으로써 학과의 지적 위상이 높아지는 모양이다.

농업은 자연과 인간 공동체 양쪽에 닿은 연과 의무로 중재 역할을 해야 한다. 농사를 잘 짓는 일은 동식물을 가릴 것 없이 모든 생명에게 정성을 들이는 일이다. 인간이 하는 일의 맥락을 가장 적절히 확장하는 것은 연민이다. 맥락이 너무 작을 경우 그릇된 것이 된다. 과학자나 농부나 농가나 지역 생태계나 지역사회를 담기에 너무 작은 경우말이다. 이 점이 대단히 중요하다. 웨스 잭슨은 말했다. "맥락을 벗어나면 최고의 정신이 최악의 해악을 끼칠 수 있다."고 말이다.

나는 이렇게 꼭 필요한 연민이, 살림으로서의 농사를 하면서 가져야 할 '감정'이 정확히 어떤 것인지 설명할 방법을 찾던 중에 테리 커민스의 책 《내 양을 먹이라》[18]에서 그 답을 발견했다. 커민스는 내 연배로, 1940년대와 1950년대 초에 켄터키 주의 펜들턴 카운티에서 할아버지와 함께 농사를 지으며 자랐다. 다음에 소개하는 부분은 그가 열세 살이 되던 1947년경을 회고하는 대목이다.

자기가 다른 것들의 기분을 좋게 해 준다는 걸 알게 되면, 자기 기분도 좋아진다.

내면의 감정은 그냥 그렇게 되는 건지 모른다. 딱히 무엇 때문에 그런 감

---

18) 《Feed My Sheep》. "내 양을 먹이라."는 요한복음 21장17절에서 예수가 베드로에게 이르는 말이다.

정이 생겼다고 말하기 어렵다. 작은 것들이 많이 모여서 그런 감정이 생기는 것이리라. 지치고 더워하는 말에게 땀에 절은 마구를 벗겨 주는 게 특별히 주목할 일은 아닐 것이다. 찬비를 맞으며 바깥에 서 있는 양에게 외양간 문을 열어 주는 것, 닭에게 모이 몇 알을 던져 주는 것은 작은 일이다. 하지만 이런 작은 일들이 자기 안에 쌓이면, 자기가 중요한 존재라는 걸 이해하게 된다. 신문에서나 보는 대단한 일을 하는 사람들처럼 정말 중요한 존재는 아닐지 모르지만, 주변에 있는 모든 생명에게 중요한 사람이라는 걸 느끼게 된다. 자기가 하는 일을 누가 썩 잘 알아주거나 관심을 가져 주는 건 아니지만, 자기 하는 일에 대해 속으로 좋은 느낌을 갖고 있으면 누가 알아주지 않아도 상관없다. 나는 혼자 소들을 몰고 돌아올 때나 온종일 예초기에 앉아 있을 때, 내 자신에 대해 아주 많은 생각을 한다. 하지만 우리 가축이나 작물이나 밭이나 숲이나 텃밭 같은 게 모두 얼마나 잘 어울리는지 생각하기 시작하면, 속에 좋은 느낌이 들면서 나한테 어떤 일이 닥칠지에 대한 걱정은 별로 하지 않게 된다.

내가 말하고자 하는 바의 핵심에 도달하는 대목이다. 내가 아는 농사의 핵심에 이르는 말이기 때문이다. 커민스의 문장들은, 매우 유감스럽게도 혹은 위험하게도 지금은 대부분 아이들의 유년기에서 실종되어 버린 경험에 대해 말해 주고 있다. 아울러 농가 가장으로서의 농부와 가장의 보살핌을 잘 받는 농장 사이의 교감을 그리고 있다. 이러한 교감은 개별적일 때에만 가능한 문화적 힘이다. 그렇게 그려진 것을 보면 그런 교감이 지금 얼마나 절실하며 또 위협받고 있는지를 알게 된다.

지금까지 나는 농부의 살림이 무엇인지, 어떻게 작용하는지, 왜 필요한지를 말해 보려 했다. 이제는 그런 살림이 이룬 가장 탁월한 성취 두 가지에 대해 얘기하고 싶다. 나는 우리가 그 어느 때보다 그 둘에 차분하게 주목할 필요가 있다고 생각한다. 그 두 가지 성취란 지역적 적응, 그리고 형태의 지역적 연관성이다. 진화생물학에 토대를 둔 농업과학이 생존을 그토록 강조하면서 이 둘에 대해서만은 인류를 예외로 해 준다는 건 이상한 일이다.

참된 살림은 생존의 첫째 전략으로서 언제나 농사를 농장과 농토에, 농가의 필요와 능력에, 지역경제에 맞추려 노력해 왔다. 모든 야생 동식물은 그런 적응 과정의 산물이다. 농업에서도 한때는 그 같은 과정이 주된 경향이었다. 그런 과정을 무시한 대가는 곧 기아였던 까닭이다. 지역적 적응과 관련해 잘 알려진 놀라운 사례 하나는 영국 양 품종의 수와 다양성이다. 영국의 양 품종들은 대부분 육종된 지역을 따라 이름이 정해질 정도다. 하지만 지역적 적응은 이 사례가 암시하는 것보다 훨씬 더 정교해져야 한다. 모든 농장과 모든 농토의 개별성을 고려하는 개념이기 때문이다.

최근에 우리는 생산성과 유전적·기술적 획일화와 세계화에 초점을 맞추면서 지역적 적응의 필요성을 흐려 버렸다. 이는 연료와 물과 흙이 모두 무한히 공급되리라 생각하기에 가능한 일이었다. 하지만 지금 우리의 여건은 급속도로 변하고 있다. 그리고 테러를 비롯한 온갖 유형의 정치적 폭력, 화학물질의 오염, 자꾸 늘어나는 에너지 비용, 고갈된 흙과 지하수와 물줄기, 괴상한 잡초와 해충과 질병 때문에, 우리는 지역적 적응의 필요성을 다시 받아들이지 않을 수 없을 것이다. 우리는 지역의 자연과 수용력과 필요를 묻는 예전의 질문으로 다시 돌아가야 한다. 그리고 지역과 농장에 맞는 동식물 품종을 복원해야 한다.

우리로 하여금 지역적 적응의 문제를 간과하게 만든 집착과 방종은, 형태의 문제까지 간과하게 만들었다. 이 두 문제는 워낙 긴밀하게 연결되어 있어서 다른 하나를 거론하지 않고서 나머지를 이야기하기가 어렵다. 반세기 이상 지역적 적응의 문제를 소홀히 해 오는 동안, 우리는 농장을 너무나 단순한 형태로 변하도록 내버려 두었다. 내가 사는 지역과 다른 많은 지역의 다각화되고 그런대로 자급적인 농장들은 더 큰 농장에 흡수되어 버렸다. 점점 더 특화되고, 점점 더 생산 라인처럼 냉혹하고 부자연스럽고 직선적인 방식에 굴복하면서 말이다.

하지만 농장의 형태가 갖추어야 할 첫째 요건은 포괄적이어야 한다는 점이다. 달리 말해 농장에 없어서는 안 될 무언가를 없애서는 안 된다는 것이다. 테리 커민스가 회고하는 농장은 매우 포괄적이었다. 그리고 여러 가지 중에 딱히 무엇 하나가 그의 기분을 좋게 해 주는 것은 아니었지만, "우리 가축이나 작물이나 밭이나 숲이나 텃밭 같은 게 모두 얼마나 잘 어울리는가."라고 생각하게 해 주었다.

농장의 형태는 장소와 그곳의 생명과 일에 대한 농부의 감정에 답해야 한다. 농장의 형태는 다양한 많은 것들을 한데 어울리게 하려는 부단한 노력이다. 그것은 동물의 생명 주기와 번식 주기를 고려하는 것이어야 한다. 그것은 작물과 가축을 균형과 상호부조의 관계에 놓이게 해야 한다. 그것은 생태와 농업경제를, 가족과 이웃을 모두 고려해야 한다. 그것은 충분히 포괄적이고 복잡하고 통합적이고 지적이고 영속적이어야 한다. 그것의 한계 내에서 유기체나 생태계의, 혹은 인간이 만든 걸

작의 완전성을 갖추어야 한다.

농장의 형태는 한계를 인식하고 받아들이는 데서 출발해야 한다. 농장은 지형과 기후, 생태계, 이웃, 그리고 지역경제의 제한을 받는다. 물론 더 큰 경제, 그리고 농부의 취향과 능력의 제한도 받는다. 진정한 농부라면 농장이 피해야 할 모습을 확실히 알면서 농장의 형태를 가꾼다. 따라서 형태의 문제는 우리로 하여금 다시 지역적 적응의 문제를 돌아보게 한다.

이제 우리가 해야 할 것은 언제나 그랬듯이 농업의 자연적이고 인간적인 모든 수단을 새로이 하고 살리는 일이다. 지금 살림을 되살리는 일은, 실제로는 지극히 복잡한데 단순화되어 버린 대상을 본래의 모습으로 되돌리는 일이다. 그러자면 생태계의 건강을, 농장을, 인간의 공동체를 농업의 궁극적인 기준으로 다시 받아들일 필요가 있다.

단순화된 것을 다시 복잡한 것으로 되돌리는 일은 아주 어려울 것이다. 특히 지금 우리가 처한 여건에서는 더욱 그럴 것이다. 조만간 도시에 사는 인구가 세계 인구의 절반을 넘을 것이다. 이제 우리는, 더 이상 땅과 실질적인 관계를 맺지 않을 테며 땅에 대한 지식도 얼마 없음에도 살아갈 방편을 땅에서 구할 많은 사람에 대해 생각해야만 한다. 또한 사람들의 그러한 요구를 충족시키려 하지만 지역의 조건과 필요를 무시하는 대규모의 값비싸고 석유 의존적인 기술적 방안이 가져올 파장에 대해서도 생각해야만 한다. 살림을 되살리는 문제, 농업에 대한 만인의 책임 의식을 전반적으로 일깨울 필요는 그래서 긴급한 것이다.

그러면 어떻게 할 것인가? 세계의 생산자와 소비자의 마음속에 건실한 살림의 자세를 어떻게 되살릴 수 있을 것인가?

물론 그러한 노력이 이 나라와 온 세계 각지에 흩어져 있는 많은 농장과 도시 소비자 단체에서 이미 이루어지고 있다는 사실을 알아야 한다. 하지만 그러한 노력에 타당성과 지적인 힘, 과학적 책임, 책임 있는 가르침을 새로이 할 권위 있는 집중력이 필요하다는 사실 또한 알아야 한다. 그런 힘이 우리의 농과대학에서 나올 수 있다는 희망을 가질 이유는 많으며, 그러한 희망이 공상이 아니라고 여길 이유도 꽤 있다.

그런 희망을 품고서, 나는 앞서 말했던 조심스러움으로 돌아가고자 한다. 살림의 노력은 부분적으로 과학적이되 전적으로 문화적인 일이다. 문화적인 움직임은 개별적인 것이어야만 존속될 수 있다. 나는 농업과학자든 아니든 우리 모두가 갈수록 덜 전문화되어야 하고, 혹은 전문화 때문에 고립되는 경우가 줄어들어야 한다는 게 점점 더 분명해지리라 믿는다. 농업과학자는 농업공동체나 소비자공동체의 일원으로서 일할 필요가 생길 것이다. 그들의 과학 활동은 그런 일원으로서 주어지는 한도와 영향을 받아들일 필요가 있을 것이다. 그런 과학자 중 상당수가 농부여야 한다고, 그래서 농부라는 여건 때문에 연구와 동료도 함께 영향을 받아야 한다고 주장해도 무리가 아닐 것이다. 그들은 우리와 마찬가지로, 살림이 부여하는 모든 책무를 자기 일의 맥락으로 받아들일 필요가 있을 것이다. 그들이 우리의 정신과 생활에서 한데 어울리지 못한다면, 우리 사회의 붕괴는 막을 수 없는 일이다.

집중의 어리석음

Stupidity in Concentration, 2002

감금, 집중, 분리

여기서 나는 산업축산의 크나큰 어리석음을 보여 주려 한다. 공장식 축산은 이 에세이와 마찬가지로 가능한 한 좁은 공간에 가능한 한 많은 것을 우겨 넣는다는 목표를 갖고 있다. 그러한 동물공장을 이해하기 위해 우리는 세 가지 원칙을 기억해 둘 필요가 있다. 감금, 집중, 분리가 그것이다.

이른바 동물과학에서 감금의 원칙은 효율성의 산업화 차원에서 비롯되었다. 동물공장을 설계한 사람들은 아무래도 집단 강제수용소나 감옥을 참고로 한 것 같다. 그런 시설의 목표는 가장 좁은 공간에 최소한의 돈과 노동과 주의를 들여 최대한의 인원을 수용하고 먹이는 것이니말이다. 무고한 동물들을 그런 식으로 취급하는 것은 가혹하다고 오랫동안 비판받아 왔다. 동물공장은 가축을 가혹하게 다루는 방식을 경제적으로 미화해 버렸고, 그럼으로써 인간은 존중과 감사를 받아야 할 가축에게 오히려 큰 빚을 지고 말았다.

대체로 동물공장 옹호론자는 이런 시설이 동물만을 집중적으로 가둔다고 여기거나 남들도 그렇게 여기길 바란다. 허나 그렇지 않다. 동물공장은 동물의 배설물도 한 곳에 집중시킨다. 동물의 배설물은 적절히 분산되면 비옥함의 훌륭한 원천이 되지만, 집중되면 기껏해야 쓰레기고 최악의 경우 독이 된다.

훨씬 더 위험한 것은, 동물을 대규모로 집중시키다 보면 병원체도 집중되고 그 때문에 항생제도 집중적으로 계속 쓰게 될 수밖에 없다는 점이지 않나 싶다. 그리고 이 문제는 생태적인 차원을 넘어 일부 과학자들이 거론하는 진화적인 차원으로까지 확대된다. 대규모 단일경작이 농약에 대한 내성을 키운 병균의 온상이 되는 것과 매한가지로, 동물공장은 항생제에 대한 내성을 가진 병원균의 온상이 된다.

식육용 동물을 대규모로 한 곳에 집중시키면, 어쩔 수 없이 동물을 먹이의 원천과 떨어뜨려 놓아야 한다. 이를테면 다각화된 농장의 목초지나 외양간 앞마당에서 지내며 먹이를 찾아 꽤 먼 곳까지 가기도 하고 너른 초원에서 풀을 뜯기도 하고 농가의 음식쓰레기를 먹기도 하면서 꽤 자유롭게 다니던 동물들을 동물공장에 옮겨 놓는다고 해 보자. 동물공장의 우리 안에 감금된 동물들은 전적으로 곡물 사료에 의존해야만 한다. 더구나 이 곡물은 생태적 비용을 치르고 대규모 단일경작 방식으로 길러진 것이며, 때로는 아주 먼 곳에서 옮겨 와야 하는 것이다. 동물공장은 에너지 절약을 생각할 필요가 있는 이때에, 번창하고 있는 에너지 소비형 사업이다.

농업의 산업화는 집중과 분리의 경향을 띰으로써, 건강한 생태계와 건실한 농장의 다양성과 균형에 내재된 견제력을 없애 버린다. 그 결과 우리는 전례 없는 과잉생산 능력을 갖게 되었는데, 그 때문에 상대적으로 농가의 소득은 감소하고 더 많은 농민이 농촌을 떠나게 되었다. 동물 공장은 전통적이고 독립적인 많은 소규모 가족농장 농민을 임금노동자로 대체해 버렸고, 그들은 동물과 마찬가지로 불쾌하고 불건전한 여건에 갇혀 버리게 되고 말았다. 하지만 그런 비용을 치르며 늘어난 생산은 일시적일 뿐이다. 결국 인간적이고 생태적인 생산력의 감소라는 대가까지 치러야 한다.

동물공장은 정부가 상당히 염려를 했어야 할 주제다. 정부가 땅과 사람의 안녕에 대해 조금이나마 염려를 하기라도 한다면 말이다. 그런데 동물을 대규모로 감금하여 사육하는 산업은 오히려 정부의 육성과 장려를 받는 수혜자가 되었다. 이는 권력 가진 사람들로 하여금 돈이 되거나 '일자리를 창출하는' 건 무엇이든 좋다고 생각하도록 만드는 정치적 뇌질환의 결과다.

달리 말하자면, 동물공장은 정부가 단기 경제학에 중독된 탓에 존재할 수 있다. 단기 경제학은 장기적인 효과는 무시하면서, 무슨 수단을 써서라도 최대한 빨리 최대한 많은 돈을 벌겠다는 방식이다. 단기 경제학은 이기심과 탐심의 경제학이다. 단기 경제학을 판단의 기준으로 삼는 이들은 막대한 '외부' 비용을 발생시키고, 그 부담을 미래로 떠넘긴다. 달리 말해 온 세계와 만인의 자손에게 빚을 떠넘기는 것이다.

반면, 자기 자손이 무엇을 먹고 마시고 숨 쉴 것인지 염려하는 이들은 장기 경제학에 관심을 갖는 경향이 있다. 장기 경제학은 빨리 많은 돈을 버는 문제 말고도 많은 것을 함께 고려한다. 미주리대학교의 존 아이커드 같은 장기 경제학자는 '대대손손 황금률'[19]을 적용하는 것이 좋다고 말한다. "우리가 다른 세대에게서 바라는 만큼 미래세대에게 베풀자."는 것이다. 아이커드 교수는 또 이렇게 말한다. "지속가능성의 세 가지 토대는 생태적 건강성, 경제적 생존력, 그리고 사회정의다." 그는 동물공장은 이 셋 중 어느 기준으로 봐도 결함이 있다고 본다.

결국 동물공장은 공중보건 문제, 토양과 물과 공기의 오염 문제, 인간 노동의 질 문제, 인간이 동물을 학대하는 문제, 농업의 적절한 질서화와 운영 문제, 먹거리 생산의 수명과 건강성 문제를 야기할 수밖에 없다.

미국의 주 정부와 연방 정부 사람들이 장기 경제학을 기준으로 경제 분야의 사업을 평가하기 시작한다면, 실질적인 문제들을 고민하지 않을 수 없을 것이다. 그것은 그들 중 다수에게 몹시 힘들고 전혀 새로운 경험이 되겠지만, 유권자의 삶을 개선할 수 있는 게 무엇인지를 배우고 행하는 계기가 될 것이다.

공장식 농장 대 일반 농장

공장식 농장은 먹거리 생산에 따르는 생태적 위험을 가중시키고 집중시킨다. 이는 뒷받침할 자료가 충분한 엄연한 사실이다. 예를 하나만 들자면, 노스캐롤라이나의 여러 강과 그 하구는 '민간' 동물공장 하나가

---

19) golden rule. "남에게서 바라는 만큼 남에게 베풀라"(마태복음 7장12절)는 가르침을 말한다.

얼마나 빨리 생태적 재앙이자 공공의 부채가 될 수 있는지를 확실히 증언해 준다.[20]

그에 비해 일반 농장은 먹거리 생산과 관련된 생태적 위험을 분산한다. 건실한 농장은 그런 위험을 분산할 뿐만 아니라 최소화하기도 한다. 건실한 농장은 땅을 다루는 적절한 방법론에서도, 동물의 개체수와 땅의 면적 그리고 생산과 수용력 사이의 알맞은 균형에서도 생태적으로 책임 있는 태도를 품고 있다. 건실한 농장은 땅과 물과 공기의 건강을 위험에 빠뜨리지 않는다.

공장식 농장과 일반 농장의 생태적 차이는 자연세계에 대한 파괴가 점점 더 가속화되어 가는 이 시대에 더없이 중요한 문제일 수 있다. 그런가 하면 둘 사이에는 우리 사회에 끼치는 대단히 중요한 경제적 차이 또한 존재한다.

공장식 농장은 농민을 기업 위계의 맨 밑바닥에 고착시킨다. 농민은 경제적으로도 그 밖으로도 큰 위험을 부담하는 대가로, 업계에서 거두는 이익의 가장 적은 부분을 누릴 뿐이다. 더구나 농민은 기업과의 계약을 안정적으로 유지하는 대가로, 농장의 다양성과 다용도성을 포기하며 농장을 한 가지 특화된 용도로 축소시키고 만다.

어느 기업은 농민에게 62만4275달러(약 6억2천만원)를 부담하면 구이용 영계 사업에 참여할 기회를 주겠다고 했다. 양계장 네 곳에서 1년에 총 50만6000마리의 영계를 생산할 수 있는 규모의 액수였다. 이 기업이

---

20) 1995년에 노스캐롤라이나 주의 한 돼지 농장에서 내다 버린 돼지 분비물이 연못처럼 고여 있다가 인근 강(the New River)으로 흘러 들어가 방대한 면적의 개펄이 오염되고 어류가 대대적으로 폐사하는 사고가 있었다.

제시한 조건에 따르면, 이 투자로 연 2만3762달러(약 2400만원)의 순이익을 올릴 수 있다. 투자수익률로 따지면 연 3.8퍼센트다.

나는 이 기업의 주주들이 그들의 투자 몫에서 연 몇 퍼센트의 이익을 기대하는지 모른다. 하지만 그 수익률이 저런 농민의 것보다 크게 높지 않다면, 그들이 지분을 팔고 다른 데 투자하리라는 것 정도는 잘 알고 있다.

공장식 농장은 가족농과 지역사회에 도움이 되기보다는, 지역의 자연과 사회가 가진 경제적 가치를 쭉 빨아올려 멀리 있는 은행계좌로 빼돌리는 장치와도 같다.

켄터키 주민의 노동과 산물을 그토록 값싸게 사들이도록 유인하기 위해, 우리의 켄터키 주 정부는 동물을 감금 사육하는 기업들에게 약 2억달러라는 세금 감면 혜택을 주었다. 하지만 이들 기업은 이런 선물에 대한 보답 대신, 이곳에서의 사업활동에 관한 어떠한 공적인 책임까지도 면제받기를 바라고 있다.

이런 오만함과 몰염치함을 보이는 업계가 또 있는지 모를 일이다. 그들은 여기서나 다른 곳에서나 법과 규정을 우습게 보면서 나쁜 이웃이 되려는 의도를 증명했을 뿐만 아니라, 우리의 선출된 대표들에게 계속해서 찾아와 특별 면제를 요구했으니 말이다. 하지만 바로 그런 요구를 함으로써, 그들은 자신의 그러한 사업 방식이 안고 있는 큰 위험을 인정한 것이다. 무고한 사람들이라면, 건전한 양심을 가진 사람들이라면, 왜 책임을 면제받으려고 하겠는가?

공장식 축산을 옹호하는 사람은 농업을 옹호하는 이들이 아니다. 그들은 농민의 이익을 대변하지 않는다.

그들이 옹호하는 것은 국가의 지원을 받는 식민주의다. 기업의, 기업에 의한, 기업을 위한 국가 말이다.

지속가능성

'지속가능'이라는 말은 '유기농'이라는 말처럼 하나의 라벨이 되어 가고 있다. 그러니 여기서는 '지속가능한 농업'이란 게 무언지를 짚고 넘어갈 필요가 있을 듯하다. 나는 이 말이 무한히 계속될 수 있는 방식의 농업을 말하고 있지 않나 생각한다. 장소의 본연과 사람의 본성이 부과하는 조건을 따르는 농업이기 때문이다.

지금 우리의 농업은 대체로 생태적으로 지속가능하지 않으며, 그렇게 된 지 오래다. 지금 우리의 농업은 몹시 유독하다. 너무나도 화석연료에 의존한다. 흙과 땅의 생명력과 물을 무척이나 낭비한다. 우리의 경제생활을 둘러싸고 떠받쳐 주는 자연계의 건강을 마구 해친다. 길든 것과 야생을 가릴 것 없이 생물의 유전적 다양성을 해치기도 한다.

지금까지는 이런 문제가 언론과 정계의 주목을 충분히 받지 못했다. 그런데 이제 주목을 받을 날이 점점 다가오고 있다. 농업에 대한 식견을 갖춘 많은 이들은 이 문제를 진작부터 염려하고 있었다. 개인과 생태계의 건강 문제에 대한 대중의 인식이 점점 높아짐에 따라, 조만간 정치지도자들도 이 문제를 주목할 수밖에 없을 것이다. 많은 농민과 풀뿌리 농민단체 역시 생태적 지속가능성의 문제를 심각하게 여기고 있다.

그런데 이와 관련해서 훨씬 더 주목받지 못한 문제가 있다. 이른바 자유시장과 세계화 경제 때문에, 생태적 지속가능성의 필요성을 잘 인식하고 있는 사람들에게도 많이 가려져 온 문제다. 그것은 바로 농장과 농민, 농가와 농촌 지역사회의 경제적 지속가능성 문제다.

분명히 해야 할 것은, 지속가능한 농업을 실현하자면 농사짓는 사람의 생활과 생계를 지속가능하게 해야 한다는 점이다. 땅을 이용하고 돌보는 사람이 번영하지 못하면, 땅도 번영할 수 없다. 생태적으로 지속가능한 환경을 조성하기 위해서는, 필요한 지식과 기술을 보존해 줄 복잡한 '지역' 문화가 있어야 한다. 그러기 위해서는 그 지역에 자리 잡고서 어려움 없이 안정된 생활을 누리는 농민이 충분히 있어야 한다. 분명한 것은, 경제적 어려움으로 농민 인구가 자꾸 줄고 이주노동자 인구는 자꾸 늘어나는 추세 속에서 농업이 지속가능해질 수는 없다는 점이다.

농업 인구는 왜 자꾸 줄어드는가? 아직 남아 있는 농장의 형편이 절박해지는 경우는 왜 그리 많은가? 농민의 자살률이 나라 전체의 평균보다 세 배나 높은 이유는 무엇인가?

가장 큰 이유는, 지금의 농업경제가 농민을 생산 과정의 소모성 '자원'으로 이용한다는 점이다. 표토와 지하수, 그리고 농토의 생태적 건강성을 이용하듯이 말이다. 이런 태도를 낳은 주체는 농기업이며, 또한 마찬가지로 각자의 잇속을 차리려는 정치인, 관료, 경제학자, 전문가다.

농토나 농민의 지속가능성이라는 관점에서 봤을 때, 지금의 농업경제는 실패작이다. 사실상 재앙이라고 봐도 좋다. 그러니 지금의 경제가 강요하는 조건에 더 잘 적응한다고 해서 농업이 지속가능해질 수 있다고 생각해 봐야 부질없는 일이다. 그 조건 자체가 올바르지 않아 가망이 없기 때문이다. 지금의 경제가 목표로 삼고 있는 바는 빠르고 단기적인 착취이지 지속가능성이 아니다.

이 이야기는 지난 수백 년 동안 우리가 겪어 온 바로 그 이야기다. 농민의 이익과 농기업의 이익 간의 근본적인 갈등에 대한 이야기 말이다. 그런 갈등이 존재하지 않는 듯 여긴다거나, 양측을 동시에 이롭게 하기를 바라는 것은 부질없는 짓이다. 둘의 이익은 서로 다르며 부딪히기 때문에, 둘 중 하나의 편을 드는 수밖에 없다.

이와 관련해 켄터키 주의 닭 공장 문제를 한번 생각해 보자. 2000년 5월28일자 〈쿠리어 저널〉[21]에는, 1년에 닭 120만 마리를 길러 내는 매클린 군의 한 농부 이야기가 실렸다. 그는 빌린 돈 75만달러(약 7억5천만 원)를 투자하여 2만~3만달러(2500만원 안팎)의 연소득을 올린다고 한다. 기사는 이 사례가 절박한 농민을 위한 맞춤형 '처우'라며 치켜세운다. 그런데 75만달러 투자와 1년치 노동에 대한 대가로 2만~3만달러의 연소득을 받아들일 만한 사람이 절박한 농민 말고 또 있을까? 그런 '농사'를 후원하는 가금류 가공업체의 최고경영자들 중에 그런 수익률을 받아들일 사람은 몇이나 될까? 그런 식으로는 농업이 지속가능할 수 없다는 게 엄연한 사실이다. 생태적 위험은 높고 경제 구조는 열악하니 말이다. 그런 형편에 있는 농민의 자녀 중에 농사를 짓고 싶은 이가 얼마나 되겠는가?

이런 식의 경제 발전이 불가피하다고 주장하는 사람들이 있을 것이다. 하지만 그런 주장에서 불가피해 보이는 것이라고는, 그렇게 만드는 기업의 탐욕과 그것을 정당화하려는 학계 전문가들의 출세주의뿐이다. 같은

---

21) 〈The Courier-Journal〉. 켄터키 주의 최대 일간지.

날, 〈쿠리어 저널〉은 업계 옹호론자인 켄터키대학교 농업시험장의 게리 파커의 발언을 실었다. 동물공장을 옹호하며 한 말이지만 그는 이렇게 말했다. "농업은 규모도 비용도 위험도 아주 큰 유형의 사업입니다. 엄청난 돈을 빌려야 합니다. 겨우 먹고살기 위해서 막대한 매출을 올려야 합니다."

파커의 옹호론이 갖는 첫 번째 문제점은, 결과적으로 자신이 옹호하는 유형의 농업을 정면으로 반박하는 발언이라는 것이다. 〈쿠리어 저널〉은 6월4일자 사설에서 다시 파커의 발언을 인용했는데, 그런 농업이 의심받을 만하고 위험하기는 하지만 "대단한 이익을 가져다줄 수 있다."고 했다. 하지만 신문은 그런 "대단한 이익"이 누구에게 돌아가는지에 대해서는 말하지 않았다. 그래도 파커의 고백을 보건대, 우리는 그것이 겨우 먹고사는 농민들에게 돌아가지는 않을 것이라고 확신할 수 있다.

파커의 발언이 갖는 두 번째 문제점은, 딱히 옳은 말은 아니라는 점이다. 120만 마리의 닭을 팔아서 2만~3만달러의 이익을 올리는 축산과는 대조적으로, 내가 아는 어느 농가는 작년에 다각화 소농장 기획의 하나로 방목한 닭 2000마리를 길러 순수익 6000달러를 올렸다. 이 사업에는 축사나 장비에 큰 투자가 필요하지도, 큰 빚이나 계약이나 환경적 위험이 따르지도 않았다. 그래도 닭의 품질은 뛰어났다. 이들 닭의 소비자는 일반 시민이었고, 그 중 절반이 지역민이었다. 수요는 공급을 크게 초과했으며 수익금의 대부분은 닭을 길러 낸 농가에게 돌아갔다. 그 돈의 상당 부분은 다시 지역사회에서 쓰일 것이다. 파커나 〈쿠리어 저널〉은 그런 가능성을 알아보지 못했는데, 그건 아마도 이익이 막대하지 않으며, 기업이 아니라 농민에게 돌아가기 때문일 것이다.

농업 문제는 농업으로 풀자
Agricultural Solutions for Agricultural Problems, 1978

현대사회의 가장 강력하고 파괴적인 변화는 언어의 변화였는지도 모른다. 기계의 이미지나 메타포가 크게 부상한 것이다. 이른바 선진국 사람들의 머릿속에 산업혁명이란 것이 일어나기 전까지 압도적인 이미지들은 유기체적인 것이었다. 살아 있는 것과 관련이 있으며, 생물적이거나 목가적이거나 농업적이거나 가족적인 이미지였다. 하느님은 '양치기'고 신자들은 '그분 초장의 양'으로 여겨졌다. 자신의 본국은 '모국'으로 인식되었다. 누군가를 표현할 때 "사자처럼 힘세다" "사슴처럼 기품 있다" "매처럼 빠르다" "여우처럼 교활하다" 같은 비유를 썼다. 예수는 스스로를 '신랑'이라 했다. 땅을 잘 돌보는 사람들을 가리켜 '살림'한다고 했다. 사람들 사이의 이상적인 관계를 '형제간'이나 '자매간'이라 했다.

그런데 이제 우리는 사람을 '단위'로 표현하는 소리를 들어도 움찔하지 않는다. 사람이 기계 부품처럼 균일하고 교체 가능한 것쯤 된다는 표현인데도 말이다. 사람의 머리를 컴퓨터라 부르는 경우도 흔하며 자연스럽게 받아들여진다. 이를테면 한 사람의 생각을 '투입'이라 하고, 다른 사람의 반응을 '피드백'이라고 하는 것이다. 사람의 몸을 기계로 보기도 하여 음식을 '연료'라 일컫기도 한다. 일이나 운동을 제일 잘하는 사람을 기계에 비유하여 칭찬하기도 한다. 이제 일은 거의 전적으로, 기계적 기준인 '효율성' 혹은 기계적 효율에 관하여 유일하게 신뢰받는 지표인 '수익성'에 따라 판단된다. 이제는 나라를 '모국'처럼 가족적으로 친밀하게 사랑하지 않는다. 그보다는 나라를 '원료'와 '천연자원'의 '생산성'에 따라 값을 매긴다. 즉, 기계를 계속 돌릴 수 있는 능력에 따라 가치를 평가한다. 최근에 벅민스터 풀러[22]는 "우주는 물리적으로 볼 때 그 자체로 가장 놀라운 기술이다."라고 역설한 바 있다. 여기에는 하느님이 아버지나 목자나 신랑이 아니라 기계공이며, 풀러의 표현대로라면 "수학적으로만 표현될 수 있는" 원리에 따라 활동하는 존재라는 암시가 있다.

사실상 인간의 정신을 뿌리째 뽑는 것이나 마찬가지인 이러한 언어 혁명이 있었음을 고려하면, 농업 역시 이렇게 극도로 환원주의적인 비유의 멍에를 써야 하는 처지가 되었다는 게 그리 놀라운 일도 아니다. 이제 농업은, 관련 분야에서 가장 영향력 있는 사람들에 따르면 더 이상 생활양식이 아니다. 살림도 아니고 심지어 농사도 아니다. '농산업'이라는 하나의 산업이다. 이 산업은 농장을 '공장'으로 보며, 농민이나 식물, 동물, 땅을 교체 가능한 부품이나 '생산단위'로 본다.

이러한 농업관이 지난 한 세대 동안 가장 우세한 것이 되었으니, 이제

---

22) Buckminster Fuller(1895~1983). 구형 구조물인 측지선 돔(geodesic dome)을 발명한 것으로 유명한 미국의 미래파 건축가이자 공학자이다.

다음과 같은 질문을 던져 볼 때가 된 듯도 하다. "그런 농업관은 얼마나 잘 작동하는가?" 우리는 그것이 여느 산업 기계가 작동하듯 잘 돌아간다고 대답할 것이다. 지극히 전문화된 회계 방식의 표현을 따르자면 대단히 '효율적'으로 작동한다고 할 것이다. 달리 말하자면, 그런 농업관 덕에 인구의 약 4퍼센트가 나머지를 '먹이는' 게 가능해졌다고 할 것이다. 초점을 '먹거리 공장'으로만 좁힌다면, 우리는 제법 감명받을 것이다. 이 공장은 정교한 조직과 기술을 자랑한다. 용어의 정의 그대로, 놀랍도록 '효율적'이다.

이 '공장'이 실은 실패작이란 건, 초점을 넓혀서 봐야만 알 수 있다. 이 공장은 그 자체로만 보면 기계처럼 질서가 잡힌 듯하지만, 산업화 논리에 따른 사업들이 다 그렇듯 실은 급속도로 확대되고 깊어져 가는 무질서의 일부이다. 여기서는 산업농업과의 관련이 명백하고 심각한 문제 몇 가지를 드는 것만으로도 충분할 듯하다. 토양 침식, 토양 압축[23], 땅과 물의 오염, 단일경작과 생태계 악화에 따른 병충해, 농촌 인구의 감소, 도시 환경의 악화가 그것이다.

'농산업'식 셈법의 가장 분명한 오류는 농산업 기술의 '효율성'이라는 것과 상관이 있다. 첫째로 이것은 토지가 아니라 노동자의 생산성이라는 잣대로 계산한 효율성이다. 둘째로 농산업 옹호론자들이 주장하는 '맨아워'[24]당 생산성은 위험할 정도로 오해를 불러일으킨다. 아무리 생

---

23) soil compaction. 중장비 사용이나 수분 부족으로 땅이 단단해지는 것으로, 빗물이 스며들기 힘들어 식물이 자라기 어려워진다.

24) man-hour. 평균적인 노동자 한 사람이 1시간 동안 할 수 있는 일의 양, 또는 한 사람의 노동량을 계산하는 시간 단위. 인시(人時)라 하기도 한다.

각해 봐도, 아직도 농장 일을 하는 4퍼센트의 인구가 그 나머지를 먹이는 것은 아니기 때문이다. 이 4퍼센트는 먹거리 생산 네트워크 전체의 작은 일부이자 가장 적은 대가를 받는 일부일 뿐이다. 이 네트워크에는 농산품 매집상, 도매상, 소매상, 가공업자, 포장업자, 운송업자, 그리고 기계·건자재·사료·살충제·제초제·비료·약품·연료의 제조자와 판매원이 다 포함되는데, 이들 생산 주체들은 모두가 서로 경쟁하는 동시에 서로에게 의존하는 관계이며, 모두가 석유산업에 의존하고 있다.

농민만을 놓고 말하자면, 그들은 오래전에 자기 운명에 대한 통제력을 상실했다. 그들은 더 이상 '독립적인 농민'이 아니라, 채권자들과 시장의 대리인에 불과하다. 그들은 '효율적으로' 작동해야 하는 '생산단위'이며, 그것은 그들이 투자자나 인간으로서 얻는 대가와는 무관한 사실이다.

보다 큰 셈법으로 봤을 때, 산업농업은 결국 재앙을 향해 가는 실패작이다. 왜 실패작일까? 불가피한 이유가 두 가지 있다.

첫째, 산업적 농업관은 본질적으로 지나치게 단순한 방식이기 때문이다. 이 방식은 결과가 언제나 하나뿐이라는 가정을 따른다. 산업주의자는 자신이 언제나 생산상의 X라는 미지수를 구하는 중이라고 생각한다. X라는 답을 구하기 위해, 산업농업 전문가는 농업의 문제를 기계의 문제로 환원시켜야 한다. 이를테면 현대의 감금식 사육법은 동물을 기계로 여기기 때문에 가능해졌듯이 말이다.

물론 이러한 농업관이 배제하는 것은 한편으론 생물학이요 다른 한편으론 인간 문화다. 이런 점을 다 고려하여 관점을 확대할 경우, 우리는 결과란 언제나 원인의 규모나 위력에 비해 기하급수적이라 할 정도로 다양하고 자기증식적이고 장기적이며 예측 불가능하다는 걸 금방 알게 된다. 전통적인 지혜와 생태학자들의 통찰을 고려하여 우리의 형편을 확인해 보면, 미국처럼 크고 경제적으로 획일적인 나라에서는, 가능한 최소한의 '생산단위'도 대단히 크다는 것을 알게 된다. 그러한 단위는 모든 농토와 농민을 포함한다. 뿐만 아니라 모든 농촌사회, 농사의 모든 지식과 기술적 수단, 길들여 쓸 수 있는 모든 식물과 동물의 종, 농업의 바탕이 되는 자연과 그 순환, 먹거리를 사는 모든 사람의 지식·입맛·판단·주방 기술 등을 다 포함하는 것이다. 농업 문제에 대한 적절한 해법은 이러한 '단위'의 건강을 유지하고 증진하는 것이어야 한다. 그보다 못하다면 성공하지 못할 것이다.

산업농업이 실패작인 둘째 이유는 쓰레기를 양산한다는 점이다. 자연계나 생물계에서는 쓰레기가 발생하지 않는다. 쓰레기란 게 사실상 없거나 아예 없었던 비산업화 문명의 사례들은 쉽게 들 수 있다. 자연적 순환의 테두리 안에서 버려지는 모든 것은 그 순환 안에 남아 거름이 되며, 이 거름은 지속을 가능케 하는 생명의 힘이다. 자연에서 죽고 썩는 것은 사는 것 못지않게 필요한, 아울러 생기 있다고도 할 수 있는 일이다. 쓸데없이 낭비되는 것은 없다. 그렇게 볼 때, 자연에는 생산 같은 것은 없다고도 할 수 있다. 실은 재생산만이 있을 뿐이다.

그런데 산업적인 생산에서는 언제나, 적어도 지금까지는 쓰레기가 있을 수밖에 없었다. 언제나 못 쓰는 '부산물'이 있게 마련이다. 산업활동은 '회귀'라는 과정이 없으므로 순환을 완성하지 못하며 그 때문에 두 가지 전형적인 결과를 초래하는데, 고갈과 오염이 그것이다. 이를테면 에너지산업은 순환의 원을 그리지 못하고, 파헤쳐진 땅과 오염된 공기

사이에 짧은 호弧를 그리다 말 뿐이다. 농사는 본래 순환적이며 스스로 재생하는 능력을 갖고 있지만, 산업으로 변모할 경우 여느 산업활동과 다를 바 없이 파괴적이고 자기소모적인 것이 되어 버린다. 산업농업으로 인한 오염은 점점 더 심각한 문제가 되어 가고 있다. 산업농업은 그 특성상 땅을 '원료'로 취급할 수밖에 없고, 그 때문에 땅을 소모해 버리게 된다. 예컨대 아이오와 주의 농토는 지금 추세로 경작지 침식이 계속될 경우 2050년이면 고갈될 것이라고 한다. 하지만 그런 식의 농업이 치르는 '인간적' 비용, 즉 강제나 마찬가지인 이농이나 이주, 지역사회의 분열 등이 얼마만큼의 비용을 지불하는지 계산하는 경우를 본 적이 없다. 헤아릴 수 없을 정도로 엄청나기 때문일 것이다.

그런데 산업농업의 실패가 더 분명하게 드러나 보이지 않는 것은, 그 실패로 인한 최악의 사회경제적 여파가 도시로 집중되어 엉뚱하게도 '도시 문제'라 불리기 때문이다. 게다가 지금은 농업 인구가 워낙 적기 때문에 대부분이 농사에 대해 전혀 모르며, 문제를 봐도 그게 농업의 문제인지를 알아보지 못한다.

실패작인 산업농업이 먹거리를 계속해서 그토록 엄청나게 생산해 낼 수 있는 건 무슨 까닭인가? 한 가지 이유는, 산업농업을 하는 대부분의 나라는 땅이 본래 좋았다는 사실이다. 땅이 비옥했다는 것이다. 이에 비해 땅이 그다지 좋지 않던 곳에서는 산업농업에 의한 피해의 속도가 훨씬 빨랐는데, 아마존 유역이 대표적인 예라 할 수 있다. 또 한 가지 이유는, 땅이 척박해졌는데도 지금까지는 화학비료를 대량으로 들여 먹거리 생산을 보조할 수 있었다는 사실이다. 화학비료의 대량 투입으로 비옥함이 떨어지는 것을 보충해 왔다는 사실은 효과적으로 가려져 왔는데, 이제 그런 사실을 강조하는 게 중요하다. 그렇게 위장해서 실패의 여파를 좀 지연시킬 수는 있어도 실패 자체를 방지할 수는 없다. 화학비료는 필요한 양은 어마어마한데 점점 더 비싸지며, 대부분 재생 불가능한 원료로 만들어진다. 지금 산업농업은 그런 화학비료에 철저히 의존하고 있다. 이러한 의존성은 산업농업의 근본적인 약점 중 하나다.

산업농업의 또 한 가지 약점은 엄청나게 크고 복잡한 그리고 허약한 경제·산업 조직에 전적으로 의존한다는 것이다. 산업적인 먹거리 생산은 다양한 원인 때문에 중대한 손상을 입거나 중단될 수 있는데, 그 원인은 꼭 농업적인 게 아닐 수도 있다. 이를테면 트럭 운전사들의 파업, 석유 부족, 신용 부족, 혹은 미시건 주의 PBB 재앙[25] 같은 제조상의 '실수' 등이 원인이 될 수 있는 것이다.

세 번째 약점은 대부분의 인구가 산업농업에 철저히 의존하고 있으며 '보완 시스템'은 상당히 부족하다는 점이다. 지금 우리는 전례 없이 많은 도시 인구를 갖게 되었는데, 그들에게는 먹거리를 기를 땅도, 먹거리를 길러 먹을 지식도 없다. 또한 그렇게 기른 먹거리로 무얼 하면 되는지에 대한 지식도 점점 부족해져 가고 있다. 그런 사람들이 결핍이나 파업, 금수禁輸 조치, 폭동, 불황, 전쟁, 또는 어떤 사회든 겪어 왔고 산업사회는 특히 더 겪기 쉬운 그 밖의 대대적인 고난을 겪으면서도 먹거리 문제를 해결할 수 있다는 것은 미신이다.

산업농업의 근간을 이루는 혼란과 모순의 사례로, 농무부 장관 밥 버

---

25) PBB는 폴리브롬화비페닐(polybrominated biphenyl)이라는 유독한 내연제(耐燃劑)인데, 1973년 미시건의 한 화학공장에서 실수로 PBB를 가축 사료 첨가제로 사용해 1년 동안 유통되어 무수한 가축과 육류 소비자와 토양이 오염된 바 있다.

그랜드가 중국의 농업 현황에 대해 최근에 한 다음의 발언을 생각해 보자. "인력당 생산력이라는 관점에서 볼 때, 그들은 너무나 비효율적입니다. 7억 인구가 가장 보행적인[26] 유형의 작업을 하고 있으니까요. 그런데 면적당 생산력으로 보면 그들은 대단히 성공적입니다. 면적당 얻는 칼로리가 미국보다 9배나 높으니까요."

이러한 평은 중국의 막대한 노동력과 높은 면적당 생산성 사이에 있을 수 있는 관련성을 도무지 알아보지 못하고 있으니 참으로 놀라운 것이다. 어느 평자가 최근에 한 논평에 따르면, 중국의 여러 지역에서 농업은 우리가 농사라고 부르는 것보다는 아직도 텃밭 가꾸기에 훨씬 가깝다. 중국의 농민은 비교적 작은 터에서 직접 손을 써서 농사를 짓기 때문에, 사이짓거나 철저한 돌려짓기 같은 생산력 높은 농법을 구사한다. 우리의 경우 그런 농법은 진짜 텃밭에서나 할 수 있는 방식이다. 중국의 많은 농토는 지난 수천 년 동안 텃밭 수준의 생산성을 유지해 왔는데, 이는 바로 농업 인구가 워낙 많은 덕분이었다. 어떤 농토든 집중적으로 돌보고 활용하는 손이 있어서 수 세기 동안 토질과 소출이 최상의 수준으로 유지되어 왔다. 필요한 손일을 하고 필요한 농사 지식을 갖춘 사람이 충분했기 때문이다.

버그랜드가 암시하는 바와 같이 그런 농업을 '현대화'함으로써, 즉 산업적인 기준이나 방식, 기술을 도입함으로써 향상시킬 수 있다고 생각하는 것은 너무 단순한 발상이다. 그런 농업을 산업화시킨다고 할 때,

---

26) pedestrian. 트랙터나 기계를 이용하지 않고, 걸어 다니면서 밭을 일구며 농사짓는다는 뜻이다.

그들의 노동집약적인 농업을 파괴하지 않을 수 있을까? 또한 면적당 생산력을 감소시키지 않을 수 있을까? 이른바 보행적인 작업을 기계로 대체한다고 할 때, 농민들을 강제로 이주시키다시피 하거나 실업을 늘리거나 농토 관리의 질을 떨어뜨리거나 도시 빈민가를 증가시키거나 하지 아니할 방법이 있을까? 달리 말해, 중국에서 그런 혁명이 일어난다고 할 때, 미국에서 이미 발생했던 것과 같은 무질서가 초래되지 않도록 할 수 있을까? 이런 질문에 쉽게 답할 수 있다고 말하려는 건 아니다. 내가 말하고 싶은 건, 우리가 중국의 농업을 산업화하는 일에 참여하기 전에 먼저 그런 질문을 하고 답하려 해 봐야 한다는 것이다.

버그랜드 장관의 발언이 놀라운 건, '보행적'이라는 아주 뜻 깊은 단어를 구사했다는 점이다. 이런 단어를 쓴다는 것은 우리 언어에서의 산업혁명이라고 할 수 있다. 산업화가 심화될수록, 그리고 산업화가 우리의 가치와 행동에 영향을 더 끼칠수록 '보행적'이라는 형용사는 더 경멸적인 표현이 되었다. 무언가가 얼마나 더 보행적으로 여겨지는지를 알아보고 싶다면, 통행량 많은 간선도로 가장자리를 한번 걸어 보라. 자기보다 훨씬 강하고 빠른 흐름에 자신이 방해물로 여겨진다는 것을 알게 될 테다. 덜 강하고 덜 빠를수록 더 보행적인 존재가 되는 것이다. 날이 하나뿐인 쟁기는 날이 여덟인 쟁기보다 당연히 더 보행적이다. 여기서 어느 쪽이 질적으로 더 나은가의 문제는 고려되지 않는다. 그러니 중국의 농토에서 손일 하는 사람들은 제거되어야 하는 것이다. 이는 우리가 지금 주택단지를 건설할 때 보행로를 만들지 않는 것과 같은 이유에서다. 보행자는 고려되지 않는 게 아니라 허락되지 않는 것이다. 농무부 장관은 그런 용어를 구사함으로써 한편으로는 작업의 질 문제를 무시하며,

다른 한편으로는 사회적 가치와 목표의 문제를 무시한다. 들일을 사람 대신 기계가 한다고 해서 꼭 발전인가? 일꾼의 역할이 줄고 기계의 역할이 느는 게 꼭 향상인가? 기계적인 힘을 더 갖게 되었다고 해서 일꾼이 흥미와 만족을 더 느끼며 항상 더 낫게, 더 유능하게 일하는가? 일꾼은 보행적인 농장 일을 하는 게 나은가, 도시 빈민가에서 실업자가 되는 게 나은가? 어느 경우가 그 나라에 더 도움이 되는가?

버그랜드 장관의 발언을 이토록 길게 논한 것은 너무 이상해서가 아니라, 농업에 대한 미국 주류의 입장을 정말 잘 반영하고 있기 때문이다. 그는 산업농업의 언어를 구사하고 있는데, 아마 무의식중에 그랬겠지만, 어쨌든 이 언어로는 농업 문제를 제대로 해결할 수 없다. 농업 문제를 농업 문제로 이해하거나 규정하지 못하는 언어이기 때문이다.

지금부터 나는 농업에 대한 하나의 접근법을 제시해 보려 한다. 이 접근법은 농업적인 것이고, 적절한 해법을 낳을 것이며, 결과적으로 우리 모두와 나라 전체를 아우르는 먹거리 생산의 건강을 지키고 증진할 것이다. 그러기 위해 나는 네 가지 문제를 거론하고자 한다. 이 네 가지는 농사 본연의 문제이며, 그 궁극적인 해결이 조직이나 시장이나 정책 같은 공적인 장소가 아니라 농장에서만 만들어질 수 있다는 의미에서 실질적이라고 보인다. 그것은 규모, 균형, 다양성, 질의 문제다. 이 네 가지 문제는 서로 분리될 수 없으며, 어느 하나도 그 밖의 다른 것이 해결되지 않고서는 풀릴 수 없는 것이다.

첫째는 '규모'의 문제다. 규모를 문제로 삼는다는 건 무언가가 지나치게 클 수도 있고 그 반대일 수도 있다는 뜻이 될 텐데, 나는 이렇게 생각한다. 기술은 비민주적이고도 비인간적인 규모로 확대될 수 있다. 기술은 개별 인간의 통제력을 벗어날 정도로, 그리하여 어쩌면 인간이 만든 제도의 통제력을 벗어날 정도로 확대될 수 있다. 기계가 자꾸 커짐에 따라 사람을 섬기는 게 아니라 억압하게 되기가 얼마나 쉬운가?

토지 보유의 규모 역시 '정치적인' 일이다. 지역에 따라서는 민주적인 규모의 농장이 있는가 하면, 금권정치적이거나 독재적인 규모의 농장도 있는 것이다. 지금 미국 민주주의에 큰 위협이 되는 것은 농토, 혹은 어떠한 종류의 부동산이든 소유한 사람의 수가 급격히 감소하고 있다는 사실이다. 회계감사원[27]에서 바로 얼마 전에 내놓은 보고서에 따르면 "현재 전체 농지의 절반 가까이를 경영자가 소유하고 있는 것으로 보인다." 얼 버츠[28]는 농토나 부동산을 소유한 사람들이 크게 줄어든 만큼 보험증권 보유자가 늘어났다고 주장한다. 그러나 보험증권의 가치는 돈의 가치에 따라 오르내리는 것이다. 그에 비해 땅의 '진정한' 가치는 절대 변하지 않는다. 생존의 가치, 생명의 가치와 언제나 같은 것이기 때문이다. 그러한 가치가 금력이나 권력을 가진 소수의 손에 놀아난다면, 민주주의는 정부 '형태'에 불과한 것으로 축소되어 훼손되거나 무시되기 마련이다.

게다가 지역의 크기에 따라 한 농장에 주인의 관심과 애정과 돌봄이 미칠 수 있는 한계가 있는 법이다.

농토의 크기는 농적으로 매우 중요한 문제다. 농토가 너무 크면 효과

---

27) GAO. 미국 의회 산하의 정부 회계 감사기구.

28) Earl Butz(1909~2008). 닉슨 및 포드 정부 때 농무부 장관을 지내며 미국 농업의 산업화를 주도한 인물이다.

적인 순환 방목을 하거나, 경작지 침식을 방지하기가 어려워진다. 대체로 지형이 경사질수록 농토는 작아야 한다. 예컨대 안데스의 가파른 산비탈에서는 농경이 수천 년 동안 이어져 왔다. 이는 분명 토양을 유실하지 않은 덕분이며, 실제로 안데스의 농민들은 침식을 막는 다양한 방법을 알고 있다. 그들이 알고 있는 온갖 수단과 방법 중에 무엇보다 중요한 것은 농토를 작게 유지하는 일이다. 밭이 작으려면 기술의 규모 또한 작아야 하는데, 그들은 지금도 사람 손이나 소의 힘으로 밭갈이를 한다.

둘째는 '균형'의 문제다. 관리가 생산을 따라갈 수 있도록 사람과 땅 사이의 적절한 비율을 구하는 문제다. 이는 확실히 규모의 문제와 관련이 있다. 이 두 문제에 대한 적절한 해법을 찾는다면, 토양 침식이나 토양 압축 같은 문제도 풀릴 것이다.

그뿐만 아니라 각 농장과 농부는 식물과 동물 사이의 비율을 적절하게 맞춰야 한다. 이는 농적 독립의 기초가 된다. 식물과 동물이 그러한 균형을 이루어야 땅의 비옥함이 완벽한 순환을 유지하거나 완벽에 근접할 수 있다. 농장의 비옥함은 그 농장 안에서 자급되는 것이 이상적이다. 하지만 영리적인 농업을 하게 되면 땅의 영양분이 먹거리와 함께 농장 밖으로 너무 많이 실려 나가기 때문에, 하수나 음식쓰레기 등을 퇴비화된 '도시 쓰레기'의 형태로 땅에 되돌려 줘야만 한다.

균형의 문제를 연구해 보면 한 농장의 수용력, 즉 생산력을 감소시키지 않으면서 생산할 수 있는 양을 알게 된다.

균형의 문제를 해결하면 농장의 생산이 웬만큼 일정해진다. 그리고 더 이상 시장가격의 등락에 따라 농사를 짓지는 않을 것이다. 그런 농사는 농사가 아니라 산업경제의 모방이니 말이다.

셋째는 '다양성'의 문제다. 이는 유일하게 가능한 농적 보완 시스템의 문제다. 한 바구니에 모두 계란만 담아서는 안 된다는 뜻이다. 자연과 상식과 실용성의 한계 내에서 최대한 많은 종류와 종을 길러야 한다는 뜻이다.

이는 나라 전체의 농업 차원에서도 종의 다양성에 힘써야 한다는 뜻이다. 뿐만 아니라 다양한 종류의 '건실한' 농업을, 즉 장소나 필요에 따라 다양한 종류의 농장을 가능한 한 많이 육성해야 한다는 뜻이기도 하다. 도시 부근의 소규모 농장이나 겸업형 농장이 많아져 지역의 자급력과 독립성이 향상되어야 한다는 뜻이기도 하고, 농촌만이 아니라 도시에서도 텃밭이 늘어나야 한다는 뜻이기도 하다.

넷째는 '질'의 문제다. 여기서 말하는 '질'이란 '건강'과 떼어 놓고 생각할 수 없는 것이다. 좋은 먹거리에서 비롯되는 신체의 건강뿐 아니라 경제, 문화, 정신의 건강까지 말이다. 이 모든 건강은 연관되어 있다. 지금까지 여러 문제들을 논한 것은, 우리가 건강하려면 우리가 하는 일이 얼마나 건실해야 하는가를 밝히기 위해서라고 해도 좋을 것이다.

산업농업은 농부를 과학자와 경제학자의 진단에 따라 움직이는 '노동자'로 보는 경향이 있다. 낡아 빠졌지만 아직 버릴 수는 없는 기계 같은 존재 말이다. 우리는 건실한 농부가 최고 단계의 장인이라는 사실을, 일종의 예술가라는 사실을 간과해 왔다. 먹거리를 장기간에 걸쳐 넉넉하게 확보하는 것은 건실한 농부의 건실한 작업의 결과이지 다른 게 아니다.

산업주의 경제학은 그런 사실은 무시하고서, 농장에서 부실한 작업을 하도록 부추겼다. 부실한 작업은 쉽게 값을 매길 수 있기 때문에 그렇게 되었을 것이다. 부실한 작업은 단기간만 지속될 수 있기에 그 과정 전체의 금전적 가치를 쉽게 계산할 수 있다. 하지만 건실한 작업은 경제학자의 예측을 뛰어넘기 때문에 가치를 따질 수 있되 값을 매길 수는 없다. 계산할 수 있는 게 아니기 때문이다. 나는 지금 이를테면 철조망 울타리와 돌담의 차이, 혹은 가솔린 엔진과 건강한 가축의 차이 같은 것을 이야기하고 있는 것이다.

나는 실질적으로 생산의 질을 보장하는 유일한 방법은 생산자가 자신이 생산한 것을 기본적인 생존 수단으로 이용하며 사는 원칙에 있음을 점점 더 확신하게 된다. 이는 산업농업 때문에 너무 경시되어 사실상 사라지다시피 한 원칙이다. 아닌 게 아니라 지금은 농가 주민도 도시민과 다를 바 없이 슈퍼마켓을 애용하는 현실을, 산업농업이 제공해 주는 혜택인 양 홍보하고는 한다. 하지만 시장에 내다 팔 목적으로만 생산하는 사람들은 주로 양적인 관심만 있는 반면, 자기가 생산한 것을 생존 수단으로 이용하며 생활하는 사람들은 양뿐만 아니라 질에 대해서도 고심하리라고 해도 좋을 것이다.

나는 네 가지 문제에 생산을 포함시키지 않았다. 왜냐하면 그 네 가지 문제를 적절히 해결한다면, 생산은 문제가 되지 않을 것이기 때문이다. 건실한 생산은 건실한 농사의 결과일 뿐이니 말이다.

가족농을 옹호한다
A Defense of the Family Farm, 1986

가족농을 변호한다는 것은 권리장전이나 산상수훈이나 셰익스피어 희곡을 변호하는 것과 같은 일이다. 그런 것을 변호할 필요가 있다는 게 참으로 놀라운 노릇이지만, 가족농이 워낙 변호할 만한 대상이기도 하고 인간됨의 한 부분이기도 하기에 기꺼이 동의하게 된다. 하지만 변호하기로 해 놓고서 보니, 가족농이 쇠퇴해 온 세월 내내 가족농 변호에 대하여 떠들썩한 공적 논란이 있었다는 것을, 말하자면 가족농은 민주주의나 기독교처럼 정치적 유행어가 되었으며 그 이름으로 많은 악행이 저질러져 왔다는 사실을 걱정스레 떠올리게 된다.

그런 까닭에 여기서 몇 가지 세심한 구분이 필요하다. 먼저 지금 말하는 '가족농'이란 한 가족이 농사짓기 충분할 정도로 작으며, 고용한 사람으로부터 약간의 도움을 받을지언정 그 가족이 '직접' 농사짓는 농장을 뜻한다. 한 가족이 소유하되 농사는 아예 딴 사람들이 짓는 농장을 말하지는 않는다. 가족농은 한 가정이자, 농장을 소유한 가정의 일터이기도 하다.

여기서 '농사'를 짓는다는 것은 시장에 내다 팔 작물을 생산하는 것만이 아니라, 작물을 생산하는 동안에 해당 장소의 건강과 쓸모를 책임감 있게 지키는 것까지도 포함하는 뜻이다. 가족농은 그 가족이 적절히 돌보는 농장인 것이다.

나아가 가족농이란 말은 가족과 농장의 관계가 지속적이라는 뜻도 품고 있다. 가족농은 투기 목적으로 사서 이익을 남기고 팔 수 있을 때까지만 보유하고 이용하는 농장이 아니다. 또한 엄밀히 말해 새로 산 농장도 아니다. 농장을 새로 산 가족의 의도에 따라 그런 농장도 '잠재적으로는' 가족농이라 할 수도 있겠지만 말이다. 그렇게 볼 때 우리는 가족농의 서열이나 등급이란 차원을 생각해 봐야 하는지도 모른다. 한 가족이 3대에 걸쳐 소유한 농장은 한 세대 동안만 소유한 농장보다 서열이 높다고 볼 수 있을 것이다. 가족적이거나 친근한 정도로 볼 때 등급이 더 높다고 볼 수도 있을 것이다. 이런 구분은 농업을 이해하는 데 실질적인 도움이 되며, 그런 지속적 관계의 장점은 가족농에만 해당되는 게 아니다.

앞에서 나는 가족농이더라도 고용한 사람의 도움을 약간은 받을 수도 있다고 했다. 이 점 때문에 설명이 상당히 복잡해지기는 한다. 가족농이란 가족노동으로 농사를 짓는 농장이라고만 말할 수 있으면 좋겠다 싶을 정도다. 하지만 가족노동을 임금노동이나 소작으로 보완할 수도 있다는 점을 참작하는 게 중요할 것 같다. 가족노동이 이를테면 가족 구성원의 노쇠 때문에 불충분해질 수도 있거니와, 농장을 소유하지 못한 가족이 적절한 방식의 임금노동이나 소작을 통해 농장을 소유할 수도 있기 때문이다. 따라서 가족농에 대한 정의에서 가장 중요한 사항은 비가족노동의 양이 적어야 하며, 비가족노동이 가족노동을 대체하는 게 아니라 보완해야 한다는 점이다. 가족농장에서 가족 구성원은 일꾼이지 감독관일 수 없다. 가족농 가족에게 보완적인 노동력이 꼭 필요한 경우, 바람직한 형태는 고용된 사람들이 농장에 살면서 연 단위로 일하는 정도일 것이다. 계절노동자가 심고 거둔 작물을 농장 가족이 간수하기만 한다면 가족농이라고 말하기 어려울 것이다. 물론 이러한 요건들은 농장의 규모가 작고 다양성을 갖춰야 한다는 뜻을 함축하고 있다.

끝으로 한 가지 더 참작해야 할 점은, 가족농장은 아주 작거나 생산력이 많이 부족할 수 있으며 그 가족을 온전히 부양하지 못할 수도 있다는 것이다. 그럴 경우 가족의 수입이 줄지는 몰라도, 가족이 소유하고 가족이 일하는 작은 농장의 '가치'는 그 가족에게도 나라에게도 여전히 유효하다.

가족농이라는 개념은 방금 정의한 바와 같이 모든 면에서 건실한 농사, 즉 농토도 농민도 해치지 않는 농사의 개념과 상응한다. 이 두 개념은 사실상 불가분의 관계인지도 모른다. 가족농업과 건실한 농업은 동의어나 마찬가지인데, 이는 대부분의 농민은 여전히 잘 이해하고 있지만 농업 관련 대학이나 관공서나 기업은 지난 40년 가까이 무시해 온어떤 법칙 때문이다. 이 법칙은 말하자면 다음과 같다. 사람은 땅을 이용할 때 애정을 갖고서 대해야 하며, 그러자면 땅에 대한 친밀한 지식과 관심과 돌봄이 필요하다는 것이다.

이 법칙의 실질적인 의미는, 웨스 잭슨[29]의 통찰을 빌리자면, 농장 크기와 농장 일손 사이에 적절한 비율이 있다는 것이다. 우리는 이 법칙이 지켜지기 꽤 힘들다는 것을 안다. 이를테면 지금 미국에서 토양 침식이 심각하다는 사실이 의미하는 바 가운데 하나는 농민이 충분하지 않다는 것, 즉 땅을 이용할 농민은 충분하되 땅을 보호하면서 이용할 농민은 충분하지 않다는 것이다.

인간이 마음대로 폐지할 수 없는 이 법칙은 가족이 소유하고 직접 일하는 작은 농장에 정당성을 부여해 준다. 이 법칙은 '친숙함'에 가장 중요한 결정적 가치를 부여하기 때문이다. 이 친숙함은 사람이 땅과 참된 관계를 맺을 수 있도록 해 주는 유일한 방식인 가족생활에서 비롯된다. 그런 관계에 대해 우리는 감상적인 태도를 취하기 쉬운데, 그러지 않도록 주의할 필요가 있다. 우리는 작은 가족농장이 남용될 수 있음을 잘 안다. 그렇다 하더라도 친숙함은 남용을 완화하고 교정하는 경향이 있는 게 사실이다. 두세 대에 걸쳐 한 땅에서 농사를 지은 가족은 땅을 소유하기만 하는 게 아니라, 가족이 범한 실수의 역사와 그 실수에 대한 교정책을 기억하기도 할 것이다. 가족이 무엇을 할 '수' 있는지를, 기술적으로 가능한 게 무엇인지를 알 뿐만 아니라, 무엇을 해'야' 하는지와 해서는 '안' 되는지도 알 것이다. 또한 가족과 농장이 어떤 식으로 서로를 북돋우거나 제한하는지를 이해할 것이다. 이것이 땅을 오랜 세월에 걸쳐 소유하는 것의 가치다. 땅을 오래 소유하면 지식과 애정이 쌓이는데, 오래된 지식과 애정은 그 값을 한다. 그런 지식과 애정은 가족에게

---

29) Wes Jackson(1936~). 유전학자 출신의 환경운동가로 지속가능한 농업의 회복을 위한 비영리단체인 랜드 인스티튜트의 창립자이자 대표이다.

물질적인 면에서만 값하는 게 아니다. 가족과 나라 전체의 건강과 만족 면에서도 그 값을 한다.

가족농의 정당성을 입증하는 일은 농업만의 문제가 아니라 정치와 문화의 문제이기도 하다. 가족형 농장과 농가의 생존 문제는 누가 나라를 다스리느냐의 문제이며, 궁극적으로 누가 국민을 다스리느냐의 문제다. 나라의 쓸 만한 땅을 민주적으로 분배되도록 할 것인가의 문제이며, 땅 소유권이 민주적인 권한이 되도록 할 것인가의 문제인 것이다. 많은 사람이 쓸 만한 땅을 갖지 못한다면, 그들은 땅을 소유한 소수의 지주에게 종속될 수밖에 없다. 그렇게 종속되지 않고서는 의식주를 해결할 수 없게 된다. 그들은 돈에만 의존해서 살아야 하며, 언제나 생활비는 점점 더 드는데 돈은 점점 더 쪼들리는 형편에 처하게 된다. 효율성, 또는 이른바 자유시장의 경제학처럼 겉만 그럴싸한 개념 때문에 민주적 자유의 근간이 되는 민주적 소유권의 원칙을 포기한다는 건 참으로 딱하고 어리석은 짓이다.

정당성을 입증해야 할 문제는 더 많은데, 우선 이야기하고 싶은 게 하나 있다. 건실한 농부가 꾸려 가는 작은 농장은 건실한 장인이 꾸려 가는 작은 작업장과 마찬가지로 일을 질적으로 우수하고 품격 있게 만들며, 그렇지 못할 경우에는 일하는 사람도 나라도 위태로워진다는 점이다. 열 사람에게 한 종류의 핀을 만들게 하는 것이 열 사람 각자가 제 나름의 핀을 만드는 것보다 더 많이 만들어 낸다면, 이는 분명 생산력의 향상이며 핀의 품질이 균일해진다는 장점이 될 수도 있다. 하지만 이 과정에서 이 열 사람의 존엄성은 약화된다. 그들은 각자의 아이디어를 경제적으로 활용할 가능성을 박탈당하며, 그들이 하는 일은 관심과 기술

없이도 가능한 것이 되어 버린다. 로버트 하일브로너[30]는 "분업이 노동 활동을 팔다리 잘린 몸짓으로 축소시켜 버린다."고 말한다.

에릭 길[31]은 산업화로 인한 노동의 이러한 분절화 현상에서 짓기 making와 하기doing의 차이에 주목하여, 일이 짓기에서 하기로 변하면서 초래된 '정신의 퇴보'를 설명한다. 이렇게 정신이 퇴보하면 그 여파가 없을 수 없다. 한 가지 확실한 것은 생산물의 퇴보다. 일하는 사람이 스스로 만들고 있는 것에 책임을 못 느끼게 됨으로써 그 정신이 퇴보하면 판단력도 발휘할 수 없게 된다. 감식력을 발휘할 계제도 없어지고 장인 정신이나 장인으로서의 자부심 같은 것을 발휘할 기회도 잃게 된다. 그러면 소비자 역시 질적인 선택을 할 기회를 잃게 되어 퇴보하게 된다. 그래서 이제 우리는 옷을 사자마자 단추를 다시 달고는 해야 하며, 비싸게 산 물건이 금세 고물이 되어 버리고는 하는 것이다.

산업화와 더불어 손으로 하는 일은 대체로 평가절하되고 말았다. 그런 일의 대가는 올라가도 그 가치는 떨어졌고, 마침내 사람들은 낙담한 나머지 일이란 걸 더 이상 하고 싶어 하지 않게 되었다. 오늘날 미국 국민이 가장 바라는 바는 실업이라고 해도 과언이 아닐 것이다. 사람들은 업무 종료시간을 위해, 주말을 위해, 휴가를 위해, 은퇴를 위해 일한다. 더구나 그러한 바람은 조립라인만큼이나 중역실에서도 간절한, 계급을 초월한 현상 같다. 사람들이 일하는 것은 자신이 바라는 목적에 그 일

---

30) Robert Heilbroner(1919~2005). 미국의 경제학자로, 유수한 경제사상가들의 생애와 업적을 조사한 책《세속의 철학자들》로 유명하다.

31) Eric Gill(1882~1940). 영국의 조각가이자 서체 디자이너로, 대량생산 시대의 예술에 반기를 든 영국 공예운동(Arts and Crafts movement)에 관여했다.

이 필요하거나 가치 있거나 유익해서도 아니고 일이 좋아서도 아니다. 오직 그만둘 때를 위해서 일을 한다. 이는 조금만 더 정상적인 때라면 지옥에서 벌을 받는 것이나 마찬가지라 할 저주스러운 상황이다. 물론 그럴 만도 한 게, 일이 따분하기만 하고 만들어지는 것에 대한 책임이나 자부나 지식이 도무지 없는 까닭이다. 작은 농장에서 일하는 사람도 주말만 되면 "휴우, 금요일이구나!"라는 안도의 한숨을 달고 사는 나라이니 오죽하랴.

한데 그보다 더 중요한 여파가 있다. 일이 분절화되고 일하는 사람의 정신이 퇴보함에 따라 우리는 지고의 소명을 박탈당하고 만다. 에릭 길이 말하듯 "누구나 손으로 하는 일을 사랑하도록, 예술가가 되도록 소명을 받아" 태어나는데도 말이다. 작은 가족농장이야말로 남녀노소가 예술가가 되라는, 손으로 하는 일을 사랑할 줄 알라는 소명에 답할 수 있는 마지막 곳이다. 그런 곳은 이제 나날이 줄어 가고 있다. 작은 가족농장은 짓는 사람이 지어지는 것에 대해 처음부터 끝까지 책임을 느낄 수 있는 마지막 곳이기도 하다. 그런 책임감은 분명 영적인 가치를 갖는 것인데, 그렇다고 비실용적이거나 비경제적인 것만은 아니다. 실은 그런 책임감을 발휘할 때 그리고 손으로 하는 일을 사랑할 때, 농부도 농장도 소비자도 나라도 모두 가장 실용적인 면에서 이익을 보게 된다. 생계수단을 얻고, 건실한 먹거리를 얻고, 자연적으로나 문화적으로나 먹거리의 장기적이고 안정적인 원천을 얻게 된다. 그러므로 육체적 필요를 적절히 충족시켜 주는 일은 영적인 소명에 대한 적절한 응답이다.

이렇듯 가족농은 선한 것이며, 그것을 증명하기는 쉽다. 가족농을 파괴한 주역들은 아마 가족농에게서 특별히 흠을 잡지 못했을 것이다. 아무튼 우리들 사이에서 좋은 것이 망해 가고 있다면, 딱히 반박당하거나 책임지고 말고 할 것도 없이, 도대체 '왜' 그것이 망할 수밖에 없었는지를 자문해 볼 필요가 있다. 나는 지난 몇 년 동안 이 질문에 답해 보려고 애썼고 몇 가지 답은 얻었다고 확신했지만, 한편으로는 완벽한 답은 얻기 어렵다는 것도 잘 알게 되었다. 완벽한 답이란 '우리는 과연 어떤 사람들인가?'의 문제와 관련 있기 때문이다. 달리 말해 우리의 정체성에 어떤 결함이 있기 때문에 우리는 그것을 알아보기 힘들다는 것이다.

그래도 문제를 알아보기 위해 노력이라도 해야 할 텐데, 우선 우리들 사이에서 망해 가고 있는 좋은 것이 가족농만이 아니라는 사실에서 출발하는 것이 최선일 듯하다. 가족농이 망해 가는 것은 그것이 망해 가는 가치와 삶의 양식에 속해 있기 때문이다. 요즘 많은 사람이 "가족농을 지키자!"며 갑작스레 노력하기를 마다하지 않는 현상을 보면 놀라울 따름이다. 그런데 그들은 아직 가족이나 지역공동체를, 이웃 학교나 지역의 영세한 가게를, 집안 대대로 내려오는 공예를, 문화적이거나 도덕적인 전통을 지키려는 생각은 해 본 적이 없는 사람들이다. 정작 가족농의 생존 여부는 다 그런 것들에 달려 있는데, 그런 것들은 다 망해 가고 있다.

가족농이 망해 가는 것은 그것이 속한 삶의 양식이 망해 가고 있기 때문이며, 그 주된 이유는 일반인과 지도자를 가릴 것 없이 우리 모두가 다음의 세 가지 가정을 토대로 하는 산업적 가치를 받아들인 데 있다.

첫째는 가격이 곧 가치라는 가정이다. 이를테면 한 농장의 가치는 그

것이 얼마에 팔리느냐가 결정한다는 것이다. 장소도 그 가격도 '자산'이기 때문이다. 이러한 생각에 따르면 농사를 짓는 것과 농장을 파는 것은 본질적으로 아무 차이가 없는 일이다.

둘째는 모든 관계가 기계적이라는 가정이다. 이를테면 농장은 공장처럼 이용될 수 있다는 것이다. 농장과 공장은 본질적으로 아무 차이가 없기 때문이다.

셋째는 인간이 활동하는 충분하고 결정적인 동기는 경쟁성에 있다는 가정이다. 이를테면 지역공동체를 자원이나 시장처럼 다루어도 좋다는 것이다. 지역공동체와 자원이나 시장이 아무 차이가 없기 때문이다.

산업적인 성향이란 주저함이 없는 성향이다. 그런 성향은 사람이 결국 물건 취급을 당하게 되고, 물건은 결국 쓰레기 취급을 당하게 된다는 사실을 아무렇지도 않게 받아들이는 태도다.

그러한 성향은 사람과 땅 사이의 실질적이고도 문화적인 관련성에 아랑곳하지 않는 태도이기도 하다. 인간 삶의 근본이 되는 참된 경제나 경제학에는 아무 관심 없다는 것이다. 우리의 경제는 갈수록 추상적인 것이 되어 가고 있다. 사람들의 의식주를 결정하는 진짜 경제에 대한 설명도 하지 못하고 도움이 되지 못하는 문헌적인 것이 되어 가고 있다. 그리고 우리 정치 지도자들은 점점 더 공상적인 것이 되어 가는 이 가짜 경제를 국민의 건강이나 행복의 기준으로 내세운다.

이런 경제가 보편적인 기준으로 이용될 수 있다는 것은, 그 자체로 기준이란 게 아예 없다는 것과 다르지 않다. 산업주의 경제학자는 자연의 건강을 잣대 삼아 경제를 평가하지 못한다. 그들에게 자연은 '원료'의 원천일 뿐이다. 그들은 사람의 건강을 평가의 잣대로 삼지도 못한다. 그들에게 사람은 '노동력', 즉 도구나 기계부품이거나 '소비자'에 불과하기 때문이다. 그들은 경제의 건강성을 금액으로만 측정할 수 있다.

　여기서 우리는 문제의 핵심에 이르게 된다. 산업경제는 그 바깥에 있는 모든 이상이나 기준과 결별해 버렸다는 점이다. 그것은 물론 부당하게도 스스로에게 최우선의 현실이라는 지위를 부여함으로써 가능한 일이었다. 일단 그렇게 되자, 도덕이나 종교나 정부의 원칙 등과 맺고 있는 모든 끈은 느슨해질 수밖에 없었다.

　그런데 경제가 정부나 도덕이나 종교와 단절될 경우, 그 문화는 분해되어 버린다. 우리가 우리의 경제생활에서 배제되어 버린다면, 지역생활이나 정신생활에서는 어찌 그 일원이 될 수 있겠는가? 우리는 경제가 착취를 일삼고 냉혹하게 경쟁적이고 '이익 자체를 위한 이익'의 경제여도 무방하다고 생각하면서도, 자신은 품격 있고 민주적인 나라에 살고 있다고 착각하고 있는 것이다. 이는 우리의 가장 중요한 원칙과 기준이 아무런 실질적 영향력 없이, 그저 입에만 오르내리는 게 되어 버렸다는 것에 지나지 않는다.

　그게 사실이라는 걸 윌리엄 새파이어[32]가 최근 한 칼럼에서 잘 확인시켜 주었다. 새파이어는 우리의 경제가 탐욕에 의해 작동되기 때문에 탐욕은 더 이상 '7대 죄악'[33]으로 분류되어서는 안 된다고 선언한 것이

---

32) William Safire(1929~2009). 미국의 작가이자 칼럼니스트로 오랫동안 〈뉴욕타임스〉에 정치 칼럼을 썼다.

33) seven deadly sins. 초기 기독교 시절부터 경계해 온 인간의 일곱 가지 악덕인 탐욕, 분노, 시기, 정욕, 탐식, 교만, 나태를 가리킨다.

다. 그는 말한다. "탐욕은 마침내 미덕으로 (……) 인간에게 알려진 가장 개량된 엔진으로 인식되고 있다." 더구나 그것은 농업적인 미덕을 갖추었다. "세계의 기아에 대한 치유책은 탐욕이라는 원동력이다." 이러한 발언은 산업경제를 궁극적 현실로 받아들이는 사람만이 할 수 있는 것이다. 새파이어는 보수주의자로서의 위상을 유지하기 위해서인지 면책을 시도하며 "분노, 시기, 정욕, 탐식, 교만, 나태를 변호할 생각은 없다." 고 덧붙인다. 하지만 그가 자기도 모르게 누설한 비밀은 탐욕 하나만에 대한 옹호에 그치지 않는다. 각종의 광고가 보여 주고 있듯이, 실은 7대 죄악 전부가 지금 경제의 "원동력"인 것이다.

그렇다면 우리가 살고 있는 이 나라는 그리 종교적이지도 민주적이지도 않으며, 바로 그 때문에 우리는 지난 40년 동안 가족농을 지역의 갖은 소규모 경제 단위와 더불어 파멸시켰다. 우리는 수많은 사람이 하느님의 자녀나 민주 시민으로서 했음 직한 권리 주장에 대해 철저히 무관심한 경제를 작동시킴으로써, 그들이 파산당하고 강탈당하는 것을 거의 방조하고 말았다. 그러고는 "역동적인 경제는 그런 식으로 작동한다." 고 말했다. 우리는 또 "커지거나 꺼지거나 둘 중 하나"라고도 했고, "적응하거나 죽거나 둘 중 하나"라고도 했다. 그러고는 그들에 대해 관심을 끊어 버렸다.

이렇게 가족농장이 대대적으로 소멸해 가는 기간 내내, 그럼에도 우리는 자신이 "농업을 보조"해 왔다고 생각할지도 모른다. 그러나 웨스 잭슨이 지적했듯이 그것은 잘못된 진술이다. 실제로 우리가 해 온 건 농민을 이용하여 농기업을 위해 돈 세탁을 하도록 한 것이며, 그 농기업은 농민이 과잉생산을 하고 시장 형편에 따라 마구 휘둘리는 동안 공급량과 시장을 모두 통제해 왔다. 그 결과 무수한 농민이 망했고, 농기업은 번창했다. 하지만 이제 농업 경기가 예전 같지 않아지자, 일부 농기업은 그들이 결국 소비자인 농민에게 의존하는 존재임을 깨닫게 되었다.

이 절망적인 기간 내내 농과대학이나 시험장이나 농업지도소 같은 곳에서는 "건강하고 번창하는 농업과 농촌생활"을 진흥하고 "농업과 경제의 다른 부문들 사이의 적정한 균형 유지"를 돕고 "항구적이고 효과적인 농산업의 수립과 유지"에 기여하고 "농촌가정과 농촌생활의 발전과 향상"을 돕는다는 사명을 다하기 위해 노력해 왔다.[34]

그러한 임무가 토지공여제도 때문에 실패로 돌아갔다는 것은 이제 명백한 사실이다. 그 임무를 완수하는 데 헌신했고 농촌가정과 농촌생활에 정말 도움이 되었던 교수, 과학자, 농업지도소 직원이 많다는 것을 나는 알고 있다. 하지만 이 제도 자체가 실패작이라는 것은 더 이상 부인할 수 없다. 모릴법 이후 124년, 해치법 이후 99년, 스미스-레버법 이후 72년이 지난 지금[35], "산업활동에 종사한 계층"이 개방적으로 교육을 받는 것도 아니고, 농업과 농촌생활이 건강하거나 번창하거나 항구적인 것도 아니며, 농업과 경제의 다른 부문 사이에 적정한 균형이 있는 것도 아니다. 농민 인구의 감소, 농촌 지역공동체의 쇠락, 토양 침식,

---

34) [원주] 미국 연방 해치법 361b 항.

35) 1862년에 제정된 모릴법은 산업혁명 시대를 맞아 농업과 과학 육성을 위해 각 주별로 고등교육기관에 토지를 무상으로 공여한 법인데, 이 혜택을 받은 대학들은 나중에 일반 과목을 다 가르치는 공립 대학으로 성장했다. 1887년에 제정된 해치법은 대학의 농업시험장 설립을 위해 토지를 공여하는 법이며, 1914년에 제정된 스미스-레버법은 농민에 대한 비공식 교육기관인 농업지도소(extension service)를 설립하는 법이다.

토양 및 물의 오염, 물 부족, 농장의 파산에 대하여 누가 통계를 내 봐도 결과는 논란의 여지가 없는 실패담이다.

이러한 실패는 농기업들의 목적이나 포부나 가치와 토지공여제도 사이의 복잡한 충성 관계를 떼어 놓고서는 이해할 수 없다. 토지공여제도에 관련된 교수나 과학자나 농업지도소 관계자가 주 정부의 지원금을 받는 연구자나 농기업의 출장 판매원 노릇을 하기 위해 얼마나 적극적으로 나섰는지는 기록상으로도 잘 남아 있고 널리 알려지기도 한 사실이다.

사정이 이렇게 된 이유 또한 복잡하다. 나는 그 중 일부를 이미 언급했는데, 다 아는 척할 생각은 없고 그 중 가장 인상적인 것 하나를 더 말하고 싶다. 그것은 토지공여제도 관련 관직이 농업 관료직과 마찬가지로, 그 자리에 몹시 가고 싶은 사람들과 자리를 차지한 사람들이 보기에는 농민을 섬기기 위한 자리가 아니라 농사를 그만두고 살기 위한 수단이라는 점이다. 우리는 농업행정 전문가란 사람들이 '농군 출신'으로서 더 잘 된 사람들이라는 말을 자주 듣게 된다. 이유야 아주 간단하다. 농민으로 살기는 본래 꽤 어렵지만, 대학교수나 직업 있는 전문가로 산다는 건 본래 꽤 쉽다. 가족농으로 농사를 지으며 사는 농민에게는 정년 보장도, 업무시간도, 자유로운 주말도, 유급휴가도, 안식년도, 퇴직금도 없다. 직업적인 위신이 있지도 않다.

농업 관련 전문직 종사자의 진로는 대체로 농사 쪽도 농민과 손잡는 쪽도 아니다. 대학이나 정부기관이나 농기업의 위계를 따라 '위로' 올라가는 것이다. 그들은 신시나투스[36]처럼 인민을 섬기기 위해 쟁기를 놓았다가 다시 쟁기를 들지는 않는다. 오직 쟁기를 그만 들기 위해 쟁기를 놓을 뿐이다.

이는 토지공여의 혜택을 누리는 이해관계자들과 농장들 사이가 철저히 단절되었으며, 이 단절로 토지공여제도 관련 전문직 종사자들이 마음대로 잘못된 조언을 하게 되었음을 뜻한다. 아닌 게 아니라 그들은 그런 조언을 적당한 지면에 발표할 수만 있으면, 그 조언이 적절하냐 아니냐는 그들의 진로에 별 문제가 되지 않는다.

이를테면 우유 시장이 공급과잉 상태가 된 지 몇 년 뒤라 낙농업 농민들이 어디서나 위협을 느끼고 있을 때, 대학의 전문가란 사람들은 여전히 우유 생산량을 늘리려고 애쓰고 있으며, 농민들에게 생산력이 떨어지는 젖소를 없애라는 조언을 여전히 하고 있는 것이다. 그들은 다른 판단 기준이 있을 수 있다는 것도, 생산력 떨어지는 젖소를 없애는 일은 작은 농장을 없애는 일이라는 것도 모르는 듯하다.

인간의 도덕적 의지박약이나 관료제의 불가피한 실패 탓으로 여기고 말 수도 있다. 자신이 당할 입장에 있었다면 결코 하지 않았을 그런 조언에 결국 피해 입은 사람들이 있다는 것을 무시한다면 말이다. 공적인 조언을 하는 사람들은 중대한 책임을 맡는 것이며, 조언이 잘못될 경우 중대한 해를 끼치게 되는 것이다. 정년과 수입이 보장된 교수들이 농민들에게 적자생존의 경제 원리를 권유하거나 용인할 경우, 혹은 대학의 경제학자들이 잇따라 선언했듯이 이른바 비효율적인 농민들의 실패는

---

36) Cincinnatus. 로마 공화정 시대의 귀족 정치인으로 집정관 및 독재관을 지냈다. 작은 농장을 일구며 살다가 침략으로 위태로운 로마를 구하기 위해 독재관이 되었으나 외적을 물리친 뒤 스스로 권좌에서 물러남으로써 많은 이들의 귀감이 되었다. 미국 오하이오 주에서 세 번째로 큰 도시 신시내티는 신시나투스를 기리는 단체의 이름을 땄다.

농업에도 국가에도 좋은 일이라 할 경우, 괴물 같은 일이 벌어지게 된다. 그들은 자신이 속한 '보호주의' 경제와 자신의 도움을 받아야 할 농민들에게 권유했으나 이미 농민들은 그 치명성을 거듭 확인한 바 있는 '자유시장' 경제가 모순된다는 것을 모르는 듯하다. 그들은 대학의 경제와 극도로 특화된 경제가 모순된다는 것도 모르는 듯하다. 대학이야 세금 지원을 받는 기관이 다 그렇듯 자금원이 아주 다양한 곳이지만, 그들이 농민에게 권유한 경제는 정반대이다. 아무튼 이런 모순들이 존재하고 있으며, 그런 모순들 때문에 농업경제학 교수들이 대대적으로 파산하는 경우는 아직까지 없었다.

물론 이는 이론과 실제의 지독한 모순을 보여 주는 예일 뿐이기는 하다. 하지만 그런 모순이 농과대학에 존재할 필요는 없으며, 너무 극단적일 필요도 없다. 가르치는 사람이 실제로 현업에 종사하기만 하면 문제는 바로 풀린다. 상당수라도 그렇게 하면 된다. 그것은 사실 대학의 다른 분과에서는 원칙이다. 의사 경험이 없는 의학 교수가 있다면 별난 일일 것이다. 법률 사건을 처리할 수 없는 법학 교수도 그렇다. 건물 설계를 못 하는 건축학 교수도 마찬가지다. 그렇다면 실력이 입증된 농부이거나 그럴 것으로 예상되는 사람이 농학 교수가 되는 게 특별히 이상한 일인가?

그렇다고 농민은 곤경의 피해자이기만 하고 아무 탓도 없다는 식으로 말한다면 그것도 잘못일 것이다. 실은 그들도 우리 모두와 마찬가지로 함께 잘못이 있으니, 그들이 살아남을 희망은 그런 사실을 이해하는 데 있다.

농민은 다른 어느 집단과 마찬가지로 앞서 언급했던 산업주의의 환상에 찬동한 바 있다. 가격이 곧 가치라는, 모든 관계가 기계적이라는, 경쟁은 적절하고 충분한 동기라는 환상 말이다. 농민은 우리 모두와 마찬가지로 이기심과 사치를 그저 정상적인 것으로 받아들였다. 또한 우리 모두와 마찬가지로 농민은 인간이 꼭 필요한 정도만 쓰고 책임을 느끼며 사는 생활보다는 상품 광고주가 권하는 생활을 해도 무방하리라 믿었다.

산업농업의 대약진은 농민이 이웃보다는 이웃의 농장을 갖는 게 낫다는 확신을 갖게 되었을 때, 엄청난 돈을 기꺼이 그리고 부득이 빌리게 되었을 때 일어났다고 해도 좋을 것이다. 그렇게 함으로써 농민은 가계경제 또는 지역경제의 두 가지 기본 원칙을 어겼다. 그것은 검약하면서 관대해야 한다는 원칙이다. 달리 말해 현실적인 한계 내에서 독립적이면서도 좋은 이웃이 되어야 한다는 원칙이다. 이 원칙을 어김으로써 농민은 자신의 파멸을 노리는 모든 것의 공격에 쉽게 당하고 마는 처지가 되어 버렸다.

개인의 소유를 무제한적으로 늘리라고 부추기는 경제 프로그램은 많은 사람의 실패를 예상할 뿐만 아니라 적극적으로 꾀한다. 아닌 게 아니라 독점금지법의 역사가 증언하듯이, 그런 경제 프로그램은 결국 당사자 말고는 모두가 실패하기를 꾀한다. 이웃과 함께 살아남고자 했다면 여전히 제자리를 지키고 살았을 많은 사람이 결국 그런 프로그램 때문에 자기 농장을 잃고 농사를 떠나게 되었다. 그런 견지에서 볼 때, '일을 덜어 줄' 것이라는 말에 넘어가 이용한 기계와 농약과 대출이 실은 이웃을 대체하는 노릇을 하게 되었음을 알 수 있다. 게다가 이웃은 대가 없이 서로 도와주는 반면, 기계와 농약과 대출은 이웃이 '아니던' 이들이 정한 대가를 치러야 했다.

지금까지 나는 가족농의 문제점을 설명했다. 위험한 문제이기는 하지만 희망이 없다고는 생각지 않는다. 오히려 지금까지의 설명에는 문제에 대한 해법이 상당수 암시되어 있다.

그렇다면 할 수 있는 게 뭘까?

가장 확실하고 바람직한 해법은 해치법에서 명시한 목적 중 하나인 "경제의 다른 부분과 농업 사이의 적정한 균형"을 확보하는 일일 터이다. 여기서 우리는 '균형'이라는 개념에 대해 생각해 볼 수밖에 없는데, 간단히 말하자면 농장의 생산물이 농장을 떠날 때의 가격이 농부가 사들여야 하는 물품의 가격과 같아야 한다는 것이다.

최소한의 공공 비용으로 그런 균형에 이르기 위해 우리는 농산물 생산을 통제해야 한다. 공급을 수요에 맞춰야 한다. 하지만 이는 개별 농민이나 개별 주 정부가 직접 해낼 수 없는 일이다. 연방 정부에서 하는 게 마땅한 일이다. 이는 우리 정부의 건국 당시 문헌 어디에나 암시되어 있는, 소수가 다수로부터 보호받을 권리가 있다는 이상과 완벽한 조화를 이루는 일이다. 우리에게는 현실적인 한계 내에서 가능한 한 소농[37]이나 소상인이 될 '권리'가 있다. 생명과 자유와 번영에 대한 권리가 있듯, 또는 있는 한에서는 말이다. 개별 시민이 재력가에게 희생당할 수 없는

---

37) 이 책에서 소농(小農)은 문맥에 따라 소규모 농장일 수도, 그런 농장의 주인일 수도, 그런 곳에서 이뤄지는 농사일 수도 있다.

것은 권력자에게 희생당할 수 없는 것과 마찬가지다. 마티 스트레인지[38]가 어느 지면에서 "예외적인 소수만이 성공하는 정도만큼 그 시스템은 실패하는 것이다."[39]라고 했다. 그는 경제적으로도 농업적으로도 옳은 판단을 내리고 있는데, 그의 발언은 바로 미국의 정치적 전통에서 비롯된 것이기도 하다.

가족농이 처한 곤경은 정부의 다른 변화, 이를테면 세금이나 대출에 관련된 정책에 의해서도 개선될 것이다.

물론 우리의 정치적 문제는, 정부의 도움에 대해 낙관하기에는 농민의 수가 많지도 않고 그들은 경제적으로 넉넉하지도 않다는 점이다. 정부는 농민의 잉여 생산물을 유용하게 여기는 동시에 농민의 경제적 실패를 이념적으로 바람직하게 여기는 경향이 있다. 그러므로 우리는 농민과 농촌이 스스로 할 수 있는 일들에 집중할 필요가 있다. 우선은 바람직한 정책이 수립되도록 힘쓰면서 말이다.

하지만 농민에게 가장 위험한 것은 정부에게 도움을 기대하려는 것인지도 모른다. 그것도 농기업과 대학에 기대하던 도움이 실패로 돌아간 뒤에 말이다. 그러면서 그들은 자기 스스로에게, 농장이나 가족에게, 이웃이나 전통에게 도움을 기대하는 법은 잊어버렸다.

마티 스트레인지는 다음과 같은 신념을 글로 밝히기도 했다. "영리 위주의 농업이 우리가 아는 다원적인 미국 사회 내에서 살아남을 수 있으려면, '농장'이라고 하면 쉽게 연상하는 가치들을 토대로 농장을 재건해

---

38) Marty Strange. 《가족 농업》(1988, 2008)의 저자.

39) [원주] 웨스 잭슨이 묶은 에세이집 《Meeting the Expectations of the Land》(1986) 중 마티 스트레인지의 글 〈지속가능한 농업의 경제 구조〉 118쪽.

야 한다. 이 가치들이란 보존, 자립, 자기의존, 가족, 공동체 같은 것을 말한다. 영리 위주의 농업이 지속가능한 것이 되려면 이 가치들을 강화하는 방향으로 기술적 기반과 생산방식을, 그리고 사회경제적 구조를 재편해야 할 것이다."[40] 나 역시 이에 동의한다. 이 가치들은 농민이면서 동시에 인간인 우리가 살아남도록 해 준다. 나는 마티가 제안하는 전환이 정부나 기업이나 대학에 의해 이루어질 수 없으리라는 점을 지적하고 싶다. 전환이 된다면, 그건 농민 자신이, 그리고 농민의 가족과 이웃이 해야 할 것이다.

요컨대 내가 제안하는 바는, 농민이 산업경제라는 사기 도박장에서 헤어날 길을 찾아야 한다는 것이다.

이러한 의제를 해결하기 위한 첫 번째 과제는 농촌에서 이웃과 공동체를 되살리는 일이다. 우리는 농촌에서 이웃과 공동체가 붕괴되거나 상실되는 것을 보고서 그 가치를 확실히 알게 되었다. 우리는 그들 없이 살아 보려다가 그들이 우리에게 영적으로나 사회적으로나 경제적으로나 얼마나 가치 있는 존재인지를 알게 되었다. 또한 우리의 문화적 전통이 말해 주는 바, 즉 지역공동체가 살아 있기 위해 '지역 센터'나 '레크리에이션 시설' 같은 잡다한 '지역사회 개선책'이 필요한 게 아니라는 이야기를 다시금 듣게 되었다. 지역민에게 정작 필요한 것은 서로 사랑하고, 서로 믿고, 서로 돕는 일이다. 하지만 그게 어렵다. 우리는 어떠한 지역사회도 그런 일을 쉽게 혹은 완벽하게 할 수 없다는 사실을 잘 안다. 그런가 하면 우리는 지난 50년 동안 대학이나 농기업에서 내놓은 부와

---

40) [원주] 같은 책 116쪽 .

성장을 위한 그럴싸한 온갖 방법보다는 그런 어려움이나 불완전함에 더 희망이 있다는 사실도 잘 안다.

두 번째 과제는 농민이 자신의 농장을 돌아보고서 농장이 구성되고 쓰이는 방식에 잠재되어 있을 수 있는 인간적이고 경제적인 손실을 헤아리는 일이다. 그럼으로써 그들은 산업주의가 신봉하는 경쟁이라는 원리에 얼마나 속아 왔는지를 이해하게 될 것이다. 특화라는 것 때문에 다른 특화한 농민과 어떻게 경쟁에 내몰리게 되었는지도, 규모화라는 것 때문에 이웃과 친구와 가족과 어떻게 경쟁하는 사이가 되었는지도, 소비경제라는 것 때문에 어떻게 자기 자신과 경쟁하게 되었는지도 알게 될 것이다.

한 농장의 사람 수와 땅 면적 사이에 적절한 균형이 있는 게 사실이라면, 의존과 독립 사이에도, 소비와 생산 사이에도 적절한 균형이 있다. 한 농가가 그러한 독립을 누린다는 건 가능하고도 바람직한 일이지만, 어떤 농민이나 농가도 완전히 독립적일 수는 없다. 어느 정도의 의존은 불가피하다. 그러한 의존이 바람직한지 아닌지는, 그렇게 의존해서 누가 도움을 받느냐의 문제다. 어떤 농가가 이웃에 대한 의존에서 벗어나서, 심지어 가족에 대한 의존에서도 벗어나서 농기업에 그리고 채권자에게 의존하게 된다면, 이미 살펴보았듯이 농민과 그 가족은 별 도움을 받지 못할 가능성이 많다. 가족과 이웃에게 의존하는 쪽이 훨씬 바람직한 유형의 의존이 될지도 모른다는 뜻이다.

마찬가지로, 농장과 그 농가가 생산적일 수'만은' 없다는 것도 분명하다. 어느 정도의 소비는 있을 수밖에 없다. 이 역시 불가피한 일이며, 그것이 바람직한지는 그 비율에 달려 있다. 농장이 생산에 비해 소비를 너무 많이 한다면 그 농가는 외부에서 조달되는 물자에 좌우되며 불필요한 위험에 노출되고 만다. 이를테면 농사를 너무 크게 짓는 바람에 장비와 물자를 엄청나게 들이지 않고서는 노동의 대가를 기대할 수 없게 될 경우, 그 농민은 쉽사리 큰 피해를 당할 수 있다. 나는 최근에 말 몇 마리로 옥수수 농사를 짓는 오하이오 주의 한 농부를 만나 보았다. 그는 옥수수 밭을 갈 때 제초제를 '사는' 쪽보다는 자신과 말들의 노동력, 즉 농장 자체가 에너지원이기 때문에 값이 아주 싼 노동력을 '파는' 쪽을 택한다고 했다. 그의 주안점은 간단히 말해 사는 것과 파는 것 사이에는 아주 큰 차이가 있으며, 이 차이가 연말에는 순이익으로 나타난다는 것이다.

같은 이치로, 농민이 먹거리를 기르기보다는 사는 게 많은 쪽으로 유도될 경우, 그 농민은 생산자라기보다는 소비자가 되며, 농장 수입의 상당 부분을 잃게 된다. 달리 말해 산업화된 교외 지역의 가계경제와는 다른, 농사짓는 생활에 맞는 가계경제가 있다는 것이다.

마지막으로, 나는 지금까지 이야기한 게 추측이 아니라 증거에서 비롯된 것이라는 말을 하고 싶다. 나는 이 글을 쓰는 내내, 미국에서 아주 어려운 시기 동안 살아남았을 뿐만 아니라 번창해 온 소농들의 공동체 사례 하나를 염두에 두고 있었다. 아미시[41] 말이다. 물론 모든 농민이 아미시 사람들처럼 되어야 한다고 권하는 것도, 아미시 사람들과 그들의

---

41) Amish. 미국 펜실베이니아 주에 많이 사는 기독교의 한 종파로 전기, 수도, 자동차 등의 현대 기술을 사용하지 않으며 생활한다. 아미시 공동체에 대한 자세한 이야기는 2부의 〈아미시의 일곱 농장〉에 나온다.

생활양식이 완벽하다고 주장하는 것도 아니다. 내가 권하고 싶은 것은 아미시의 다음과 같은 원칙들이다.

1. 가족과 공동체를 지킨다.

2. 이웃과 함께 농사짓는 방식을 고수한다.

3. 요리, 농사, 가사, 주택에 관한 기술을 대대로 이어 간다.

4. 기술의 이용을 제한하여, 이용 가능한 인력이나 태양광, 풍력, 수력 같은 무료 에너지원을 배제하지 않는다.

5. 농장을 작은 규모로 제한하여, 이웃과 의좋게 농사를 짓고 저출력 기술을 최적으로 이용할 수 있도록 한다.

6. 앞서 말한 방식들로, 비용이 일정 수준을 넘지 않도록 한다.

7. 자녀가 가족을 떠나지 않고 공동체를 지키며 살도록 교육한다.

8. 농사짓기를 실용적인 기술이자 영적인 수양으로 존중한다.

이런 원칙을 따르는 사회는 경영자나 주주나 전문가에게 착취당하는 사회가 아니라 인간이 사는 사회가 될 것이다.

판단은 농장에 맡기자
Let the Farm Judge, 1997

농업에 관한 책 가운데 나에게 가장 유용한 것 중 하나는 영국 목양 협회에서 펴낸《영국의 양》이다. 이 책에는 영국의 65개 양 품종과 '인 정된 잡종'에 대한 사진과 설명이 수록되어 있다. 나는 이 책의 사진과 설명을 한참이나 들여다볼 때가 많은데, 농업이 이룬 큰 업적의 하나라 할 만하기 때문이다. 또한 이 책은 여러 세기에 걸친 영국 농민의 지혜 와 판단력을 가장 인상적으로 보여 주는 사례이기도 하다.

캔자스 주보다 별로 크지 않으며 켄터키 주 두 배 남짓인 섬에서 양 품종이 65가지나 된다는 건 무엇을 뜻하는가? 오랫동안 수천의 농민이 양뿐만 아니라 지역의 풍토와 경제의 특성에도 각별한 주의를 기울였 다는 뜻이다. 그들은 지역별 적응을 위해 필요한 요건에 지혜롭게 반응 한 것이다. 한 지역에서 오랫동안 지혜로운 농민들이 그런 노력을 기울 인 결과, 지역의 요구에 맞는 독특한 품종이 발달하게 되었다. 이러한 지 역별 적응은 어디서든 농업의 가장 중요한 요건이다. 다양한 풍토에 맞게 농사를 짓자면, 가축의 품종도 한 품종 내의 유형도 다양해야 한다.

가축의 품종이 매우 다양한 것은 기르는 식물이 다양한 것과 더불어, 지역별로 매우 다양한 요구에 적절히 반응하는 데 필요한 일종의 어휘력과도 같다. 농사가 장기적으로 성공하기를 바라는 지혜로운 농민의 목표는 지역의 특성에 맞게 농사를 적응시키는 일이다. 그런 맥락에서 지역별 적응은 언제나 두 가지 문제에 답해야 한다. 지역경제의 특성이 무엇인가, 그리고 장소의 특성이 무엇인가의 문제 말이다. 이를테면 너무 가파른 산비탈에 밭을 일구는 것은 경제 문제에 대한 답이 되지 못한다. 농민의 생계를 부인하는 방식으로 지리 문제나 생태 문제에 답하는 게 잘못이듯 말이다.

지혜로운 가축 육종가는 이 두 문제가 실제로는 하나임을 알게 될 것이다. 즉, 어떻게 하면 경제적·생태적 비용을 최소화하면서 최상의 육류를 생산할 것인가의 문제 말이다. 이 문제에 대해 시장이나 식육가공업계, 또는 육종협회나 품평회 심사원이 만족스러운 답을 내놓을 수 있는 건 아니다. 동물과학 전문가도, 유전공학자도 만족스러운 답을 내놓을 수 없다. 만족스러운 답은 농민만이 내놓을 수 있으며, 선택 과정에서 농장이 한몫을 담당할 때에만 가능하다.

결국 어떤 농장에서 길러 낸 가축이라도 어느 정도는 농민과 식육가공업자, 육종협회, 품평회 심사원의 판단이 함께 낳은 생산물이라는 사실은 굳이 말할 필요가 없을 터이다. 하지만 농장 역시 그러한 판단에 참여하도록 해 주어야 한다. 농장이 판단에 참여하지 못한다면 지역별 적응이란 게 있을 수 없다. 그리고 지역별 적응이 없으면 결국 농민과 농장이 상당한 대가를 치를 수밖에 없다.

우리 시대의 가축 육종은 상업적인 요구와 품평회의 유혹 때문에 이상적인 품종 특성이나 육질이라는 기준에 맞는 탁월한 동물을 생산해내는 데 집중해 온 경향이 있다. 달리 말해, 새끼 칠 목적으로 기르는 암소나 암양은 유력한 품평회나 상업적인 기준에 맞는 새끼를 낳아야 우수하다는 뜻이다. 우리는 그러한 생산의 '비용'에 대해서는 충분히 염려하지 않는데, 사실 이 문제는 지역별 적응의 문제와 직결된다. '값싼' 화석연료가 농업의 패턴을 결정해 버린 우리 시대에만 이렇게 비용에 대해 무관심할 수 있을 것이다. 이렇게 무분별하게 가축을 육종할 수 있었던 것은 수의사와 제약회사에게 흘러들어간 막대한 자금이 보조금 노릇을 하고, 값싼 옥수수 덕분에 늘어난 지방질이 보호막 구실을 했기 때문이라고 하면 충분한 설명이 될 것이다.

값싼 화석연료, 값싼 운송, 값싼 옥수수와 그 밖의 사료 곡물은 농업을 획일화로 몰고 간 주범으로 흔히 거론된다. 이것들은 지역적 차이를 흐려 버렸으며, 아울러 지역별로 적응된 품종들, 특히 풀만 주로 먹고 잘 자라는 것들의 유용성을 모호하게 만들어 버렸다. 지금 남아 있는 품종들이 소수의 유력한 품종뿐이며, 대부분 몸집이 크고 풀 대신 곡물을 먹고살아야 하는 것도 다 그런 까닭이다. 지금은 이를테면 낙농장의 거의 모든 암소가 홀스타인 품종이며, 오늘날의 양은 검은 얼굴에 '몸집과 키가 큰' 품종인 게 보통이다.

내 친구 모리 텔린은 50년 전에는 뉴잉글랜드[42] 지역과 캔자스 주 낙농장의 인기 젖소 품종이 에어셔Ayrshire였다는 점을 지적해 주었다. 에어셔는 그 지역에서 구할 수 있는 먹이만 먹고도 젖을 잘 만들어 냈기때문이다. 아이오와나 일리노이에서처럼 최적의 조건과 사료가 없어도 되었다. 모리는 에어셔가 "생존력 강한 젖소"였다고 말한다. 흔히 이제 우리는 생존력 강한 농장 가축에 대한 필요성은 넘어섰다고 생각하는데, 그건 위험한 일이다.

이와 달리 특히 지금의 경제에서 농민의 불가피한 목표는 비용을 줄이는 것이고 나아가 지역적 적응을 통해 그 비용을 줄이는 것이어야 한다고 가정한다면, 옥수수는 시장가격이 얼마든 결코 싼 게 아니라는 사실에 주목하면서 가축의 품종 문제를 생각해 볼 수 있게 된다. 오히려 싼 것은 뜯어먹을 수 있는 풀이며, 풀이 자라는 장소가 그 풀을 뜯어먹을 동물의 종류를 결정한다.

켄터키 강 하류 유역에 있는 우리 농장은 대체로 비탈이다. 그런데 무게가 많이 나가는 동물은 비탈을 상하게 하기 쉬우며, 겨울에는 특히 더 그렇다. 새끼를 칠 목적으로 소를 길러 본 결과, 우리 농장에는 양이 필요하다는 사실을 알게 되었다. 그것도 비탈에 자라는 거친 풀을 먹고살 수 있는 양이 필요했다. 그래서 우리는 1978년 가을에 보더체비엇 Border Cheviot 품종의 암양 여섯 마리와 수컷 한 마리를 샀다. 지금은 암양이 서른 마리쯤인데, 앞으로 더 늘어날 것이다.

우리의 품종 선택은 옳았다. 보더체비엇은 비탈에서 잘 사는 양으로, 우리 농장처럼 거친 풀이 자라는 지형에 유리하게 육종된 품종이다. 더구나 이 양은 약간의 옥수수로도 잘 자라는데, 우리 농장에서는 약간의 옥수수만 난다. 물론 문제도 있었다. 이를테면 우리가 택한 품종에

---

42) 미국 북동부의 6개주(메인, 뉴햄프셔, 버몬트, 매사추세츠, 코네티컷, 로드아일랜드)를 아우르는 지역으로, 면적이 한반도보다 조금 작으며, 주로 17세기 중반에 영국 청교도들이 정착했던 곳이다.

우리 자신이 적응해야 하는 문제가 있었다. 또한 양들을 우리 농장에 적응시키는 것 또한 중요한 문제였다. 그런 문제들을 좀 더 거론해 보자.

지금은 미국의 다른 어느 지역보다 중서부에 체비엇이 많을 텐데, 우리의 체비엇들 역시 품종의 원천이 중서부여서 우리 문제의 상당 부분은 그런 사실에서 비롯되었다. 중서부의 육종가들에게 잘못이 있다는 뜻은 아니다. 오히려 우리는 그들에게 엄청난 빚을 지고 있다. 그 특정 종류의 양은 켄터키의 비탈보다는 중서부의 대초원에서 살기가 쉬운 게 사실이다. 비탈진 농장에서는 그냥 걸어 다니는 것만도 힘들고 에너지도 더 많이 들며, 땅이 덜 기름질수록 암양은 배를 채우기 위해 더 많이 걸어야 한다. 중서부인 오하이오나 아이오와의 완만한 지형이면 멀쩡했을 무릎이 남부에 속하는 우리 농장에서는 관절염을 앓을 수 있다. 대초원의 농장이면 새끼를 두 마리씩 낳을 수 있을 암양이 비탈진 농원에서는 한 마리밖에 못 낳을 수 있다. 마찬가지로 돌아다니는 데 에너지를 써야 하는 곳에서 자라면 새끼 양은 상대적으로 무게가 더디게 늘수 있다. 우리는 한 살 먹은 암양 다섯 마리를 일리노이 주 댄버스에 사는 친구 밥 월러튼에게 판 적이 있다. 그 친구가 그 양들에게서 처음으로 새끼를 얻을 때 모두 11마리를 받았다. 우리 농장이었다면 아마 일고여덟 마리 정도였을 것이다. 우리 농장보다 덜 가파르고 더 기름진 아들의 농장에 보낸, 팔기에 적당하지 않은 암양들에게서도 우리는 비슷한 차이를 발견하게 되었다.

그렇다면 우리 농장에는 비교적 까다로운 조건에서 잘 견디고, 오래 살고, 잘 번식하고, 도움 없이 새끼를 두 마리씩 낳고, 먹이를 잘 찾아먹는 암양이 필요한 것이다. 경험해 본 바에 의하면, 보더체비엇 품종도 그런 종류의 암양을 만들어 낼 수는 있는데, 반드시 그런 건 아니었다. 우리는 18년 동안 암양을 꽤 많이 사거나 길렀는데, 우리와 우리의 장소가 요구하는 대로 잘 자라는 암양 일족은 지금까지 둘뿐이었다. 두 암양이 낳은 두 새끼 암컷 말이다.

이들 암양 일족의 새끼 암컷들을 식별하여 보존한 결과는 아주 만족스러웠다. 올해는 그런 새끼 암컷이 우리가 새끼를 받아 기른 암컷들의 절반 이상을 차지했다. 아마도 그 때문에 전에는 150퍼센트 안팎이던 우리 농장의 양 출산율이 172퍼센트로 늘어났을 것이다. 아울러 올해 우리는 겨울철에 건초 먹이는 기간을 한 달 줄여 2월초부터 시작하게 되었다. 내년에는 출산 때문에 암양을 외양간으로 데려오는 3월초 정도부터 건초를 먹이려고 한다.[43] 가축 기르는 일은 자랑하기에는 언제나 너무 이르지만, 우리는 꽤 고무된 상태다.

필립 스포넨버그와 캐롤린 크리스먼의 뛰어난 책 《보존 사육 핸드북》에 나오는 표현을 쓰자면, 우리는 표준화된 품종을 다루는 데 '포괄적' 혹은 '재래종'[44] 축산법을 적용한 것이었다. 우리가 기른 양들은 애초부터 "환경의 도전"을 받아야 했던 것이다. 달리 말해 최소한의 돌봄을 받고 전문 수의사의 도움을 사실상 받지 않으면서, 가장 저렴하고 지속가능하게 장소가 제공할 수 있는 것, 주로 방목지의 풀을 주식으로 살아

---

43) [원주] 우리는 다음 해에도 그렇게 했고, 계속해서 그렇게 하고 있다. 눈이 많이 쌓이거나 딱딱하게 굳은 때에만 예외였다. 우리는 8월초부터 크리스마스 무렵까지는 산비탈의 풀을 안 뜯기고 방치해 두는데, 겨울철에 암양들을 그 산비탈에 풀어 놓고 겨울을 나게 한다.

44) landrace. 환경에 적응하여 주로 자연적인 과정에 의해 발달한, 길들인 동식물의 지역적 변종을 뜻한다.

야 했다. 우리는 암양과 새끼 양에게 셀레늄[45] 주사를 맞히고, 구충제는 조금밖에 주지 않는다. 갓 태어난 양에게는 파상풍 주사만 맞히고, 발굽을 깎아 내지 않는다.[46]

최근까지, 그리고 암양들이 많은 편인 지금도 우리가 사 온 양은 헐값에 내놓은 것들이었다. 이런저런 이유로 품평회의 기준에 못 미치는 그런 녀석들이었다. 하지만 나는 우리가 매년 품평회에서 최고로 치는 것들을 샀다고 해도, 우리 농장의 양들이 우리가 바라는 기준에 더 빨리 도달했으리라 생각지 않는다. 우리가 요구한 특성들 중에는 품평회 심사원들에게는 안중에도 없는 것들도 있었으니까 말이다.

나는 가축 품평회가 무익하다고 주장하려는 게 아니다. 품평회는 유익한 기능을 할 수 있다. 특히 좋은 육종가들이 비교될 만한 좋은 가축들을 내놓을 때는 명백히 도움이 된다. 내 말은 품평회만으로는 가축 육종가들에게 적절한 기준을 세우고 유지할 수 없다는 것이다. 유일한 기준이 품평회나 육종협회에서 비롯된 것이라면, 지역에 맞게 적응된 특성을 길러 낼 수 없다.

중요한 것은 특히 초식동물에게 곡물 사료를 먹이고 감금식 사육을 하는 지금, 미국의 어떤 육종가도 지역에 맞는 적응력을 갖춘 품종을 길러 낼 수 없다는 것이다. 육종가는 지역별 적응과 저렴한 생산이라는

---

45) 동물에게 조금씩 필요한 미량영양소의 하나여서 보충해 주고는 하는데, 양을 초과하면 위험하다.

46) 양은 본래 고산지대 비탈에서 살아온 동물이라 발굽이 잘 닳는 만큼 빨리 자라는데, 평지에서 사육하다 보면 마찰에 의해 발굽이 닳을 일이 적어서 발굽을 수시로 깎아 주지 않으면 너무 자라서 문제가 된다.

차원에서 볼 때 번식용 가축을 사들이는 일이 언제나 도박이라는 사실을 알아야 한다. 새로 구입한 암양이나 숫양은 농장에 이미 있는 양들의 번식과 성장에 도움이 될 수도 있고 안 될 수도 있다. 건실한 육종가라면 판단이 어느 한 차원으로만 이루어지는 게 아님을 알거나 알게 될 것이다. 육종가가 판단을 하는 동안, 농장도 나름의 요구와 선택을 하면서 판단을 하는 까닭이며, 그게 바람직하다. 농장의 판단은 유전적 다양성의 보존을 도우면서 품종의 향상에 기여한다.

이따금 다 큰 수컷을 살 필요도 있기 때문에, 지역에 맞게 적응된 양 무리가 장점을 이어 나가느냐의 여부는 암컷의 혈통에 달려 있다. 가장 오래 살고 잘 자라고 번식력 좋은 암양의 혈통을 식별하여 보존하는 것이 무엇보다 중요하다. 이게 꼭 힘든 일이지는 않다. 농장 또한 농장 주인과 함께 선택을 할 것이기 때문이다. 농장 주인은 보기 좋은 녀석들을 골라내는데, 대개 잘 자란 녀석들이다. 그리고 농장 주인은 조만간 나름으로 "선호하는 유형"을 알게 되며, 대체로 그것은 장소에 적응하여 잘 자라는 유형이다. 그에 비해 농장은 잘 견디는 녀석들을 택한다. 농장 주인이 고르지 않거나 혹은 잘못 고르더라도 농장에 안 맞는 암양은 결국 농장에 잘 맞는 암양에 비해 무리에게 기여하지 못한다.

우리는 양치기가 자신이 무얼 하고 있는지 알아야 한다는 말에는 대개들 동의한다. 그런데 우리는 양 무리 자신이 무얼 하고 있는지, 즉 그들이 살고 있는 농장에서 어떻게 잘 살고 번성하고 번식하는지 알아야 한다는 말은 대개 잘 이해하지 못한다. 하지만 양 무리가 체화한 그런 앎은 대단히 중요하다. 양 무리에게 그런 앎이 있다는 것은, 가장 저렴한 비용으로 풀이 고기가 된다는 뜻이니 말이다.

농업과 에너지
Energy in Agriculture, 1979

나는 도널드 홀의 아름다운 회고록 《살리기 너무 짧은 끈》[47]을 막 다시 읽었다. 1930년대 말부터 1950년대 초까지, 저자가 여름이면 뉴햄프셔 주에 있는 조부모님의 농장에서 지내던 소년 시절 이야기다. 이 책에는 흥미로운 얘기들이 많은데, 그 중에서도 최고는 옛적 뉴잉글랜드 지역에 있던 작은 농장의 생활과 경제에 관한 부분이다.

손자인 저자가 기억하는 바, 조부모 웨슬리 웰스 부부의 농장은 그때 이미 유물이었다. 남북전쟁 이후 죽어 가던 농촌 중에서도 산골에 있는, 지금으로 치면 '주변부 농장'이라 할 만한 곳이었다. 그 농장에서는 가족의 먹거리를 자급했고, 홀스타인 젖소 몇 마리의 젖을 손으로 짜고 양 한 무리를 길러서 현금을 벌었다. 땔감과 메이플시럽은 기르던 나무

---

47) 《String Too Short to Be Saved》(1961). 도널드 홀(1928~)은 동화 작품을 많이 쓴 미국의 저명한 시인이다.

로 해결했다. 웰스 부부는 식림지[48]에서 기른 나무를 팔아 딸들을 학교에 보냈다. 이 농장과 농가는 아주 적게 벌었기 때문에 지금 기준으로 보자면 빈곤했다. 그러나 쓰는 돈도 아주 적었다는 게 대단히 중요한 점이다. 이 농장의 원칙은 검약이었으며, 필요한 것은 쓸 수 있는 자원의 한도 내에서 해결했다.

이 농장의 관리는 옛날 농경 방식을 따랐는데, 그래서 산업자본주의 방식에 따른 현대식 농장보다 훨씬 더 독립적일 수 있었다. 뿐만 아니라 그 에너지 경제도 현금 경제 못지않게 독립적이었다. 이 농장에서 이용되는 에너지는 주로 사람들과 한 마리의 말에서 비롯되었다.

홀의 회고록은 웰스 부부의 삶이 쉽지는 않아도 품위 있고 살 만한 것이었음을 그 어떤 논증보다도 강하게 말해 준다. 그들의 생활은 모험적이지도 풍족하지도 않았지만, 이웃 친지와 잘 지내고 정이 넘치는 생활이었다. 그들은 지적이고 도덕적으로 강직했으며, 사람과 동물에게 자애로웠고, 훈훈한 기억과 건전한 유머가 풍부했다. 손자가 그들에 대해 하는 말들을 종합해 볼 때, 그들과 그들의 장소를 안다는 게 손자에게는 확실히 정신적으로나 정서적으로나 엄청난 힘이 되었다.

나만의 생각일지도 모르지만, 이 책을 읽다 보면 이런 방식의 삶이 어쩌다 우리에게서 멀어져 버렸는지, 어쩌다 그런 삶이 하나의 가능성으로서의 가치를 잃고 우리 자신을 '향상'시키기 위해서라며 포기할 수 있는 것이 되어 버렸는지 자문하지 않을 수 없다. 홀은 그의 조부모님 농

---

48) woodlot. 재목을 얻기 위한 목적으로 나무를 심어 기르는 땅으로, 숲 조성 자체가 목적인 조림지와는 다르다.

장 같은 곳이 꼭 농사를 제대로 못 짓거나 살아남을 만한 생활양식을 제공하지 못했기 때문에 뉴잉글랜드 지역에서 소멸된 게 아니라는 점을 분명히 한다. 그런 농장들은 그런 곳을 보전할 동기와 기술과 특성과 문화를 갖춘 사람들이 부족해진 탓에 사라져 버린 것이다. 달리 말해 그런 곳들은 문화적 가치가 바뀜에 따라 소멸해 버렸다. 홀의 기억에 따르면, 조부모님의 농장은 20세기 중반까지 그런대로 온전하게 살아남았지만, 농장 주변은 농사를 이어받는 경우가 드물어지면서 사람과 농장이 점점 줄어드는 형편이었다. 그 일대는 더 이상 사람이 오는 장소가 아니라 떠나는 장소였다.

홀이 회고하는 시대에 우리의 시골에서는, 시간이 흐를수록 점점 더 이상해 보일 그 무언가가 속도를 높여 가고 있었다. 그 무언가란 사적으로나 공적으로나 '발전'에 관련된 일련의 의심스러운 가설들이었다. 말하자면 직업을 가질 수 있으면 당연히 농부가 되어서는 안 되고, 도시로 이사할 수 있으면 시골에 있어서는 안 되고, 뉴잉글랜드의 산비탈보다 중서부의 콘벨트[49]에서 더 돈이 되는 농사를 지을 수 있으면 뉴잉글랜드의 산비탈에서는 농사를 지어서는 안 된다고 여기기 시작했던 것이다. 이런 가설들은 몇 년 동안 좀처럼 거론되지도 않았고 의문시되는 경우는 더더욱 없었다. 그리고 지금 시대에는 가장 강력한 사회적 힘 중 하나가 되어 버렸다.

하지만 이러한 가설들이 제 힘으로 자리를 잡은 건 아니다. 그것들이

---

49) Corn Belt. 미국 중서부의 곡창지대로, 주요 산물은 옥수수와 옥수수를 주식으로 하는 가축이다.

힘을 얻고 마침내 우리 사회를 압도하여 재편할 수 있었던 것은 생산기술의 발달과 화석연료 에너지의 사용 덕분이었다. 전례 없는 사회 변화를 가능하게 하는 데 화석연료 에너지를 이용할 수 있었던 것은 화석연료가 '값싸기' 때문이었다. 그런데 우리가 그것을 '값싸다' 여길 수 있었던 것은 일종의 도덕적 무지 때문이었다. 그것을 이용할 수 있는 만큼 그것에 대한 '권리'가 있다고 여기는 무지함 말이다. 그 권리란 오로지 완력으로 이루어진 것이었다. 화석연료는 한때 아무리 풍부했다 하더라도 양적으로 한정되어 있고 재생가능하지 않으며, 특별히 한 세대에만 '속하는' 게 명백히 아니다. 우리는 아직 태어나지 않은 이들보다 강한 현세대라는 이유로 후세 사람들의 권리를 무시해 버렸으며, 다른 누구도 아닌 바로 우리 후손들의 에너지를 훔쳐서 산업 발전이라는 '기적'을 이룩했다.

그것이 우리의 발전과 풍요의 진정한 토대다. 우리가 부유한 나라인 이유는 그만한 부를 획득해서가 아니다. 우리는 정직한 어떠한 수단으로도 그만큼 많은 부를 얻을 수 없고 그럴 만한 자격을 갖고 있지 않다. 우리가 부유한 이유는 단지 우리가 후세 사람들이 타고날 권리와 살아갈 수단을 우리 시대에 다 팔고 써 버리는 법을 배웠으며 기꺼이 그러고자 한다는 것뿐이다.

그러니 뉴잉글랜드의 '주변부' 농장들이 발전 때문에, 혹은 살아갈 장소로서 더 이상 생산적이거나 바람직하지 않았기 때문에 버려졌다고 말한다면 너무 고지식한 소리다. 그런 농장들이 버려진 이유는 대단히 '실용적'인 것이었다. 그런 곳들은 화석연료 기술에 의한 착취가 용이하지 않았기 때문이다. 그곳들의 몰락은 남북전쟁 이후 증기 동력과 산업

경제의 발달과 더불어 시작되었고, 제2차 세계대전 이후 산업농업의 도래로 완결되었다. 산업농업을 하자면 넓고 평평한 땅이 필요하다. 기술의 규모가 커질수록, 작거나 가파른 땅은 점점 더 경제의 주변부로 밀려나 마침내 버려지고 만다. 그리하여 산업농업은 스스로를 점점 더 알 수 없는 역설로 내몬다. "세계를 먹이기 위해서" 기술이 거대해질수록, 생산 잠재력이 있는 '주변부' 땅을 황폐화시키거나 버려지도록 만들고 만다. 이제는 드넓은 네브래스카의 땅도 거대한 농기계를 더 효율적으로 작동하기 위해 컴퓨터와 불도저를 이용해 다른 모습으로 바꿔야 할 정도라면, 동부 산악지대의 그보다 작은 비탈쯤이야 당연히 농사지을 땅이 아니라고 볼 것이다. 농업의 산업주의자들은 그런 식으로 판단해 왔을 것이다.

그러니 에너지는 단순한 연료가 아니다. 에너지는 강력한 사회적·문화적 영향력이다. 우리가 사용하는 에너지의 종류와 양은 우리 삶의 종류와 질을 결정한다. 우리는 삶의 근간을 화석연료 에너지로 전환함에 따라 사회를 일종의 기술결정론에 종속시키고 말았으며, 동시에 산업화라는 새로운 방식과 가치에 따라 인구와 가치를 이동시켰다. 농촌의 부와 물자와 사람은 산업경제의 중력에 끌려 도시로 흘러갔고, 되돌아오는 흐름은 얼마 되지 않았다. 그리하여 농가에 사는 사람과 농촌공동체는 어디서나 자꾸 줄어들었고, 아예 망하는 곳도 있었다.

화석연료 에너지로의 전환이 농촌공동체의 삶과 가치를 근본적으로 바꿔 버렸다면, 그 전환이 우리의 농업관도 근본적으로 바꿔 버렸다는 게 그리 놀라운 일은 아닐 테다. 마크 D. 쇼 교수의 글에 나오는 수치는 그러한 변화의 성격을 이해하는 데 도움이 된다. 쇼 교수에 따르면 지금 "푸드 시스템"[50]에서 사용되는 에너지는 미국 전체 에너지 사용량의 16.5퍼센트를 차지한다. 그 16.5퍼센트는 세부적으로 다음과 같이 사용되고 있다.

농장에서의 생산	3.0%
식품 제조	4.9%
도매 유통	0.5%
소매 유통	0.8%
음식 조리(가정)	4.4%
음식 조리(상업)	2.9%

산업농업 옹호론자들은 흔히 제일 처음 나오는 '농장에서의 생산' 수치에서 멈춰 버리고는 한다. 이 수치에 따르면, 농업은 상대적으로 적은 에너지만 쓰고 있으니 '에너지 위기'의 원인을 찾는 사람들은 다른 데다 손가락질을 해야 한다며 말이다. 그런데 미국 에너지 소비의 13.5퍼센트에 이르는 다른 수치들이 사실 더 흥미롭다. 그것들은 푸드 시스템이 산업 기업에 자리를 내줄 만큼 확대됐음을 보여 주기 때문이다. 농장과 가정 사이, 즉 생산자와 소비자 사이에다 우리는 제조업자와 복잡한 유통 구조와 음식 조리라는 중간 단계를 개입시켰다. 가정 아닌 곳에서 이루

---

50) 일정 인구를 먹이기 위해 필요한 먹거리의 생산, 가공, 유통, 소비, 폐기 등을 포함하는 모든 과정과 인프라를 지칭하는 말이다.

어지는 음식 조리가 '제조'와 정확히 어떻게 다른지는 모를 일이다. 그리고 수송에 에너지 예산의 몇 퍼센트가 들어가는지를, 요즘 사람들이 장보러 차를 몰고 나가는 거리가 얼마인지를 계산했는지도 모르겠다. 그럼에도 요점은 충분히 명백하다. 산업경제는 생산자와 소비자 사이의 핵심 연결고리를 늘이고 복잡하게 함으로써 성장하고 번영한다는 것이다. 로컬푸드 경제에서는, 집에서 조리할 싱싱한 농산물을 다루며, 그럼으로써 수송업자와 제조업자와 포장업자와 조리업자 등이 없어도 되기에 에너지 예산이 훨씬 더 적을 테고 먹거리 값도 싸지고 농장의 수입도 높아질 것이다.

쇼 교수는 훨씬 더 인상적인 수치들을 제시한다. "펜실베이니아 농업에 사용되는 에너지의 원천"과 관련된 수치들이다. 주에 따라 그 중요성이 크게 달라지리라고는 생각지 않는다.

원자력   1%
석탄   5%
천연가스   27%
석유   67%

미국의 농업이 화석연료 에너지를 상대적으로 적게 사용한다 할지라도, 이 수치들을 보면 다른 어떤 에너지원보다 화석연료에 거의 전적으로 의존하고 있음을 알 수 있다. 미국 농업은 거의 전적으로 화석연료 에너지만 사용하고 있으며, 다른 부문과 더불어 경쟁적으로 사용하고 있다. 그리고 이 에너지원은 재생가능하지 않다.

이렇게 재생가능하지 않은 에너지원에 심각하게 의존하고 있다는 사실은 농업 산업화의 직접적인 결과다. 산업화 이전의 농업은 거의 전적으로 태양에너지에 기댔다. 태양에너지는 지금도 그러하듯 식물을 자라게 할 뿐만 아니라, 사람과 동물의 노동이라는 형태로 농장에 생산력을 제공하기도 했다. 이 에너지는 생물학적으로 얻어서 이용할 수 있는 것이며, 순환 가능하다. 땅을 잘 돌봐서 생명의 순환을 온전하게 하기만 하면, 표토 속의 태양에너지는 고갈되지 않는다.

태양에 기대는 이 옛날식 농업은 산업경제와는 근본이 판이하게 달랐다. 산업 시대의 기업은 그런 농업으로부터 얻을 수 있는 이익이 상대적으로 적었다. 산업이 농업을 전적으로 착취할 수 있는 것으로 만들기 위해서는, 배리 코모너의 용어를 빌리자면 "농장과 태양의 끈"을 약화시키고 농토를 산업 기업의 "식민지"로 만들 필요가 있었다. 농민들은 공짜인 태양에너지를 포기하고 기계로 얻어 내는 화석연료 에너지를 이용하기 위해 비싼 값을 치르도록 설득당하고 말았다.

그리하여 우리는 이익을 위해 인공적으로 확대된 또 하나의 시스템 사례를 갖게 되었다. 농장의 본래 유기적이고 통합적이고 독립적인 생산 시스템이 확대되어, 멀리서 오는 원료와 제조된 물자에 복잡하게 의존하게 된 것이다.

문화적인 관점에서 보면, 기계가 농민을 대체하고 에너지가 기능을 대신해 버리는 결과를 낳았다. 농민들은 점점 더 화석연료 에너지에 의존하게 되면서 생각도 근본적으로 바뀌고 말았다. 한때는 살아 있는 것들의 이치와 생명과 건강에 중점을 두던 생각이 이제는 기술과 경제에 중점을 두기 시작했다. 이를테면 신용이 날씨만큼 중요한 문제가 되어

버렸다. 농민들이 부채를 얻어야만 올라갈 수 있는 생존이라는 외길 사다리를 오르기 시작했기 때문이다. 기계가 커질수록 더 많은 땅이 필요해졌고, 땅이 많아질수록 더 많은 기계가 필요해졌으며, 그럴수록 더 많은 땅이 요구되는 악순환이 계속되었다. 생존자는 기계와 담보와 이웃의 파산 덕분에 불확실하고 일시적인 성공을 종종 거두기도 했다. 그리하여 농장은 '공장'이 되었고, 공장에서는 속도와 효율과 수익성이 성과의 주된 기준이었다. 물론 그러한 기준들은 산업적인 것이지 농업적인 것이 아니다.

더구나 태양에 기대는 옛날식 농업은 시간 지향적이었다. 무엇이든 때 맞춰 하는 것이 미덕이었다. 사람들은 때 맞춰 무얼 하는 법을 아는 데서 자부심을 느꼈다. 그에 비해 산업농업은 공간 지향적이다. 산업농업의 미덕은 속도다. 사람들은 가장 빨리 하는 데서 자부심을 느낀다. 이와 달리 옛날식 농업에서 '알맞은 때'란 빠를 수도 있고 느릴 수도 있었다. 일의 성과는 질에 달려 있었다.

내가 강조하고 싶은 가장 중요한 점은, 농업이 생물에서 비롯되는 태양에너지에 기대다가 기계에서 비롯되는 화석연료 에너지에 의존하는 쪽으로 변하게 되자, 어쩔 수 없이 다음과 같은 여러 종류의 낭비를 자초하고 말았다는 사실이다.

첫째는 태양에너지의 낭비다. 동력뿐만 아니라 성장력으로서의 에너지도 낭비했다. 땅의 소유 단위는 점점 커지고 농민의 수는 줄어들면서 더 많은 농토가 피복작물[51] 없이 남겨지게 되었다. 이는 가을과 초봄에 농토에 쏟아지는 햇빛이 피복작물의 잎에 붙들려 토양과 사람에게 유익한 역할을 해야 하는데 그러지 못하는 날수가 많아진다는 뜻이다. 그만큼 낭비되는 것이다.

둘째는 인간의 에너지와 능력의 낭비다. 산업농업은 사람을 기계로 대체해 버린다. 그 결과 수많은 사람이 농업의 기능을 익혀 농작업을 하는 능력을 잃게 된다. 지금 미국에는 쓸모없고 무력한 신세가 되어 정부의 보조를 받아야 하는 사람들이 수백만인데, 그렇게 되는 동안 사람의 손과 보살핌이 부족해 흉하고 황폐해진 땅은 너무 많다. 게다가 건강을 잃고서 거의 마찬가지로 쓸모없고 무력한 신세가 되었으나 복지 혜택을 못 받는 사람 또한 수백만이다. 지금 우리는 뱃살에다 유용한 잠재 에너지를 얼마나 많이 저장해 두고 있는가? 그런 에너지가 의료비만이 아니라 다이어트나 약이나 운동기계에 쓰이는 비용의 형태로 우리에게 요구할 대가는 또 얼마인가?

셋째는 동물 에너지의 낭비다. 살아 있는 말의 힘을 버릴 뿐만 아니라, 감금식 사육 때문에도 낭비를 한다는 뜻이다. 알아서 풀을 뜯어먹고 잘 살도록 되어 있는 동물에게 먹이를 공급하느라 우리는 왜 화석연료 에너지를 쓰는가?

넷째는 토양과 토양 건강의 낭비다. 이제는 농사지어야 할 땅 면적에 비해 농민의 수효가 너무 줄었기 때문에 온갖 기계적 방편에 의존해야 한다. 하지만 손쉬운 방편은 좋은 결과를 가져온 적이 없으며, 앞으로는

---

51) cover crop. 거름이나 수분이 빠져나가고 토양이 침식되는 것을 막기 위해 본 작물 재배 기간 이외에 심는 작물을 가리킨다.

그러지 않으리라 믿을 이유도 없다. 농부가 심고 거두는 때를 지키면서 어마어마한 면적을 감당해야 한다면, 속도가 최우선적인 고려 사항이 될 수밖에 없다. 때문에 땅이 아니라 기계가 관심과 기준의 초점이 된다. 그리하여 땅 면적은 자꾸 넓어져서 돌려짓기의 필요성이 줄어들고, 물길을 갈아엎어 버리고, 또 지형에 따라 밭을 계단식으로 만들거나 곡선으로 밭갈이를 하는 경우는 점점 줄어든다. 그리고 앞서 말했듯이, 피복작물을 심는 땅도 자꾸 줄어든다. 그토록 넓은 땅을 수확하자니 가을에 피복작물 심을 겨를이 없는 것이다. 그 결과 아이오와처럼 '평평한' 주들에서도 재앙적인 토양 침식이 일어나고 있다.

토양의 낭비와 관련된 문제는 토양 압축의 문제이기도 하다. 그 원인 중 하나는 산업농업으로 토양 속의 부식질이 줄어들면서 땅의 결합력이 강해지고 잔구멍이 줄어들었다는 점이다. 또 하나의 원인은 중장비 사용인데, 이는 무엇보다 토양 압축 때문에 불가피한 일이다. 그런데 내가 보기에 가장 주된 원인은 역시 제대로 농사를 지을 만큼 농민이 충분하지 않다는 데 있다. 산업농업에 종사하는 농민은 땅이 너무 넓어서 '때 맞춰' 들일을 하기 위해 기다릴 여유가 없다. 중장비를 감당할 땅이기만 하면 몰고 들어가 땅을 갈아엎거나 흙을 잘게 부수고는 한다. 작업이 기계적으로 가능하기만 하면 언제든 때 맞는 일이다. 이제는 어느 농촌을 다녀 봐도 농토 바닥이 깊은 중장비 바퀴 자국 때문에 조각난 꼴을 볼 수 있다.

마지막 아이러니는 우리가 이런 식으로 땅을 학대하는 게 부분적으로는 '지불금 수지'를 맞추기 위해서라는 점이다. 달리 말해 석유를 수입하기 위해서라는 것이다. 몇몇 '농기업' 관계자의 표현을 쓰자면 우리는 '석유달러'petrodollar의 유출을 벌충하기 위해 '농업달러'agridollar를 쓰고 있다. 사실상 우리는 트랙터를 굴리기 위해 표토를 수출하고 있는 셈이다.

시장에 거대한 장비가 있으니 한 사람이 많은 땅을 감당할 수 있다는 건 분명하다. 많은 사람들은 그러한 기계의 힘과 속도에 반해 버린 듯한데, 제조업자들은 그런 기계를 "괴물"이나 "에이커 이터"acre eater라 부르기를 좋아한다. 하지만 그 결과는 농사가 아니다. 그보다는 채굴에 훨씬 가깝다. 남아 있는 농촌에서, 농기업의 괴물 같은 에이커 이터 소리가 들리는 곳에서 많은 옛 농민들은 자기 무덤을 파고 있는 게 분명하다.

보존주의자와 농본주의자
Conservationist and Agrarian, 2002

　나는 자연보존론자이면서 농부이며, 야생지 옹호론자이면서 농본론
자다. 내가 세계의 야생을 지지하는 것은, 그것을 좋아하기도 하거니와
그것이 세계의 생명과 우리 자신에게도 필요하다고 생각하기 때문이다.
같은 이유로 나는 세계의 농림축산지의 건강성과 온전성을 지키기를
바란다. 달리 말해 세계의 농림축산 종사자들이 안정적이고 지역별 적
응이 되어 있으며 자원이 보존되는 지역공동체에서 생활하기를 바란다.
그들이 진정으로 번영하기를 바란다.

　이 말은 내가 평생을 지기만 하는 두 편에 서 있었다는 뜻이기도 하다.
내가 알고 있는 한, 농본론과 보존론이라는 대의는 국지적으로 승리를
거둔 적은 있되 대체로 연이어 패배했으며, 그 중에는 회복 불능의 패배
도 있었다. 그러는 사이 제3의 편, 즉 땅을 착취하는 기업들은 갈수록
부유해지기만 하는 듯 보였다. "하는 듯 보였다."고 한 것은, 그들의 부
가 환영 같기 때문이다. 그들의 자본주의는 결국 천연자원이 아니라 환

상에 기반을 두고 있다. 얼마 전에 나는 어느 경제학자가 이렇게 말하는 것을 들었다. "만일 소비자가 자기 수입 이상으로 지출하는 생활을 그만둔다면, 우리는 불경기를 맞이하게 될 것이다." 그래서 자연과 농촌이라는 두 편은 제3의 편에게, 즉 결국은 자기 이익의 기반을 스스로 파괴했음을 알게 될 그 편에게 계속해서 패배해 왔다.

아마도 자체에 내재된 부조리를 존속시키기 위해 이 제3의 편은 그 어느 때보다 힘을 과시하고 있는 듯하다. 정치와 교육과 언론을 통제하고, 과학을 지배하며, 생명공학을 들이대면서 말이다. 특히 그들은 이 생명공학을 전례 없이 급하게 공격적으로 상업화하고 있는데, 땅을 경작하는 세계의 경제와 그 식량 공급을 완전히 통제하기 위해서다. 이렇게 민주화보다 기업의 힘이 압도적으로 강해진 것은 아마도 제2차 세계대전 이후 가장 불길한 현상일 텐데, 대체로 '자유세계'에서는 그런 현상을 지극히 정상적으로 보고 있다.

그토록 오랫동안 늘 지기만 하는 두 편에 있었던 나의 슬픔이 더 깊어지는 것은 그 두 편이 공동의 적인 제3의 편과 싸워 왔을 뿐만 아니라, 이제는 서로 싸우는 게 거의 전통이 되다시피 했기 때문이다. 더욱 슬퍼지는 것은 내가 속한 두 편에 있는 모든 사람이 자기파괴적인 제3의 편의 죄악과 운명에 깊이 연루되어 있음을 알게 될 때다.

생각을 보다 명료하게 정리하기 위해, 얼마 전부터 나는 주변에 있는 농림축산지와 인간공동체의 건강성 향상까지 함께 추구하지 않는 야생지 보존 프로젝트는 더 이상 지원하지 않기로 했다. 그 이유 중 하나는 우리가 농림축산지와 그것을 이용하는 사람들을 지키지 못한다면 야생도 야생지도 지킬 수 없다고 판단하기 때문이다. 때문에 나는 보존론자인 친구들과 불편한 관계가 될 때가 있는데, 그때 느끼는 씁쓸함은 농민이나 축산인이 나를 '환경주의자'로 취급할 때 맛보게 되는 씁쓸함과 비슷한 것이다. 이는 내가 환경주의자라는 말을 싫어하기도 하거니와, 스스로 농민과 축산인의 편이라고 생각하기 때문이다.

어떤 어려움이 있든 간에 '야생 세계'와 '길든 세계'를 분리하는 경향에 더 이상 협조하지 않겠다고 결정하고 나니, 내가 지지하는 두 편이 공존할 수 있으며 거의 하나일 수도 있다는 게 더 뚜렷이 보였다. 길들인 것과 야생을 상반된 것으로 나누는 이원론은 대부분 그릇됐으며, 계속해서 우리를 잘못된 길로 인도하고 있다. 이 이원론은 야생생물의 길들고자 하는 속성을 흐려 버렸다. 더 중요한 점은, 이 이원론 때문에 인간의 길들고자 하는 속성이 야생에 철저히 의존하고 있다는 사실 또한 흐려져 버렸다는 것이다. 우리는 이제 '인간중심적'이라는 비난을 흔히 들으며 감수하고는 하는데, 그러면서 야생 양과 야생 늑대 역시 양중심적이고 늑대중심적이라는 사실은 잘 잊는다. 세상은 야생적이면서, 동시에 모든 동물은 가정을 꾸리며 길든 생활을 하려고 한다.[52] 즉 짝짓고, 새끼 기르고, 먹이와 안락을 구하는 생활을 추구한다. 마찬가지로 야생 양과 농장에서 기르는 양을 길든 속성이라는 측면에서 보면, 어느 정도 차이가 있기는 하지만, 우리는 길든 양이 야생성을 너무 잃으면 경제성과 쓸모가 없어진다는 사실을 너무 쉽게 잊는다. 실제로 번식이나 외양 등에 문제가 생긴다. 길든 것과 야생은 실은 서로 긴밀히 연관되어 있다.

---

52) domestic이라는 단어는 '길든'이라는 뜻과 '가정적'이란 뜻이 있는데, 본래 '가정'에서 비롯된 말이다.

그 두 세계에게 정말 낯선 것은 기업화된 산업주의다. 삶이 이루어지는 장소에 대한 애정도 없고 삶이 이용하는 물자에 대한 존중도 없는, 난민의 경제생활과도 같은 것이다.

우리가 던져 봐야 할 질문은 야생 세계와 길든 세계가 별개의 것인지, 나눌 수 있는 것인지 따위가 아니다. 그보다는 그 둘의 분리할 수 없는 연관성을 인간의 경제에서 어떻게 하면 적절히 유지할 수 있느냐는 질문이다.

야생과 길든 것은 나눌 수 없으며 우리 인간이 둘의 관계를 적절히 유지하는 데 상당한 책임이 있다고 말한다는 것은, 추상적이지 않으면서 아주 책임감 있는 발언이 되어야 한다. 나는 매우 실질적인 두 가지 문제를 염두에 두고 있다.

하나는, 보존론자가 왜 이를테면 농사에 적극적인 관심을 가져야 하는가의 문제다. 그 이유야 많지만 가장 명백한 것을 들자면, 보존론자도 먹는다는 사실이다. 먹거리에 관심이 있으면서 먹거리 생산에 관심이 없다는 건 명백한 부조리다. 도시에 사는 보존론자는 자신이 농민이 아니므로 먹거리 생산에 무관심해도 좋다고 생각할지 모른다. 그러나 그리 쉽게 책임을 면제받을 수 있지는 않다. 그들 모두 대리로, 즉 남을 시켜서 농사를 짓고 있는 셈이기 때문이다. 그들은 누군가가 어딘가에서 어떤 식으로든 그들을 위해 땅을 일구어 농사를 지어야만 먹을 수 있다. 보존론자는 먹거리에 대해 똑같은 책임이 있다는 사실을 인정하고 함께 책임을 지려고 할 때, 먹거리 문제가 자연의 안녕에 대한 그들 본연의 모든 관심사와 직결됨을 확인하게 될 것이다.

그럴 때 보존론자는 어떠한 질의 먹거리를 바라겠는가? 그들은 자신들에게 공급되는 먹거리가 지속적이고 안정적으로 공급되기를 바라지 않겠는가? 자신의 먹거리에 독이나 항생제나 조작된 유전자 등의 오염물질이 없기를 바라지 않겠는가? 먹거리가 대체로 싱싱하기를 바라지 않겠는가? 가능한 한 생태적 비용을 최소화하면서 공급되기를 바라지 않겠는가? 이런 문제들에 대해 책임 있는 답이 나온다면, 먹거리 생산과 땅을 이용하는 방식에 영향을 끼치게 될 것이며, 경작되는 땅의 구성과 건강을 결정하게 될 것이다.

보존론자가 슈퍼마켓이 제공하고 정부가 묵인하는 대로 아무것이나 먹는다면, 산업주의의 전면적인 먹거리 생산방식을 경제적으로 돕게 되는 것이다. 달리 말해 동물공장을, 토양과 강과 지하수의 고갈을 돕는 것이다. 작물의 단작과 그로 인한 생물 다양성과 유전적 다양성의 상실을, 산업주의의 전면적 먹거리 생산에 따른 오염과 중독과 약물과용을 방조하는 것이다. 장거리 수송과 그에 따른 석유 낭비와 병균 확산에 기반을 둔 푸드 시스템에, 갈수록 커져 가는 농장으로 그리고 사람의 애정과 돌봄을 덜 받으며 갈수록 커져 가는 농토로 농촌 땅이 재편되는 현상에 기여하는 것이다.

그렇지 않고 보존론자가 최선의 방식으로 가능한 한 집에서 가까운 데서 생산된 먹거리를 적극적으로 요구한다면, 먹거리와 그 생산의 질을 평가하는 법을 적극적으로 알려고 한다면, 땅을 완전히 다른 형태와 방식으로 이용하는 데 경제적으로 지원하게 될 것이다. 그렇게 되면 땅 면적당 돌보는 사람의 비율, 즉 이용 대비 돌봄의 정도가 높아질 것이다. 길든 정도도 야생의 정도도 산업주의 방식에 비해 나아질 것이다.

농촌 땅에 농장과 농민의 수가 늘어나는 것은, 그 땅이 야생생물 서식지로서 질이 높아지는 데 기여할 수 있을까? 아니면 농촌 땅의 야생지 가치라 할 만한 것을 높일 수 있을까? 만일 그럴 수 있다면 그 결정적 요인은 다양성일 것이다. 여기서 말하는 농촌 땅이란 지역민의 지역 먹거리 수요가 늘어남에 따라 이용 형태나 방식이 바뀌는 땅이라는 걸 잊지 말기 바란다. 현대에 와서 농촌의 농토는 주로 옥수수와 대두를 기르는데, 그리고 동물공장을 운영하는 데에만 이용되고 있다는 사실을 생각해 보라. 그리고 그 인근의 도시에서는 지역민이 기른 좋은 먹거리에 대한 수요가 높아져 가고 있다는 사실을 생각해 보라. 그런 수요를 충당하기 위해서는 지역 농업의 다양성을 향상시키는 수밖에 없다.

만만찮은 그 수요를 진지하게 받아들인다면, 그 수요가 알 만큼 알고 지속적인 관심을 가져 줄 소비자들의 것이라면, 극도로 단조로운 농토 이용 방식은 바뀌게 될 것이다. 그렇게 되면 농작물의 단일경작과 동물공장이라는 관행은 동식물을 함께 기르는 혼합농업에 자리를 내줄 것이다. 풀밭과 건초밭이 필요한 육류용 가축이나 낙농장 가축, 가금류 무리를 다시 볼 수 있게 될 것이다. 도시 소비자의 관심이 확대되어 농사에서 숲 관리의 비중이 중요해지고 숲에서 나는 산물이 다양해지면, 농장 숲의 질과 돌봄 상태도 나아지고 그 면적도 늘어날 것이다. 그리고 잊지 말아야 할 것은, 건실한 농부라면 숲에서 배울 것도 많고 즐길 것도 많기 때문에 숲의 일부를 이용하지 않고 그대로 보존할 가능성이 있다는 점이다. 그리하여 시골 땅에서 초지와 숲의 면적이 늘어난다면, 야생 상태의 날짐승과 들짐승도 늘어날 것이다. 주로 가축의 사료나 산업의 원료로 쓰기 위해 옥수수나 대두를 재배하는 용도로만 쓰이는 땅은 줄어들고, 사람의 저녁 식탁에 필요한 과일과 채소를 기르기 위한 땅이 늘어날 것이다.

땅이 계속해서 작물이나 풀로 덮여 있으면, 토양 침식도 줄어들고 토양이 수분을 머금고 있는 능력도 좋아질 것이다. 강이나 개울은 점점 맑아지고, 유량이 일정해질 것이다. 농장은 다양성이 향상됨에 따라 작아지는 경향을 보일 것이다. 다양성이 커질수록 일이 복잡해지고 많아져, 농촌 땅을 소유하는 사람도 많아질 것이기 때문이다. 농민의 수와 농장의 다양성이 늘어나면, 농사로 인한 독성은 줄어들 것이다. 그간 노동력을 대체하고 단작으로 인한 생물학적 비용을 부담하기 위해 농약을 이용해 온 데 비하면 말이다. 먹거리 생산의 집중화를 벗어나면 동물의 배설물도 분산될 것이며, 폐기물이나 오염물로 흘러나가는 게 아니라 영양분으로 토양에 흡수되고 간직될 것이다. 그러한 변화를 자세히 다 열거하자면 끝이 없다. 간단히 말하자면, 위험할 정도로 단조로운 농토 이용 현실이 경제적으로도 생태적으로도 건강하고 복잡하게 바뀔 수 있다는 것이다.

게다가 지금 우리는 주로 지역의 들과 숲에 의지해 살아가는 도시에 대해 이야기하고 있는데, 이는 생태적·사회적 붕괴를 최소화하면서 농촌 땅에 맞춤한 규모로 살아남을 수 있는, 탈집중화되고 소규모이며 공해를 일으키지 않으며 가치를 부가하는 공장과 상점이 자리를 잡는 지역의 경제를 논하는 일이기도 하다. 따라서 그러한 경제는 독립적인 소기업과 자체 고용이 늘어나고, 수송과 생산에 필요한 화석연료의 사용이 줄어드는 경제라고 믿어도 좋을 것이다.

그런 경제가 기술적으로 가능하다는 점은 의심할 여지가 없다. 우리는 그런 경제를 위해 필요한 방법론과 장비를 갖추고 있기 때문이다. 그런 경제를 수용할 능력은 분명 있으며, 역사적인 사례도 충분히 있다. 그것은 자연의 관점에서 봐도 헛된 공상이 아니다.

정말 의심스러운 것은, 혹은 적어도 입증되지 않은 것은 현대인이 그런 경제를 택하고 만들고 유지할 수 있는 능력이 있느냐는 것이다. 적어도 지난 반세기 동안 우리는 농업 방식이 산업 메커니즘에 따라 결정되어도, 농업경제가 산업 기업의 경제적 이해관계에 따라 결정되어도 안전한 줄로만 알아 왔으니 말이다. 이제 우리는 그런 가설의 가능성이 소멸해 가는 지점에 급속도로 다가가고 있다. 사회적, 생태적, 심지어 경제적 비용이 너무나 커져 버렸으며, 비용은 전 세계에 걸쳐 계속해서 증가하고 있다.

이제 우리는 기계적 원리가 아니라 생물학과 생태학의 원리에 토대를 둔 농업을 그려 보아야 한다. 알버트 하워드 경과 웨스 잭슨은 그런 기준의 변화에 대해 소상하게 논증한 바 있다. 두 사람은 농사를 지속가능한 것으로 만들기 위해서는 지역의 생태계를 좌우하는 자연법칙에 따르도록 해야 한다고 말한다. 이를테면 가능한 한 다양성을 높이면서 동식물을 함께 기르는 농사를 하고, 땅의 생산력을 보존하고, 배설물 등을 순환시키고, 피복작물을 길러야 한다. 혹은 러셀 스미스[53]가 70년 전에 말한 바와 같이, 우리는 "농사를 땅에 맞추어" 지어야 한다. 기술이나 시장도 중요한 고려 대상이지만, 그보다는 땅에 초점을 맞춰야 한다

---

53) J. Russell Smith(1874~1966). 콜럼비아 경영대학 등에서 가르쳤던 경제학자로, 경제학과 지리학을 접목한 공로를 인정받고 있다.

는 것이다. 요컨대 길든 세계와 야생 세계 사이의 적절한 관계를 유지할 필요가 있다는 뜻이기도 하다. 농사에 대한 판단 기준으로 가장 중요한 것은 농사를 짓는 장소의 건강이다.

그런데 이러한 변화는 우리가 유행에 빠졌다 말았다 하듯 그냥 빠져 들어갈 수 있는 게 아니다. 대대적인 생태적 붕괴에 의해 어쩔 수 없이 끌려 들어갈 때까지 기다려야 하는 변화도 아니다. 이 변화는 소비자와 생산자, 도시 사람과 농촌 사람, 보존론자와 땅을 이용하는 자 등 많은 사람이 그 변화를 위해 차분하게 힘을 모으지 않으면 일어날 수 없는 일이다.

그런 면에서 보존론자는 농업에 관심을 가져야 하며, 건실한 농민들과 연대해야 한다. 그러면 여기서 두 번째의 실질적 질문으로 넘어가 보자.

농민은 왜 보존론자가 되어야 하는가의 문제다. 건실한 농민은 왜 보존론자일 수밖에 없느냐는 질문이 될 수도 있다. 농민은 인간의 경제가 자연과 만나는 접점에서 살고 일한다. 이 접점은 보존의 필요성이 가장 명백하고 시급한 장소다. 농민은 농사를 농장에 맞춰 하고 자연의 법칙에 따르도록 하며, 자연의 힘과 쓸모를 변치 않도록 한다. 그렇게 하지 않는 농민은 미래세대가 그 부담을 져야 하는 생태적 적자를 늘리는 것이다. 실제로 생태적 적자를 늘리는 농민이 있기는 한데, 그런 사람들은 지금 내가 말하려는 농민이 아니다. 보존론자에게 파괴적인 방식의 농사를 지지하라고 요구할 생각은 없다.

건실한 농민은 조물주의 청지기이자 땅 상속인으로서의 의무를 진지하게 받아들이는 사람이며, 사회가 인정하거나 알아주는 것보다 많은 면에서 사회의 복리에 기여한다. 물론 그런 농민은 값진 산물을 생산할 뿐만 아니라 토양을 보존하기도 한다. 그뿐 아니라 물과 야생생물을, 빈 땅과 풍경을 보존하기도 한다.

이상의 것들은 농민이라면 모두 '마땅히' 해야 할 일일 뿐이다. 하지만 지금 우리 사회가 으뜸으로 치는 기준은 이윤이며 '경제 현실'을 고려하기 참 좋아하므로, 나 역시 건실한 농민의 경제 여건에 시선을 보내지 않을 수 없다. 건실한 농민이 생산한 산물에 대하여 받는 대가는 형편없으며, 보존에 기여하는 노릇에 대한 대가는 아예 없다. 오늘날 건실한 농민은 질이 우수한 농산물을 시장에 내놓고 앞서 말한 역할들을 모두 잘해 낸다 하더라도 건강보험료를 낼 형편이 되지 않으며 언론에서는 촌뜨기나 무식꾼으로 풍자되고는 한다. 그러면서 '경제 현실론자'라는 사람들한테서 "커지거나 꺼지거나 둘 중 하나"라느니 "다 팔고 도시로 나가라"느니 "적응하거나 죽거나 둘 중 하나"라느니 하는 소리나 듣고는 한다. 우리는 지난 50년 동안 농업에 대하여 그런 현실론을 지지해 왔는데, 그 결과는 대규모 단일경작과 동물공장이 자꾸 늘어나고 동시에 그 사회적·생태적 비용도, 궁극적으로는 경제적 비용이 자꾸 늘어나는 것이었다.

그렇다면 건실한 농민은 왜 형편없는 대가에도 농사를 건전하게 짓고, 아무 대가도 못 받으면서 자연의 청지기 노릇을 하는가? 더구나 상당수는 자기 자식들 혹은 누군가가 자기 농장에서 농사지을 가망이 없는데도 말이다.

내 경우를 말하자면, 나는 농부의 자식으로 자랐고, 직접 농사를 지어 왔고, 농부 둘을 길렀다. 그러니 나는 농민에 대해 좀 안다고 할 수도 있고, 그다지 아는 게 없다고 할 수도 있을 것이다. 아무튼 나는 다년간 많은 사람과 더불어 "왜들 그러고 살까?" 하는 의문을 품어 왔다. 농사를 짓다 보면 겪기 마련인 좌절과 난관에다 경제적 역경까지 있는데, 농민은 왜 농사를 지을까? 그럴 때마다 답은 언제나 "사랑"이었다. 그들은 "좋아서" 농사를 짓는 게 분명했다. 농민은 농사짓는 게 좋아서 농사짓고 사는 것이다. 그들은 식물이 자라는 것을 지켜보고 도와주기를 좋아한다. 그들은 가축 있는 곳에서 살기를 좋아한다. 그들은 밖에서 일하기를 좋아한다. 그들은 일하는 곳에서 살기를 좋아하며, 사는 곳에서 일하기를 좋아한다. 농사를 크게 짓지 않는다면, 자식들과 함께 일하며 도움 받기를 좋아한다. 그들은 농장생활이 여전히 마련해 주는 어느 정도의 독립을 좋아한다. 나는 많은 농민이 오직 인생의 일부만이라도 윗사람 없이 살기 위해, 즉 자영업자가 되기 위해 그 많은 수고를 마다하지 않았다는 생각을 하고는 한다.

그러니 보존론자로서 농민이 보존하려고 애써야 할 첫째는 농사에 대한 사랑과 독립에 대한 사랑이다. 물론 농민이 그런 사랑을 보존하자면 그것을 자기 자식이나 다른 누군가의 자식에게 물려주어야만 한다. 아마도 잘 먹고 계속 먹기를 바라는 우리 모두의 가장 다급한 과제는 농장에서 자란 아이들이 농사를 업으로 삼도록 격려하는 일일 테다. 우리는 그런 일은 경제적으로만 해결할 수 있음을 알아야 한다. 부모가 농산물을 시장에 내놓아도 생산비도 못 건지고 강탈당하다시피 하는 것을 보고 자란 농장 아이들이 농업을 물려받을 마음이 날 리가 없다.

그런가 하면 농민에게는 농본적인 기술과 태도 이상의 것을 보존할 책임이 분명히 있다. 농민이 왜 여느 보존론자 못지않게 세계의 야생을 보존하는 사람이 되어야 하는가에 대해서, 그리고 그것은 농민이 어쩔 수 없이 자연에 의존하기 때문이라는 점에 대해서는 이미 언급한 바 있다. 나는 건실한 농민이라면 자연적인 것과 인공적인 것의 근본적인 차이를 알 것이라 믿는다. 건실한 농민은 만일 농장을 공장으로 취급하고 생물을 기계로 취급할 경우, 생명체를 '조작'한다는 생각을 용인할 경우, 그것이 결국 파괴적이며 조만간 비싼 대가를 치를 무언가를 향해 다가가는 일임을 안다. 생물을 기계 취급한다는 것은 실질적으로 엄청난 부작용을 낳을 잘못이다.

건실한 농민은 자연이 경제적으로 자기편이 될 수 있다는 것도 안다. 자연의 비옥함은 돈 주고 산 비옥함에 비해 장기적으로는 항상 싸고, 단기적으로도 쌀 때가 많다. 자연의 건강성은 화학약품보다 싸다. 이를테면 우리가 풀이나 동물의 몸처럼 태양에너지를 붙들어 이용하는 법을 안다면 그건 석유보다 싸다. 고도로 산업화된 공장식 농장은 '구매한 투입물'에 전적으로 의존한다. 그에 비해 자연계 속에 잘 통합되어 있는 농본적 농장은 무료인 자원과 물자의 경제적 도움을 많이 받는다.

인간이 농사를 짓기 시작하면서 수렵과 채집을 그만두었다는 추측들을 많이 한다. 그런데 내가 사는 지역에서는 최근까지만 해도 수렵과 채집이 전통적인 농경생활에서 빠질 수 없는 활기찬 한 부분이었다. 사람들은 야생동물을 사냥했고, 연못이나 개울에서 낚시를 했다. 봄이면 야생 푸성귀를, 가을이면 호두 같은 것들을 채집했다. 산딸기 등의 야생 과일을 따러 다니는가 하면, 야생 벌꿀을 구하러 다니기도 했다. 내 어린 시절의 밤들 가운데 가장 기억할 만하고 덜 아쉬웠던 때는 농부 어른들과 함께 너구리 사냥을 할 때였다. 그런 활동들이 농가의 살림에 보탬이 되었다는 것은 부인할 수 없는 사실이다. 그런데 그 못지않은 사실은, 그런 활동들이 그 자체로 즐거운 일이었다는 점이다. 그것은 야생지에서 맛볼 수 있는 즐거움으로, 보존론자나 야생지 애호가가 추구하는 즐거움과 크게 다르지 않았다. 너구리 사냥을 간 내 친구들은 너구리를 나무 위로 쫓고 너구리 소리를 듣는 게 좋아서만 밤 사냥을 나간 게 아니었다. 물론 그렇게 하는 건 아주 매력적인 일이었지만, 밤에 숲에 간다는 것 자체가 좋아서이기도 했다. 내가 아는 농민 대부분은, 그 중에서도 흥미로운 인물들은 모두가 그저 좋아서 야외 활동을 즐길 줄 알았다. 그들은 야생동물의 특성을 예민하게 관찰했고, 여우가 메뚜기를 잡는 모습이나 야생동물이 눈밭에 남긴 퍼즐 같은 자국을 재밌어했다.

농촌 인구가 자꾸 줄어들고 남은 농민들이 느끼는 중압감은 더 커진 오늘날, 야생지에서의 그런 즐거움은 거의 사라져 버렸다. 하지만 농민들이 그런 즐거움을 완전히 단념한 건 아니다. 이 즐거움은 최선의 농경 생활에 필수적인 것인지도 모르기에, 기억되고 되살려져야 한다.

이상으로 건실한 농민이 왜 보존론자이며 모든 농민이 왜 보존론자가 되어야 하는지, 그 이유가 어느 정도 설명이 된 듯하다.

지금까지 내가 말하고자 한 건 농민과 농민 아닌 보존론자 사이의 이해관계에 일치하는 부분이 있다는 점이었다. 둘의 공통적인 이해관계를 따져 보는 것 그리고 처음에 언급한 바와 같이 둘이 공동의 적을 두고 있음을 확인하는 것은 갈수록 긴급해져 가는 문제를 제기하는 일이다. 왜 둘은 동의하는 부분에 대해 공개적으로 강력하게 동의의 뜻을 표하지 않으며, 서로 협력하려는 노력을 하지 않느냐는 문제 말이다. 둘 사이에 일치하지 않는 부분이 있음을 과소평가하려는 뜻은 없다. 그런 부분이 중요함을 인정한다. 그럼에도 지금은 협력이 필요하며, 또 가능하다. 켄터키의 담배 재배 농민이 금연운동 단체들과 만나 모두가 동의할 수 있는 '핵심 원칙'[54]을 정하고 지지할 수 있다면, 보존론자와 땅을 이용하는 어떤 일들, 이를테면 가족농장이나 가족목장, 지역민이 소유하는 소규모 임야나 임산물 사업 같은 것 사이에도 협력이 이루어질 수 있다. 그런 협력은 실제로 이루어지고도 있으나, 지금까지는 노력이 너무 미미하고 분산적이었다. 양측에서 보다 큰 조직들이 나서서 관심을 보이고 개입할 필요가 있다.

협력할 필요가 있는 양측이 지금까지 불화했다면, 무엇이 문제였는가? 내가 보기에 그것은 경제적인 문제였다. 한편에서, 소규모로 땅을 이용하는 사람들은 기업이 지배하는 경제에서 살아남기 위해 발버둥치느라 자신이 속한 경제의 실질적 바탕이 되는 자연에 관심을 기울일 수 없었다. 또한 그들은 항상 위협받는 그들 지역의 경제와 번영하는 듯 보이는 기업경제의 차이에도 충분한 관심을 갖지 못했다.

다른 한편에서는, 가족 단위의 농장이나 목장이 겪는 경제적 역경에 대해 대체로 무지하고 주로 도시민인 보존론자는 그들의 경제생활과 자연이 당하는 수탈 사이의 연관성에 너무 무관심했다. 그들은 보존론자로서 자신들이 반대하는 잘못된 농경이나 임업의 관행이 바로 그들 자

---

54) Core Principles. 1998년에 공중보건업계와 담배제조업계가 담배 제품에 의한 질병을 줄이고 담배 재배 농가 등의 번영을 위해 합의한 사항이다. 양측 관련 단체들과 개인들이 미국의 입법, 사법, 행정부에 합의 사항을 반영한 담배 관련 법을 제정해 달라는 성명서의 형태를 띠고 있다.

신을 대표해서, 그리고 그들 자신이 소비자로서 동의한 셈이기 때문에 이루어지고 있음을 알아차리지 못하는 경우가 많다.

심각한 문제들인 게 분명하다. 두 문제 다 산업경제가 그 경제적 실체를 제대로 보여 주지 않으며, 나아가 사람들이 그 오류를 믿도록 하는 데 놀라운 성공을 거두었다는 것을 말해 주고 있다. 생산물의 공급을 결정하는 것은 화폐나 신용이나 시장밖에 없다는 주장을 받아들인 토지 이용자와 보존론자가 너무 많았던 것 같다. 달리 말해 그들은 땅을 착취하는 기업의 주장에 항상 내재되어 있던 생각을 그대로 받아들인 것이다. 경제와 생태 사이에, 인간이 길들인 세계와 야생의 세계 사이에 안전한 단절이 있을 수 있다거나 실제로 있다는 생각 말이다. 산업농업에 종사하는 농민은 자기 땅의 본연이 기술의 힘에 휘둘리도록 내버려두고 보존은 보존론자에게 맡겨 버리면 그만이라고 너무 쉽게 생각해 왔다. 보존론자는 일부 야생 구역을 지키면 자연세계의 온전함을 지킬 수 있고, 농업경제에 이용되는 자연과 생명력을 농기업이나 목재산업이나 빚에 시달리는 농장주나 목장주, 계절노동자에게 맡겨 둬도 안전할 것이라고 너무 쉽게 생각해 왔다.

내가 보기에 양쪽은 너무 단절되어 있는데, 그것은 둘 다 공통의 경제적 오류를 범하고 있되 그에 대한 각자의 견해를 고집하고 있기 때문이다. 그런 현실을 교정할 방법은 무엇일까? 각자가 자기 언어 안에만 갇혀 있으려고 하는 한 방법은 없을 것이다. 둘은 이제 대화를 할 필요가 있다. 서로에게 말을 해야 한다. 보존론자는 토지 이용의 방법론과 경제학을 알고 능숙히 다루어야 한다. 토지 이용자는 보존의 필요성이 갖는 긴급함을 경제적인 것까지 포함하여 알아차려야 한다.

그러지 못한다면 둘은 공동의 적인 제3의 편에게 쉽게 승리를 내줄 것이다. '세계화 경제'로 급속히 통합되어 가고 있으며 결국 자연계와 인간공동체를 모두 철저히 지배할 기업 전체주의라는 적에게 말이다.

위생과 소농
Sanitation and the Small Farm, 1971

내 기억이 시작되는 때인 1930년대 말, 시골 사람들은 밖에 다닐 때 지금처럼 빈손인 법이 거의 없었다. 내 기억에 그 시절 농민들은 보통 어딜 갈 때 손에 들통이나 주전자나 바구니를 들고 있거나 어깨에는 자루를 메고 있었다.

그때는 우리 농업사에서 흔했던 어려운 시절이었기에, 자연이 거저 내어 주는 먹거리를 찾아 들과 숲을 다니다 보니 들고 날라야 할 게 많았다. 봄이면 푸성귀를, 여름이면 과일이나 딸기류를, 가을이면 견과류를 따러 다녔다. 따뜻한 철에는 낚시를 하고 추운 철에는 사냥을 했는데, 먹거리도 구하고 재미도 보기 위한 일이었다. 많은 농가의 살림은 작으면서 탄탄했고, 사람들은 철마다 생기는 그런 기회를 아주 요긴하게 생각했다.

같은 이유에서 그들은 집에서 텃밭을 가꾸고, 돼지를 먹이고, 젖소를 키우고, 닭이나 오리 등을 쳤다. 이런 일들은 농장으로서는 가외의 것이었지만, 농가로서는 중요한 것이었다. 어떤 면에서 그런 일들은 농장과 농가 사이의 직접적인 연결고리가 되었다. 그런 가외의 일들은 잉여물을 낳았고, 그 시절에는 그렇게 남은 것들을 내다 팔 수 있었다. 그래서 읍내에 나온 농가 사람들을 보면 으레 기름 든 들통이나 계란 든 바구니를 들고 있었다. 농가의 여인이 식료품점에 들어가는데, 늙은 암탉 두세 마리를 다리끼리 묶어 들고 있는 모습도 볼 수 있었다. 이런 잉여물은 농가 사람들이 식료품점에서 사야 하는 물건 값을 치르는 데 사용되기도 했다. 그들은 그런 식으로 식료품을 '사들인' 다음, 남은 돈을 집에 가져가기도 했다. 그런 농가들은 생산의 장소였으며, 적어도 그 중 일부는 경제적으로 순이익을 올리며 살았다. 그들에게 '소비'라는 발상은 아주 낯설었다. 나는 지금 예외적인 가정에서 하던 일들이 아니라, 거의 모든 농가에서 통상적으로 하던 바를 이야기하고 있다.

그러한 경제는 가장 진정한 의미에서 민주적이었다. 모두가, 심지어 어린아이도 참여할 수 있는 경제였다. 농장에서 자라는 아이에게 배움과 기쁨의 중요한 원천 하나는 가정경제에 참여하는 것이었다. 아이들은 거기에 조금씩이나마 참여함으로써, 약간의 일을 하고 약간의 돈을 벌어들임으로써 어른들의 세계를 배웠다. 그것은 어른들의 세계를 학교에서 추상적으로 배워야 하는 지금의 방식보다 재밌기에 훨씬 더 효과적이고 훨씬 더 저렴한 방식이었다. 그 시절 어른들은 늘 푼돈이라도 모으라고 훈계했는데, 충분히 그럴 만한 이유가 있는 권고였다. 푼돈을 충분히 모으면 암소나 암퇘지를 살 수 있었기 때문이다. 그리고 암소나 암퇘지 한 마리로 수입이 생기면 농장 살 돈을 모으기 시작할 수 있었다. 분명 그런 계획을 충분히 세울 만했는데, 어른이라면 누구나 그럴 생각을 했던 까닭이다. 그런데 지금은 농업계의 석학들에 따르면, 그리고 대부분의 어른들도 그렇게 믿고 있는 듯한데 암소나 암퇘지 한 마리로 농사를 시작할 수는 없다. 적어도 2만5천달러(약 2500만원)는 있어야 한다. '그런' 경제가 정치적으로 함의하는 바는 무엇인가?

지금까지 나는 가장 흔한 품목만을 언급했는데, 그 밖에도 요리한 먹거리를 팔 수도 있었다. 이를테면 파이나 빵, 버터, 비스킷, 햄 같은 것들 말이다. 그리고 그 시절 가장 매력적인 일거리는, 소규모의 다각화된 농장에서 추가로 큰 비용이나 수고를 들이지 않고 할 수 있는 작은 낙농이었다. 보통 외양간 한켠에는 젖소 세 마리에서 여섯 마리 정도를 칸칸이 세워 둘 수 있는 착유실이 있었다. 손으로 젖을 짰다. 짜낸 젖은 큰 금속 용기에 담아 우물물 채운 통에 두고 식혔다. 최소한의 비용과 아침저녁 한 시간 정도의 수고로 농장은 꾸준하고 믿을 만한 수입을 올렸다. 이 모든 건 내 할아버지 세대 농민들의 이상에 맞는 일이었다. '매주 뭔가를 판다.'는 이 이상은 다양성과 안정성과 소규모라는 좌우명과도 같았다.

이제는 들이나 숲에서 먹거리를 찾아다니는 일도, 농가와 외양간에서 간단한 농축산물을 만들어 내는 일도 거의 다 '소비경제'로 대체되어 버리고 말았다. 소비경제는 무엇이든 찾아내거나 만들거나 기르기보다는 사는 게 낫다고 여기게 만드는 경제다. 광고는 사람들이 살 수 있는 게 다양하고 양도 많다는 사실을 자축해야 한다고 암시한다. 쇼핑은 교통체증과 인파를 초래함에도 '쉽고' '편리한' 것으로 인식된다. 돈을 쓰는 건 위신을 세워 주는 일이 된다. 유용한 목적을 위한 육체적 수고는 멸시당한다. 스포츠나 레크리에이션에 힘쓰는 것은 인정받는 반면, 실질적인 일에 몸을 쓰는 것은 체면 깎이는 짓으로 여겨진다.

이제 유행처럼 되어 버린 레저나 풍족함과는 별도로, 작은 농장의 작은 경제를 파괴하는 가장 큰 주범은 위생이라는 교의다. 나는 깨끗함이나 건강함을 반대할 뜻은 없다. 나는 그 누구보다 깨끗함과 건강함을 지지하는 사람이다. 하지만 지난 삼사십 년 동안 농장의 생산방식을 지배해 온 위생법의 타당성과 정직성은 의심하지 않을 수 없다. 왜 새로운 위생법은 늘 더 많이, 더 비싼 장비를 요구하는가? 왜 항상 소규모 생산자의 생존에 역행하는 결과를 낳았는가? 돈이 많이 들지 않으면서 건강하고 깨끗할 수는 없는가?

나는 과학자도 위생 전문가도 아니며, 그런 질문에 확실한 답을 내놓을 수도 없다. 내가 목격하고 생각한 바를 말하는 수밖에 없다. 나는 놀랍도록 짧은 기간 동안에 내가 사는 시골 지역의 소규모 낙농업이 전부 소멸하는 것을 지켜보았다. 지역의 모든 작은 낙농장이, 우유와 유제품을 취급하는 지역의 모든 작은 도소매상이 문을 닫는 모습을 보아 왔다. 식료품점들이 지역의 농민들이 생산한 계란 취급을 단념할 수밖에 없는 것도, 소량의 가금류를 사고파는 시장이 전부 폐쇄된 것도 목격했다.

최근 켄터키의 지역 도살장들은 '대세'를 따라 큰돈 들여 시설 개조를 하지 않으면 폐업할 수밖에 없는 처지가 되었고, 결국 대부분이 폐업을 택했다. 그곳들은 도소매 거래용 육류를 공급하던 곳이 아니었다. 주로 지역 농민들이 가축을 잡아 그 고기를 집이나 냉동식품저장소[55]로 가져가려고 할 때 맞춤식 작업을 해 주던 곳이었다. 자신이 직접 길러낸 것으로 자급하며 살려던 많은 사람에게 없어서는 안 될 곳이었고, 그

---

55) locker plant. 개인별로 냉동 저장칸을 임대해 주던 시설이다.

런 사람들은 그곳에서 육류를 취급하는 방식에 이의를 제기한 적이 없었다. 이러한 '개선' 뒤에 겨우 살아남은 소수의 시설은 당연히 작업 단가를 올릴 수밖에 없다. 그렇다면 이러한 위생 개선으로 득을 본 것은 누구인가? 소비자는 아니었다. 먹을 고기를 직접 생산하다가 그만둬야 하는 처지가 아닌 일반 소비자야 상당한 비용과 불편을 감수할 뿐이었다. 도살장이나 지역의 경제 역시 분명 득을 보지 않았다. 내가 아는 한 공중보건도 득을 보지 않았다. 생각해 볼 수 있는 유일한 수혜자는 육가공 기업이며, 이 의심스러운 이득 때문에 지역민의 생활은 뿌리부터 약해지고 말았다.

이런 일들은 언제나 '소비자 보호'라는 이름으로 정당화된다. 하지만 우리는 이에 대해 몇 가지 질문을 던져 볼 필요가 있다. 소비자와 생산자 사이를 점점 더 멀어지게 하고, 중개인과 대리인과 검사관이 자꾸 늘어나게 만드는 시스템이 어떻게 소비자를 보호할 수 있는가? 소비자는 이 모든 난관을 다 극복하고 어떻게 자신의 취향과 필요를 생산자가 알게끔 할 수 있는가? 소규모 생산자를 망하게 함으로써 생산비와 소매가격을 높이지 않고서는 '개선'이란 걸 할 수 없어 보이는 이 시스템이 어떻게 소비자를 보호할 수 있는가?

점점 더 소수의 대규모 업자에게만 생산을 집중시키면 과연 청결과 위생이라는 목적에 기여할 수 있는가? 아니면 무책임한 생산자와 부패한 검사관이 결탁할 가능성을 높이기만 할 뿐인가?

식품의 세균 오염을 막기 위해 그토록 강력하고 값비싼 수단을 쓰는 가운데, 우리는 항생제나 방부제나 다양한 산업오염물질에 의한 오염 가능성을 얼마나 높여 놓았는가? 미시건 주에서의 악명 높은 PBB 재앙 같은 일은 지역의 소규모 공급자와 생산자에 의한 탈집중화된 시스템에서는 일어날 수 없는 것이다.

마지막으로, 꼭 필요한 것들을 값비싼 기술과 많은 비용이 드는 관료제의 규제를 받는 집중화된 시스템에 내맡기고 있는 지금, 우리가 시민과 지역사회와 경제와 정치제도에 할 수 있는 건 무엇인가? 현대의 식품산업을 '기술의 기적'이라 일컫고는 한다. 그런데 이 기술은 이른바 기적이기도 하지만, 민주주의에 적대적인 경제적·정치적 여파를 일으키기도 한다는 사실을 기억할 필요가 있다.

농사와 기술과 경제와 정치 사이의 연결고리는 여러 가지 이유에서 중요하며, 가장 분명한 것 하나는 그것이 식품의 생산에 끼치는 영향이다. 아마도 지금 시스템의 가장 큰 오류는 대규모 기술에 적합하지 않은 땅과 그런 기술을 쓸 형편이 못 되는 사람을 생산으로부터 배제한다는 점일 것이다. 또한 이 시스템은 그런 '주변적' 땅과 사람의 잠재적 생산력을 무시하고 있다.

이런 문제들을 제기할 수 있는 것은, 우리의 지도자들이 오랫동안 농업이 점점 더 생산적인 것이 될 필요가 있다는 말을 해 왔기 때문이다. 그들이 진심을 말해 왔다면, 소농들의 생계를 위해 생산기준을 바꾸고 필요한 시장을 열어 주어야 할 것이다. 소농들만이 이른바 주변부의 땅을 생산에 활용되도록 할 수 있다. 그들만이 생산성을 유지하는 데 필요한 집중적인 보살핌을 해 줄 수 있기 때문이다.

척도로서의 자연
Nature as Measure, 1989

　내가 살고 있는 시골 지역은 한때는 건실한 농부가 보면 제법 좋아할 만한 그런 곳이었다. 내가 그런 사실을 처음 알게 되었던 건 1940년대 인데, 그때는 적어도 형편이 나은 땅에서는 대체로 건전하게 경작이 이루어지고 있었다. 농장은 대부분 작고 꽤 다각화되어 있었으며, 소나 양이나 돼지, 담배나 옥수수나 밀 등을 길러 냈다. 거의 모든 농민이 소 몇마리쯤은 길렀는데, 집에서도 먹고 장에도 내다 팔 우유를 얻기 위해서였다. 또한 거의 모든 농가가 집에서 먹을 목적으로 밭을 가꾸고, 닭이나 오리 등을 기르고, 돼지를 먹였다. 아울러 농사를 위한 다양한 "지원 시스템"이 있었다. 지역사회마다 자체적으로 대장간, 마구馬具나 기계 수리점, 농기구 등을 취급하는 가게 같은 곳들을 갖추고 있었던 것이다.

　그런 곳에서 지금은 건전한 경작이 이루어지고 있지 않다. 차를 타고 그런 곳을 지나간다는 건 울적한 일이 되어 버렸다. 소규모로 건강하게 농사를 짓는 사람들이 조금은 남아 있기는 한데, 오히려 그런 농가가 지금의 시골 풍경에서는 보석처럼 돋보인다. 하지만 그런 집들은 너무 적고 띄엄띄엄 있으며, 해가 갈수록 그 수는 줄어들고 있다. 구식 농경의 건물이나 시설물은 어디나 퇴락한 모습이거나 아예 사라져 버렸다. 그리고 농작물은 점점 더 특화되어 가고 있다. 작은 낙농장은 다 없어졌다. 양떼는 대부분 자취를 감췄고, 옛날 농가에서 벌이로 하던 일도 대부분 사라졌다. 가축은 줄었고 환금작물은 늘었다. 환금작물이 대세가 되자 울타리나 가축은 사라지고 토양 침식은 심해지고 들에는 잡초가 우거졌다.

농토만 그런 게 아니다. 농촌 지역사회도 피폐 일로에 있다. 지금 농사를 짓고 있는 사람들은 40년 전 사람들만큼 농사 기술을 갖추고 있지 않으며, 40년 전만큼 직접 농사를 짓는 농민이 많지도 않다. 노인들이 세상을 떠나는 만큼 그 빈자리가 메워지지는 않는다. 유년층이 성년이 되면 농사를 안 짓거나 아예 농촌을 떠나 버리기 때문이다. 땅과 사람이 피폐해지면, 그만큼 지원 시스템도 함께 퇴락할 수밖에 없다. 시골 소읍 가운데 40년 전만큼 번영하는 곳은 단 하나도 없다. 작은 가게의 주인들이 문을 닫거나 죽고 나면, 그 빈자리가 메워지지 않는다. 지역의 농업이 쇠퇴하면, 농업 장비 취급점도 그만큼 줄어든다. 그러면 그나마 남아 있는 농민들이 기계나 부품을 구입하거나 수리를 하러 점점 더 먼 곳까지 운전을 해야 한다.

지금의 그런 시골을 둘러볼 때 내릴 수밖에 없는 결론은, 이제는 제대로 농사를 짓고 땅을 돌볼 사람이 더 이상 충분하지 않다는 사실이다. 그보다 심각하고 불길한 결론은, 이제는 시골 땅을 보고서 땅이 제대로 보살핌을 받지 못한다는 것을 알아챌 만큼 식견 있는 사람이 더 이상 많지 않다는 점이다. 시골 어디를 가도 스스로를 파괴하는 자멸적인 우리 문명 때문에 땅이 고통받고 있는 게 뻔히 보이는데도 말이다.

그런데 이렇게 점점 죽어 가는 시골 땅에서, 갑자기 담배 생산 할당량[56]을 24퍼센트 늘린다는 얘기가 들린다. 동시에 담배 생산자들은 담배 회사로부터 농약 사용을 줄이라는 압력까지 받고 있다고 한다. 내가 만나 본 사람들은 모두, 양적으로나 질적으로 수요가 높아졌는데 이를 감당할 수 있는 농민이 충분하느냐에 대해 회의적이다. 재배 면적이 늘어나는 만큼 저장할 공간이 있느냐에 대해서도 마찬가지다. 달리 말해, 수요는 상승하는데 생산을 감당할 농촌사회의 기반은 저하하고 있으며, 결과는 누구도 낙관할 수 없다.

담배는 물론 먹거리가 아니다. 하지만 담배는 그것을 키워 내는 땅과 그것을 일구는 사람이 근원이라는 점에서 그 근원이 먹거리와 같다. 따라서 점점 문제가 되어 가는 이 담배 생산의 딜레마는 먹거리 생산에서도 비슷한 양상이 생겨날 수밖에 없음을 앞서 보여 준다. 지금의 조건이 유지되는 한, 우리는 먹거리 경제의 모든 국면에서 양적 혹은 질적 수요의 상승과 사회 기반의 저하가 교차하는 시점에 다다를 수밖에 없다. 미국의 농업 기반은 거의 파괴되었으며, 그 과정에서 우리의 시골도 거의 파괴되고 말았기 때문이다.

어쩌다 이렇게 됐을까? 농업에 너무나 단순한 기준을 적용해 왔기 때문이다. 오랫동안 우리는 국가 차원에서 땅에다 생산만을, 농민에게도 생산만을 요구해 왔다. 우리는 이렇게 생산만을 강조하는 경제 기준이

---

56) tobacco quota. 담배 공급가 안정 차원에서 공급량을 조절하기 위해 생산자별로 생산량을 할당하는 제도가 있었는데, 2004년 관련법 개정 이후로 지금은 시행되지 않고 있다.

좋은 성과를 보장해 줄 뿐만 아니라, 우리의 의도가 궁극적으로 참되고 옳다는 것을 밝혀 주리라 믿었다. 경쟁과 혁신이 모든 문제를 해결하리라는, 우리에게 주어진 생물학적 제약과 나약한 인간으로서의 한계를 요리조리 다 피해 갈 수 있으리라는 경제학자들의 주장을 무조건적으로 수용해 버렸다.

경쟁과 혁신은 얼마간 생산의 문제를 해결해 주기는 했다. 그러나 이 해결책은 방만하고 무분별하며 너무나도 값비쌌다. 우리는 땅과 사람을 상대로 한 경쟁에서 이겨 왔으며, 그러는 가운데 스스로에게 헤아릴 수 없는 손해를 끼쳐 왔다. 그리고 이러한 '승리'에 관하여 현재 우리가 내보일 수 있는 건 식량의 잉여다. 하지만 이 잉여는 그 근원을 훼손함으로써 얻은 것이며, 지금의 경제를 옹호하는 사람들은 그 훼손의 부작용을 감추기 위해 이 잉여를 이용한다. 먹거리는 확실히 가장 중요한 경제적 생산물이기는 하다. 단, 잉여가 있을 때는 예외로, 지금의 경제 시스템에서 남아도는 먹거리는 가장 '덜' 중요한 생산물이다. 하지만 이 잉여는 소비자를 현혹하는 데 훌륭한 쓰임새가 있다. 소비자에게 아무 걱정할 것도 없고 아무 문제도 없으며 지금 경제가 가는 방향이 옳다고 이야기할 때, 그 증거로 쓰이고 있기 때문이다.

하지만 지금 경제가 당연시하는 가설은 농업에서 실패하고 있다. 눈 밝은 사람들에게 그 증거는 어디에나 있으며, 시골뿐 아니라 도시에서도 그러하다. 생산만을 우선시하는 경향은 생산의 자연적이고 사회적인 근원이 중요하다는 것을 도무지 인정할 줄 모른다. 물론 농업은 생산적이어야 한다. 그것은 명백하고도 긴급한 요건이다. 단, 긴급하다 해도 최우선적인 요건은 아니다. 그 못지않게 중요하고 긴급한 요건이 두 가지 더 있기 때문이다. 그 하나는 농업이 계속 생산적이기 위해서는 땅을 보존하고 땅의 비옥함과 생태적 건강성을 보존해야 한다는 것이다. 즉, 땅을 건강하게 이용해야 한다. 그렇다면 또 하나의 요건은 땅을 건강하게 이용하기 위해서는 사람이 땅을 잘 알고, 땅을 잘 이용할 동기가 커야 하고, 땅을 잘 이용하는 법을 알아야 하고, 땅을 잘 이용할 시간이 있어야 하고, 땅을 잘 이용할 여유가 있어야 한다는 것이다. 지난 50년의 농업혁명 기간 동안 이 두 가지 요건이 옳지 않다고 입증하거나 무효화할 수 있는 일은 하나도 없었다. 그저 무시받아 왔을 뿐이었다.

농토와 농민이 무언가를 생산하는 동시에 스스로도 번영해야 한다는 점을 생각해 볼 때, 우리는 생산성만을 기준으로 삼는 방식이 실패했음을 알 수 있다.

이제 우리는 생산성이라는 유일 기준을 보다 포괄적인 것으로 대체하는 법을 배워야 한다. 그것은 바로 자연이라는 기준이다. 그러한 노력은 결코 새로운 게 아니다. 그런 움직임은 이미 20세기 초에 시작되었으며, 코넬대학교 농학부의 리버티 하이드 베일리, 위스콘신대학교 농학부 및 미국 농무부의 F. H. 킹, 컬럼비아대학교 경제지리학 교수 러셀 스미스, 영국의 농학자 알버트 하워드 경 등이 이를 주도했다. 그리고 지금 우리 시대에까지 이어져 존 토드, 웨스 잭슨 같은 과학자들의 저작에 그러한 내용이 담겨 있다. 자연이라는 기준은 생산성이라는 기준처럼 단순하거나 쉬운 게 아니다. '자연'nature은 생산성이라는 저울이나 잣대처럼 정확한 개념이 아니다. 하지만 미국의 초기 이주 개척민들이 어느 땅의 농업적 잠재력을 "그 본연nature에 따라" 알아보았다고 할 때, 우리는 그 말이 무슨 뜻인지를 안다. 그들은 표토의 깊이와 질에 따라,

그곳 고유의 식물 종과 질 등에 따라 땅의 잠재력을 인지했다는 뜻이다. 또한 너무 자주 장소의 본연을 무시해 가며 농사를 짓게 되었다고 말할 때, 우리는 그 말이 무슨 뜻인지를 안다. '장소의 본연'을 기준으로 삼는 태도로 다시 돌아간다는 것은, 우리가 목적하던 바의 필연적인 한계를 인정하는 일이다. 자연 아닌 곳에서 농업이 있을 수는 없다. 자연이 번영하지 못한다면, 농업도 번영할 수 없다. 우리는 우리 자신이 자연의 일부라는 것도 안다. 자연은 바깥의 어떤 안전한 곳에서 우리가 손을 뻗으면 닿을 수 있는 그런 별개의 장소가 아니다. 자연을 이용하는 동안, 우리는 그 속에 있으며 그 일부다. 자연이 번영하지 못하면 우리도 번영할 수 없다. 그렇다면 농업의 마땅한 척도는 세계의 건강이요 우리의 건강일진대, 그것은 누가 뭐라 해도 이 세계의 '단일한' 척도인 것이다.

그런데 세계와 우리의 건강이라는 이 척도의 단일성은 그간 우리가 잣대로 삼아 온 생산성이라는 기준의 유일성과는 사뭇 다르다. 그보다는 훨씬 더 복잡하다. 이 척도에서 생산성은 여러 고려사항 중 하나일 뿐이다. 이 척도는 생산성뿐 아니라 주어진 장소에 속하는 모든 생명의 건강까지 고려한다. 땅속과 물에 사는 생명에서부터 지표면에 사는 인간 및 모든 생명, 그리고 공중에 있는 새들까지도 고려한다. 자연을 척도로 삼는 일은 우리 자신과 세계, 경제와 생태, 인간이 길들인 것과 야생 사이의 화해를 도모하는 일이다. 혹은 우리와 자연 사이의 상호의존성을 의식적이고 조심스럽게 인식하자는 제안이다. 실은 항상 존재해왔으며, 우리가 앞으로 살아남자면 항상 존재해야만 하는 자연과의 상호의존성 말이다.

생산성이라는 유일 기준에 따라 이룩된 산업농업은 독백극 연기자나 연설자의 태도로 인간을 포함한 자연을 다루어 왔다. 부탁을 하는 법도, 반응을 듣고자 기다리는 법도 없었다. 산업농업은 자연에게 원하는 바를 요구하기만 했고, 다양하고 영리한 수단을 써서 원하는 바를 얻어냈다. 산업농업의 욕망에는 한계가 없기 때문에, 고갈은 불가피하고 예견 가능한 결과였다. 이는 분명히 독재적인 혹은 전체주의적인 방식인데, 자연을 대할 때 못지않게 사람을 대할 때에도 전체주의적이었다. 이러한 방식으로 맺어지는 세계, 또는 인간을 비롯한 뭇 생명과의 관계는 점점 더 구체성을 잃고 추상적인 것이 되었다. 이 방식의 경제가 갖는 권위와 권력이 점점 더 중앙집중적인 것이 되어 버렸기 때문이다.

그런가 하면 사람을 포함하여 자연을 척도로 삼는 농업은 대화를 즐기는 사람의 태도로 세계에 접근한다. 그런 농업은 세계를 마음대로 써도 좋은 원료가 잔뜩 비축된 곳으로만 여기지 않을 것이며, 세계에다 자신의 비전과 요구사항을 강요하지 않을 것이다. 그런 농업은 어떤 이상적인 상태에 당장 도달하려 하지 않을 것이며, 우리의 여건과 부딪히게 될 곤경을 심각히 염려하는 일부터 할 것이다. 모든 농장에서 농민은 책임을 느끼며 자신의 현 상태를 파악하고서 "장소의 신령께 문의"하려고[57] 나설 것이다. 그들은 만일 그곳에서 아무도 농사를 짓지 않는다고 할 때 자연이 그곳을 어떻게 할지 물을 것이다. 자연이 그곳에서 무엇을 허락할지, 그들이 그 장소와 자연의 이웃 및 인간의 이웃에게 최소한의 해를 끼치면서 무엇을 할 수 있는지 물을 것이다. 또 그곳에서 자연이

---

57) 영국 시인 알렉산더 포프(1688~1744)의 시구 "Consult the genius of the place in all"의 일부. "장소의 신령"이란 고대 로마 신앙의 '장소의 수호신'(genius loci)에서 비롯된 것으로, 포프의 시로 유명해져 조경 건축에서 지형 및 지질 등에 관하여 고려해야 할 중요한 원칙이 되었다.

무엇을 도와줄지 물을 것이다. 자연이 반응하리라 믿으면서 그런 질문들을 한 다음, 그들은 자연의 반응에 세심한 주의를 기울일 것이다. 그렇게 되면 장소를 이용하는 방식은 달라질 수밖에 없을 것이며, 그러한 이용 방식에 대한 장소의 반응에 따라 이용자 또한 달라질 수밖에 없을 것이다. 그렇게 되면 대화 자체가 어떤 생명력을 띨 것이다. 그러한 대화는 장소와 그 거주자를 이어 줄 것이며, 그것이 꼭 이해나 예측이 가능한 어떤 결말이나 최종적인 성취를 향해 나아가지는 않을 것이다.

이렇게 이루어지는 농업은 비록 어떤 욕망에 이끌린다 해도, 정치적이거나 유토피아적인 의미의 공상과는 거리가 멀다. 우리는 대화를 할 때면 언제나 상대의 반응이 있으리라 생각한다. 그런데 상대를 존중하고 상대의 '타자성'을 존중한다면, 매번 자신이 예견하거나 기대하는 반응이 있으리라 생각해서는 안 된다는 것을 안다. 대화란 엄연히 양면적이고, 언제나 어느 정도 신비로운 것이다. 아울러 대화에는 신뢰가 필요하다.

지금껏 오랫동안 우리는 산업화가 가져다줄 천국 같은 곳에 다가가고 있다고 생각해 왔다. 오직 인간의 창의력에 의해 고안되고 이룩되는 새로운 에덴동산 같은 곳 말이다. 그리고 그런 과업을 진척시키기 위해 제멋대로 자연을 이용하고 학대해도 된다고 생각해 왔다. 그런데 이제 우리는 폭력으로 에덴동산을 되살릴 수 있을 만큼 자신이 똑똑하지 않으며, 자연이 우리의 학대를 더 이상 용납하지 않는다는 압도적인 증거에 직면하고 있다. 이렇듯 명백한 증거가 있는데도 우리의 묵은 야심을 버리기 힘들다면, 우리는 그런 야심 때문에 우리가 얼마나 작아지고 예속되었는지를 나날이 더 분명히 알게 될 것이다. 우리는 인간이라는 존재가 고안해 낸 결말을 향해 모든 피조물이 나아가고 있다거나 나아가야 한다는 생각 때문에 온 세계가 얼마나 작아지는지를 보고 있다. 그런 결말과 야심으로부터 벗어나는 것은 아주 즐겁고 소중한 일이 될 것이다. 일단 그로부터 자유로워지고 나면, 우리는 거대한 정치나 경제나 기술에 의해 이미 결정되어 버린 운명에 종속당함으로써 상실해 버린 진지함과 즐거움을 누리면서 생활할 수 있을 것이다.

자연을 인간 경제생활의 척도로 받아들이면 그러한 자유로움이 절로 이루어진다. 자연과 경제가 다시 만나면 그만큼 민주주의가 필요하게 될 것이다. 경제도 자연도 추상적으로 운용될 수 없기 때문이다. 자연을 척도로 삼을 때, 우리에게는 지역 차원의 현명한 방식이 필요해진다. 이를테면 특정 농장을 아무 농장으로 취급해서는 안 된다. 그리고 특정 장소에 대한 특정 지식은 중앙집권적 권력이나 권위의 권한을 벗어난다. 자연, 즉 특정 장소의 본연을 척도로 삼는 농업은 농민이 잘 알고 사랑하는 농장을, 잘 알고 사랑할 수 있을 만큼 작은 농장을, 잘 알고 사랑하는 이웃과 더불어 잘 알고 사랑하는 연장과 방법을 사용하여 돌봐야 함을 뜻한다.

이제 우리 사회는 인간을 대우use하느냐 학대abuse하느냐의 문제에 대해 다시 생각해 볼 때가 되었다. 예컨대 우리는 특정 여성과 아무 여자를 구분하지 못하는 것이 학대의 선행조건이 됨을 알고 있다. 이러한 인식을 시골 땅에도 적용할 줄 알아야 할 때가 되었다. 어느 농장과 아무 농장을 구분하지 못하는 것은 학대의 선행조건이며, 우리는 땅을 학대하고 말았다. 결국 우리는 땅을 겁탈한 것이며, 우리는 자신이 끼친 피해로부터 스스로 자유롭지 못함을 알고 있다. 이제 우리는 겁탈한 대상에 대해 책임을 지고 함께 살 생각을 해야 한다.

2

트랙터 대신에 말을
화학비료 대신에 축분 거름을
제초제 대신에 사이갈이를 이용한다.
랜시는 옥수수 밭을 사이갈이하는 게
"자기 수고를 파는 일"이라고 말한다.
그것은 생산과 소비 사이의
적절한 균형을 확보하는 일이며
경제적으로 건실하고 합당하기 때문에 가능하다.

아미시의 일곱 농장
Seven Amish Farms, 1981

　전형적인 중서부의 농촌에서 인가 사이의 거리는 자꾸 멀어져 간다. 더 큰 농장을 가진 농부들이 밀려나지 않기 위해 작은 농장을 가진 이웃의 땅을 자꾸 사들이기 때문이다. 거대농장화를 향한 이러한 움직임의 징후와 그로 인한 작물의 특화는 어디서나 눈에 띈다. 멀쩡한 집과 외양간이 빈 채로 망가져 간다. 방목장 울타리는 허물어지거나 사라져 버렸다. 창고 출입문에 들어갈 수 없을 만큼 거대한 기계들은 바깥에 방치되어 있다. 방풍림이나 식림지는 불도저 앞에 다 쓰러졌다. 작은 학교나 교회는 버려지거나 곡식 창고가 되어 버렸다.

　3월 하순이면 이 농촌에는 살아 있는 것이 눈에 잘 띄지 않는다. 작년에 수확한 옥수수나 콩의 죽은 줄기들에 묻히다시피 한 밭들이 끝없이 펼쳐진다. 겨울 작물이 자라는 밭을 만나려면 차로 몇 마일을 달려야 하는 경우도 있다. 비라도 오면, 버려지다시피 한 농촌 같다. 땅이 충분히 말라 있으면 트랙터가 작업하는 곳들이 있다. 유리로 된 운전실이 있는 거대한 기계가 옛 농장 하나보다 큰 밭에서 작업을 하느라 멀리까지 굴러가고 있다. 마치 망망대해를 혼자 떠다니는 배 같다.

그런 농촌과 인디애나 주 북동부에 있는 아미시 마을의 차이는 사막과 오아시스의 차이만큼이나 커 보인다. 이 차이는 질적으로도 마찬가지인 듯하다. 오아시스처럼 아미시 농촌에는 살아 있는 게 훨씬 더 많다. 즉, 살아 있는 자연도, 살아 있는 작물도, 살아 있는 사람도 많다. 아미시 농장은 대부분 100에이커(약 12만 평) 이하로 작기 때문에 아미시 농촌은 대부분의 농촌보다 인구 분포가 조밀하며, 일하고 있는 사람도 많이 보인다. 아미시 사람들의 농장은 다각화되어 있기 때문에, 경작지가 방목지나 건초밭, 심지어 식림지와도 섞여 있는 경우가 많다. 다양하고 흥미롭고 건강해 보이는 농촌이라 차를 몰고 지나가면 즐거워진다. 우리는 지난 3월 20일과 21일에 거기 있었는데, 봄갈이가 막 시작된 무렵이라 어느 밭에를 가나 마구간에서 나온 거름이 덮여 있었다. 벨기에나 프랑스가 원산지인 짐말들이 여전히 재래식 비료살포기를 진 채 마구간에서 나오는 모습도 볼 수 있었다.

그 이틀 동안 우리를 초대한 주인은 윌리엄 J. 요더라는 사람으로, 벨기에 짐말Belgian의 육종가로서 널리 존경받는 인물이며, 유능한 농부이자 목수다. 그는 마음이 후하고 재밌는 사람이며, 아주 정력적이어서 자기 농장 일과 가족이나 지역사회의 일에 왕성하게 참여한다. 그를 보고 또 그가 사는 장소를 보면, 그가 그동안 많은 일을 해 왔을 뿐만 아니라 잘해 왔으며, 일로부터 배운 바가 있고 충분히 수양을 쌓았음을 알 수 있다. 그는 경우에 따라 말마디에 힘을 많이 싣고는 하는데, 이는 확신의 표현일 뿐만 아니라 기쁨의 표현이기도 하다. 말馬이나 농사에 관심이 있는 사람들과의 대화를 즐기기 때문이다. 하지만 말하기를 좋아하는 다른 많은 사람들과는 달리, 그는 말을 조심스럽게 한다. 빌(윌리엄의 애칭)은 지금 살고 있는 곳에서 태어나 평생 같은 곳에서 살았고, 아마도 평생을 같은 곳에서 살 손자들을 두고 있다. 그러니 그는 그곳에 뿌리와 가지를 두고 사는, 정말 그곳에 속하는 사람이며 그곳의 많은 농장의 역사와 특색을 알고 있다. 우리는 그 이틀 동안 빌 자신과 그의 네 아들, 그리고 두 사위가 주인인 농장들을 방문했다.

아미시 농장들은 어느 정도 자리를 잡은 곳과 그렇지 않은 곳 정도로 나눌 수 있다. 전자는 부유해 보이고 관리도 잘 되어 있으며, 후자는 보살핌을 못 받아 부실한데 젊은 농부들이 농사를 시작하는 농장이다. 아미시의 젊은 농부들은 인플레나 투기꾼들에 의한 땅값 상승이나 비싼 이자에도 불구하고 여전히 농사를 시작하는 경우가 많다. 내가 받은 인상으로는, 젊은 농부들이 농장을 사는 비율은 아미시의 경우가 미국 전체 평균보다 훨씬 높다.

빌 요더가 소유한 80에이커의 농장은 자리를 잡은 축에 속한다. 나는 1975년 가을에 그 농장에 가 본 적이 있는데, 깨끗하고 정돈이 잘 되어 있는 모습과 단정한 하얀 건물들과 말끔한 잔디와 텃밭들을 잊을 수 없었다. 빌은 이 농장을 26년째 소유하고 있다. 그가 사들이기 전에는 누가 임대해서 기계식으로 농사를 짓던 곳이었고, 그 결과는 뻔했다. 지력이 거의 고갈된 상태였던 것이다. "건물들은 없는 거나 마찬가지"인 상태였고, 울타리는 아예 없었다고 한다. 그런 땅에서 그가 첫해에 얻은 수확은 5톤 분량이나 될까 할 건초뿐이었다. 건강한 식물이라고는 전년도 퇴비 더미에서 돋아난 잡초와 클로버뿐이었다. 그해 거둔 옥수수는

"1에이커에 30부셸[58]쯤(1200평에 1050리터쯤) 될까 싶은" 정도였고, 그 나마도 전부 알이 여물지 않은 것들이었다. 모래 같은 흙은 거센 바람이 불 때마다 날렸고, 밭갈이를 할 때면 쟁기질에 드러난 '흘러내리는 모래 질 구덩이'에 말의 다리가 푹푹 빠졌다.

이에 대한 치유책은 아미시 사람들이 17세기부터 써 온 전통 농법이 었다. 즉, 다각화, 돌려짓기, 축분畜糞 거름[59] 이용, 콩과식물 심기였다. 이런 방법은 유럽의 재세례파[60] 사람들이 살던 땅에서 공민권을 박탈당하고 척박한 땅에서 농사를 지어야만 했던 때부터 시작되었다. 우리는 그들이 지금도 인디애나의 피폐해진 땅을 되살리려고 애쓰는 모습을 보고 있다. 이러한 방법은 흙 속에 부식질을 조성해 주는데, 이 부식질은 여러 가지 역할을 한다. 지력을 높여 주고, 흙의 성분을 향상시켜 주며, 수분을 유지하는 함수 능력과 배수성을 동시에 높여 주는 것이다. "부식질이 없으면 낭패"라고 빌은 말한다.

돌려짓기가 자리를 잡고 땅에 축분 거름을 제대로 주기 시작하자 모래질 구멍이 사라졌고, 흙이 날리는 일도 없어졌다. 그는 말한다. "이제는 땅에 뭔가가 있어요. 땅이 실해진 거죠." 이제 그의 농장에서는 옥수수와 귀리, 밀, 알팔파[61]가 넉넉하게 난다. 귀리는 에이커당 90~100부

58) bushel. 곡식 등의 무게를 재는 건량(乾量) 단위로, 약 35리터에 해당한다.

59) manure. 대개 가축의 똥에 짚이나 오줌이 좀 섞인 경우가 많다.

60) Anabaptist. 재침례파라고도 한다. 개신교의 한 종파로, 자각적인 신앙고백 이후의 세례(침례)만이 진정한 세례라고 주장하며 유아세례를 거부함에 따라 16, 17세기에 개신교와 가톨릭 양쪽으로부터 혹독한 박해를 받았다. 아미시는 대표적인 재세례파 중 하나다.

61) alfalfa. 자주색 꽃이 피는 여러해살이 풀로, 우리말로는 자주개자리라 하며, 건초로 만들어 사료로 많이 쓰인다.

셸 정도가 걷힌다. 옥수수는 에이커당 평균 100~125부셸 정도 걷히고, 알이 길고 굵으며 속이 꽉 차 있다.

빌의 돌려짓기는 알팔파로 시작되어 알팔파로 끝난다. 가을이면 그는 밀과 함께 알팔파를 씨 뿌리고, 봄이면 이미 자라고 있는 알팔파가 "아무리 좋아도" 갈아엎는다. 알팔파 다음에는 2년 동안 옥수수를 심는데, 30에이커 중에 25에이커는 옥수수 알곡을, 5에이커는 사일리지[62]를 얻기 위해서다. 옥수수를 2년 재배한 다음에는, 봄에 귀리를 심고 가을에 밀과 알팔파를 심는다. 4년째 해에는 밀을 거둔 다음, 알팔파를 심어 5년째와 6년째 해까지 자라게 한다. 알팔파는 매년 두 번씩 베어 준다. 밭에서 말린 알팔파 건초는 헛간으로 옮겨 썬 다음 다락에 저장한다. 건초용으로 베는 것 말고는 소들이 뜯어먹는다.

소똥 거름이 무겁고 덩어리지는 데 비해, 말똥 거름은 가볍고 쉽게 부서져서 비료살포기에서 잘 빠져나온다. 말똥 거름은 또 어린 작물의 성장을 덜 방해하며, 건초 갈퀴에 걸려나오는 경우도 적다. 빌의 농장에서는 가을에 파종하는 밀과 알팔파에, 밀 수확 이후의 어린 알팔파에, 그리고 두 해에 걸쳐 자라게 내버려 두는 알팔파에 말똥 거름을 준다. 소똥 거름은 두 해에 걸쳐 자라는 옥수수 밭에 준다. 그는 대개 80부셸을 실을 수 있는 비료살포기 350대 분량의 축분 거름으로 매년 농장 전체를, 즉 경작지와 건초밭과 방목지를 기름지게 한다.

그렇게 축분 거름이 풍부하니 화학비료에 '의존'할 일이야 분명 없다. 그래도 빌은 화학비료를 약간은 쓰는데, 옥수수와 귀리의 어린 작물이

---

62) silage. 마소에게 먹일 꼴(목초) 중에서 푸른 풀을 베어 발효 저장한 것을 가리킨다.

뿌리를 잡는 데 도움을 주는 용도로 이용한다. 옥수수의 경우, 질소를 125파운드(약 57킬로그램) 정도 작물 곁에 나란히 뿌려 준다. 귀리의 경우에는 16-16-16이나 20-20-20이나 24-24-24[63]를 200~250파운드 정도 준다. 밀을 심을 밭에는 대개 석회를 2톤 정도 뿌려 준다.

지난해 그가 옥수수 밭 1에이커에 들인 돈은 다음과 같다.

씨앗(7에이커에 1부셸 정도가 들어간다) 7달러

화학비료 7.75달러

제초제(첫해에만 쓰며 선별 살포[64]를 한다) 16.40달러

다 합하면 에이커당 31.15달러라는 돈이 들었다. 옥수수가 에이커당 100부셸만 걷힌다고 하면 1부셸에 0.31달러가 들었다는 얘기다. 이듬해에는 에이커당 비용이 14.75달러로 부셸당 0.15달러가 못 되게 들었으니, 2년 평균치는 에이커당 22.95달러 혹은 부셸당 0.23달러가 된다.

제초제를 쓰는 이유는, 겨울에는 밖에서 데려온 말들까지 먹여야 해서 건초를 80~100톤 정도 사야 하는데 여기에 잡초 씨앗이 딸려 오기 때문이다. 건초를 사들이기 전까지는 잡초 문제가 전혀 없었다. 그는 제초제를 쓰지만 옥수수의 경우 사이갈이[65]를 세 번은 해 줘야 한다.

---

63) 각각 비료에 든 질소(N)-인(P)-칼륨(K)의 비율을 말한다.

64) custom application. 무차별적 대량 살포로 인한 오염을 줄이기 위해 필요한 곳에만 제초제를 뿌리는 방식이다.

65) cultivation. 작물이 자랄 때 작물은 보호하면서 잡초를 제거하기 위해 하는 선별적이고 얕은 밭갈이로, 중경(中耕)이라고도 한다.

귀리는 씨앗에 12달러, 비료에 21달러가 들어, 에이커당 비용이 33달러, 혹은 에이커당 수확량을 90부셸로 잡을 경우 부셸당 약 0.37달러가 든다.

빌의 농장 80에이커 가운데 밭으로 쓰는 땅은 62에이커다. 나머지 중 10에이커는 방목지로만 쓰고 7~8에이커는 숲인데, 농장 건물에 드는 목재가 다 이 숲에서 난다. 그는 또 1년에 500달러를 주고 비탈과 숲이 있는 이웃 방목지 80에이커를 빌려, 덜 자란 암소 스무 마리에게 여름에 풀을 뜯긴다. 그리고 이웃한 다른 농장의 밭도 면적을 달리해 가며 빌려 쓴다.

모든 밭일은 말을 데리고 하는데, 물론 이렇게 하면 돈이 거의 들지 않는다. 말 육종 사업을 해 가며 부수적으로 말을 부릴 수 있는 것이다. 기계의 힘이 필요할 때에는 수십 년 된 구식 트랙터를 이용한다.

우리가 방문했을 때 농장에는 말이 스물두 필 있었다. 빌은 "30필쯤" 유지하는 게 목표이기 때문에 그 정도면 좀 적은 편이었다. 그에게는 아주 좋은 번식용 암말 한 무리와 종마 세 마리, 그리고 나이가 제각각인 어린 말들이 있었다. 작년 10월 1일 이후로, 그는 공인된 벨기에 짐말을 열여덟 마리 팔았다. 겨울에는 "임신한 암말의 오줌"을 받아다가 제약 회사에 파는데, 거기서 다양한 호르몬을 추출한다고 한다. 그런 목적으로 그는 이웃의 말들을 많이 맡아 먹이는데, 잡초 문제를 일으키는 건초를 따로 사들여야 하는 것도 그 때문이다. 이 농장에는 말이 돈벌이 수단 중 하나이기에 참 많다. 말을 밭일에만 쓴다면 거세한 수컷 네 마리면 충분할 것이다.

지난 10년 가까이 짐말의 값이 엄청나게 뛰면서 나빠진 점 하나는, 크기나 빛깔 같은 데는 관심을 집중하는 경향을 보이는 반면, 튼튼한 발처럼 눈에 덜 띄는 특질은 등한시한다는 점이다. 내가 보기에는 말의 발이 튼튼한지의 여부가 가장 중요한 문제 같다. 나쁜 발을 가진 좋은 말이란 장식용 말고는 아무 쓸모가 없는데, 말 시장이나 품평회에서는 부실한 발굽에 이물질을 채워 넣고 구두약을 발라 눈속임을 하는 경우가 지나치게 많다. 그래서 나는 빌 요더의 농장에서는 어느 말이든 발굽이 건강하고 튼튼하게 틀이 잡히고 모양도 바른 모습을 보는 게 즐거웠다. 모두가 좋은 말이었고, 바탕이 좋으니 다른 특질들도 더 빛났다. 우선 튼튼한 발로 서 있었으니 말이다. 그런 말들을 보면 빌이 얼마나 분별력 있고 성실한 사람인지 알 수 있다.

빌은 최고의 말 육종가이고 짐말 육종 사업은 그 어느 때보다 돈벌이가 되지만, 그는 말 기르는 일에만 집중하지는 않는다. 아마도 그런 점이 그가 농부로서의 정체성에 충실하다는 사실을 가장 분명히 보여 주는 예일 것이다. 이 농장에서 말 기르는 일은 그 경제적 비중이 어느 정도이건, 건실하고 다각화된 농장이 있기 때문에 가능한 일이다.

그는 홀스타인 젖소 다섯 마리에서 우유를 얻어 냈고, 덜 큰 홀스타인 젖소 열다섯 마리를 판매용으로 기르고 있었으며, 대개 서른 마리 정도로 그 규모를 유지하는 돼지들을 막 잡아서 내다 판 상태였다. 빌은 "겨울을 잘 나면 여름은 반쯤 난 것"이라는 선친의 말을 공감한다며 이야기해 주었는데, 빌의 가축들은 모두 겨우내 보살핌을 잘 받아서 상태가 아주 좋았다. 빌이 즐겨 인용하는 선친의 다른 말 "말은 울타리 어느 편이든 먹이 있는 쪽에 두고 길러라." 역시 이 농장에서 잘 지켜지고 있었다. 그는 정성 들여 가축을 먹였고, 먹이는 질이 좋으면서 풍부했다.

봄이 다 된 무렵인데도 건초 다락과 옥수수 저장고에는 아직 여분이 넉넉했다.

농장의 건실함을 말해 주는 또 하나의 증거는 상당히 큰 텃밭이 세 군데고, 새로 가지치기를 한 포도 덩굴과 라즈베리 덩굴이 있다는 점이었다. 가족의 텃밭지기는 요더 부인이었다. 자녀들은 대부분 집을 떠나 있지만, 아내가 전과 다를 바 없이 텃밭 일을 많이 한다고 빌은 말한다.

요더의 아들 7형제는 모두 같은 농촌에 산다. 막내인 플로이드만 아직 본가에 있다. 할리는 3에이커 정도 되는 터에 집을 갖고 있으면서 읍내에서 일하며, 오후가 되면 자신의 작업장으로 돌아와 편자공 일을 한다. 헨리도 읍내에서 일을 하며, 할리 부부와 함께 산다. 나머지 네 아들들은 각자의 농장에서 빚을 갚아 가며 살고 있다. 리처드가 80에이커, 올라도 80에이커, 멜이 57에이커, 월버도 80에이커를 갖고 있다. 두 사위도 같은 농촌에 살고 있다. 95에이커를 가진 페리 본트래거와 65에이커를 가진 어빈 매스트가 그들이다. 빌의 80에이커까지 합하면, 일곱 집이 537에이커(약 66만 평) 땅에 살고 있는 것이다. 일곱 농장 중에서 멜의 농장만이 전체가 경작지고, 나머지는 숲이나 방목지가 5에이커에서 26에이커까지 섞여 있다.

이 젊은이들은 모두 피폐해진 농장을 인수하여 빌처럼 전통 방식대로 돌려짓기를 해 가며 지력을 되살리는 중이다. 그들은 땅을 그런 식으로 3년간 돌봐 주면 페리 본트래거의 말대로 "다른 어디 못지않게" 옥수수를 기를 수 있다는 데 대체로 동의했다.

이들은 농사를 잘 지을 때 필요한 현명한 계획과 건전한 판단과 성실한 노력을 할 수 있는 훌륭한 농부들이다. 학대당하던 땅이 그들의 보살 핌 속에서 치유되고 번성한다. 그들 중 땅을 더 갖고 싶다고 한 사람은 아무도 없었다. 모두가 빚만 다 갚는다면 지금 가진 걸로 충분하다고 여기는 듯하다. 문제가 되는 것은 땅값이 비싸고 이자율이 높다는 점인데, 높은 이자율이 최악의 문제로 보인다.

지금까지의 해결책은, 빌의 아들들 경우에는 읍내에서 일하는 것이었다. 그들은 모두 집에서 독립한 뒤로는 읍 소재지 토피카에 있는 이동식 주택 제작사인 레드맨 인더스트리의 일을 했다. 그들은 삯일을 받아서 했는데, 아침 7시부터 오후 2시까지 일하고, 나머지 시간에는 농사나 다른 일을 했다. 빌은 그게 농장을 사서 농부 생활을 시작하는 "유일한 방법"이라고 생각한다. 그런데 그렇게 해도 지금 이 농촌 농부들의 빚은 "그 어느 때보다" 많다고 한다.

처음에는 공장 일도 하고, 가족의 도움도 받고, 정부와 은행의 대출도 받고, 일도 대단히 억척스럽게 하고, 농사 실력도 뛰어나기에 젊은 아미시 가정이 결국 자신들을 부양해 줄 작은 농장을 갖는 것은 아직 가능하다. 하지만 지금은 그렇게 하기가 그 어느 때보다 힘들다. 이자 부담이 너무 커질 때면, 잠시나마 다시 읍내에 나가 일해야 할 형편이 되고는 하는 것이다.

유일하게 소득에 대해서 말해 준 멜은 57에이커의 땅을 가졌고, 그 정도면 충분할 것이라고 했다. 멜과 그 가족은 홀스타인 젖소 일곱 마리를 기른다. 그는 지난겨울 암말 아홉 마리의 오줌을 받아 팔았는데, 그 중 일곱 마리가 그의 말이었다. 그에게는 번식용 암퇘지도 열두 마리 있었다. 지난해 그의 총수입은 4만 3000달러였다. 그 중에 1만 2000달러는 돼지를 판 돈이고 7000달러는 소젖으로 얻은 수입이며, 나머지는 말 오줌과 밀을 팔아 번 돈이다. 생산비를 제하고 난, 그리고 이자를 지불하기 '전'의 순수입은 2만2000달러였다. 멜은 이자를 감당하기 위해 다시 읍내에 나가 일할 준비를 하고 있다.

그러니 이들 작은 아미시 농장은 '재래식' 미국 농업의 척도도 되고, 국가 산업경제가 갖는 문화적 의미의 척도도 된다.

우선 이 농장들은 '농기업'이 가짜 신임을, 이른바 규모의 경제가 거짓임을 적나라하게 드러내 준다. 작은 농장은 시대착오도 아니고, 비생산적이지도 않고, 이익을 못 내는 것도 아니다. 아미시 사람들 사이에서는 작은 농장이 여전히 번성하고 있으며, 존 A. 호스테틀러[66]가 《아미시 사회》에서 '건강한 문화'라 부르는 것의 경제적 토대가 되고 있다. 이 작은 농장들은 농기업 시설들이 크게 선전하듯 '기록적인 소출'을 내지는 않지만, 대단히 생산적이기는 하다. 그리고 대규모 시설 소유주들을 부자로 만들어 주지는 못할지 몰라도(부자가 되는 건 아미시가 추구하는 바도 아니다), 충분히 이익을 낸다고 말해도 좋을 정도다. 규모의 경제는 기업이나 은행에 도움이 되었지, 농민이나 농촌에게는 도움이 된 게 아니었다. 규모의 경제는 강탈과 낭비의 경제였다. 목적한 바가 아닐지라도 결과적으로는 금권주의적 지배였다.

그에 반해서 이들 아미시 농장은, 농사에는 땅의 생산력에도 농부의 능력에도 맞는 적정 규모가 있을 수밖에 없다는 사실을 시사한다. 아울

---

66) John A. Hostetler(1918~2001). 아미시 출신으로서 아미시 사회를 연구한 저술가이자 교육자이다. 그가 쓴 《아미시 사회》는 해당 분야의 고전이 되었다.

러 농업 문제의 적절한 해결은 확장이 아니라 관리와 다양성, 질서, 책임 있는 유지, 건실한 품성, 투자 및 경비에 대한 분별 있는 제한에 있다는 사실을 시사한다. 빌은 "건전한" 부채와 "불건전한" 부채를 엄격히 구분한다. 그가 말하는 불건전한 부채는 "정상적으로 갚을 희망이 없는" 빚이다.

아마도 가장 의미심장한 것은, 지금의 관행농업은 제 원천을 소진해 버리는 여느 산업의 경향을 맹목적으로 따름으로써 토양 침식이라는 국가적 재앙을 초래한 반면, 이들 아미시 농장은 땅을 보전하고 향상시키는 방식으로 이용한다는 사실일 것이다.

그렇다면 그런 유능하고 귀한 농부들을 공장 일로 내모는 국가경제를 어떻게 봐야 할까? 그런 경제가 번영과 노력, 실력, 건실한 농사, 가족, 지역사회의 건강에 대하여 강요할 수 있는 가치는 무엇일까?

그런 더 큰 경제가 계속해서 파탄을 향해감에도 불구하고, 아미시 사회는 지난 20년 동안 인구가 거의 배로 늘었다. 물론 인구가 배로 늘었다는 사실이 대단한 업적인 것은 아니다. 정말 대단한 것은 관행농업을 따르는 농민들이 수백만 명씩 망해 가는 동안 아미시 사회는 인구가 배로 늘어나는 동시에 '농촌으로서 살아남았다.'는 사실이다. 그런 사실만으로도 아미시의 농업 방식에 주목할 필요가 있을 듯하다. 동시에 그들의 그런 방식이 농업 관련 대학들과 기관들에게 무시당해 왔다는 사실은 대단히 놀라운 일이다.

나는 아미시의 농업이 무시당해 온 까닭은 산업적으로, 경제적으로 복잡한 구조가 아니라 생물학적으로, 문화적으로 복잡한 구조를 띠는

데 있다고 생각한다. 아미시 농장의 경제를 설명하려는 시도를 한 사람이라면 당장 사실상 설명이 안 되는 가치나 비용이나 이익을 다루게 되었다는 걸 알게 될 것이다. 그 사람은 항상 측정되지는 않는 생물학적 힘이나 과정을, 수량화되지 않는 정신적·공동체적 가치를 다루게 될 것이다. 어떤 지점에서는 신비를 마주하게 될 것이다. 그리고 그런 설명되지도 이해되지도 않는 것들이 실은 경제적인 결과를 낳는다는 걸 알게 될 것이다. 이는 농업경제학이라는 '과학'의 연구로는 대단히 부적절할 것이다.

관행농업이나 농기업의 경제는 셈법이 아주 단순하다는 점에서 독특하다. 그러한 경제는 전적으로 설명이 가능한 수량을 조작한다. 토지, 장비, 연료, 비료, 살충제, 제초제, 임금과 관련된 비용을 망라하고 그것들을 다 더하여, 수입에서 제하거나 그것들에서 수입을 제하면 결과가 나온다는 것이다.

그에 비해 자신이 '식량 공장'이 아닌 80에이커 면적의 농장을 가졌다면 어떨까. 자기 집이면서, 도덕적으로나 영적으로나 "경작하며 지킬"[67] 의무가 있는 창조물의 일부분인 땅을 말이다. 부유해지기 위한 게 아니라 자기 가족과 공동체의 온전함과 실질적인 부양력을 유지해 주기 위한 땅이라고 해 보자. 그 농장이 충분히 작아서 가족의 도움과 이웃과의 품앗이로 농사를 지을 수 있다고 하자. 벨기에 종 번식용 암말 여섯 마리가 있고, 그것들을 밭일에 쓴다고 하자. 젖소와 식용 돼지도 여러

---

67) to dress and to keep. 창세기 2장15절 "여호와 하느님이 그 사람을 에덴동산에 두어 그 것을 경작하며 지키게 하셨다."(And the LORD God took the man, and put him into the garden of Eden to dress it and to keep it.)에서 따 온 표현.

마리씩 있고, 다양한 곡물과 건초용 작물을 돌려짓기로 재배한다고 하자. 그런 경우의 셈법은 어떻게 되겠는가?

우선 관행농업 방식에 드는 여러 가지 비용이 크게 줄거나 아예 없어질 것이다. 장비, 비료, 농약 같은 데 드는 돈이 크게 줄어든다. 연료 대신 암말을 먹일 먹이가 드는데, 암말에게 일을 시켜서 더 드는 먹이가 그냥 먹여 기르는 데 드는 먹이보다 아주 많아지는 것은 아니다. 더구나 말은 다른 모든 가축과 마찬가지로 거름을 만들어 낸다. 가능하다면 말똥으로 얻은 거름과 화학비료의 가치와 그 차이를 계산해 보라. 알팔파로 고정시킨 질소[68]의 가치는 추정할 수 있을지 몰라도, 고정된 질소의 양과 깊은 뿌리가 흙에 대하여 갖는 가치를 어떻게 수량화할 수 있을까? 흙 속에 있는 부식질의 가치를 한번 계산해 보라. 향상된 배수성, 향상된 가뭄 저항성, 향상된 경작 적합성, 향상된 건강성과 부식질의 상관관계를 계산해 보라. 자녀에게 임금을 계산해 준다고 한다면 그것도 비용의 일부가 될 것이다. 하지만 자녀에게 준 삯과 '임노동'에 대하여 지급한 품삯의 차이를 계산해 보라. 이웃과의 품앗이는 맨아워로 환산되어 금전적인 가치로 따질 수도 있다. 하지만 이웃과 임노동의 차이는 따져 볼 일이다. 가족이나 공동체가 그 구성원에게 갖는 가치를 따져 볼 일이다. 가족이나 공동체가 갖는 가치 중에 경제적인 게 있다고 인정할 수 있을지 모르지만, 그게 과연 어떠한 것인가?

〈쿠리어 저널〉 4월5일자에는 '과학영농'을 찬양하는 석유회사 모빌의

---

68) 질소 고정(nitrogen fixation)이란 공기 중에 존재하는 질소가 암모니아 등의 질소화합물로 변환되는 과정을 말한다. 고정된 질소는 생물의 기본 구성물질을 만들어 내는 데 꼭 필요하다.

광고가 실렸다. 물론 모빌 사람들은 다음과 같이 말하는 게 기쁘다. "미국의 농업은 다른 어느 산업보다도 많은 석유를 필요로 합니다. 예컨대 휘발유 1갤런은 옥수수 1부셸을 생산해 내는데……." 덕분에 그들은 "미국의 농부 한 사람이 67명을 먹이는" 게 가능하다고 말한다. 그리고 그게 정말 "경이로운" 일이라고 한다.

정말이지 그렇다! 그리고 석유산업에 전적으로 의존하는 농업이 당분간은 지금보다 더 경이로워 보일 가능성도 다분하다. 그런데 이미 충분히 경이로운 점 하나는, 휘발유 1갤런을 태워서 얻은 옥수수 1부셸이 요더가 기른 옥수수 1부셸보다 이미 '여섯 배' 비싸다는 사실이다. 어떻게 해서 빌 요더는 농업에 대한 석유세라고 해도 좋을 비용을 면할 수 있었는가? 그는 일련의 대체물을 이용함으로써 그렇게 한다. 트랙터 대신 말을, 연료 대신 먹이를, 비료 대신 축분 거름을, 산업의 착취적 방식 대신 건실한 농업적 방식을 이용하는 것이다. 그런데 그는, 혹은 그와 그의 가족 및 이웃과 그들의 전통은 그 이상의 것을 이룩했다. 그들은 석유 대신 그들 자신을, 가족을, 공동체를 이용했던 것이다. 아미시 사람들은 그런 다른 것들을 가지고 있기에 석유를 적게 쓰고 적게 필요로 한다.

나는 아미시의 농업을 본질적으로 아미시의 기독교 전통에 속하는 것으로 보지 않는 한, 그렇게 보려하지 않는 한 이해할 수 없다고 생각한다. "이웃을 제 자신처럼 사랑하라."는 가르침으로서의 기독교 말이다. 공동체의 유지를 우선시하는 농부에게 규모의 경제, 즉 '큰' 규모와 '성장'의 경제는 이치에 맞지 않는 무엇이다. 이웃을 파멸시키고 강제로 이탈시키는 것이기 때문이다. 농장은 이웃을 줄이지 않고서는 늘릴 수 없다. 공동체의 이익이 추구하는 것은 어김없이 '적정' 규모의 경제다. 이 경제는 농적으로 마땅히 고려해야 할 것을 전부 고려하는 경제다. 이를테면 농장 크기, 농사 방식, 농기구, 에너지원, 동식물의 종을 다 고려하는 경제다. 공동체의 이익은 또한 자애, 이웃에 대한 사랑, 유소년에 대한 보살핌과 가르침, 노인에 대한 공경을 요구하며, 그럼으로써 공동체를 온전하게 살아남게 하고자 한다. 공동체의 이익은 무엇보다 땅을 잘 돌볼 것을 요구하는데, 그것은 아미시 사람들이 항상 이해해 온 바와 같이 공동체는 곧 땅이기 때문이다. 존 호스테틀러에 따르면, 땅은 "폭력적으로 대하거나 이기적으로 착취할 경우 부실하게 내어놓기 마련"이다. 이보다 자애의 '실천'이 갖는 실용적인 의미를 잘 표현한 말은 없을 것이다. 이기심은 산업경제의 광적인 옹졸함에만 도움이 될 뿐, 누구에게도 이롭지 않다.

아미시 사람들은 흔들림 없이 경제적 가치를 종교와 공동체의 가치 아래에 두고 살아 왔다. 세속적이고 착취적인 사회가 너무 쉽게 간과하는 점은, 그들의 그러한 방식이 '객기'나 '퇴행'이 아니라는 사실이다. 첫째로 그들의 방식은 갖은 어려운 시절을 겪어 오면서도 공동체를 온전히 지켜 왔다. 둘째로 그들의 방식은 땅을 보존한다. 셋째로는 경제적 이익을 가져다준다. 공동체와 종교적 연대감은 다양한 가치를 띠는데, 그중 하나는 경제적 가치다. 그러한 경제적 가치는 이웃사랑과 청지기 정신을 실천한 결과물이다. 우리가 빌 요더와 함께한 날들 동안 내가 가장 감동스러웠던 점은, 그가 자녀를 대하고 그의 자녀가 그들의 자녀를 대할 때 공동체의 계속성을 염두에 둔다는 것이었다.

빌은 자신의 능력이 닿는 한 아들들을 경제적으로 도우며 살았다. 일로 돕기도 했고, 가진 것을 나눔으로써, 이를테면 종마를 번식기 때 빌려 주거나 작업용으로 말 한 팀을 빌려 줌으로써 돕기도 한 것이다. 좋은 장비가 매물로 나왔을 때 사 주는 것으로 돕기도 한다. 그는 한 아들에게 농기구를 사 주었는데, 아들이 "돈이 생기면 갚을 것이고 아니면 기계를 사용만 할 것"이라고 빌은 말한다. 그는 그들의 스승이었고, 조언자로 남아 있다. 억압적인 가부장이나 권위적인 인물로서 군림하지 않는다. 그는 가족과 공동체의 경험을 대표하는 한 사람으로서 발언하는 듯 보인다. 그를 존경하는 아들들은 그들이 속한 전통을 존경한다. 그들은 그의 도움과 조언과 모범을 고마워하는데, 거기에 굴종적인 구석이 보이지는 않는다. 서로 존경을 주고받는 가족애인 것이다.

우리가 방문할 때마다, 아이들은 학교에 가 있는 시간이 아닌 한 농장 헛간 같은 곳에서 일을 돕거나 일을 지켜보거나 일에 대해 들으면서 최선의 방법으로 농사를 배우고 있었다. 윌버는 열한 살 된 그의 아들이 작년에 말이 끄는 경운기로 옥수수 밭 23에이커를 갈았다고 했다. 빌은 자신이 윌버도 그렇게 가르쳤던 기억을 떠올렸다.

아직 어리던 윌버는 빌이 말이 끄는 경운기로 일을 할 때 아빠 무릎에 앉아 말을 몰기를 좋아했다. 빌은 윌버가 혼자 말을 몰 줄 알면 나머지는 다 할 수 있으리라 생각했다. 그래서 경운기에서 내려, 아이 발이 닿을 수 있도록 등자의 길이를 줄여 주었다. 윌버는 혼자 말들을 몰기 시작했고, 몇 걸음 안 되어 옥수수 밭을 혼자 갈기 시작했다.

"워!" 윌버가 말을 멈추려 했다.

뒤에서 걸어가던 빌은 "괜찮아!"라고 했다.

그렇게 좀 더 갔다.

"워!"

"괜찮아!"

그러자 윌버가 울기 시작했다. 빌은 말했다.

"울지 마! 계속 가 봐!"

건실한 구식 농부
A Good Farmer of the Old School, 1985

　1982년 오하이오 주 콜럼버스에서 열린 짐말 경매에서 친구 모리 텔린이 함께 얘기를 나누던 말 사육인들이 있는 자리로 나를 불렀다. "이리 와서 이 얘기 좀 들어 봐요." 말 사육인 중에 랜시 클리펑어라는 이가 있었는데, 모리는 내가 랜시의 전년도 옥수수 경작 얘기를 들어 보기를 원했다.

　친절하게도 랜시가 다시 들려준 이야기는 모리가 기대한 대로 나에게 흥미로운 얘기였다. 작년에 랜시는 옥수수를 40에이커에 심었다. 같은 해 그는 암퇘지 40마리도 길렀는데, 그것들이 새끼를 낳으면 막 익은 옥수수를 먹일 작정이었다. 암퇘지 40마리는 마리당 평균 9마리의 새끼를 낳았다. 옥수수를 거둘 때가 되자, 랜시는 옥수수 밭 일부에 전기 울타리를 쳐서 막은 다음 젖 뗀 새끼돼지 360마리를 놓아먹였다. 새끼들이 한동안 울타리 안의 옥수수를 먹고 나자, 랜시는 새로운 구역을 만들어 주었다. 그리고 돼지들이 먹다 만 밭의 옥수수를 수확했다. 그런 식으로 그는 새끼돼지 360마리를 살찌웠고, 다른 가축들에게 먹일 옥수수도 다 거둬들였다.

새끼돼지로 벌어들인 수입은 4만달러였다. 랜시가 들인 비용은 옥수수 종자, 1에이커당 275파운드(약 125킬로그램) 꼴의 비료, 1에이커당 1쿼터[69] 꼴의 제초제 구입비였다. 그는 그 비용이 액수로 전부 얼마인지는 말하지 않았는데, 그가 옥수수 밭 40에이커에서 얻은 순수입이 높았던 건 분명해 보였다. 옥수수 알곡 값만으로도 1부셸에 2달러 정도 받을 수 있는 해였으니 말이다.

이야기가 끝날 무렵 랜시와 모리는 대충 다음과 같은 대화를 나눴던 것으로 기억된다.

"새끼를 낳을 때 분만축사에서 낳게 하십니까?"

"아니요."

"아, 그럼 외양간에서?"

"아뇨. 저는 밭에 놓아기릅니다. 그늘도 물도 많은 밭이지요. 그러니 밭에서 매일 보지요."

그는 독자적으로 생각하고 관심을 쏟는 게 어떤 가치를 갖는지 알고 있는, 확실히 현명한 사람이었다. 그는 이익이 수입과 비용의 차이에서 나온다는 것을 잘 이해하여 바로 비용을 줄여 나갈 줄 알았다. 돼지 치는 사람들이 아주 특화된 시설이나 장비에 수천달러를 들이는 게 흔하던 때에, 랜시의 '돼지 사업'은 거의 전적으로 돼지로만 이루어졌다. 그

---

69) quart. 미국 기준으로 했을 때 액량(液量)으로는 약 0.95리터, 건량(乾量)으로는 약 1.10 리터.

가 달리 크게 지출한 것은 농장 자체나 울타리에 든 돈이다. 그런데 무엇보다 인상적이었던 것은 그가 자연과 돼지들을 자신에게 유리하게 이용하는 방식이었다. 번식시킨 암돼지들에게는 넉넉한 그늘과 물과 운동할 공간이 필요했는데, 랜시는 그런 것들을 제공했고 나머지는 자연이 해결해 주었다. 그는 또 자신의 돌봄과 관심을 베풀어 주었는데, 그 둘은 공짜였다. 돌봄과 관심은 산업화된 공급업자로부터 부풀려진 가격으로 구매할 필요가 없었다. 또한 그는 기계를 사용해 옥수수를 수확하고 운반하고 저장하고 빻아서 젖 뗀 새끼돼지들에게 다시 운반해 주는 대신에, 새끼돼지들이 알아서 옥수수를 딴 다음 씹어서 으깨 먹도록 했다. 또한 그가 키운 돼지는 어느 부위 하나 버려지는 게 없었다. 그에 비해 '감금식 사업'에서는 돼지의 족발과 이빨과 눈알이 사실상 쓸모가 없어 아무 이익도 내지 못한다.

콜럼버스에서 열린 다음 번 짐말 경매에서 나는 랜시를 찾아다녔고, 우리는 다시 긴 시간 동안 얘기를 나눴다. 물론 우리는 짐말 얘기를 했지만, 젖소와 낙농에 대해서도 이야기했다. 그리고 그 부분은 전에 만났을 때의 돼지 이야기만큼이나 흥미로웠다. 낙농을 하는 농부가 잘 돌볼 수 있는 젖소의 수에는 한계가 있다는 랜시의 믿음은 나에게 큰 인상을 남겼다. "한 사람이 젖소 25마리를 기르면 소들을 다 '보게' 되지요." 랜시는 그보다 많은 소를 기르면 그것들을 다 건드릴 수는 있을지 몰라도 '보는' 건 안 된다고 말했다. 랜시가 옥수수와 360두의 돼지 얘기를 했을 때와 마찬가지로, 이번에도 강조점은 보는 것, 즉 관심을 쏟는 것이 중요하다는 점이었다. 이게 경제적으로도 중요하다는 것을, 그는 나중에 다른 얘기를 하면서 분명히 했다. "젖소는 20마리나 25마리 정도면

162

잘 돌볼 수 있지요. 그보다 많으면 실은 돈이 더 드는데도 모르고 하는 거지요." 랜시가 생각하기에는 낙농뿐 아니라 농장의 다른 모든 영역에서도 운영의 규모를 제한하는 게 필요하다. 규모가 적당해야 작업과 돌봄이 적절한 균형을 이룰 수 있기 때문이다. 그가 말하는 작업과 돌봄의 차이는, 산업에서 이해하는 처리와 농장에서 전통적으로 이해하는 일의 차이 같았다.

두 번의 대화는 내 기억에 남아 있었고, 우리 농업경제에서 자꾸 생겨나는 문제점들을 이해하고자 하는 나에게 여러 번 도움이 되었다. 나는 랜시 클리펑어를 가장 건실한 구식 농부 중 한 사람으로 보았고, 언젠가 그의 농장에 한번 가 보리라 다짐해 둔 터였다. 마침내 1985년 10월 그의 농장을 방문할 수 있었다.

농장은 언덕이 물결치는 듯한 지대에 자리 잡고 있고 식림지와 덤불진 울타리에 둘러싸여 있었기에, 숲속에 있는 거대한 빈터 같다는 느낌을 주었다. 농장 전체 면적은 175에이커이고 그 중 135에이커가 경작지였으며 나머지는 방목지나 숲이었다. 전용도로 끄트머리에 있는 농장이지만, 오하이오 주에서 관리하는 도로 가까이 있어 가기에 편했다. 방문하기 편할 뿐만 아니라 조용하고 아름다워서 살기도 농사짓기도 좋은 곳이었다. 랜시와 그의 아내 버나 벨은 1971년에 이곳을 사서 들어왔다.

내 아내와 함께 차를 몰고 그곳 뜰에 들어서자, 랜시의 손녀인 캐시가 우릴 지켜보고 있었던지 집에서 나와 우릴 맞아 주었다. 캐시는 우릴 데리고 헛간 앞마당을 지나 곡식창고로 갔다. 거기서는 랜시와 그의 아들인 키스와 다른 손녀인 셰리가 귀리를 자루에 담고 있었다. 우리는 그들이 일을 마치는 동안 캐시와 얘기하며 기다렸다. 이윽고 우리는 랜시, 키스와 함께 말을 보러 갔다.

랜시는 거세한 수컷들만 길렀는데, 경매 때 젖을 막 뗀 녀석들을 사다가 기르고 길들여 판 다음 다시 망아지를 사들이는 식이었다. 우리가 갔을 때는 아홉 마리가 있었다. 프랑스 원산의 검은 말 두 필, 갈기와 꼬리는 검고 몸은 밤색인 잘생긴 잡종 한 필, 그리고 벨기에 원산의 말 여섯 필이었다.[70] 그는 벨기에 말을 더 좋아하지만 그것만 특화해서 기르지는 않는다. 경매장에서 그가 보는 것은 오직 "크고 건강한 말로 자랄 것 같은 망아지"인가 하는 점뿐이다. 큰 말이기를 바라는 것은 커야 가장 좋은 값을 받기 때문이다. 하지만 작업용으로만 기른다면, 짐말을 부리는 사람들 거의 다와 마찬가지로 그도 무게가 1500파운드쯤인 더 작은 말을 선호할 것이다.

그가 우리에게 보여 주려고 데려온 말들은 최상의 조건을 갖추고 있었다. 그의 안목이 옳았던 것이다. 즉, 그것들은 큰 말로 자랐던 것이다. 그것들은 짐 끌기 대회나 품평회에서 인기를 끌게 될지도 모르지만, 랜시의 농장에 있는 동안에는 농사일을 많이 하며 지내야 했다. 말하자면 고학苦學을 하며 살아가는 셈이었다. 동시대의 많은 농부와 마찬가지로, 랜시도 한때는 말 대신 트랙터를 이용하기 시작한 적이 있는데, 그의 경우에는 그리 오래 가지 않았다. 그는 1970년대에 '잠시' 말 없이 지내기도 했으나 금세 다시 말을 쓰기 시작했다. 지금은 건초를 잘라 블록[71]으로 만들거나 옥수수를 따는 일 말고는 '거의 모든 일'에 말을 이용한다.

---

70) 프랑스 원산과 벨기에 원산인 말은 대표적인 짐말로, 영어로는 퍼체른(Percheron)과 벨지언(Belgian)이라 부른다. 퍼체른은 프랑스 북부의 페르슈(Perche)가 원산지고, 벨지언은 벨기에 서부가 원산지다.

지난봄에 그가 대형 트랙터를 쓴 날은 딱 이틀뿐이었다. 게다가 마지막으로 쓰려고 했을 때는 작동하지 않아서 창고에 그냥 세워 뒀는데, 우리가 갔을 때에도 그대로 서 있었다.

다시 말을 이용하게 된 까닭에는 경제적인 것도 있었다. 모든 일을 트랙터로 하던 때에 랜시의 연료비는 1년에 6000달러가 들었고, 지금은 2000달러 정도다. 이 농장에서는 말을 기르고 일시키고 파는 것 자체가 이익을 남기는 일이기 때문에 절약된 연료비 4000달러는 고스란히 남는 돈이었다. 경제적 이유만이 전부는 아니었다. "즐거움이 큰 몫을 차지하지요."라고 랜시는 말한다. 연말이 되면 말들 덕분에 어떤 차이가 생겼는지를 은행 잔고가 보여 줄 테지만, 그가 말을 데리고 일하는 이유는 갈수록 그렇게 하는 게 "좋아서"가 되어 가고 있다.

농사를 짓는 데 말 아홉 마리가 필요한 것은 아니다. 팔리는 말들을 대신할 것까지 준비해 두다 보니 그만큼 유지하게 되었다. 그는 "매년 두 필에서 네 필쯤" 팔려고 한다. 175에이커인 농장을 경작하자면 수컷 네 마리면 되지만, 그는 만일을 대비해서 다섯 마리까지 유지하면 좋다고 생각한다. 말 네 마리에게 파종기[72]를 끌게 하면 하루에 15~20에이커를 심을 수 있다고 한다. 갈고리나 원반이 많이 달린 쇄토기[73]를 끌

---

71) hay bale 또는 straw bale. 건초는 한 아름 크기의 블록 모양으로 압착하거나 어른 키만 한 더미로 둥글게 말아 보관하는데, 이 책에서는 블록 형태를 말하고 있다. 건초 블록으로는 집을 짓기도 한다.

72) 정확히는 씨앗을 여러 줄로 줄뿌림하고 흙까지 덮어 주는 기계인 조파기(條播機, grain drill 또는 seed drill)를 가리킨다.

73) harrow. 갈아놓은 땅의 흙을 잘게 부수는 농기구로, 마른써레라고도 한다.

때에도 말 네 마리를 쓰는데, 그렇게 흙을 골라 가면서 파종을 하면 하루 동안 12~15에이커에 옥수수를 심을 수 있다.

밭갈이는 말의 상태가 좋다는 전제 하에, 한 마리가 하루에 어림잡아 1에이커를 갈 수 있다고 한다. "말 세 마리를 데리고 아침 7시에 시작해서 별 탈이 없으면 하루 3에이커 정도를 갈 수 있지요." 그는 그런 식으로 밭을 가는데, 그것도 '걸으면서 조작하는 쟁기'를 이용한다. 타고 가는 쟁기보다 조작이 더 쉽기 때문이란다. 물론 그것은 결코 인기 있는 방식이라고는 할 수 없지만, 그래도 랜시는 이따금 자신의 견해에 놀라는 사람을 보면 재밌어하고는 한다.

어느 해 봄, 그는 밭갈이를 시작하고 나서 석회를 좀 주문한 일이 있었다고 한다. 트럭 운전사가 석회를 싣고 집 앞에 와서는 어디다 뿌릴 건지 물어보았다. 클리펑어 부인은 그에게 랜시가 밭갈이를 하고 있다며 랜시 있는 쪽을 가리켰다. 말 뒤에서 쟁기를 붙잡고 밭고랑을 걸어가는 랜시가 보였다. 운전사는 깜짝 놀랐다. "'아미시' 사람들도 타는 걸 쓰는데!"

랜시는 1936년에 말 두 마리를 데리고 풀 덮인 땅 100에이커를 갈았던 기억이 있다. 이름이 밥과 조였던 두 말의 무게는 합해서 3500파운드 정도였다. 둘 다 검은 말이었다. 랜시는 밭갈이를 시작하기 전에 그 둘을 데리고 벌채한 나무를 날랐는데, 그래도 둘은 상태가 좋았다. 그들은 하루에 밭 2에이커를 갈았고, 1주일에 6일씩 거의 9주를 그렇게 했다. 모든 조건이 좋아야만 할 수 있는 일이었을 것이다. 젊고 강인한 청년과 튼튼한 말들, 그리고 좋은 철이어야 했을 것이다. "그때는 날씨 나쁜 때가 없었던 것 같아요." 랜시는 껄껄 웃으며 말했다. "항상 일할 수 있었으니까요."

이 농부가 말의 힘을 그토록 널리 이용할 수 있는 것은 그의 농장이 알맞은 규모이기 때문이다. 또한 알맞게 돌려짓기를 함으로써 매년 밭 갈이 할 면적도 줄이고 다른 밭일도 분산하여, 한꺼번에 일이 몰리지 않도록 하기 때문이다. 농장에서 경작지로 쓰는 135에이커 땅 중에 55 에이커 정도는 옥수수를, 40에이커는 귀리를, 40에이커는 알팔파를 심는다. 각각의 작물은 같은 땅에서 2년 동안 자라게 되는데, 그렇게 하면 알팔파 종자를 매년 사지 않아도 된다.

2년 자란 알팔파를 갈아엎고 옥수수를 심으면 첫해에 필요한 질소 공급은 그것으로 충분하다. 둘째 해에는 옥수수 작물에 질소를 공급하기 위해 질소분이 든 비료를 좀 사야 한다. 그렇게 주는 비료는 대개 에이커당 275파운드의 10-10-20인데, 종자와 함께 파종기에 넣어 줄뿌림을 한다. 귀리는 옥수수와 같은 정도의 비료를 주고, 알팔파는 랜시가 건초로 만들어 꽤 팔기 때문에 에이커당 600파운드의 3-14-42 비료를 매년 두 번씩 준다. 밭에 뿌려 주는 석회는 밭갈이를 할 때마다 에이커 당 2톤 정도 쓴다. 그 나머지로 랜시가 거름기 보충을 위해 의존하는 것은 소똥과 말똥으로 만든 거름이다. 축분 거름은 "중요한 것"이라고 그는 말한다. 도움이 되면서 돈은 안 들기 때문이다. 그의 농장에서 나는 축분 거름의 양은 매년 옥수수 밭에 다 뿌려 줄 정도가 된다.

이러한 관리 방식은 농장의 생산력을 유지할 뿐만 아니라 크게 향상시켰다. 14년 전 여기 처음 왔을 때, 농장의 지력은 고갈된 상태였다. 이전에 있던 농부는 땅을 갈아서 모두 옥수수만 심고 거두기를 해마다 되풀이했다. 그는 1971년 가을에 농장을 팔 때 거두지 않은 옥수수를 이웃 농부에게 팔았는데, 이웃 농부가 보니 거둘 만한 옥수수가 아니었다. 랜시는 그 옥수수를 이듬해 봄에 갈아엎었다. 랜시는 첫해에 옥수수를 기르는 데 에이커당 비료 900파운드를 썼다. 그 뒤 돌려짓기와 다른 지력 복구책이 자리를 잡고 나자, 지금 수준으로 10-10-20 비료를 에이커당 275파운드씩 주기 시작했다. 이후부터의 생산율은 그가 땅을 건강하고 충실히 돌봤다는 사실을 잘 말해 준다. 랜시는 옥수수 수확량이 "오랫동안" 에이커당 150부셸이었다고 말한다. 귀리는 올해 에이커당 109부셸이 걷혔다. 알팔파는 40에이커의 땅에서 50파운드짜리 건초 블록이 1만1000개(에이커당 약 7톤 꼴) 나왔고 그 중 4800개를 1만2000달러에 팔았다.

종자와 비료 이외에도, 랜시는 약간의 살충제와 제초제를 구입한다. 올해 그는 알팔파에 치명적인 바구미를 잡기 위해 살충제를 썼고, 옥수수 밭에는 2,4-D[74] 제초제를 에이커당 반 파인트(약 0.24리터)씩 썼다. 랜시는 사이갈이를 한 해 두 번이 아니라 네 번씩 했다면 2,4-D가 필요하지 않았을 것이라고 말한다. 하지만 제초제를 씀으로써, 건초 수확에서 두 번의 사이갈이는 줄일 수 있었다.

랜시의 작물 관리 방식은 지금 시대에는 보기 드물 만큼 농장을 독립적으로 만들어 준다는 점에서 무엇보다 중요하다. 우선 랜시의 농장은 농업 당국의 지시나 전문가의 권고나 경기의 변동이 아니라 농장 자체의 자연과 수용력에 따라 관리되고 이용된다. 랜시가 보기에 경제적

---

74) 2,4-dichlorophenoxyacetic acid. 2,4-디클로로페녹시아세트산. 가장 널리 쓰이는 제초제 중 하나로, 다이옥신을 함유할 수 있으며 고엽제의 성분으로 이용되었다.

인 문제를 생산으로만 해결할 수 있다는 건 바람직한 일이 아니다. 옥수수를 생산해서 손해를 본다면, 생산하면 할수록 손해를 더 보게 된다고 랜시는 지적한다. 그러니 너무나 많은 농민이 낮은 곡물 가격을 보충하기 위해 손해를 봐 가며 생산을 계속 늘린다는 건 그로서는 경이로운 일이 아닐 수 없다. 랜시는 말한다. "값이 쌀수록 농사를 더 지어요. 왜들 그러는지 알 수가 없어요." 반면에 랜시의 농장은 매년 같은 작물을 거의 같은 면적만큼만 재배하는데, 경제적인 요구 때문이 아니라, 그래야 같은 땅에서 가장 적은 비용으로 가장 오래 작물을 길러 낼 수 있기 때문이다.

농장 생산력의 원천은 절대적으로 농장 자체에 있기 때문에, 랜시는 사서 쓰는 것들을 되도록이면 적게 선택적으로 이용하며, 중독적으로 사용하지 않는다. 작물을 심고 거두는 패턴과 관리 방식이 건전하기 때문에, 랜시는 그런 것들을 형편에 맞게 구입할 수 있다. 올해 옥수수 밭에 뿌린 2,4-D의 경우 전부 56달러가 들었는데, 건초가 만들어질 무렵 그의 몸과 마음을 편하게 해 주는 비용 치고는 아주 적은 액수다. 중요한 건 그에게는 선택의 여지가 있다는 것이지 싶다. 그러기에 그는 가장 합리적인 것을 택할 수 있었다. 더 중요한 건 경제적으로 타당하기만 하다면, 사다 쓰는 농약이나 비료를 끊을 수 있다는 점이다. 그는 그런 것들에 중독이 된 농부가 아닌 것이다.

그에 비해 산업화된 관행농업 방식을 따르는 농부는 자신이 이용하는 기술과 방식에 포로가 되는 경우가 너무 많으며, 자신에게 아무리 불리해도 해 온 대로 계속하는 것 말고는 선택의 여지가 없다. 울타리가 없는 농부는 옥수수 값이 형편없을 때 돼지를 놓아먹일 수가 없는 것이다. 분만축사[75]와 그에 딸린 온갖 장비에 막대한 투자를 한 농부는 투자에 발목이 잡혀 버리고 만다. 어떤 이유에서 어린 식용돼지를 생산하는 일이 수익성이 더 없어진다면, 그에게는 따로 쓸 일이 거의 없는 분만축사가 남게 되며, 빚까지 남게 될지도 모른다. 이렇게 농부가 어떤 기술을 택하느냐에 따라, 농장에는 정신적 마비와 경제적 예속 상태가 뿌리내릴 수 있다.

랜시 클리핑어의 농장이 독립적이어서 누리는 장점 하나는 할 수 있는 게 많다는 점이다. 기회가 생길 때마다 즉각적으로 이용할 수 있는 것이다. 그는 특화된 값비싼 장비에 투자하지 않았기 때문에 자신의 바람이나 상황에 맞게 기존의 방식을 변경할 수 있다. 어느 해에 새끼돼지를 잘 길러 처분했다고 해서 계속 되풀이할 필요는 없다. 예컨대 작년에 그는 여윈 암돼지들로 돈벌이가 가능하다는 생각을 했다. 그래서 마리당 100달러를 주고 62마리를 사서 옥수수 밭에 놓아먹였다. 돼지들이 옥수수를 따 먹는 동안 그는 그대로 옥수수를 거둬들였다. "함께 수확을 한 거죠."라고 그는 말한다. 돼지들은 거의 완벽할 정도로 이삭줍기를 한 셈이었고, 팔릴 때는 마리당 200달러의 수입을 가져다주었다.

이러한 선택의 자유는 직접적인 경제적 이득을 가져다준다. 트랙터 대신에 말을, 화학비료 대신에 축분 거름을, 제초제 대신에 사이갈이를 이용한다. 랜시는 옥수수 밭을 사이갈이하는 게 "자기 수고를 파는 일"이라고 말한다. 달리 말해 그것은 생산과 소비 사이의 적절한 균형을 확보하는 일이며, 경제적으로 건실하고 합당하기 때문에 가능하다. 농

---

75) farrowing house. 분만이 임박한 암돼지들을 관리하는 전문 축사를 가리킨다.

부는 자기 농장에서 그런 적절한 균형을 이루지 못할 경우 희생당하고 만다. 랜시 클리펑어는 쟁기와 쇄토기로 밭을 갈고 화학비료를 사는 대신 사이갈이를 함으로써, 소비자가 아니라 생산자가 된다. 수고를 대신할 비싼 대체물을 사는 게 아니라, 수고를 파는 까닭이다. 그는 석유 대신에 자신의 옥수수와 귀리와 건초를 먹이로 이용함으로써, 시장에서 받을 수 있는 것보다 훨씬 높은 대가를 받으며 판매하는 셈이다. 그와 그의 말들은 농장에 쏟아져 내리는 무료의 태양광을 유용하고 유익한 것으로 전환함으로써, 사실상 태양광 변환기로서 기능하는 셈이다. 그들은 다른 농부들이 파산해 가면서 값을 치르는 에너지와 제초와 지력 유지를 집에서 나는 것으로 해결하고 있다.

산업화된 방식을 따르는 농부는 생산하는 것보다 소비하는 게 많으며, 자신들을 망하게 만들어서 번창하는 공급업자들에게 사로잡힌 소비자다. 국가 경제 차원에서 볼 때, 그런 유형의 농부는 자신이 치르는 비용으로 값싼 먹거리를 제공하고 농기업을 부자로 만들어 주기 위해 존재할 뿐이다.

랜시의 현명한 방식과 자신의 일에 관심을 쏟는 습관은 이따금 뜻밖의 이익을 가져다주기도 한다. 옥수수 밭 40에이커에 새끼돼지 360마리를 놓아먹인 이듬해, 밭에서는 알사이크[76] 클로버가 훌륭하게 자라났다. 랜시는 "그 예쁜" 게 어디서 왔는지 알 수 없었다. 그래서 돌아다니며 이웃들에게 물어본 결과 그 밭이 17년 전에는 알사이크 풀밭이었다는 사실을 알게 되었다. 그동안 풀씨가 내내 땅속에 있으면서 조건이

---

76) alsike. 키가 크고 꽃이 분홍빛인 토끼풀로, 말이나 소에게 먹이는 꼴(마초)로 많이 쓰인다.

맞을 때를 기다리다가 돼지들 덕분에 때를 맞은 것이었다. 뜻하던 바대로 옥수수 수확이 아주 이익이 되었던 그해에 그렇게 랜시는 뜻밖의 값진 선물을 받았다. 그런 일이 일어날 수 있도록 하기 위한 특별한 비결은 내가 알기로는 없다. 하지만 그런 일도 분명히 그럴 만해야 일어날 것이다. 랜시의 농장에서 그런 일이 일어난 것은 분명 랜시가 그런 유형의 농부이기 때문이다. 그가 이전의 농부처럼 매년 농장 전체를 다 갈아엎어 옥수수만 심기를 거듭했다면 그런 일은 일어나지 않았을 것이다.

그 차이는 보살핌에서 나는 게 분명하다. 농장이 선물을 내놓는 것은 그럴 기회가 주어졌기 때문이다. 땅이 혹사당해 지력이 고갈되었다면 불가능한 일이다. 랜시는 작물을 정기적으로 돌려짓기 하는 배려를 했다. 아울러 그가 가축을 기르는 방식은 앞서 언급했던 이점을 그에게 가져다주었을 뿐 아니라, 대단위 단일경작과는 달리 땅을 이용할 수 있게 해 주었다. 중서부의 광활한 옥수수 지대에 있는 많은 농장처럼 랜시의 농장에도 계속 방목지로만 유지할 필요가 있는 땅이 일부 있다. 그런데 그의 경우에는 다른 많은 농장과는 달리 그런 땅을 실제로 계속 방목지로 이용한다. 그가 그럴 수 있는 건, 그 땅을 해롭게 하지 않으면서 계속 방목지로 잘 이용할 수 있기 때문인데, 30에이커 남짓한 이 땅은 블루그래스 건초 블록을 500개 정도 가져다주고, 그 뒤 몇 달 동안에는 가축이 뜯어먹을 풀을 내어준다. 이 땅에서 나는 작물은 파종이나 사이짓기가 필요하지 않으며 거두는 일 역시 가축이 먹게 함으로써 해결한다. 이 농장에서 가장 비용이 적게 드는 먹이인 것이다.

랜시 클리펭어는 여느 농부 못지않게 작물을 기르고 소득을 올리는 일에 종사하고 있다. 그러면서 그는 이치에 맞는 일에 종사하고 있기도 하다. 석유나 화학비료나 장비를 파는 기업이나 은행을 위해서가 아니라, 자기 자신을 위해 사리에 맞는 일을 하고 있는 것이다. 그는 자기 자신의 조언을 받고 있으며, 그 조언은 그의 경험과 그와 같은 농부들의 경험에서 비롯한다. 농민 아닌 전문가들의 권고가 아니다. 그런 까닭에 랜시 클리펭어는 건실하게 농사를 짓고 있다. 그는 많은 농민이 부실하게 농사짓고 자기 말고 다른 모두를 위한 돈벌이를 하는 때에, 제대로 농사를 지으며 생계를 꾸려 간다.

"왜들 그러는지 모르겠어요." 그는 말한다. "그 많은 사람 중에 조금이라도 머리를 쓰는 사람이 있을 법도 한데 말이에요."

찰리 피셔

Charlie Fisher, 1996

    나는 찰리 피셔가 자신이 해 온 모든 일을 말해 줬다고는 생각지 않는다. 하지만 그와 함께 지낸 하루 반 동안, 나는 그에 대해 많은 것들을 알게 되었다. 그가 채소를 키워 장에 내다 파는 농장에서 자란 것도, 한동안 로데오 순회공연단을 따라다니며 황소를 타고 곡마 묘기를 했다는 것도, 젊어서 낙농장에서 일한 적이 있고 나중에는 직접 낙농장을 하게 되었다는 것도 말이다. 그가 벌목과 말 부리는 일에 흥미를 느끼기 시작한 것은 낙농장 일꾼으로 일할 때였다. 겨울이면 그와 나이 지긋한 농장주는 젖 짜는 시간 사이사이 숲에서 커다란 벌목용 톱 양쪽 끝을 잡고 보내는 때가 많았다. 찰리는 그렇게 일하면 늙은 주인보다 자기가 더 빨리 지쳤다고 했다. 그들은 커다란 나무를 베어, 말을 부려 통나무를 끌어내고는 했다. 노인은 찰리가 말 부리기를 좋아하고 소질이 있다는 걸 알게 되었고, 그래서 찰리는 말 부리는 벌목꾼이 되었다.

    그는 다른 일도 해 보려 했으나, 일찍이 느꼈던 흥미가 식지 않아, 여러 해를 말을 데리고 벌목을 하며 지냈다. 한동안은 나무를 베고 말을 부려 끌어내는 일을 혼자서 했다. 나중에는 아들 데이빗이 함께 일하게 되어, 찰리가 나무를 베는 동안 데이빗은 나무를 끌어냈다. 이젠 스물두 살이 된 데이빗은 사실상 숲에서 자랐다. 그는 아홉 살 때부터 말들을 데리고 나무를 끌기 시작했으며, 지금도 말을 부리고 나무도 베어 가며 아버지와 함께 일하고 있다.

9년 전, 찰리 피셔는 제프 그린과 함께 오하이오 북동부에 있는 앤도버라는 마을 부근에 '밸리 베니어'라는 회사를 차렸다. 벌목도 하고 제재소도 겸하는 회사였다. 찰리는 입목을 사들이고 벨 것들을 표시하고 벌목꾼들을 관리하는 일을 하고, 제프는 제재소를 운영하고 목재를 내다파는 일을 한다.

제재소는 일꾼 여덟아홉 명을 고용해 1년에 300만 보드피트[77] 정도를 제재한다. 이 회사는 앤도버 지역경제에 확실히 기여하고 있으며, 동시에 숲에도 도움이 되고 있다. 찰리와 제프는 제재소를 세워 지역에 투자하고 지역과 지속적인 끈을 형성했으며, 그래서 지역 숲의 생산성을 보존하는 데 관심을 가질 수밖에 없다. 그러니 지역 숲의 경제가 충분히 복합적이면 자연스럽게 지역 숲의 생태계를 보존하는 역할을 할 수 있을 것이다. 찰리와 제프에 따르면 밸리 베니어는 지역사회에서 따뜻한 대우를 받고 있다. 이 회사는 지역에 있는 지역 은행하고만 거래를 하고 있다. 은행 사람들은 협조적일뿐더러 우호적이기도 하며, 때로는 찰리와

---

77) board feet. 목재의 부피를 재는 단위. 1보드푸트(board foot)는 가로세로 1푸트에 두께 1인치의 크기(1푸트×1푸트×1인치)를 말한다.

제프가 요구한 이상으로 도움을 주고는 한다.

제재소 야적장은 내가 본 데 중 제일 깨끗했다. 통나무들은 종류별로 쌓여 있었다. 합판용 통나무들은 각각 기둥에 기대어져 있는데, 사 가는 사람들이 나무의 상태를 쉽게 살펴보게 하기 위해서였다. 제재소 직원들은 상처가 나거나 등급이 낮은 나무들 사이에서 좋은 재목을 능숙하게 골라낸다. 이것은 대단히 중요한 작업이다. 제프가 판매하는 목재 중에는 고급 품종만이 아니라 꽃단풍[78] 같은 것들도 있기 때문이다. 찰리는 숲으로 다니며 널빤지로 켜서 팔 수 있을 만한 나무들에 표시를 하는데, 거기에는 꽃단풍 외에 고급 가구를 만들 만한 벚나무도 있고, 병충해나 바람에 상한 나무도 포함된다. 그 제재소는 내가 보기에 대단히 효율적인 곳이었다. 가치가 있는 건 무엇 하나 낭비하는 게 없었다. 통나무 표면을 켜 낸 부분인 죽데기 중 20퍼센트는 땔감으로 팔고, 그 나머지는 기계로 분쇄하여 종이의 원료인 펄프로 쓴다. 톱밥은 축사의 깔짚으로 쓸 농민들에게 판다.

찰리가 하는 사업의 본령인 벌목은 3인 1조인 3개 조로 이루어진다. 한 사람은 나무를 베고, 다른 두 사람은 각각 말 두 필을 데리고 '벌목용 아치'[79]라는 카트를 끈다. 그러니 찰리는 대개 벌목꾼 아홉 명과 말 열두 필을 쓰는 것이다. 때로는 나무 베는 사람도 나무 끄는 일을 하는데, 그럴 경우 말의 수가 늘어난다. 이 3개 조는 보통 각기 다른 장소에서 작업을 한다.

---

78) soft maple 또는 red maple. 북미 동부에서 가장 흔한 활엽수 중 하나이다.

79) logging arch. 바퀴 둘 달린 아치 모양의 카트. 아치 위에 사람이 올라설 수도 있으며, 아치에 달린 쇠사슬 고리에 통나무를 걸어서 끈다.

그들은 대체로 반경 40~50마일(약 64~80킬로미터) 이내의 개인 소유의 작은 식림지에서 벌목을 한다. 찰리는 지난 3년 동안 366곳에서 벌목을 했다는 사실을 최근에 헤아려 보고 알았다. 이렇게 작은 규모로 작업하는 데는 분명한 장점이 있다. 말을 부려 나무를 끌어 나를 경우, 끌어 나르는 거리를 500~600피트(약 152~183미터) 이내로 제한하는 게 가장 좋다. 거리가 1000피트로 늘어날 때도 있고, 눈이 오거나 땅이 얼어 마찰이 줄어드는 겨울이면 거리가 더 멀어지기도 한다지만 말이다. 벌목 현장이 크면 이동 거리도 그만큼 길어서, 결국에는 트럭이 다닐 길을 내거나 불도저를 이용해야 하는 필요가 생긴다. 벌목조가 나무들을 1차로 숲속 빈터에다 모은 다음, 2차로 도로에 가까운 집하지로 옮겨야 하기 때문이다. 그래서 밸리 베니어 회사도 유압식 기중기 팔이 달린 통나무용 트럭 한 대에, 불도저 두 대를 보유하고 있다. 불도저 한 대는 갈퀴를 또 한 대는 날을 달았고, 둘 다 권양기를 갖추고 있다. 그렇다 해도 나무 끌어내는 작업의 98퍼센트는 말을 이용해서 한다.

벌목조는 1년 내내, 비가 퍼붓지 않는 한 어떤 날씨에도 작업을 한다. 말 부리는 사람들은 자기 말과 나무 끄는 데 쓰는 장비를 직접 챙겨야 하며, 1000보드피트 운반에 40달러를 받는다. 찰리는 자신의 말몰이꾼 두 사람이 1년에 3만 달러 이상을 번다고 말한다.

벌목용 아치는 통나무 운반용 트랙터에 비해 아주 단순한 장비다. 밭일에 널리 쓰이는 말이 끄는 카트 비슷하게, 말이 연결봉을 끌 수 있도록 고안된 장비일 뿐이다. 둘의 구조적 차이는 많지만 가장 큰 차이는 벌목용 아치의 경우 연결봉이 아치 아래에 달려 있고, 연결봉에 난 구멍들이 기다랗다는 점이다. 카트 하나에는 18피트(약 5미터) 길이의 쇠사슬이 있고, 사슬마다 통나무를 붙드는 갈고리가 네 개 달려 있어, 한 번에 통나무를 네 개까지 끌 수 있다. 쇠사슬이 긴 것은 카트가 들어갈 수 없는 데 있는 통나무를 멀리서 끌어내기 위해서다. 나무가 클 경우에는 집게를 쓰거나, 갈고리 두 개를 나무 양쪽 끝에 박아서 끌어야 한다. 또한 카트에는 갈고리 달린 지레도 있어야 하고, 쇠사슬에 달린 갈고리를 박을 연장도 있어야 한다.

연결봉에 난 구멍이 기다란 것은, 말들에게 통나무를 끌고 나갈 공간을 만들어 줄 때까지 쇠사슬의 위치를 쉽게 조절하기 위해서다. 나무를 본격적으로 끌고 나갈 준비가 되면, 쇠사슬의 길이를 가능한 한 짧게 해 준다. 그래야 말이 나무를 당기면 앞쪽 끝이 지면 위로 살짝 들려 올라가기 때문이다. 이것은 벌목용 아치를 쓰는 중요한 장점 중 하나다. 이렇게 나무를 들어 올림으로써 나무가 땅에 박히는 것도 막고, 지면과의 마찰도 반 이상 줄일 수 있다.

우리는 말 두 필로 이루어진 팀이 부피가 330보드피트 정도인 12피트 크기의 나무를 끄는 모습을 지켜보았다. 만만찮은 짐이었지만 두 말은 힘들어하지 않았다. 찰리는 한 팀이 500~600보드피트 정도는 감당할 수 있다고 했다. 그보다 큰 통나무는 한 팀이 더 붙거나 불도저를 이용해서 끈다고 한다. 유능한 몰이꾼인 경우 하루에 작은 통나무를 3000~3500보드피트 정도 끌 수 있다. 관건은 말이 할 수 있는 게 어디까지인지를 알고, 끌 때마다 그만큼 할 수 있도록 하는 데 있다. 짐이 너무 무거우면 많이 쉬어야 한다. 반면 짐이 너무 가뿐하면 에너지와 시간을 낭비하게 된다. 계속해서 짐을 끌게 하는 것이 중요하다.

찰리 피셔는 숲에서 오랜 경험을 쌓은 사람이며, 목재 사업과 벌목 기술에 대한 지식이 많은 사람이다. 그는 기계 장비 자체에 대한 편견은 없으며, 필요하면 서슴없이 기계를 쓴다. 30대 때는 한동안 통나무 운반 트랙터를 쓰기도 했다. 따라서 이 사람이 숲에서 말을 훨씬 더 즐겨 이용한다는 사실은 상당히 흥미로운 일이다. 나는 그 이유를 물어보았다.

가장 중요한 첫 번째 이유는 전에 다른 짐말 이용자에게서도 들어 봤던 얘기였다. "말을 늘 좋아했으니까요." 찰리와 데이빗은 말이 없이는 거의 살 수도 없는 그런 사람들이다. 두 사람에게는 벨기에 짐말 암컷 두 마리와 아주 크고 훌륭한 수컷 여섯 마리가 있다. 그 중 찰리의 것은 세 마리 반이고 데이빗의 것은 네 마리 반이다. 두 개의 반 마리는 다행히 같은 말을 가리키며, 찰리와 데이빗은 그 말을 공동으로 소유하고 있다. 찰리는 오래전부터 짐 끌기 대회에 열심히 참가해 왔으며, 데이빗은 숲일과 마찬가지로 그 분야에서도 아버지의 뒤를 따랐다. 지난 시즌에 데이빗은 23차례 대회에 참가했고 찰리는 5차례 참가했는데, 예년보다 훨씬 적은 횟수였다. 찰리와 아내 베키는 우리에게 트로피가 가득한 선반 여러 개를 보여 주었는데, 그 중 상당수는 데이빗이 받아 온 것들이었다. 찰리와 베키는 벌목꾼으로도 몰이꾼으로도 성공한 아들을 상당히 자랑스러워했다. 찰리는 데이빗이 자기처럼 짐말한테 고함을 지르지 않는, 유별나게 차분한 몰이꾼이라고 했다. 아무튼 두 사람은 말을 데리고 살아야만 하는 이들인데, 이왕이면 말들을 숲에서 일하게 하는 게 말의 건강에도 좋고 놀고먹지 않게 해 준다고 했다.

찰리가 말하는 두 번째 이유는 첫 번째만큼이나 중요한 것으로, 그는 숲을 좋아하며, 기계보다 말을 써야 숲을 더 좋은 상태로 유지할 수 있다는 것이다. 말 두 마리에게 벌목용 아치를 끌게 하면 트랙터에 비해 길이 훨씬 좁아도 된다. 그리고 트랙터처럼 서 있는 나무들을 다치게 하지도 않는다. 지나간 자리가 깊이 파이지도 않는다. 찰리는 말한다. "바람직한 벌목에 대한 해답은 언제나 짐말일 겁니다."

벌목에 말을 이용하는 방식의 세 번째 장점은 말몰이꾼이 지역사회에서 돈을 벌기도 하고 쓰기도 한다는 점이다. 트랙터를 쓰면 돈이 지역사회에서 대규모 제조업자들의 손으로 쏙쏙 빠져나가 버린다. 게다가 말을 이용하는 벌목 방식은 숲을 더 조심스럽게 대하기 때문에 장기적으로도 지역경제에 더 도움이 된다.

마지막으로 말을 이용하면 트랙터보다 비용이 훨씬 덜 들기 때문에 면적당 베어 내는 나무의 수도 줄어들고, 그만큼 보다 선택적이고 보존적인 벌목을 하게 된다.

벌목에 말을 이용하는 것과 관련해 또 한 가지 눈여겨볼 것은 에너지 효율이다. 거친 땅에서는 바퀴보다 다리가 더 효율적인 법이다. 이는 쟁기질한 밭에서 자전거를 타 보면 당장 확인이 된다.

찰리는 자신의 벌목꾼들보다 일찌감치 해당 숲에 가서 어떤 나무를 벨 것인지를 표시한다. 그는 일대의 땅을 다 비워 버린 '개발업자'를 위해 일하지 않는 한, 있는 나무를 다 팔 생각으로 입목을 사들이거나 입목에 표시를 하지는 않는다. 찰리가 바라는 바는 가능한 한 많은 나무를 골라내되(그 중에는 병들거나 상하거나 다른 이유로 등급이 떨어져서 베어야 하는 경우도 많다), 숲이 나무를 길러 내는 능력을 파괴하지 않으면서 땅 주인과 벌목업자가 함께 적절한 소득을 올릴 수 있는 정도로 유지하는 것이다. 무슨 말인지는 지름이 14인치(약 36센티미터)인 나무와 4인치인 나무의 1년치 더 자란 양이 어떤 차이가 있을지를 생각해 보면 잘 이

해될 것이다. 개벌皆伐[80], 혹은 다른 이유로 숲의 나무를 다 베어 내는 방식은 숲이 나무를 길러 내는 능력을 근본적으로 떨어뜨린다. 찰리가 사는 지역의 경우, 그런 식으로 나무를 다 베어 버리면 다시 나무를 벨 수 있을 때까지 60년에서 100년이 걸린다고 한다. 찰리는 자신이 작업한 곳 바로 옆에 있는 숲에서 개벌을 했는데, 거기서는 "50년이 지나도 쓸 만한 재목이 하나도 없을 것"이라고 했다.

찰리는 그런 관행이 숲에게도 사람에게도, 혹은 궁극적으로 목재 사업 자체에도 좋을 리 없다고 생각한다. 그는 경제성에 대한 관심을 터놓고 말했는데, 그런 그의 관심은 바람직한 경제학이었다. "저는 10년이나 20년 뒤에 제 아들이 벨 나무가 있기를 바라는 겁니다." 그는 지나치게 베어 내지 않는 한, 숲은 10년에서 15년이면 환금작물을 내어놓는다고 말한다. 우리는 찰리가 나무 160그루에 표시를 하고 소유주에게 2만 3000달러짜리 수표를 써 준 20에이커 크기의 숲에 가 보았다. 찰리는 그곳 나무들이 아직은 "어린 재목"이라며 10년 뒤에는 "분명히" 다시 벌목할 수 있으리라고 말했다. 10년 뒤에 그는 이번에 베고 남기는 것보다 좋은 나무를 더 많이 베고 남길 수 있을 것이다.

숲을 가진 사람은 이 20에이커 숲의 경제학을 잘 헤아려 봐야 한다. 찰리가 말하듯 20에이커 면적의 숲을 10년마다 선택적으로 신중하게 벌목할 경우, 에이커당 10년마다 1150달러 혹은 해마다 115달러를 벌 수 있을 것이다. 더구나 땅 주인은 다른 비용이나 수고 없이 그만한 소득을 올리는 것이다. 물론 이 특정 수치는 이 특정 식림지에만 적용되며,

---

80) clear-cutting. 숲의 일정 부분에 있는 나무를 전부 베어 내는 산림 관리나 벌목의 관행이다.

더 생산적인 숲도 있을 테고 덜 그런 곳도 있을 테지만 말이다.

우리는 벌목용 표시가 된 숲도 보았고, 지금 벌목되고 있는 숲도 보았다. 방문 둘째 날 끝에는 찰리의 벌목꾼들이 3년 전 베어 냈던 숲에도 가 보았다. 마지막 숲은 주로 목질이 단단한 사탕단풍이나 부드러운 꽃단풍이 크게 자라 있는 곳으로, 찰리의 산림 관리 방식이 바람직하다는 사실을 확실히 보여 주는 사례였다. 남아 있는 나무들 중에서 벌목 때 쓰러진 나무에 찍혀 상한 것은 거의 없었다. 끌려 나간 통나무에 껍질이 벗겨진 나무는 한 그루도 보이지 않았다. 통나무에 긁힌 바닥 자국은 완전히 복원된 상태였고, 침식의 흔적도 보이지 않았다. 무엇보다 놀라운 점은 숲이 여전히 생태적으로 온전하다는 사실이었다. 종류도 나이도 다양한 나무들이 서 있었고, 상당수는 지름이 16인치가 넘었다. 우리는 꽤 가까이 서 있는 나무 세 그루의 사진을 찍었는데, 그 셋은 굵기가 17인치부터 21인치까지였다. 그 숲은 벌목을 한 뒤에도 여전히 숲으로 남아 있으며, 앞으로도 중단되거나 양이 줄어드는 법이 거의 없이 새로운 나무를 계속해서 길러 낼 것이다. 땅 주인들이 여러 세대 동안이 같은 마음이었다면, 이런 관리 방식은 200년 동안 꾸준한 소득을 가져다줄 고목림이 될 수 있었으리라 봐도 좋을 것이다.

나는 찰리 피셔를 방문한 동안 많은 것에 감명을 받았는데, 가장 인상적이었던 것은 찰리의 벌목 방식이 여러 이해관계자에게 공정한 방식이라는 점이었다. 그것은 숲에도, 땅 주인에게도, 목재 회사에도, 벌목꾼들에게도, 말들에게도 공평한 이익을 가져다주었다.

찰리는 입목을 사들이고, 사들인 나무마다 표시를 한다. 그래서 자신이 산 게 무엇인지를 별 실수 없이 다 알게 되며, 땅 주인은 자신이 무엇을 파는지를 알게 된다. 찰리는 표시를 하러 숲에 들어갈 때 무엇을 취할 것인지에 대해서만이 아니라 무엇을 남길 것인지에 대해서도 생각한다. 그는 숲을 있는 그대로 보는 동시에 벌목 작업이 끝난 뒤에 어떤 모습일지도 그려 본다. 나는 그가 10년이나 15년 뒤의 모습도 그려 보리라 생각한다. 데이빗이나 다른 벌목꾼이 다시 와 봤을 때의 모습 말이다. 이렇게 장기적인 배려를 함으로써, 그는 자신뿐만 아니라 숲과 주인에게도 도움을 준다. 그는 나무에 표시를 하면서 곧 그곳에 올 벌목꾼들 생각도 한다. 베어 낼 나무마다 빨간 페인트로 사선을 긋는데, 이따금 반쯤 쓰러져 있는 나무나 가지가 죽거나 줄기가 상한 나무를 보면 사선 위에 화살표 표시를 한다. 잘 살피란 뜻이다. 그의 말들은 사람처럼 조심할 줄 안다. 어디서나 가장 중요한 것은 바람직하면서 안전하게 작업하는 일이다.

더구나 그런 이해관계자들은 서로 경쟁하는 관계가 아니다. 오히려 서로 융화하는 관계인 듯하다. 그러니 "저는 10년이나 20년 뒤에 제 아들이 벨 나무가 있기를 바라는 겁니다."라고 이야기하는 찰리의 경제적 기준을 적용하면 생태적 기준이 된다. 그리고 이 생태적 기준이 사업에 유익하다는 게 입증됨에 따라 다시 경제적 기준이 된다.

찰리는 대부분 땅 주인들이 자기 숲이 벌목되는 방식에 마음을 쓴다고 말한다. 그들은 나무로 수입을 올릴 필요가 있을지라도 수입 때문에 자기 숲의 건강이나 아름다움을 희생할 생각은 없다. 찰리의 벌목 방식은 그런 그들에게 자연스럽게 홍보가 된다. 따로 광고할 필요가 없다. 우리가 방문 둘째 날 아침에 그의 집에서 차를 타고 나올 때, 한 이웃이 우리를 불러 세웠다. 그는 장작을 팔아 살아가는데, 말을 이용하는 벌목업자에게 일을 맡기고 싶어 하는 땅 주인을 두 사람 안다고 했다. 찰리는 일거리가 그런 식으로 들어온다고 했다. 말을 이용하는 벌목꾼들이 다 그렇듯, 그는 일거리가 남아돌 정도로 많다. 벌목할 만한 식림지를 그가 찾아다녀 본 지가 10년은 됐다. 그는 말한다. "기계를 쓰는 사람들은 다들 재목을 구하러 여기저기 다녀야 하지요." 하지만 그는 제의가 들어와도 다 받아줄 수 없을 정도로 일거리가 많다.

나는 찰리 피셔만큼 열정적인 사람을 만나 보지 못한 것 같다. 그가 가족이나 산림 관리나 벌목 작업이나 짐 끌기 대회에 왕성한 관심을 보여 왔다는 얘기는 이미 했지만, 그가 너구리 사냥꾼이기도 하다는 점은 빠뜨렸다. 이는 그에 대해 많은 것을 말해 주는 취미다. 그는 온종일 숲을 걸음으로써 생계를 해결하는 사람이면서, 밤에는 숲을 걸음으로써 즐길 줄 아는 사람이기도 하다.

그는 은퇴하면 하고 싶은 것들에 대해 내게 말해 주었는데, 올해 예순여섯인 그는 그 어느 때보다 바쁘다.

"그렇게 바쁜 걸 즐기시는 것 같네요." 내가 말했다.

"아, 너무 좋은 일이죠!" 그가 말했다.

곤경을 이기는 재능
A Talent for Necessity, 1980

사우스다운[81] 숫양이 양 목장과 품평회를 평정하던 시절, 켄터키 주 클라크 카운티에 있는 바인우드 농장의 헨리 베주든은 아마 미국에서 으뜸가는 사우스다운 양 육종가이자 품평회 우승자였을 것이다. 그가 주요 품평회에서 우승한 사례는 여기서 다 나열하기에는 너무 많을 테고, 그의 성공을 단적으로 보여 주자면 그가 시카고 국제 가축 박람회에 출품한 토실토실한 양이 트럭 한 대 분량은 된다고 하면 짐작이 될 것이다. 1946년부터 해서 그는 시카고 박람회에 트럭 열여덟 대 분량을 실어 보냈고, 그 중 열두 번을 우승했다. "녀석들을 살찌웠지요." 그가 돌이켜 보며 말한다. "우량하게 만들었지요." 동료 육종가들 사이에서도 그의 양들은 평과 인기가 대단했다. 1954년에는 1년 된 숫양 한 마리를 1200달러에 팔았는데, 당시의 사우스다운 값으로 최고 기록이었다.

---

81) Southdown. 영국이 원산지인 양 품종으로, 주로 식용으로 기른다.

그런 성공은 분명히 가장 질 좋은 블루그래스 농토가 있어야만 가능하리라고 생각할 만하다. 그런데 사실은 정반대에 가까웠다는 게 대단히 흥미로운 일이다. 헨리 베주든은 말한다. "좋은 땅을 물려받았더라면 블루그래스 건초나 내다 팔며 살았겠죠."

그런데 그가 물려받은 땅은 구릉이 많은 632에이커로, 꽤 가파른 데도 많고 본래부터 토질이 약한 데다가 그가 물려받은 시점에는 지력이 고갈되어 "죽음으로 내몰린" 땅이었다. 그의 할아버지는 이 땅을 한 번에 200에이커씩 옥수수 재배용으로 임대해 주고는 했는데, "땅을 빌려주면 망치는 게 정한 이치"라고들 하는데도 어디다 뭘 심는지 확인하지도 않았다. 헨리 베주든이 여덟 살 되던 해, 부모님이 모두 돌아가시자 같은 땅에서는 신시내티 은행의 신탁 하에 임차인들이 농사를 지었다. 1927년 그가 물려받았을 때, 이 농토는 임차인들은 빚에 허덕이고 곳곳이 푹푹 꺼진 땅이 되어 있었다. 깊은 도랑처럼 파인 곳[82]들이 많았고, 어떤 데는 사람이 서 있어도 안 보일 정도로 깊었다.

그러니 베주든은 상당히 불리한 조건에서 농부 생활을 시작한 편이었다. 하지만 그에게는 곤경이 가르침이 되었고, 결국 성공으로 이어졌다. "운이 좋았지요." 1951년에 그는 〈계간 농장〉의 그랜트 캐넌에게 말했다. "제게 해야만 하는 일을 해내는 재능이 있다는 걸 알게 됐지요. 땅을 살리느냐 굶어 죽느냐, 둘 중 하나였습니다. 그런 땅에서 살 수 있는 가축은 양뿐이니 양을 기르기 시작했고요."

이제 일흔여섯 나이고 건강이 썩 좋지는 않은 베주든은 양을 안 기른

---

82) gully. 주로 비탈진 곳에 빗물 등의 영향으로 땅이 큰 도랑처럼 깊이 파인 곳을 가리킨다.

지 여러 해 됐지만, 정확한 기억력과 놀라운 사고력을 보이며 당시에 대해 말해 주었다. 그는 내가 만나 본 최고의 이야기꾼 중 한 명이었다. 양은 어떻게 해서 기르게 되었을까? "양이 잡초와 찔레를 먹는다는 얘기를 들었지요." 그는 내가 그 둘의 관련성을 이해하는지 확인하려고 파이프담배 연기 사이로 곁눈질했다. 양과 땅의 관련성이 그에게는 대단히 중요한 문제이기 때문이다. 그가 양을 길러 온 이야기와 농장을 가꾸어 온 이야기는 하나의 이야기이며, 그 자신의 역사이기도 하다.

베주든은 황폐해진 자기 땅을 복구하기 시작했다. 있는 건 재능과 필요, 그리고 비범한 에너지와 결단력뿐이었다. 당시에는 토양보전청[83]이 없었으나, 곤경에 처한 청년으로서 조언을 받을 곳은 많았다. 우선 그는 토양의 침식을 막기 위해 깊은 도랑처럼 팬 곳들에다 돌덩이로 둑을 세워 보았다. 결과는 만족스럽지 않았다. 둑이 토양 유실을 어느 정도 막아 주기는 했으나 돌덩이들이 땅에 반쯤 묻혀 밭일을 하기가 어려웠다. 깊은 도랑처럼 꺼진 곳들을 잡초나 덤불로 메워 보려고도 했으나 결과는 역시 만족스럽지 않았다.

가장 심한 곳들은 불도저를 써서 메워야만 했다. 그런데 결국 그가 고안해 낸 침식 방지책은 희한하게도 밭갈이였다. 밭갈이는 잘못하면 땅을 망쳐 버리고 잘만 하면 땅을 살릴 수 있는 방법이었다. 그는 깊은 도랑처럼 꺼진 부분에서부터 경사면 위쪽으로 밭갈이를 할 때 이웃한 두 고랑 중 윗고랑을 아랫고랑보다 낮게 만드는 식으로 해서 상당한 면적

---

83) Soil Conservation Service. 1932년에 조직된 농무부 산하 기관으로, 1994년에 천연자원보전청으로 개명되며 조직과 업무 영역이 확대되었다.

을 새롭게 했다. 깊이 팬 부분마다 그런 식으로 해서 빗물이 강하게 흘러내리지 못하도록 한 것이다. 곳곳을 그렇게 하여 도랑 같던 부분이 점점 얕아지게 할 수 있었다. 빗물이 흙을 마구 씻어 내릴 정도로 거세게 흐르지 못하도록 가급적 널리 분산되게 한 결과였다. 이는 땅 임차인들이 여기저기가 팬 밭에 옥수수를 한 번 더 경작하기 위해 쓰고는 하던 방법이었다. 그들에게는 일시적인 처방이었지만 그에게는 항구적인 치유법이 되었다.

지금이라면 그런 땅에 '켄터키 페스큐 31'[84] 같은 풀을 심겠지만, 그땐 페스큐를 구하기 어려웠다. 베주든은 옥수수 이외의 곡식류나 티모시[85], 스위트클로버, 싸리Korean lespedeza를 이용했다. 그는 멀치[86]도 하고, 그의 땅에서 언젠가는 반드시 자라날 것, 즉 잡초의 유용성도 간과하지 않았다. "찔레는 약간 움푹한 땅에 좋지요." 그는 곳곳에 아카시아를 심기도 했는데, 네 가지 목적을 위해서였다. 땅의 침식을 막고, 풀을 잘 자라게 해 주고, 가축에게 그늘을 제공해 주고, 울타리 기둥을 얻기 위해서였다. 하지만 그에게 최고의 찬사 대상은 스위트클로버. 스위트클로버는 그가 겪어 본 식물 중에 땅을 가장 튼튼하게 해 주는 것으로, "굳은 흙을 헤치고 질소를 많이 공급해 주는" 역할을 한다. 그런 다음 다른 풀이 자라면서 진정한 치유가 시작되는 것이다.

---

84) kentucky fescue 31. 일찍이 목초로 쓰였으나 지금은 잔디로 흔히 이용되는 풀로, 페스큐는 볏과의 다년초다.

85) timothy. 목초로 이용되는 볏과의 다년초다.

86) mulch. 작물의 수분 유지, 잡초 제거, 영양 공급 등을 위해 작물 주위에 낙엽이나 짚 등의 유기물을 덮어 주는 것을 가리킨다. 한국에서는 보통 '멀칭'이라 부른다.

일단 땅이 풀로 덮이면 그는 대체로 땅을 그대로 풀에 맡겨 두는 방법을 썼다. 그 중에 지력이 가장 좋은 땅은 지금과 마찬가지로 당시 이 지역의 주요 환금작물인 담배 재배용으로 개간을 했다. 나는 지금도 그가 밭갈이를 대단히 신중하게 여긴다는 것을 알 수 있었다. 경작지를 선택할 때는 토질이 약하거나 물길이 있는 데는 피하고, 면적을 작게 한다.

이런 기본적인 복원 작업은 23년 동안 계속되었다. 흉터 같던 곳들이 1950년에는 풀로 다 덮이자, 그의 땅은 당시 사우스다운 양의 주산지 가운데 한 곳이 되었다. 그렇다고 땅이 다 치유된 것은 아니었다. 한때는 있었던 무언가가 사라져 버린 뒤였고, 헨리 베주든은 그게 다 복원되자면 오랜 시간이 걸린다는 걸 알고 있었다. 그는 1978년에 한 인터뷰에서 이렇게 말했다. "아직도 상태가 별로예요."

그러니 베주든이 가장 유명한 가축 품평회 우승자 중 한 명으로 명성이 높다고는 해도, 그의 주된 관심사는 품평회보다는 농장에 있었다. 그는 최고의 농부가 되어 가는 길에 최고의 목양인이자 양치기까지 된 사람이라 할 수 있다. 그런 까닭에, 그가 중시해 온 질적 기준은 품평회의 기준이 이따금 비난받아 온 것처럼 경박하거나 괴상하지 않고, 언제나 실질적이었다. 그는 양을 기르는 목적이 농부에게 생계를 마련해 주고 식탁에 좋은 고기를 내놓는 것임을 결코 잊지 않았다. "사람들이 '어떤 양이 완벽한 양일까요?'라고 물어 보면 제가 하는 말이 있지요. '농부가 돈벌이를 할 수 있는 양이죠!' 기본은 돈벌이가 되는 양이어야 합니다." 그런 점에서 그는 사우스다운 숫양이 "자기 집세를 내는" 양이라며 어느 글에서 칭찬한 바 있다.

베주든의 특성을 훨씬 더 잘 드러내는 것은 아마도 1945년에 "대단히 중요한 점 하나는 양들이 땅을 튼튼하게 해 준다."라며, 농장들의 목축 프로그램에 양을 계속해서 포함시키기를 간청하는 글을 썼다는 사실일 것이다. 이전에 그는 벽에 붙은 인상적인 글귀를 본 적이 있었다. 기계를 이용한 대규모 농업과 '생산'을 강조하는 내용으로, 제2차 세계대전 이후 농장의 작물과 가축 사이의 균형을 깨뜨리고 그가 사는 지역의 목양 사업을 파괴하는 데도 일조할 우려스러운 주장이었다. (실제로 1947년 베주든이 사는 클라크 카운티에만 해도 사우스다운 품종으로 육종되는 양떼가 24곳에 있었으며 잡종인 암양이 3만 마리 있었는데, 이는 지금 켄터키 주 전체에 남아 있는 것보다 많은 숫자다.) 대신에 그가 요구한 바는 "장기적인 토질 개선 프로그램"으로, 당시 베주든의 이 요구가 옳았음을 입증해 주는 사태는 지금 빠르게 전개되고 있다. 이 프로그램은 풀과 사료용 작물을 기반으로 하는 농업 방식으로, 지력을 개선하고 유지하기 위한 방법이었다. 그리고 그런 방식의 농업에 대해 그가 단언할 수 있었던 바는, 겪어서 아는 바, 양이 중요한 역할을 차지한다는 사실이었다.

베주든은 1945년부터 1946년까지 〈목양인〉에 기고했던 〈양이 답이다〉라는 칼럼에서 이렇게 쓴 바 있다. "나는 양들이 농장의 토질 향상에 기여하는 바가 마땅한 주목을 전혀 받지 못했다고 생각한다. 거름기가 될 만한 게 거의 없던 황폐한 땅에서 농사를 지어야 했던 사람으로서, 나는 흔히 목축을 하기에는 너무 부실하다고 여겨지는 땅에서도 양들이 잘 견디며 때가 되면 작물과 풀에도 도움을 주어서 결국 다른 가축들도 와서 살 수 있게 해 준다는 사실을 겪어 보았다. 나는 양들이 밤을 보낼 때 높은 지대 말고 딴 데서 자는 것을 좀처럼 보지 못했으며, 양들은 풀을 뜯는 동안 배설물을 널리 분산하듯 내어놓기 때문에 식물을 죽이지도 않는다."

그가 요구한 것은 "자연과 조화를 이루는 농업 방식"이었다. 이는 그가 해 온 작업의 변함없는 주제였으며, 그는 그것을 두 가지 면에서 충실히 추구해 왔다. 자연이 보여 주는 생명 현상을 즐기는 면에서도, 농업과 땅 살림의 문제에 대한 실질적인 해결책을 구하는 면에서도 그랬던 것이다. 그는 농장생활의 이른바 "영적인 부산물"을 감사하고 칭송하는 일을 게을리하는 법이 없었다. 자기 땅에 필요한 가장 작은 일도 게을리하는 법이 없었다. 이를테면 한번은 '작은 이동식 창고 두 채'를 지었는데, 각각 건초 블록 25개씩을 보관할 수 있는 크기였다. 이 두 창고는 토질이 약한 곳에 끌어다 놓고 건초를 양에게 먹이다가 비슷한 다른 곳으로 또 옮길 수 있도록 고안된 것이었다. 봄이면 닭장으로 써도 되었다.

"자연의 도움을 받는 게 좋지요."라고 그는 말한다. "자연은 최저임금만 받고 도와주니까요." 하지만 그가 쓴 〈양이 답이다〉의 칼럼들을 읽어 보면, 그가 영적인 것과 실질적인 것을 나누지 않을 뿐만 아니라 나눌 수 없노라고 강조하는 것을 알 수 있다. "토양 보전이란 계단식 밭이나 우회 수로를 만들고 풀이나 콩을 심는 것 이상이 필요한 일이다. 땅을 관리하는 사람의 마음까지 필요하다는 뜻이다. 자기 땅과 흙을 아끼는 사람이라면 살리려고 할 것이다." 한번은 그가 자기 밭의 구역마다 번호를 매길 생각을 하다가 그만두기로 한 적이 있었다. 땅마다 고유한 특성과 잠재력이 있는 만큼, 땅을 "그런 식으로 대접해서는" 안 될 것 같았기 때문이다.

그는 대개 두 종류의 암양 400마리 정도로 규모를 유지했다. 공인된 사우스다운 암양 한 무리와 일반 판매용 '웨스턴' 암양 한 무리였는데, 새끼 낳는 철이면 1000마리 정도로 불어났다. 다각화된 농장에서 그만큼 많은 양을 다루자면 엄청난 보살핌이 필요했다. 게다가 베주든의 관리 방식은 철저한 이해와 세심한 배려 덕분에 가능했던 만큼, 가축 기르는 사람이라면 누구나 관심을 기울여 볼 만하다.

무엇보다 그것은 사료용 풀을 최대한 이용하는 방식이었다. 이는 그가 목축과 토양 보전의 건전한 원칙이라고 이해하는 바에 따른 방식이지만, 그의 땅이 열악하기에 피할 수 없는 방식이기도 했다. 기계를 이용한 대규모 경작은 최소화해야 했고, 그 때문에 곡물을 사야 한다면 사들였다. 그렇다고 많이 사들이지는 않았다. 그는 대개 암양 한 마리당 60일 동안 매일 1파운드씩 옥수수를 먹였다고 했다. 하지만 1945년 12월호의 〈양이 답이다〉 칼럼에는 이렇게 썼다. "건초로 시작해서 곡물을 추가해 주는 식으로 할 때, 콩과식물 건초 3파운드에 곡물 반 파운드면 된다." 그는 태어난 지 얼마 안 된 양에게는 곡물을 별도의 영양식으로 먹이는데, 목초를 구할 수 있게 되면 곡물을 바로 끊는다. 1946년 3월호의 〈양이 답이다〉 칼럼에서 그는 "좋은 풀이 있는데도 별도로 영양식을 먹인다는 건 수지가 안 맞는 일"이라고 딱 잘라 말한다.

그는 곡물을 주식이 아니라 보조식으로 여긴 것이다. 그것도 목초가 없을 때 양들의 건강과 성장을 확보하기 위한 비상식량 같은 것으로 여겼다는 말이다. 양들이 목초와 건초를 효율적으로 이용하도록 육종된 종류이고 시장이 그런 종류를 좋아했다는 그의 말을 기억할 필요가 있다. 제2차 세계대전 이후 수십 년 동안, 값싼 에너지와 곡물 덕분에 사람들의 관심은 곡물을 더 먹여야 하는 더 큰 양 품종과 식육용 새끼 양으로 옮아가게 되었다. 하지만 에너지 가격이 올라가고, 곡물 가격도 치솟고, 인구 증가로 인간의 곡물 소비량도 늘어 가는 지금, 헨리 베주든이 한 세대 전에 쓴 문장에 깊이 공감하게 된다. "세계적으로 곡물이 부족해지고 있기 때문에, 목양 농민은 풀을 먹여 살찌울 가망을 연구해 볼 필요가 있다."

아무튼 그 가망은 '그'가 연구하던 바였다. 그리고 목초지에 대한 관리법과 목초지에 사는 양에 대한 관리법은 그의 작품이었다.

가을이면 그는 늦은 철에 풀을 뜯기는 용도로 외양간에서 가까운 목초지를 택하고는 했다. 지금 식으로 말하자면 나중을 위한 '비축'인데, 그는 그것이 오래된 상식을 새롭게 부르는 말일 뿐이라고 지적한다. 아무튼 그렇게 준비해 둔 결과, 조건이 좋은 해에는 암양들을 12월 내내 풀 뜯길 수도 있었다. "건초는 아주 조금", "곡물은 조금만" 먹이면서 말이다. 때로는 귀리를 일찍 씨 뿌려 풀 뜯는 시기를 늦가을까지 늘리기도 했다.

그의 암양들은 1월이나 2월에 새끼를 낳도록 길러졌다. 그는 암양들에게 좋은 클로버 건초나 알팔파 건초를 먹였고, 1월 중순경부터 3월 중순경까지 60일 동안은 매일 일정량의 곡물을 주었다. 3월 중순이면 곡물을 그만 주고 암양들과 어린 양들을 막 돋아나는 귀리 밭에 내보내는데, 이 귀리는 전년도에 담배를 거둔 땅의 피복작물로서 씨 뿌려둔 것이다. 그는 이렇게 쓴 바 있다. "이른 가을에 뿌려 둔 밭보아 귀리 한 포대는 봄에 주는 사료 몇 포대의 가치가 있으며 훨씬 저렴하다." 양들은 귀리 밭 다음에는, 2년 전에 담배를 길렀던 클로버 목초지로 옮겨졌다. 그리고 5월 초순부터 일반 판매용 어린 양들은 무게가 80~85파운드가 되면 목초지에서 바로 팔려 나갔다.

베주든은 페스큐를 구할 수 있게 된 뒤부터는 이 풀을 목초로 널리 이용했다. 하지만 그는 이 풀이 땅을 보전하는 데는 뛰어나지만 양에게 먹이기 가장 좋을 만큼 영양분이 있거나 맛이 좋지는 않다고 느꼈고, 티모시 같은 풀이나 콩과식물도 함께 이용하기 시작했다. 그가 제일 좋아하는 목초용 콩과식물은 한국이 원산인 싸리다. 지금은 전보다 활력과 생산력이 떨어진다는 일반적인 불만에 그도 어느 정도 동의하기는 하지만 말이다. 그는 또 레드클로버나 알사이크, 라디노, 벌노랑이도 이용했다.[87] 그는 여러 클로버 종류를 심은 풀밭에는 더위가 시작될 때 새끼 밴 암양들을 내놓기가 어렵지만, 싸리의 경우에는 그런 어려움이 없다고 말한다.[88]

그의 목초지에서는 3월이면 대개 콩과식물이 새로 자라나기 시작했는데, 양들이 씨를 밟아 심는 역할을 하기 때문이었다. 그는 이런 '쇄신' 방식이 가장 좋다는 걸 알게 되었다.[89] 그는 목초가 한창 자라는 철이면 두 번 이상 깎아 주었는데, 이는 풀이 왕성하고 고르게 자라게 하기 위해서였다.

목초지에 놓아기르는 양을 효율적으로 관리하는 비결은 관심을 쏟는

---

87) 레드클로버는 꽃이 빨간 클로버이며, 알사이크는 꽃이 분홍빛인 클로버이고, 라디노는 꽃이 하얀 화이트클로버이며, 벌노랑이(birdsfoot trefoil)는 노란 꽃이 피며 클로버(토끼풀) 비슷한 콩과의 다년초다.

88) 클로버도 싸리도 같은 콩과이지만 싸리는 관목이기 때문에 가축이 잎을 뜯어먹고 나무 그늘에서 더위를 식힐 수도 있다.

89) 다년초(여러해살이풀)는 겨울에 윗부분은 죽지만 봄에 새로 움이 트는 풀인데, 여기서는 씨가 떨어져 새로 자란 게 더 좋다는 뜻으로 보인다.

데 있다. 베주든의 경우 이른 아침에 말을 타고 양들을 둘러보는 게 중요한 일이었다. 그 무렵 양들은 그늘에 있지 않고 나와서 풀을 뜯는데, 그럴 때 그들의 상태와 풀밭의 상태를 잘 살필 수 있기 때문이다. 그는 목초지의 '한창때'를 얘기하고는 하는데, 새로 움이 트는 연한 풀들의 싱싱한 모습을 말하는 것이다. 그는 한창때가 지나면 양들을 다른 데로 옮기는 게 좋다고 생각한다. 한물간 목초지에서 싱싱한 데로 옮기면 풀 뜯는 시간을 하루 두 시간까지 늘릴 수 있기 때문이다. 그는 또 어린 양들은 무리가 너무 크지 않아야 더 잘 자란다고 믿는다. 양들은 모여서 풀을 뜯는 경향이 있는데, 힘이 약한 어린 양들은 남들이 먹고 난 뒤나 안 먹으려는 풀을 먹어야 하기 때문이다. 그는 목초지에 그늘을 많이 만들어 주었으며, 그늘의 위치가 알맞아야 한다는 걸 알았다. "나는 우리 농장에서 양을 기르기 가장 좋은 목초지는 그늘이 물 있는 자리 가까이 있는 곳이라고 생각한다. 7월이나 8월에 그늘과 물이 넓은 풀밭의 반대쪽에 있을 경우, 양들이 그늘을 떠나 물 있는 데로 가려 하지 않는 모습을 여러 번 보았던 까닭이다."

양치기의 한 해 중 고비는 물론 새끼 낳을 때다. 한 해 농사가 웬만큼 기대할 만한지 아닌지가 판가름 나는 때인 것이다. 그리고 대개 추울 때이기에, 출산의 성공 여부는 거의 양치기의 지식 못지않게 그의 시설에 좌우된다. 바인우드의 출산용 외양간은 베주든이 얼마나 자기 일에 대해 잘 알고 사리를 분별하는 재능이 있는지를 잘 보여 주는 구현물이다. 그는 한 칼럼에서 그 시설에 대해 잘 설명하고 있다.

근년 들어 여기 바인우드에서 양의 모든 출산은 사실상 출산용으로 만든 외양간에서 이루어졌다. 널빤지를 서로 이어 붙인 박스형 건물로, 낮은 다락이 있고 모서리마다 창이 있는 구조다. 이 외양간의 동쪽 끝은 주로 바람이 부는 곳과는 반대쪽이어서 문을 좀처럼 닫지 않으며, 대신에 게이트[90]를 주로 이용한다. 아주 추울 때에는 양들의 체온 덕분에 실내 온도가 15~20도 정도 올라갈 때도 많다. 정면으로 30피트 정도 앞에는 큰 암반층이 있는데, 이것이 외양간 바닥에까지 이어져 있다. (……) 이 암반층은 외양간 문 앞이 진창이 되는 경우를 막아 주고는 하며 (……) 양들이 입구를 출입할 때 빠지지 않게 해 주되, 어린 양들은 곧잘 미끄러지게 만든다. 아울러 입구에는 (……) 문 밑에 아카시아 통나무를 반쯤 묻어 두었다. 이는 개들이 문이나 게이트 밑으로 파고 들어가지 못하도록 해 주며, 양들이 밖으로 나올 때 외양간 바닥의 깔짚을 붙들어 주는 역할을 한다. 문지방이 너무 높거나 새끼 밴 양이 뛰어넘거나 넘어가기 힘들 정도인 경우라면 대단히 위험하다.

이 외양간의 배치는 감탄할 만하다. 가장 힘을 덜 들여 많은 양들을 먹이고 다루고 구분하고 실을 수 있도록 된 우리와 통로와 게이트를 갖추고 있다. 암양을 위한 출산용 우리는 마흔 개였다. 난로가 있는 우리가 여럿 딸린 작은 방도 하나 있었다. 각각의 우리 위에는 나무로 만든 빨간 손잡이가 있어, 어느 암양의 출산 때가 임박했거나 다른 이유로 세심한 관심을 쏟을 필요가 있을 경우, 아래로 젖혀 그 표시를 하게 되

---

90) gate는 대문 말고 울타리에 다는 안이 들여다보이는 문이라는 뜻으로도 흔히 쓰이며, 여기선 본래 문은 거의 열어 두고 보조로 쓰는 간이식 문으로 보인다.

어 있었다. 이 손잡이는 베주든이 숙련된 도우미와 밤 근무를 교대로 할 때 이용되었다. "손잡이 덕분에 굳이 추운 한밤중에 만나 얘기할 번거로움을 많이 덜었죠."라고 그는 말한다.

하지만 숙련된 도우미를 늘 구할 수 있는 건 아니었고, 그럴 때는 그가 밤낮으로 혼자 새끼 낳는 일을 돌봐 줘야 했다. 잠을 못 자고 깨어 있는 게 힘들 때가 많았다. 그래서 어떤 때는 우리 옆에 앉아 암양이 새끼 낳기를 기다리는 동안, 암양의 뒷다리 한쪽과 그의 손목을 끈으로 묶어 두기도 했다. 산통이 시작되어 암양이 움직이기 시작하면 끈이 당겨졌고, 그러면 그가 깨어나 암양을 돌봤던 것이다.

그러니 '해야만' 했던 일에 대한 그의 재능은 다분히 좋은 결과를 마음속에 품을 줄 아는 능력이었다. 돌덩이나 움푹 꺼진 데가 많아도 땅이 건강해질 때를 그려 보고, 새끼 밴 암양과 다가올 철이 가져다줄 풍성한 어린 양들을 내다보는 능력이었다. 또한 그것은 거의 반세기 동안 사우스다운 양의 이상적인 특징과 모습을 속으로 그려 보고, 항상 그 기준에 비추어 양들을 평가할 줄 아는 능력이었다. 그런 능력이 있었기에 그는 탁월한 목축인으로 알려지게 된 것이다.

그는 그런 능력이 어떤 차이와 효과를 내는지 아주 잘 보여 주는 얘기를 내게 들려주었다. 한번은 시카고 국제 가축 박람회에 참가했을 때, 그는 웨스턴 품종인 양 1만 마리 가운데 50마리의 어린 양을 골라 트럭으로 실어 온 목양인과 경쟁한 적이 있었다.

베주든의 양들이 해당 급에서 우승하고 나자, 그 사람은 다가와서 물었다. "몇 마리 중에서 골라 온 겁니까?"

"75마리 정도요."

"그렇군요." 웨스턴 품종 육종가가 말했다. "시시한 1만 마리보다는 진짜배기 75마리가 훨씬 낫겠네요."

하지만 진짜배기 75마리를 알아보는 능력은 그 자체로는 아무 의미가 없다. 그 못지않게 요구되는 건 필요한 일을 하고 관심을 쏟는 능력이다. 무엇보다 관심을 쏟는 것, 그건 베주든이 해 온 이야기와 그의 인생에서 끊임없이 거듭되어 온 또 하나의 주제. 그는 관심을 쏟는 게 수지맞는 일임을 확신하고 있으며, 그래서 기계화된 '현대식' 농민들과는 전혀 다르게 살 수 있었다. 아니었다면 그들처럼 감당할 수 없는 책임을 떠맡아 초고속으로 작업하도록 내몰리며 살아야 했을 것이다. 그는 칼럼에서 "제때 한 작은 일들"의 중요성에 대해 쓴 바 있다. 그는 그런 게 수지맞는 일이며, 이익을 떠나서 그런 일을 하는 사람들도 있다고 했다.

그는 신발에 똥거름이 묻었는데도 그냥 두었다가 풀이 안 자라는 자리에 와서야 닦아 낸 농부에 대해서도 내게 말해 주었다. "바로 그거예요." 그는 말했다. "늘 마음에 두고 있어야 합니다."

엘머 랍의 터전

Elmer Lapp's Place, 1979

젖소 서른 마리가 풀밭에서 나와 한 마리씩 외양간으로 들어간다. 대부분은 건지Guernsey 종이고, 붉은 홀스타인 종 몇 마리와 저지Jersey 종 두 마리도 있다. 녀석들은 자기 자리로 가서 목걸이를 걸어 줄 때를 기다린다. 이윽고 엘머 랍과 그의 맏아들과 막내딸이 먹이고 씻기고 젖 짜는 일을 하기 시작한다.

줄지어 있는 큰 창들로 자연 채광이 되는 낮고 깔끔한 공간에 라디오 음악이 잔잔히 울려 퍼지고 있다. 하얀 고양이 몇 마리가 둘러앉아 테스트 컵의 우유를 따라 줄 때를 기다린다. 콜리 종인 개 두 마리는 방해되지 않게 벽 앞에서 쉬고 있다. 황갈색 당닭 몇 마리는 깔짚이나 구유에 남아 있는 곡물을 한 알이라도 더 찾아 먹느라 바쁘다. 천장 들보에는 제비 둥지가 많이 눈에 띈다. 흙과 짚으로 지은 제비집들은 10월 말이라 비어 있다. 창틀 두 곳에는 총신이 녹슨 22구경 소총이 기대어 있다. 참새를 쏘아 잡으려고 둔 것인데, 참새는 보이지 않는다. 문 밖에는 개량종인 어린 암소 한 마리와 늙은 애완용 암탕나귀 한 마리가 여물통에 든 저녁을 먹고 있다. 그 뒤로는 풀밭을 가로지르는 실개천에서 들오리들이 헤엄을 친다. 기울어가는 호박琥珀빛 석양에 그림자들은 이미 길어졌다.

이곳은 83에이커 면적의 농장. 1915년 이후 랍 집안의 땅이다. 엘머 랍은 1920년에 태어나 줄곧 이곳에서 살아왔다. 3년 전에는 랍의 농사 동업자인 맏아들의 집을 지었는데, 부자가 목수 일을 직접 다 했다. 아들이 한 달에 사오 일 농장 밖 일을 할 때를 제외하면, 이 두 가구는 이곳에서 난 것으로 생활을 한다. 여기에 빌려 쓰는 목초지 14에이커, 좀 떨어진 데 있는 농장의 나눠 쓰는 40에이커에서 나는 건초가 더 있기는 하다. 그리하여 두 가구는 모두 117에이커의 땅을 농사짓는 셈이다.

이 농장은 펜실베이니아 주의 랭커스터 카운티, 그 중에서도 '관광 명소'가 된 아미시와 메노나이트[91] 사람들의 농장이 모여 있는 지역에 있기 때문에, 랍 집안사람들은 농업 소득을 보충할 방법이 있다. 버스 가득 타고 오는 학생들이나 관광객들에게 농장 투어를 시켜 주거나 치킨 바비큐나 집에서 만든 아이스크림을 팔면 된다. 하지만 그런 게 분명히 이익을 올리는 부업이기는 해도, 그 때문에 농장 본연의 활동이 갖는 경제적이고 생태적인 건강이 지장을 받아서는 곤란하다. 작은 농장들이 몹시 고전하거나 망하는 경우가 허다한 때인 만큼, 이 농장도 관광산업에 의존해서 연명해 가고 있는 게 아닌가 생각하기 쉬울지도 모른다. 하

91) Mennonite. 재세례파 중 최대의 교파. 네덜란드의 종교개혁자 메노 시몬스(Menno Simons)의 이름을 땄다.

지만 나는 그렇게 생각지 않는다. 적어도 이 경우에는 정반대가 사실일 지도 모르겠다. 본업이 번창하기 때문에 부업도 번창하는 것이다.

소들의 젖을 짜는 외양간에 서 있는 나는 작업이 참으로 조용히 이루 어지는 모습을 보며 감명을 받는다. 아무도 목청을 높이지 않는다. 갑작 스럽거나 격렬한 동작이 있는 경우도 없다. 작업을 빠르게는 하되 서두 르지는 않는다. 그리고 마침내, 그 공간이 고요한 건 질서정연하기 때문 임을 깨닫게 된다. 사람이든 가축이든 거기 있는 살아 움직이는 모든 것 들이 그들 모두에게 대단히 익숙한 패턴 안에서 안심하고 있었던 것이 다. 그날 저녁과 그 이튿날 낮, 이 농장과 엘머 랍의 일에 대한 식견에 대 해 점점 더 알아 갈수록, 나는 그 조용하면서 일상적인 작업의 순간이 농장 전체를 아우르는 패턴의 핵이요 중추임을 알 수 있었다. 이 농장이 번창하는 이유는, 내가 구조적인 문제라고 부르고 싶은 게 만족스럽게 해결되었기 때문이다. 농장이 살아남기 위해 필요한 패턴을 발견하여 구체화한 것이다.

영리상의 패턴

영리적인 면에서 이 농장은 축산 농장이다. 이 농장에서 재배되는 작 물은 팔기보다는 가축을 먹이기 위한 것들이다. 주업은 젖소 서른 마리 와 번식용 벨기에 암말 열한 마리다.

랍의 젖소들은 주로 건지 종인데, 그의 말로는 "큰 젖소는 너무 먹기 때문"이다. 더구나 건지 종의 우유는 진해서 가장 좋은 값을 받을 수 있다. 홀스타인 종 몇 마리는 붉은 소인데, 검은 소보다 우유가 더 진하기 때문이다.[92] 붉은 홀스타인의 우유는 "건지의 것과 맞먹을 정도"라고 랍은 말한다.

그는 지금은 허쉬 초콜릿을 만드는 사람들에게 가공식품 제조용 우유를 팔고 있는데, 전에 A등급 우유를 납품하다가 그만둔 까닭을 이렇게 말한다. "A등급 관리하는 자들이 사람 성미를 얼마나 건드리던지. 그 사람들은 도무지 만족할 줄을 몰라요. 늘 다른 뭔가를 요구하지요."[93] 나는 랍과 대화를 나누다가 이 경우처럼 그의 독립성이 드러나는 대목을 여러 번 발견했다. 그는 자신이 싫어하는 것을 오래 견디지 못하는 사람이다. 나는 이 역시 그를 농부로서 성공하게 만든 자질이 아닐까 생각하게 된다. 그가 독립적일 수 있는 건 그만한 자생력을 갖추었기 때문이다.

지금 그는 젖소 서른 마리 외에도 어린 암소 열두 마리를 데리고 있으며, 그 중 여섯 마리에게는 사료를 막 먹이기 시작했다. 그는 어린 암소를 매년 몇 마리씩 새로 들여오기 좋아한다. 숫송아지는 난 지 얼마 안 되어 판다. 암송아지는 우유 대용품을 먼저 먹기 시작하는데, 그는 그게 우유보다 키우는 목적에 더 맞다고 생각한다.[94] 우유 대용품은 한 번 먹일 때 2쿼트(약 2리터) 정도를 준다.

---

92) 홀스타인 종은 대부분이 검은색이며 우리가 흔히 보는 검고 흰 얼룩 젖소를 말한다. 세계에서 가장 생산력이 높은 젖소이며, 본래 네덜란드에서 자라던 것이 미국으로 건너간 뒤 더 세계적인 품종으로 개량되었다.

93) A등급은 액체 상태로 유통되는 용도로, 위생 조건이 까다롭다. B등급은 치즈나 버터나 저지방 분유 같은 유제품 제조용이다.

94) 대개 암송아지(heifer calf)는 12개월까지를, 어린 암소(heifer)는 새끼를 낳기 전인 36개월까지를 말한다.

랍에게 그런 규모의 농장에서 그 정도로 관리하면 농부가 예상할 수 있는 수입은 어느 정도냐고 물어봤더니, 그는 매년 우유를 2~3만달러어치 정도 판다고 답했다. 작년에 그의 낙농 수입은 2만5천달러였다.

순수입은 얼마나 되느냐고도 물어보았다.

그는 정확히는 말할 수 없다고 했다. 그는 보조 사료를 5천달러어치 샀는데, 그걸로 닭이나 말이나 송아지를 먹이기도 했다. 물론 그 비용의 일부는 숫송아지와 어린 암소를 팔아서 벌충이 되었다. 이러한 정보 외에도 그는 "세금도 낸다."는 말로 자신의 수입을 설명했다.

랍은 말을 길러 버는 수입에 대해서는 정보를 주지 않았다. 하지만 짐말 시장이 붐인 만큼, 랍의 농장도 더불어 이익을 본다고 봐도 좋을 것이다. 작년에 랍은 말 아홉 마리를 팔았다. 이번 번식철에는 암말 열한 마리를 수정시켰다. 그는 또 종마 한 마리로 올리는 수입도 있는데, 그는 이 말로 "내가 다룰 수 있는 남의 암말은 전부" 교미를 시킨다. 번식용 암말들과 종마 외에도, 그에게는 현재 두 살 먹은 암망아지 한 마리와 한 살 먹은 암망아지 두 마리, 한 살 먹은 숫망아지 두 마리, 한 살이 안 된 망아지 두 마리가 있다.

그는 벨기에 말 중에서도 짐말의 특성이 더 강한 말을 선호하되, 빨리 걸을 수 있을 만큼 다리가 긴 것을 좋아하며, 말에게 일을 시키기 때문에 다리가 튼튼할 필요성에도 관심을 기울인다. 그는 실용적인 장점과 더불어 그의 말들이 우아해 보이는 것도 바라기에, 육종할 형질을 고를 때 머리와 목의 생김새에 특히 관심을 쏟는다. 그의 암말들 중에는 여러 마리가 배다른 자매이거나 친자매 관계이며, 그래서 그의 말들은 빛깔과 생김새가 두드러지게 비슷하다.

랍의 땅은 질 좋은 귀리가 나기 어려워, 보리를 길러 말을 먹인다. 보리가 솔로몬 왕 시절에도 말 먹이로 좋았다면[95] 자신에게도 좋을 거라고 그는 말한다. 그는 보리를 찧거나 빻은 데다 당밀을 섞어서 준다.

말 기르는 많은 사람들과는 달리, 랍은 암말을 수정시키는 데 복잡한 지식이나 절차를 따르지 않는다. 그는 암말이 발정이 난 걸 보면 바로 그날로 한 번만 교미를 시킨다. 임신 검사 같은 건 필요를 못 느낀다. 그래도 암말이 새끼를 배는 데는 아무 문제가 없다는 것이다. 이는 암소의 경우에도 인공수정이 아닌 한 마찬가지라고 한다.

하지만 주수입이 젖소와 번식용 암말에서 비롯된다는 이유만으로 랍이 다른 기회에 눈을 감아 버리는 건 아니다. "깨어 있기는 해야죠."라고 그는 말한다. 그는 무엇을 팔아야 할지를 알고, 그에게 주어진 장소와 시간이 허락하는 한 그것을 팔려고 내놓는다. 이를테면 작은 다락에다 한 번에 뿔닭 300마리를 기르기도 한다. 콜리 종 강아지를 길러 팔기도 한다. 계란과 꿀도 남는 것은 판다. 외양간에 사는 고양이들도 수입에 보탬이 될 때가 있다. 너무 많으면 몇 마리씩 지역의 간이 가축 경매장에 가져가 팔고는 하는 것이다.

자급자족의 패턴

랍 부자의 농장이 영리적으로 이익을 남긴다 해도, 대차대조표가 그

---

95) 열왕기상 4장28절 "(……) 말과 낙타에게 먹일 보리와 짚을 (……) 가져왔더라."

장소에서의 생활이나 경제를 설명해 주기에는 한참 모자랄 것이다.

엘머 랍은 그의 농장이 집이자 삶이자 생활양식이라는 의미에서 확실히 전통적인 농부다. 그의 농장은 단순한 '일터'나 '일자리'가 아니다. 그런 까닭에 그의 농장은 현금 수입을 가져다주기는 해도 그게 생산되는 모든 것의 가치라고는 할 수 없다. 그의 농장에서 생산되는 것 중 일부는 현금으로 가치를 따질 수 없다.

랍 가족은 전통적인 원리에 따라 농장으로부터 자급자족 수단을 얻으며, 팔 것을 길러 내는 일 못지않게 직접 먹을 것을 길러 내는 일에도 관심이 많다. 그들은 농장에서 이익이 나기를 바라되 농장이 사리에 맞게 돌아가야 한다고 생각하며, 그 사리의 일부는 농장이 농부에게 먹거리를 해결해 줘야 한다는 것이다. 그렇다면 자급자족의 패턴은 영리상의 패턴과 만나며, 어떤 점에서는 겹친다.

예컨대 랍 가족들은 직접 생산해 낸 우유를 먹는다. 나는 많은 낙농가들이 우유를 식료품점에서 사먹는다는 사실을 알기에 랍에게 왜 우유를 사먹지 않느냐고 물어보았다.

그는 주저 없이 대답했다. "나는 그런 오물 싫어요."

그는 텃밭도 가꾼다. 과일도 얻고 벌이 모을 꽃꿀도 만들어 주기 위해 사과, 복숭아, 자두가 열리는 과수원도 있다. 돼지 네 마리도 기르고 있는데, 한배에서 난 것들 중에 제일 작은 녀석들이기 때문에 싸게 샀고, 직접 잡아 집에서 먹을 용도로 기른다. 그는 쇠고기도 직접 잡은 것을 먹으며, 가금류와 계란과 꿀도 직접 생산한다.

그는 자급자족의 패턴이 지역사회의 패턴이기도 하다는 것을 안다. 이를테면 그는 도시의 슈퍼마켓보다는 시골의 작은 가게를 이용한다고 말한다. 시골의 작은 가게는 지역사회의 공동체적 삶을 지원하는 반면, 슈퍼마켓은 지역사회를 희생해 가며 '경제'를 지원한다.

땅 살림의 패턴

농장 생산력의 기초가 되는 것은 지식이나 절제나 책임과 관련된 모든 면에서 땅을 잘 돌보는 일이다. 그리고 이 보살핌은 나름의 적절한 패턴을 발전시켜 나가기 마련이다.

랍은 보통 한 해에 22에이커는 옥수수를 얻기 위해 쓰는데 그 중 12에이커는 옥수수 사일리지를, 10에이커는 옥수수 알곡을 얻기 위해서다. 그리고 25에이커는 클로버나 알팔파를, 10에이커는 보리나 호밀을 얻기 위해 쓰고, 나머지 땅은 목초지로만 사용한다. 돌려짓기는 대체로 다음과 같이 한다.

1년차 : 옥수수 알곡용.

2년차 : 옥수수 사일리지용.

3년차 : 전년도 가을에 보리를 심고, 봄에 언 땅에 클로버와 티모시를 씨 뿌린다. 보리를 거두고 난 뒤에 자란 풀을 베어 건초를 한 번 거둘 수 있다.

4년차 : 클로버와 티모시(두 번 베어 쓸 수 있다).

5년차 : 다시 옥수수를 기른다.

이러한 패턴은 두 가지 다른 방식으로도 할 수 있다. 클로버 대신 알팔파를 뿌릴 경우, 밭은 2년이 아니라 3~4년 풀로 덮여 있게 된다. 보리 대신 호밀을 뿌릴 경우, 호밀을 한창때 베어 썰어서 깔짚 등으로 쓰고, 이듬해에는 다시 밭에 사일리지를 얻을 옥수수를 심고 거둔다.

농장 전체에는 매년 축분 거름을 덮어 주는데, 랍의 계산에 따르면 에이커당 8톤 정도다. 거름은 제때 뿌려 주도록 주의해야 한다. 나는 축분 거름을 쓰면 화학비료를 사다 쓸 필요가 줄어드는지 물어보았다. "난 화학비료 안 삽니다." 하고 랍은 대답한다. 옥수수 밭에 제초제는 쓰지만, 사이갈이를 해 줘야 하는데 마침 농장 투어 일이 가장 바쁠 때만 그렇게 한다.

지금과 같은 돌려짓기 및 거름 이용 방식을 쓴 것은 랍이 "기억하는 한 줄곧" 있었던 일이라고 한다. 그런가 하면 그는 카운티에 파견된 농사 고문의 도움을 받아 3에이커 구역씩 땅을 쉬게 함으로써 빗물에 의한 토양 침식을 제어하기도 했다. 그런데 토양 보전이란 게 상당 정도 정해진 배치나 돌려짓기의 패턴으로 정식화할 수 있겠으나, 세심한 주의와 현명한 임기응변 또한 여전히 필요하다. 이를테면 이번 가을에는 보리가 겨우내 땅을 잘 덮어 줄 만큼 자라기에는 너무 늦었다. 이에 대한 랍의 처방은 처음으로 얼음이 어는 날 아침에 보리밭에 짚 섞은 축분 거름을 덮어 주는 것이다. 그러면 겨우내 보리를 질식시키지 않으면서 밭을 보호할 수 있다.

흙 살림의 질과 흙의 비옥도를 측정하는 가장 좋은 방법 중 하나는 첫해의 건초밭을 보는 것이다. 기계를 이용한 대량경작을 한 다음 클로버 등의 풀은 얼마나 빨리 뿌리를 내릴까? 그렇게 조성된 풀밭은 얼마나 건강할까? 풀의 키나 촘촘함이나 빛깔이나 균질성이 모두 해 줄 말이 많을 것이다. 랍은 그의 텃밭을 지나 모든 면에서 상태가 좋은 4에이커 면적의 건초밭으로 나를 안내했다. 봄에 레드클로버와 티모시를, 그리고 벌들 때문에 약간의 알사이크를 씨 뿌린 땅이었다. 보리는 7월에 거두었다. 그런 다음 10월 초에 풀을 베어 말리니 건초 블록이 400개 만들어졌다. 다음 해에는 처음 풀베기 때 800~1000개, 두 번째 때는 500~600개 정도 충분히 예상해 볼 수 있다고 한다.

두 종류의 마력馬力

엘머 랍이 아직 어렸을 때, 그의 아버지는 아들의 재능을 알아보고는 망아지를 데리고 일을 하게 했다.

"제법 우쭐해졌겠네요?" 내가 말했다.

그는 빙긋 웃으며 고개를 끄덕였다. "제법 그랬을 거예요."

그는 유능한 말 육종가인 데다 말을 좋아하기 때문에, 말을 이용하지 않았던 적이 없다. 경우에 따라 트랙터도 쓰기는 하지만 "트랙터보다는 말을 모는 게 좋다."고 한다. "말을 데리고 있으면서 먹이고, 필요하면 이용도 하자 이거죠. 재미도 보면서 일도 하는 겁니다. 재미가 없으면 그러지도 않겠지요."

그는 트랙터가 가장 잘할 수 있는 일이면 트랙터를, 말이 가장 잘할 수 있는 일이면 말을 이용한다. 늘 염두에 둘 것은 하는 일의 규모다. 그는 말한다. "작은 농장에서는 비싼 장비가 필요 없지요." 그리고 그는 너무나 많은 소농들이 필요 이상으로 큰 트랙터를 사게끔 만드는 마력馬力 중독으로부터도 자유로워 보인다. 그는 20년 전에 2천달러 주고 산 트랙터를 지금도 쓰고 있다. 이 트랙터는 보습 세 개짜리 쟁기를 끌기에 적당한 정도다. 이따금 힘이 더 드는 작업에 맞는 트랙터가 필요할 경우, 이를테면 사일로[96]를 채우는 일을 할 때에는 더 큰 트랙터를 빌린다. 그는 밭갈이와 건초 다발 만드는 작업은 전부 트랙터를 이용하며, 축분 거름을 실을 때에도 트랙터를 이용한다. 거름을 뿌리고, 옥수수를 심고, 목초를 베고, 건초를 긁고 끄는 작업은 말을 이용한다. "너무 심하게 들볶이지 않는 한" 그는 모종 자리를 만들 때에도 말을 쓴다. 그는 트랙터보다 말을 이용하면 작업 비용이 덜 든다고 확신한다. 망아지 값을 제하고도 말이다.

그는 말을 이용할 때에는 고무 타이어 달린 장비가 쇠 타이어 장비보다 훨씬 다루기 쉽다고 말한다. 울퉁불퉁한 땅에서의 작업은 고무 타이어가 충격을 잘 흡수하기 때문이다. 원반이 많이 달린 쇄토기의 연결부가 넓은 건 말이 힘들어하기 때문에 좋아하지 않는다. 8피트짜리 원반 쇄토기인 경우, 그는 말 두 마리를 앞쪽에 매고 뒤에 세 마리를 매어 끌도록 한다. 말의 발놀림이 안정되게 끌 경우 네 마리를 나란히 매어 끌게도 한다. 그는 사람들이 무지하거나 무관심해서 말을 매우 잘못 다루는 경우를 많이 본다고 말한다. 그가 대단히 유감스러워하며 기회가 닿는 한 바로잡고 싶은 현상이다.

농장에서 난 것으로 먹이를 해결하는 말을 이용하는 일은 랍의 태양

---

96) silo. 곡식 저장탑.

에너지 의존도는 크게 늘려 주며, 점점 비싸져 가는 화석연료 에너지에 대한 의존도는 크게 줄여 준다. 트랙터는 이미 농장에서 얻을 수 있는 에너지를 보충하는 데 쓰인다.

이 농장에서는 두 종류의 마력 외에 약간의 수력도 이용한다. 실개천을 댐으로 막아 가둔 물을 작은 수차를 돌리는 데 쓰고, 수차는 물 펌프를 작동시킨다. 이는 이 농장의 검약성을 말해 주는 또 하나의 증거다. 랍은 흘러 나가는 물을 보고 좀 아까운 듯 말한다. "저걸 다 그냥 버리다니."

준비 잘된 헛간

랍 농장 사람들은 작은 헛간을 막 완공할 참인데, 이 헛간은 이 농장을 만들어 오는 데 들인 세심함과 질서감을 잘 드러내 주는 사례다.

이 헛간은 이른바 '둑 헛간'으로, 오르막길 같은 둑이 위층 다락과 이어져 있어 차를 몰고 갈 수 있는 건물이다. 아래층은 여름에 뿔닭 오백 마리를 먹일 수 있고 겨울에는 어린 암소 열두 마리나 그만큼의 어린 말을 먹일 수 있는 공간이다. 이 공간은 가운데 길게 놓인 구유에 의해 둘로 나뉘며, 구유는 마당으로까지 뻗어 있다.

위층은 양쪽 끝에 폭 8피트(약 2.4미터)에 깊이 14피트(약 4.3미터)인 옥수수 저장고를 만들 예정이다. 가운데 공간은 건초와 장비를 보관할 장소다. 두 저장고의 통풍은 외벽 아래쪽과 통하는 격자무늬 창들이 해결해 줄 것이다. 이 격자창들은 바깥에 차양을 달아 볕과 비바람을 막

211

아 줄 텐데, 차양 한쪽은 폭이 4피트이지만 반대쪽은 10피트인 건, 반대쪽에는 장비가 있어서 보호가 더 필요하기 때문이다.

터와 모양과 쓰임의 가능성을 모두 고려한 구조물이다.

생태적 패턴

이용할 수 있는 것은 이용하고 낭비가 없도록 하려고 애를 쓰기는 해도, 랩의 농장에는 그리고 그의 마음에도 효용만을 우선시하거나 기계적인 데는 없다. 그가 추구하는 바는 장소를 최대한 이용해야 한다는 것보다는 장소에 생명이 풍성해야 한다는 데 있다. 알버트 하워드 경은 최고의 농부는 자연을 모방하며, 특히 다양성을 사랑한다는 면에서 그렇다고 말했다. 엘머 랩은 내가 만나 본 농부들 가운데 이 정의에 가장 잘 들어맞는 사람이다. 자연과 마찬가지로 그와 그의 가족들은 틈새를 메우는 데 푹 빠져 있는 것 같다.

그들의 장소로 차를 몰고 가 보면 무엇보다, 꽃이 자랄 수 있을 만한 데면 어디나 꽃이 자라고 있다는 사실부터 눈에 들어온다. 어디나 화단과 꽃밭 테두리가 있다. 젖소 외양간에 제비가 집을 짓고 살게 된 것이 우연만은 아니다. 들보에 집을 지으라고 작은 나무 디딤판을 못 박아 주기도 했던 것이다. 엘머 랩은 우유 위생 검사관들의 지적에 맞서 제비들을 변호했다. "제비들이 딴 데로 가면 나도 딴 데로 가서 우유를 짤 거요." 그는 고양이들에 대해서도 번식기 때 "고약해지면" 울타리를 만들어 주었고, 역시 검사관들로부터 지켜 냈다.

그는 야생동물 중에서도 특히 조류를 좋아하는 것 같다. 물새들이 그의 목초지에 흐르는 실개천을 집처럼 편히 여기는데, 그는 자주 제비가 와 주지 않는 것을 애통해한다. 새를 "벌레를 잡아 주니" 필요하다고 하는 사람이 있고, 그냥 좋아서 있어야 한다는 사람이 있다. 엘머 랍은 새가 그냥 좋다. 그가 그의 삶터에 대해 인정하는 아쉬운 점 하나는 식림지가 없다는 사실이다. 작은 숲이라도 있으면 땔감도 얻고, 야생동물도 모여들 테니 좋을 것이다. 그의 벌집들이 줄지어 있는 곳 위에는 야생수수가 자라 있는데, 그 씨앗이 새 모이가 되도록 그냥 내버려 두고 있다.

젖소 외양간과 마구간에 살면서 축분 더미를 흩어서 파리의 알까기를 막는 역할을 하는 황갈색 당닭도, 물구유에 살면서 물을 맑게 해 주는 금붕어도 그는 좋아한다. 나는 그의 삶터를 둘러보는 동안, 이런저런 생물들이 그곳에서 먹고자면서, 어쩌면 즐거움뿐만일지도 모를 무언가로 작게나마 기여하고 보답하는 모습을 보고 연이어 놀라게 되었다. 공작이나 야생칠면조, 비둘기, 야생메추리 같은 것들이 계속 눈에 띄었던 것이다.

실용적인 안목을 타고난 사람으로서, 랍은 자신이 가진 것과 하는 것의 정당성을 자신이 '좋아하는' 것으로 입증할 때가 참 많다. 우리는 결국 랍 농장이 아주 풍부하고 다양한 생물로 가득하며, 그것들이 거기 있으면서 번성하는 이유는 엘머 랍이 그것들을 '좋아하기' 때문임을 깨닫게 된다. 그리고 거기서 한 걸음만 더 나아가면 이 농장에서 영리적인 사업도 이루어지고 또한 번창하는 까닭 역시 그가 그것들을 좋아하기 때문임도 알게 된다. 벨기에 말이나 건지 소가 주로 이익을 내는 것은 그것들이 이익을 내기 '전에' 그가 좋아했기 때문이다. 랍이 누구보다 훌륭한 농부인 이유는 그의 좋아하는 마음 덕분에 그의 지혜로움과 그의 장소가 절묘하게 만났기 때문이다.

그의 삶터가 사리에 맞는 장소가 된 건 그런 까닭이다. 이 농장의 모든 패턴은 결국 하나의 생태적 패턴으로 모아진다. 이 패턴은 한 '집안'과도 같이 여러 구성원이 서로 이어져 있으며, 전체는 자연 및 세계와 이어져 있다. 그가 좋아하기 때문에, 그가 즐거워하고 애정을 느끼면서 이치를 알기 때문에 가능한 일이다. 생태적 패턴은 즐거움의 패턴이다.

《흙과 건강》에 대하여
On *The Soil and Health*, 2006

1964년에 나는 아내인 타냐와 함께 황량하고 버려지다시피 한 작은 농장을 샀다. 가능한 한 많은 먹거리를 우리 손으로 기르기 위해서였다. 당시의 내 담당 편집자이던 댄 위킨든은 유기농 텃밭을 가꾸던 사람으로, 그의 아버지 레너드 위킨든은 실용적이고 영감을 주는 책《자연과 함께하는 텃밭 가꾸기》를 썼고 나는 그 책을 사서 읽어 보았다. 타냐와 나는 우리 먹거리를 직접 기르고 싶었는데, 우리가 그만큼 독립적일 수 있다는 게 좋았고, '현대식' 먹거리 생산이 유독하고 비싸고 낭비적인 걸 좋아하지 않았기 때문이다.《자연과 함께하는 텃밭 가꾸기》는 우리 같은 사람들을 위해 써졌고, 우리가 원하던 바를 가능하게 하는 데 도움이 되었다. 나는 댄에게 그의 아버지가 어디서 아이디어를 얻었는지 물어보았고, 댄은 내게 알버트 하워드 경이란 이름을 말해 주었다. 나의 하워드 읽기는 그때부터 시작되었고 아직까지 계속되고 있다. 그가 한 일과 그의 생각을 계속해서 되짚어 보게 되기 때문이다. 나는 사실상 내가 한 모든 작업에서 그로부터 받은 영향을 인식하고 있으며, 그런 영향으로부터 벗어날 수 없으리라 생각한다. 그것은 그가 농업이라는 주제를 다룬 방식이 이 세상에서의 삶이란 주제를 다룬 방식이기도 하기 때문이다. 그의 생각은 체계적이고 논리정연하고 다함없다.

알버트 하워드 경은 여러 권의 책을 냈고 농학 관련 잡지에도 많은 글을 썼다. 그의 책들 가운데 가장 잘 알려진 두 권은 일반 독자와 동료 과학자 모두를 위해 쓴 것으로,《농업에 관한 고백》과《흙과 건강》이다.

《농업에 관한 고백》과《흙과 건강》은 하워드가 인도에서 다년간 정부 소속 과학자로서 일한 경험의 산물이다. 그 기간 동안 그는 나중에 그의 추종자들이 '유기농'이라 부른 유형의 농업을 착상하고 튼튼한 과학적 기초를 다졌다. 그런데 이런 책들이 처음 나올 무렵이던 1940년은 이미 농업의 산업화가 시작된 때였다.《흙과 건강》이 출간된 건 1947년인데, 그때는 이미 다가올 수십 년 동안 농업의 관행과 기본 가정을 근본적으로 바꾸어 버릴 기계기술과 화학기술의 효력이 제2차 세계대전에 의해 입증된 뒤였다.

이러한 '혁명'은 하워드의 작업과 그가 주창한 유형의 농업을 주변화시켰다. 이른바 유기농업은 주변부에서만 살아남았다. 유기농을 실천하는 사람은 존경스러우리 만큼 독립적이고 양식 있는 일부 농민들 아니면 진짜 괴짜들뿐이었다. 그리고 개중에 더 잘 실천한 사람들의 수고로, 유기농이 건강하고 생산적이고 경제적인 농사 방식이라는 게 입증되었다. 하지만 정부와 대학의 산업농업 전도자들은 자신들 말대로 따른 수많은 사람이 산업이 제공하는 물자에 의존하다 파산당하는 신세가 되는 동안, 성공한 유기농민의 사례를 무시했다. 성공적인 아미시 농업의 사례를 무시한 것과 똑같이 말이다.

그러는 한편 '유기농 운동'이라고 표방되었던 하워드의 사상은 지나치게 단순화되고 말았다. 유기농업은 이해되고 처방된 바대로 흙속에 부식질을 조성함으로써 작물을 더 건강하게 하고 유독한 화학물질을 쓰지 않았다. 그런 유형의 농업에 대해 반대할 것이야 없겠지만, 지나치게 단순화된 유기농업은 더 이상 나아가지 않았다. 그런 농업은 농장을 생물학적이고 경제적인 구조의 차원에서 생각하지 못한다. 농업과 생태적이고 사회적인 맥락을 연관 짓지 못하기 때문이다. 유기농업에 대한 지금의 공식적인 정의를 따르면, 한두 가지 작물만을 기르는 거대한 '유기' 농장도 존재할 수 있다. 가축도 목초지도 없고, 산업기술과 산업경제에 철저히 의존하며, 거름과 에너지를 전부 밖에서 들여오는 거대 유기농장 말이다. 이런 식의 특화와 지나친 단순화야말로 알버트 하워드 경이 평생 글과 행동으로 맞서던 대상이었다.

지금 이 운동(갈래가 많고 중심도 여럿이고 늘 유동적인 노력이어서 아직 쓸 수 있는 말인지는 모르지만)에서, 적어도 표방하는 바를 따르는 그 일부는 그런 지나친 단순화와 그로 인한 산업적 거대주의에 대해서는 확실히 반기를 들고 있다. 이제는 일부 식품 기업도 일부 소비자와 마찬가지로 보다 작은 가족농장만이, 아미시 사람들의 농장 같은 곳만이 하워드의 기준이 요구하는 다양성과 세심한 보살핌을 허락해 준다는 것을 이해한다.

하워드의 기본 전제는, 농업의 과정이 지속되기 위해서는 자연의 과정을 닮아야 한다는 것이었다. 전에 숲이던 장소에서 농사를 짓는다면,

그 농장은 체계적으로 숲과 닮아야 하며, 농부는 숲을 연구하는 학생 같아야 한다는 뜻이다. 하워드는 그런 전제를 약간 우화적으로 들려준다.

자연이 짓는 농사의 주된 특성은 (……) 몇 마디로 요약할 수 있다. 어머니인 대지는 가축 없이는 절대 농사를 짓지 않는다. 언제나 다양한 작물을 기른다. 흙을 보호하고 침식을 막기 위해 몹시도 애를 쓴다. 식물의 찌꺼기와 동물의 배설물을 섞어 부식질로 만든다. 버리는 건 없다. 성장의 과정과 부식의 과정이 서로 균형을 이루도록 한다. 넉넉한 지력을 유지하기 위해 넉넉하게 공급해 준다. 빗물을 저장하기 위해 엄청난 관심을 쏟는다. 식물도 동물도 스스로 병을 이기도록 내버려 둔다.[97]

자연은 실용과 경제를 우선시하는 세계의 궁극적인 가치다. 우리는 자연으로부터 벗어날 수도 없고 자연에 의존하지 않을 수도 없다. 말하자면 자연의 맥락은 자연 그 자체인 것이다. 그에 비해 농업의 맥락은 우선은 자연이며, 다음은 인간의 경제다. 그렇다면 농업과 그 자연적·인간적 맥락 사이의 조화는 건강일 것이며, 건강은 하워드의 한결같은 기준이었다. 그가 추구한 바는 언제나 "흙과 동식물과 사람의 건강 문제를 모두 하나의 큰 주제로"[98] 다루는 것이었다. 루이스 하워드는 《인도에서의 알버트 하워드 경》에서 다음과 같이 설명한다.

97) [원주] 《농업에 관한 고백》(옥스퍼드대학교 출판부, 1956) 4쪽.
98) [원주] 《흙과 건강》(켄터키대학교 출판부, 2006) 11쪽.

기름진 흙, 즉 동물성·식물성 미생물의 형태를 띤 건강한 생명들이 가득한 흙은 건강한 식물을 길러 낼 것이며, 그것을 먹은 가축과 인간은 그만큼 건강해질 것이다. 반면에 기름지지 않은 흙, 즉 미생물이 충분하지 않은 흙은 모종의 결함이 있는 식물을 길러 낼 것이고, 그런 식물을 먹은 가축과 인간은 모종의 결함을 이어받을 것이다.[99]

이는 하워드의 '주된 아이디어'였다. 그는 이 아이디어가 "과감하게 관점을 수정하고 전혀 새롭게 조사하도록"[100] 요구하는 장기적인 연구 주제가 될 것임을 알았다.

그렇다면 그의 기본 전제는 인간의 경제, 즉 땅을 이용할 수밖에 없는 경제가 유기적인 세계를 닮도록 구성되어야 한다는 것이었다. 따라서 그는 산업경제와 불화할 수밖에 없었다. 산업경제는 사람을 포함한 생명체를 기계로 보며, 궁극적으로 인간의 경제 전체와 마찬가지로 농업을 산업주의 시스템과 닮은 것으로 여기기 때문이다. 이러한 사고방식은 산업주의 및 산업주의를 지원하는 과학이 전제로 하고 있는 꽉 막힌 물질주의의 불가피하고 전형적인 산물이었고 지금도 그렇다.

하워드는 그런 환원주의 사고방식이 농업에 적용되어서는 곤란하다는 것을 알았다.

하지만 작물을 재배하는 일과 가축을 기르는 일은 생물학의 영역에 속

---

99) [원주] 《인도에서의 알버트 하워드 경》(로데일 출판사, 1954) 162쪽.
100) [원주] 《흙과 건강》 11쪽.

한다. 이 영역에서는 모든 게 살아 있으며, 화학이나 물리학과는 전혀 동떨어져 있다. 농사짓는 땅에서 중요한 많은 것들은 측정할 수 있는 게 아니다. 이를테면 땅의 생산력, 밭갈이한 땅의 상태, 토질 관리 상태, 농산물의 질, 가축의 활력과 건강, 가축의 전반적인 관리 상태, 농장 주인과 하인 사이의 실무적 관계, 농장 전체의 단합심 같은 것들 말이다. 그럼에도 그것들은 무엇보다 중요하다. 그것들이 없다는 건 실패를 의미한다.[101]

이러한 앎에는 마땅히 그래야 하겠지만 과학적인 근거가 있다. 하워드는 유능하고 양심적인 과학자였던 것이다. 하지만 나는 그런 앎이 그의 직관에서 비롯된 것이며, 다른 데서 온 게 아니라고 생각한다. 하워드의 직관은 태생적으로나 전통적으로나 농부였던 사람의 그것, 동식물과 농민들의 생활상을 과학적일 뿐만 아니라 동정적으로 관찰한 사람의 그 것이었다.

농장이 지속되어야 한다면, 즉 요즘 하는 말로 '지속가능한' 것이 되어야 한다면 아무것도 버려서는 안 된다. 농장은 모든 과정에서 하워드가 "되돌림의 법칙"이라고 부르던 것을 준수해야 한다. 이 법칙에 따르면 농업은 어떤 쓰레기도 만들어 내지 않으며, 흙에서 난 것은 흙으로 돌아간다. 성장은 부식과 균형을 이루어야 한다. "유기물의 분해 과정에서 우리는 잎에서 일어나는 생성 과정의 역逆을 보게 된다."[102]

---

101) [원주] 《농업에 관한 고백》 196쪽.
102) [원주] 《흙과 건강》 22쪽.

성장과 부식의 균형은 자연과 농업에서 지속성의 유일한 원리다. 그리고 이 균형은 순환에 좌우되기 때문에 결코 정적이지 않으며, 절대 최종적인 완결이 있는 게 아니다. 이 순환은 자연에서, 그리고 자연의 한계 내에서 자급적이지만, 농업에서는 마땅한 방법과 목적에 의해 지속적인 것이 되도록 만들어져야 한다. "이러한 순환은 탄생과 성장, 성숙, 죽음, 부식의 연속적이고 반복적인 과정으로 이루어져 있다."[103]

삶과 죽음의 상호작용과 상호의존은 자연에서 다함없는 생산력의 원천으로, 서로 비슷한 많은 것들의 바탕이다. 농업과 그 밖의 인간의 경제는 살아남기 위해 그런 바탕을 따라야 하며, 이 바탕은 하워드가 아는 바 궁극적으로 종교적인 것이다. "동양의 한 종교는 이 순환을 윤회라 부르는데 (……) 죽음은 삶을 대체하고 삶은 죽고 썩은 것으로부터 다시 일어난다."[104]

이러한 순환을 유지하는 것은 건실한 농사의 실질적 기초이며 그 도덕적 기초이기도 하다.

성장 과정과 부식 과정 사이의 적절한 관계는 성공적인 농사의 첫째 원리다. 농업은 언제나 균형을 이루어야 한다. 자라는 속도를 빨리 하면 썩는 속도도 빨라지게 된다. 흙의 양분을 탕진해 버리면 작물 생산은 더 이상 건실한 농사일 수 없다. 아주 다른 무엇이 되어 버리는 것이다. 그럴 때

---

103) [원주] 같은 책 18쪽.
104) [원주] 같은 책 18쪽.

농부는 도둑이 되어 버린다.[105]

내가 보기에 하워드의 독창성은 타고난 것이기도 하고 작업을 통해 세련되어지기도 했는데, 무엇보다 맥락에 대한 감각이었던 것 같다. 그런 감각 덕분에 그는 당대에 저명하면서도 유능한 사람이 되었으며, 그의 작업은 지금 우리 시대에도 시의적절하다. 그는 전문가로서 갖기 쉬운 충동이란 걸 도무지 몰랐던 모양이다. 오늘날 대학의 과학자들과 지식인들 사이에 너무나 두드러지게 나타나는, 사물을 고립적으로 보려는 충동 말이다.

하워드는 그 자신이 전문가로, 그 중에서도 곰팡이 등을 연구하는 균류학자로 출발했으나, 전문가는 '실험실 은둔자'가 되고 만다는 점을 금세 간파했다. 그는 그런 세태가 근본적으로 잘못됐다고 느꼈다.

나는 식물의 병을 연구하는 사람이었지만 내가 지지하는 치료법을 시험해 볼 만한 작물을 기르고 있지 않았다. 내 조언을 남들에게 권하기 전에 내 스스로가 받아들일 수 없었다. 실험실에서의 과학과 현장에서의 실제 사이에 넓은 간극이 존재한다는 느낌이 들었고, 그런 간극에 다리를 놓지 않는 한 식물의 병을 통제하는 데 진정한 발전은 없으리라는 생각이 들었다. 그러면 연구와 실제는 계속해서 동떨어진 사이가 될 테고, 균류학 연구는 실제적인 어려움을 딴 데로 돌려 버리기 편한 수단에 불과한 것으로 퇴보하고 말 것이다. 나 같은 사람이 과학 전문용어를 적당히 섞어 씀으로

---

105) [원주] 《농업에 관한 고백》 25쪽.

써 더 그럴싸해 보이는 박식한 보고서를 충분히 발표하는 한 말이다.[106]

　그의 평생 작업의 주제는 그러한 간극에 다리를 놓으려는 것이었다. 그 방법은 그저 무엇이든 고립적으로 보기를 거부하는 것이었다. 그가 보기에 모든 것은 맥락 속에서 존재했고, 맥락을 벗어나서는 이해할 수 없었다. 나아가 모든 문제는 맥락을 벗어나서는 해결할 수 없었다. 그러므로 농업은 맥락을 고려하지 않고서는 이해할 수 없으며, 문제를 해결할 수도 없었다. 같은 원리는 개별 식물이나 작물에도 적용되었다. 그리고 이러한 맥락에 대한 고려는 농업과학의 기준을 적절히 설정하고 그 방법론을 결정했다.

　확실히 연구의 기초는 선택된 작물의 존재 전체를 조사하는 방향으로 진행되어야 할 터였다. 말하자면 "해당 식물이 자라는 흙과 재배되는 마을의 농업 여건과의 관계를 고려하고, 그 산물의 경제적 쓰임까지 고려하는" 차원 말이다. 달리 말해 연구는 분절적인 게 아니라 통합적인 방향으로 갈 터였다.[107]

　그 무엇도 고립적으로 존재하지 않는다면, 모든 문제는 상황에 따라 좌우된다. 어떤 문제도 어느 누군가의 전문 분야로만 존재하거나 그 속에서만 해결될 수 있는 게 아니다. 다음의 대목은 그가 어떤 식으로 느

---

106) [원주] 《흙과 건강》 1~2쪽.

107) [원주] 《인도에서의 알버트 하워드 경》 42쪽.

224

끼고 생각했는지를 가장 잘 보여 준다고 할 만하다.

나는 인도에서 땅을 구해 그 지역 사람들이 알고 있는 것을 배우면서, 식물과 동물의 병이 내 생각을 정리해 주고 내게 농업을 가르쳐 주는 아주 유익한 수단이 된다는 것을 알게 되었다. 내가 식물과 동물의 병으로부터 배운 것은 케임브리지나 로담스테드 연구소 등의 교수들로부터 배운 것보다 많았다. 나는 문제를 이렇게 정리했다. 내 작물에 병이 들면, 내가 뭔가를 잘못하고 있기 때문이라고 말이다. 그러니 나는 병을 선생으로 활용한 셈이었다. 그런 식으로 나는 진짜 농업을 배우게 되었다. 내가 아버지나 친척들이나 교수들로부터 배운 것은 초보적이고 단편적인 정보들일 뿐이었다. 병은 내게 농업을 이해하게 해 주었다. 나는 우리가 농약을 마구 뿌려서 병해충을 없애 버리려고 급급하기보다 병을 이용한다면, 병이 위세를 떨치도록 내버려 둔 다음 무엇이 잘못됐는지를 알아내어 바로잡으려고 힘쓴다면, 인공적인 도움에 호소하는 방법보다 농업 문제에 훨씬 더 깊이 들어갈 수 있다고 생각한다. 결국 병해충을 죽여 없애는 것은 농업 문제를 해결하기보다는 회피하는 일인 것이다.[108]

병에 대한 이런 식의 접근법은 하워드와 그의 첫 아내 가브리엘이 쪽마름병 문제를 다루는 방식을 통해 잘 드러난다.

15년 동안 연구에 5만4207파운드를 썼는데, 당시로서는 대단한 액수였

108) [원주] 《인도에서의 알버트 하워드 경》 190쪽에 인용된 하워드의 말.

다. 하지만 제국의 곤충학자와 균류학자와 세균학자는 전염병을 설명할 만한 아무 벌레도, 균류도, 바이러스도 발견하지 못했다.

하워드 부부는 다른 식으로 접근했다. 그들은 작은 밭에서, 지역의 방식을 참고해 가며 가능한 최선의 방식으로 작물을 기르는 것으로 출발했다. 그들은 작물 전체를, 즉 땅 위뿐만 아니라 아래까지도 살폈다. 작물의 한살이 전체를 추적하기도 했다. 그리고 주변의 모든 여건과 흙, 습도, 온도도 살폈다. 바이러스나 균류나 벌레 같은 건 아예 찾지 않았다.[109]

그리고 문제를 해결한 건 하워드 부부였다. 그들은 작물이 말라 시드는 주된 원인을 찾아냈다. 장마철에 땅속에 물이 차는 바람에 작물의 뿌리가 썩기 때문이었다. 그래서 작물 전체가 양분 부족으로 굶어 죽는 것이었다. 그것은 관리의 문제였으니 관리에 변화를 주면 해결할 수 있는 문제였다. 하지만 작물을 전체적인 맥락 안에서 살펴보아야만 해결할 수 있는 문제였다.

하워드는 당대에 이미 인습이 되어 버린 학문의 분절화를 받아들이려 하지 않았기에, 당연히 "자기 분야 아닌 데를 침범한다는 비난"[110]을 받았다. 그런 활동을 그는 의도적으로, 그리고 "연구와 연구대상을 최대한 밀착시킨다는 지도 원리"[111]에 따라 충실히 했다.

---

109) [원주] 같은 책 170쪽.

110) [원주] 같은 책 42쪽.

111) [원주] 같은 책 44쪽.

농업은 어쩔 수 없이 맥락 속에서 이루어지게 되며, 농업의 맥락은 특화되거나 단순화되어서는 안 된다. 농업의 맥락은 무엇보다 농업이 이루어지는 장소로서의 자연이지만, 농업에 종사하는 사람들의 사회이자 경제이기도 하다. 그리고 자연적 맥락을 무시한 대가가 있듯이, 인간적 맥락을 무시한 대가도 있다. 하워드가 이미 알았던 바와 같이, 먹거리 생산을 농민들의 경제적 이익과 분리해도 그만이라고 믿는 듯한 농업산업주의자들의 태도는 역사적인 실패를 공연히 되풀이하는 일이다.

성공의 일반적인 기준에 따라 판단하건대, 로마제국 농업의 역사가 결국 실패로 끝난 것은, 농민들의 합당한 요구와 결부된 지력의 유지와 대자본가들의 사업이 충돌하도록 내버려 뒤서는 안 된다는 기본적인 원칙을 깨닫지 못했기 때문이었다. 한 나라의 가장 중요한 자산은 다수의 인민들이다. 그들의 건강과 활력을 유지해 주면 모든 게 따라오기 마련이다. 그들이 피폐해지도록 내버려 둔다면 그 무엇도, 아무리 큰돈도 나라의 파멸을 막을 수 없다.[112]

그렇다면 한 나라의 농업이 지닌 의무는 인민의 건강을 지키는 것이며, 이 의무는 먹는 사람들에게도 먹거리를 생산하는 사람들에게도 똑같이 적용된다.
　하워드는 이러한 의무를 자기 작업상의 의무로도 조건 없이 받아들였다. 더구나 그는 이 의무가 농민들의 작업에도, 과학자인 자신의 작업

---

112) [원주]《농업에 관한 고백》 9쪽.

에도 엄연한 한계를 부과한다는 것을 깨달았다. 그 한계란 첫째로 농사도 실험도 작업이 이루어지는 장소의 허용한도를 넘어선다거나 자연을 범해서는 안 된다는 것이며, 둘째로 작업이 지역공동체의 생계를 존중하고 보호해야 한다는 것이다. 농학자는 작업에 임하기 전에 작업이 행해질 장소와 작업의 수혜자가 될 사람들에 대해 잘 알아야 한다. 하워드가 사고와 작업을 통해 일찌감치, 그리고 조용히 이런 깨달음에 도달했다는 것은 놀라운 사실이다. 농업의 산업화로 인한 생태적, 경제적 실패 때문에 우리 역시 그렇게 깨닫지 않을 수 없게 된 때보다 반세기도 전에 말이다.

우리가 예상한 바대로 인도에서 그는 과학자로서 받은 교육과 스스로 관찰하고 생각하는 능력을 활용했다. 하지만 그는 그 나라 농민들로부터도 배운 바가 있었으며, 그들을 자신의 '선생'으로 존경했다. 그는 땅에 대한 그들의 앎을, 부지런함을, '정확한 눈'[113]을 높이 샀다. 그는 그 농민들의 경제적·기술적 여건도 자신의 작업 범위로 받아들였다. 그는 또 경솔한 혁신 때문에 자신의 도움을 받아야 할 농민들을 망칠 수도 있음을 알았다.

개선이 종종 가능하기는 하지만 경제적이지는 않다. (……) 인도에서는 농사짓는 사람들이 주로 빚을 지고 있으며 일구는 땅도 작다. 땅을 더 일구는 데 드는 돈은 빌려야만 한다. 개선이 가능하기는 해도 추가 수입이 빌린 돈의 높은 이자를 갚고 농사짓는 사람에게도 이익이 남을 만큼 크지

113) [원주] 《인도에서의 알버트 하워드 경》 222, 228쪽.

를 않아서 좌절되는 경우가 허다하다.[114]

독자는 이런 사고방식을 녹색혁명의 방식이나 제2차 세계대전 이후 미국 농업이 허둥지둥 달려온 산업화의 방식과 비교해 보고 싶어질지도 모르겠다. 둘 다 인정된 한계라고는 기술적인 것뿐이고 대가를 부담해야 할 농민들이나 그들 공동체의 능력에 대한 고려는 없었던 방식과 말이다.

이런 문제에 대한 하워드의 해법은 그저 지역 농민들의 기술적 한계 내에서 자신의 작업을 하는 것뿐이었다.

기존의 시스템을 근본적으로 바꿀 수는 없어도 유익한 방식으로 발전시킬 수는 있을지 모른다. 발전은 농사짓는 사람이 감당할 수 있는 범위를, 그리고 그가 적응해 온 범위를 결코 넘어서서는 안 된다. 이러한 원칙은 알버트 경이 끝까지 유념했던 바다. (……) 그의 기준은 이를테면 한 멍에를 멘 한 쌍의 황소를 갖는 것과 같지 싶다. 힘이 더 필요할 때면 이웃에서 멍에를 하나 더 빌려올 수 있는 일이고, 그러자면 고려해야 할 최대한의 힘은 네 마리가 되어야 하는 것이다.[115]

그런 한계를 인식함으로써, 하워드는 그가 섬기고자 했던 자연과 인간의 공동체 내에서 의식적이고 양심적으로 작업할 수 있었던 것이다.

---

114) [원주] 같은 책 37~38쪽에서 인용된 하워드의 발언.

115) [원주] 같은 책 224쪽.

내가 알고 있는 대학 중에, 농민을 위해 토지공여의 혜택을 받았든 말았든, 알버트 하워드 경의 '하나의 큰 주제'나 지역민들을 겸허히 섬기고자 한 그의 결단을 기반으로 하여 교과과정이나 지적인 체계를 수립하려 한 곳은 아직 하나도 없다. 하지만 대학은 분명히 그렇게 할 수 있으며, 그렇게 하는 과정에서 모든 학문 분과에 효과적으로 영향을 끼칠 수 있다. 그러면서 진정한 대학이 될 수 있는 것이다.

현재 우리의 대학들은 산업사회에서 보편화된 '성장'의 원리에 따라 성장하고 확장만 하는 게 아니라, 분열되어 가고 있기도 하다. 서로 무관한 분과들의 뒤죽박죽이나 마찬가지다. 다양한 계열이나 학과들에 두루 도움이 될 만한 통합적인 목적이나 중대한 공통 기준이라고는 없는 것이다.

지금의 유행은 대학을 산업이나 기업으로 여기는 것이다. 대학 총장은 명백히 자신을 CEO로 여기며, '사업 계획'이니 '투자수익률'이니 하는 것들을 거론한다. 마치 산업경제가 교육이나 연구에 합당한 목적이나 중대한 기준을 제공해 줄 수 있다는 듯 말이다.

있을 수 없는 일이다. 산업이든 아니든, 어떤 경제도 합당한 목적이나 기준을 제공해 줄 수 없다. 어떤 한 경제는 세계에, 그리고 그 안에서의 우리 삶에 옳을 수도, 그를 수도 있다. 그것이 옳기 위해서는 경제적이지 않은 기준에 따라 그것을 옳게 '만들어야' 한다.

경제를 목적으로 삼거나 성공의 척도로 삼으면, 학생이나 선생이나 연구원이나 혹은 그들이 알거나 배우는 모든 것은 상품으로 축소되고 만다. 지식은 '재산'으로, 교육은 '일자리 시장'을 위한 훈련으로 축소되어 버린다.

반면에 하워드가 건강을 '하나의 큰 주제'로 보았던 게 옳다면, 통합적인 목적이나 중대한 공통 기준이 어떤 것인지는 분명해진다. 건강은 양적이면서 질적인 것이다. 건강은 양적인 충분함과 질적인 충실함을 요구한다. 건강은 그 무엇도 배제하지 않는다는 차원에서 포괄적이며, 그런 점에서 '온전함'과 같은 뜻이다. 건강은 철저히 지역적이면서 개별적이기도 하다. 개별 장소나 생물, 인간의 몸이나 마음의 지속과도 상관이 있다.

대학이 해당 장소나 지역민의 건강에 대하여 책임을 지기 시작한다면, 대학의 모든 분과는 공통의 목적을 가질 것이며, 공통의 기준에 따라 장소와 자신과 서로를 판단해야 할 것이다. 각 분과들은 서로의 지식을 필요로 하게 될 것이며, 서로 소통해야 할 것이다. 다양한 전문가들은 공통의 언어로 서로에게 말해야 할 것이다. 그리고 이 점에서도 하워드는 귀감이 된다. 그는 쉽고 힘 있고 단도직입적인 글을 썼고, 아마 말도 그렇게 했을 것이다. 은어 같은 전문어도, 가식적인 겸양도, 현학적인 과시도, 한가로운 말장난도 하지 않았던 것이다.

뿌리에서 시작되는 농업
Agriculture from the Roots Up, 2004

헨리 데이비드 소로우는 도끼로 뿌리를 내려치는 사람이 하나라면 가지를 내려치는 사람은 수백이라고 어디엔가 쓴 바 있다.[116] 그는 이 말을 비유로 한 것인데, 현대 농업과 그 과학에 그대로 맞아떨어지는 말이다. 농업은 더욱더 산업화되어 감에 따라 점점 더 지표면 위에서 이루어지는 사업으로 이해되고 있다. 오늘날 대부분 사람들은 농업에 대하여 피상적인 지식마저도 부족한 실정이며, 농업에 대해 조금이라도 아는 사람들 대부분 또한 지표면 아래에서 벌어지고 있는 일에는 거의 관심을 기울이지 않는다.

반면에 캔자스 주 설라이나에 있는 랜드 인스티튜트[117]의 과학자들은 뿌리를 내려치고 있다. 근원에 대한, 그리고 우리 농업의 뿌리에 대한 그

---

116) 《월든》의 1장 끝부분에 나오는 대목. 정확히는 "악의" 뿌리나 가지를 말하며, 가지를 치는 사람은 수백이 아니라 "천 명"이라 되어 있다.

들의 연구는 근본적인 비판을 내놓았으며, 이 비판은 근본적인 해결책을 제시하고 있다.

그들의 비판이 근본적인 것은 한 가지 중대한 선택 때문이다. 그들은 자연적 생태계를 농업적 성과의 으뜸 기준으로 채택했던 것이다. 이 기준은 생산성의 기준보다, 그리고 산업주의의 '효율성'이라는 현혹적이고 위험한 기준보다도 우위에 있다. 이러한 변화 하나는 과학적일 뿐 아니라 역사적이고 문화적이기도 한 대단히 중요한 차이를 만들어 냈다.

자연적이고 건강한 생태계라는 기준으로 보면, 우리는 불현듯 산업농업뿐 아니라 관행농업의 결함을 알아보게 된다. 우리 가운데 역사상 존재해 온 어떠한 형태로든 농업에 종사해 온 사람들이라면, 그런 비판이 아프게 느껴질 수밖에 없다. 그래도 우리는 사태가 얼마나 심각한지를 알고서 그런 비판의 정당성을 인정하고 받아들일 수도 있다. 그에 비해 지금 우리의 농업이 가진 결함 그 자체를 토대로 해서 경력을 쌓아 왔거나 사업을 해 온 사람들이라면 그런 비판이 훨씬 더 고통스러울 테고, 그들이 가진 모든 힘을 동원해서 비판을 물리칠 게 뻔하다.

그렇다 하더라도 이 비판은 경청할 때가 무르익은 것이다. 그 정당성을 합리적으로 부인하기는 더 이상 불가능하다. 그 이유야 많지만 내가 보기에 가장 큰 것은, 농업에 대한 전문가주의적 사고방식이 만든 묵은 경계들이 사실상 붕괴했다는 점이지 싶다. 바라건대 이러한 붕괴가 모든 전문가주의적 사고방식의 경계 역시 같은 운명을 맞으리라고 예고했

---

117) 1976년에 유전학자 웨스 잭슨이 세운 지속가능한 농업을 위한 연구 및 교육 비영리단체이며, "대초원의 생태적 안정성과 한해살이 작물에 비할 만한 곡물 소출"이 가능한 여러해살이 작물을 기반으로 하는 농업을 발전시키는 것을 목적으로 한다.

으면 한다.

지금 우리의 산업농업을 정당화하는 전제는 전문화의 경계가 엄격한 틀 속에서 작동하는 환원주의적 과학에 기반하고 있다. 이러한 농업, 즉 전문 분야들의 집합체로서의 농업은 마냥 합리적이고 유익해 보이기만 했다. 단, 효율성과 생산성은 적절한 기준이라고, 보살핌은 과학으로 지력은 화학으로 간단히 환원할 수 있다고, 유기체는 기계일 뿐이라고, 농업은 자연에 대하여 아무 의무도 지지 않는다고, 농업에는 농업적인 결과만 있을 뿐이라고, 농업은 '값싼' 화석연료에 안심하고 의존해도 된다고 가정했던 한에서 말이다.

이러한 농업을 주창한 사람들은 요컨대 인간의 의지는 우주에서 지고하고, 유일한 법칙은 기계의 법칙뿐이며, 물질세계와 그 '천연자원'은 무한하다고 가정했던 것이다. 이러한 가정은 인정을 받든 말든, 우리 인간이 자연을 '정복'하기 위한, 그리고 현대인의 정신세계를 지배하는 신화인 '전쟁'의 뿌리가 되었다.

지금은 과거로만 여기는, 인간이 무지몽매하던 시대에, 우리는 자연의 신성함을 시인하고 자연을 우리 자신만이 아니라 모든 생명의 같은 어머니로 공경하는 길을 찾아냈다. 우리는 자연을 대할 때 기도나 속죄, 능숙한 솜씨나 검약, 경계나 돌봄으로써 관계를 이어 갔다. 그런 관계를 중시하는 태도는 용익권用益權이나 청지기직이란 개념을 낳았다. 에드먼드 스펜서[118]가 《페어리 퀸》 끝부분에 담은 〈가변성에 관한 시 두 편〉의 몇 줄만 봐도 옛 사람들의 공경심을 짐작할 수 있다.

그러자 (위대한 여신이신) 대자연 귀부인께서 나타나셨다.

경이로운 풍모, 우아한 위엄을 갖추셨다.

어느 여신 어느 권력자보다

훨씬 더 빼어나고 훤칠한 자태를 갖추셨으니……

(……)

온 생명의 증조모께서 길러 내신

대자연께선 마냥 젊으면서도 연륜이 충만하시며

늘 움직이면서도 자리를 비우지 않으시니,

아무도 못 보지만 모두가 우러르며……

그러니 스펜서는 기독교인이면서도 16세기 말에 여전히 자연을 이 현세의 수호신으로 그리는 게 맞다고 보았던 것이다. 가장 위대한 위엄과 신비와 힘을 갖춘 존재, 살아 있는 모든 것들의 원천으로 말이다. 게다가 그는 자연을, 지금의 우리가 생태적이라 부를 만한 기준으로 자신의 온 창조물을 다스리는 지고한 판관이라 불렀다.

만물을 공평무사히 대하시며

어느 한 피조물이 다른 이에게 가한

---

118) Edmund Spenser(1552~1599). 영국 근대시의 선구가 되었던 위대한 시인으로, '요정의 여왕'이란 뜻의 《The Faerie Queene》은 그의 대표적인 장편 서사시다. 영어로 된 가장 긴 시 중의 하나인 이 작품은 엘리자베스 1세를 칭송하는 알레고리다. 아서왕 전설을 배경으로 기사와 용과 귀부인 등을 등장시켜 기독교의 미덕을 묘사한 이 장편시는 12권으로 예정되었으나 7권 도중에 그친 미완성작이다. 미완성인 7권이 '가변성'편으로 '항구성'이란 미덕을 그리고 있다.

모든 잘못과 불법적 상해를 응징하시니

(이땐 힘으로 공평치 않게 누르기도 하시니)

그들 모두를 형제처럼 이어 주는

한 어머니이신 까닭이라.

그러다 스펜서가 살던 때나 그보다 조금 뒤, 우리는 '자연과의 전쟁'을 작정하기 시작했다. 자연을 정복하고 갖은 '불법적 상해'를 가해 건강하고 풍요로운 자연의 비밀을 쥐어짜 내려는 목적에서였다. 이런 야심을 우리는 '계몽'이나 '진보'인 줄로 알았다. 그러나 대부분의 전쟁이 그렇듯, 이 전쟁은 결국 우리가 예상했던 것보다 훨씬 종잡을 수 없는 사업이었다. 이제 우리는 놀라운 사실 두 가지에 직면해야 한다. 첫째는 우리가 자연과 전쟁 중이라 말하고 그렇게 믿는다면, 우리는 더없이 실질적인 의미에서 전쟁 중이라는 점이다. 달리 말해 우리는 대적하는 동시에 대적당하고 있으며, 양측의 희생은 엄청나다는 것이다.

두 번째로 놀라운 사실은 우리가 이기고 있는 게 아니라는 점이다. 지금 확인할 수 있는 증거만 봐도, 이제 우리는 우리가 지고 있다고 판단해야 한다. 더구나 우리가 이길 가망은 한 번도 없었다는 점도 인정해야 한다. 우리가 자연에게 행사한 어마어마한 폭력에도 불구하고, 자연은 번번이 우리에게 패배를 안겨 주었다. 우리가 자연에게 더없이 처참한 도발을 할 때에도, 지금처럼 대대적인 서식지 파괴나 멸종 사태가 유행병이 되다시피 한 때에도 우리는 여전히 패배하고 있다. 결국에는 자연보다 우리가 손실을 감당할 여력이 적기 때문이다. 아울러 우리는 토양 침식이나 기이한 질병이나 잡초나 해충의 확산을, 자연의 법칙을 어긴 데 대한 자연의 직접적인 응징으로 보아야 한다. 자연은 우리에게 승리를 거둘 때 공포스러울 정도로 평온한 모습을 보이기도 한다. 이를테면 우리가 만들어 낸 오염물질을 받아주지 않음으로써 우리로 하여금 스스로 만든 오염구덩이 속에서 살 수밖에 없도록 하는 것이다.

그리하여 자연은 우리로 하여금 미국 농업을 둘러싼 맥락이 들판이나 농장이나 또는 자유시장이나 경제이기만 한 게 아니라 오염된 미시시피 강이나 멕시코 만의 산소결핍구역[119]이기도 하다는 걸 인식하게끔 한다. 또한 음용수에 살충제나 질산 비료 성분이 섞여 있는 모든 소읍, 고갈된 지하수, 더 이상 흐르지 않는 강, 우리가 오로지 '값싼' 석유와 원자재를 얻기 위해 깎아 내거나 파내거나 오염시키거나 파괴해 버린 모든 땅이기도 하다는 걸 말이다.

그런 자연 덕분에 우리는 위대한 스승들이나 선지자들이 우리에게 이미 말해 준 바를, 그리고 생태학자들이 우리에게 다시 말해 주고 있는 바를 믿지 않을 수 없게 되었다. 만물이 서로 연결되어 있다는 사실, 즉 어느 한 존재의 맥락이란 그것 이외의 모든 존재라는 사실 말이다. 이제 우리 중에는 한 지역의 농업을 평가하고자 한다면 대차대조표가 아니라 지역의 물 문제부터 알아보면서 시작해야 한다는 점을 아는 사람들이 많으며, 그런 사람들이 점점 늘어 가고 있다. 작은 물줄기들이 얼마나 끊김 없이 흐르고 있는가? 물이 얼마나 맑은가? 비올 때 지표면을 흘러가는 유거수流去水에 떠내려가는 퇴적물과 오염물질은 얼마나 되는가?

---

119) hypoxic zone. 산소 결핍으로 해양생물이 살 수 없는 지역으로, 흔히 데드존(dead zone)이라 불린다.

연못이나 개울이나 강이 헤엄치기에 적당한가? 거기 사는 물고기를 먹을 수 있는가?

우리는 물 문제에 관한 질문으로부터 자연스럽게 흙 문제에 관한 질문으로 넘어가게 된다는 것을 알고 있거나 점점 알아 가고 있다. 흙이 그 자리에 머물러 있는가? 흙이 물을 얼마나 잘 머금는가? 흙 밑으로 물이 잘 빠지는가? 흙 속에 부식질이 얼마나 있는가? 흙의 생물학적 건강성은 어느 정도인가? 흙이 악천후에 노출되는 빈도나 기간은 어느 정도인가? 흙 속 얼마나 깊은 곳까지 뿌리가 내려가는가?

이런 질문들이 랜드 인스티튜트의 과학자들을 괴롭히고 재촉하고 자극한다. 어떤 답을 구하느냐에 모든 게 달려 있기 때문이다. 이곳 과학자들이 아는 바, 그 답은 지역 땅의 건강 상태뿐만 아니라 그 땅에 살면서 그 땅을 이용하는 사람들의 문화 상태까지 드러내 줄 것이다. 그 문화는 경건과 번영과 적정 기술의 문화일까, 아니면 무관심과 기계에 의한 폭력적 힘의 문화일까? 생명의 문화일까 죽음의 문화일까?

그리고 이러한 문제 너머에는 언제나 실질적이고 경제적이었던 문제가 있다. 그것은 무엇을 어떻게 고려하느냐의 문제다. 더는 지지할 수 없는 보건산업에 기대 살고 있는 우리 인간에게 생태적 건강의 가치는 무엇인가? 과연 우리의 건강은 우리의 농사에 이용되는 땅의 건강과 분리될 수 있는가? 물과 흙의 건강도 경제적 자산으로 헤아려져야 하는 것 아닌가? 이러한 보다 큰 건강이 우리 농장들의 생산력을 떠받쳐 주고 유지해 주며, 궁극적으론 비용까지 줄여 주지 않을까?

우리가 자연에 맞서 벌이는 전쟁으로 물과 흙의 건강이 파괴되고 어쩔 수 없이 농업의 건강과 우리 자신의 건강도 파괴되어 우리가 경제적 파국을 맞이하게 된다면, 우리는 다른 가능성을 모색할 필요가 있다. 다른 가능성은 딱 하나뿐이다. 자연을 처부수려는 우리의 시도로 지속적이거나 인간적으로 견딜 만한 경제를 수립할 수 없다면, 자연과 조화롭고 협력적인 관계를 이루며 살려고 애써야만 할 것이다.

건강한 생태계를 농업적 성과의 기준으로 삼으면서, 랜드 인스티튜트는 경쟁을 경제학과 여러 응용과학의 근본 원리로 삼기를 거부했으며, 경쟁 대신 조화의 원리를 받아들였다. 그렇게 함으로써 이 단체는 산업화와 현대과학의 시대 이전의 계보와 전통이라는 범위 안에서 연구를 해 오고 있다. 인간이라는 주제, 심지어 자연과의 경제적 조화라는 주제를 연구하자면 문헌상으로 수백 년 이상을 거슬러 올라가야 한다. 이 주제는 선사시대 여러 문화의 경우에는 그 시대를 추측만 할 수 있을 뿐이지만, 인류 자체만큼이나 오래된 것인지도 모른다는 가정을 얼마든지 할 수 있다. 이 주제는 20세기 초에 F. H. 킹, 리버티 하이드 베일리, J. 러셀 스미스, 알버트 하워드 경, 그리고 알도 레오폴드 같은 저술가들 덕분에 분명히 농업에 적용된 바 있다. 이 중에서도 하워드는 이 주제에 가장 튼튼하고 정교한 과학적 토대를 제공해 주었다. 그런데 이러한 현대의 계보는 제2차 세계대전 이후의 산업농업이라는 불가항력 때문에 끊어지고 말았다. 그러다 1970년대에 웨스 잭슨이 캔자스의 대초원을 캔자스 농업의 기준이자 모델로 삼는다는 생각을 하기 시작했는데, 놀랍게도 하워드에 대해 전혀 모르는 상태에서 하워드 선에서 거의 그치고 말았던 옛 주제를 택하게 된 것이다.

이렇게 랜드 인스티튜트는 조화를 원리요 목적으로 삼음으로써, 오래

되고 영예로운 계보를 이어받았다. 그와 함께 이 단체는 같은 방식으로 오래되고 영예로운 운영 원리 또한 이어받았으니, 자연을 모방한 인위art가 그것이었다. 처음 던진 질문은 이런 것이었다. 이를테면 캔자스 대초원의 자연 그대로 살아 있는 땅 한 부분 옆에 밀밭을 만든다면, 둘의 차이는 무엇인가?

가장 큰 차이는 누가 봐도 밀밭은 일년생 식물의 단일경작이 이루어지는 땅인 데 비해, 대초원은 아주 다양한 다년생 식물들이 어울려 사는 땅이라는 점일 것이다. 이러한 차이가 함축하는 바는 많은데, 전부 농업적인 것은 아니지만 그 중 다섯 가지는 바로 농업적인 중요성을 갖는다. 그 다섯 가지란, 대초원은 침식으로 토양이 유실되는 경우가 극히 적다는 것, 대초원은 물을 흡수하여 가두고 이용하는 능력이 대단히 효율적이라는 것, 대초원은 한 해 동안 쏟아지는 태양광을 최대한으로 잘 이용한다는 것, 대초원은 스스로 지력을 길러 내어 보존한다는 것, 대초원은 병충해로부터 스스로를 지킬 줄 안다는 것이다.

그 다음 질문은 실용적인 것으로, 논리적으로 자연스럽게 처음 질문에서 비롯된다. 이를테면 우리는 과연 어떻게 캔자스 대초원을 모방한 캔자스의 농장을 고안해 낼 수 있을까? 농사를 짓되 대초원의 생태적 도움도 여러 모로 받고, 먹을 수 있는 씨앗도 충분히 거두며 경제적 이익도 거둘 수 있는 농장 말이다. 그리고 여기서 우리는 랜드 인스티튜트의 원대한 프로젝트에 도달하게 되는 것이다.

나로서는 이 작업에 대하여 길게 논할 기술적 역량이 부족하다. 여기서는 지금 랜드 인스티튜트에서 이용하고 있는 과학과 산업농업의 과학이 어떻게 다르다고 생각되는지만 밝힘으로써 끝내는 게 좋을 것이다.

우리는 기술혁신의 시대에 살고 있다. 그런데 발명과 신기한 것에 몰두해 온 우리의 태도가 이제는 좀 바보스러워 보이기 시작했다. 도무지 우리가 치른 대가를 헤아려 보지 않으려는 태도가 특히 그렇다. 도대체 어떤 발명이 이를테면 비누라는 물건보다 순전한 이로움, 순전한 즐거움을 더 많이 가져다주었는가? 우리는 비누를 발명한 사람이 누군지 알기나 하는가? 지금의 풍토에서는 랜드 인스티튜트의 프로젝트에 솔깃해진 웬 홍보 전문가가 달려들어 "웅장한 규모의 혁신"이니 "농업의 차세대 혁명"이니 "새로운 과학 프론티어"니 하는 선전을 해대리라고 얼마든지 예상해 볼 수 있다.

그러나 이 과학자들은 그런 따위는 안중에도 없다. 그들의 비전과 작업은 기계적이거나 화학적인 돌파구에서 비롯되지도 않고, 그런 돌파구로 귀결되지도 않는다. 그들은 새로 발견된 연료 같은 것에도 의존하지 않는다. 그들이 염두에 두고 있는 혁신은 태양 아래 오래된 무엇이다. 그것은 인간이란 유기체를 자연적인 서식지에 보다 잘 적응시키는 일이다. 그들은 기술혁명을, 어떠한 종류의 혁명을 이룩하고자 하는 게 아니다. 그들에게 관심이 있는 건 우리와 땅의 관계를 근본적으로 개선하는 일, 우리가 내리고 있는 뿌리의 종류를 바꾸는 일, 우리의 뿌리를 더 깊이 내리는 일뿐이다. 이는 혁명적인 작업이 아니다. 왜냐하면 이는 우리가 아직 마치지 못한, 우리가 한동안 멋모르고 끝내 보려고 했으나 제대로 한다면 결코 끝낼 수 없는 오랜 작업의 일부일 뿐이기 때문이다. 우리의 인간 경제와 자연세계 사이의 조화, 지역 차원의 적응이기도 한 이 조화는 우리가 결코 성취할 수는 없어도 완성을 위해 계속 추구는 해야 하는 것이다. 거기에 종결이란 게 없는 건 그것이 계속해서 변하는 살아 있는 생명과 결부되어 있기 때문이다. 흙 속에는 살아 있는 생명이 있다. 흙 속에는 살아 있는 뿌리가, 운이 좋다면 다년생인 뿌리가 있다. 적절한 농장의 흙이라면, 거기서 한 농가가 살아갈 수 있다. 적응의 작업이 계속되어야 하는 건 세계가 변하기 때문이다. 우리의 장소가 변하고 우리가 변하며, 우리가 우리의 장소를 변화시키고 우리의 장소가 우리를 변화시킨다. 그러니 적응의 과학은 끝이 없다. 농업을 장소에 적응시키고자 하는 사람이라면, 혹은 J. 러셀 스미스의 말대로 농사를 농장에 적응시키고자 하는 사람이라면 문제가 다 해결되어 버리거나 지적인 자극이 모자라서 따분할 일은 결코 없을 것이다.

랜드 인스티튜트의 과학은 산업농업의 한해살이 사고방식의 약점을 바로 드러내 준다. 랜드 인스티튜트의 과학은 자연 생태계를 기준으로 삼는데, 자연 생태계는 여러해살이식물을 가장 윗자리로 치기 때문이다. 그들의 과학은 또 기술혁신의 상명하달식 사고방식의 약점도 드러내 준다. 랜드 인스티튜트는 뿌리에서부터 시작하며, 보편성이나 획일성이 아니라 지역 차원의 적응을 추구하기 때문이다. 이 과학은 농업 관행의 일반적인 범위가 한해살이 곡식류 작물의 뿌리보다 더 깊이 미치도록 할 것이며, 지역의 물줄기나 생태계나 농장이나 들판에 대한 배려는 더 가까이 미치도록 할 것이다. 이 과학은 속성상 장소의 과학일 수밖에 없다. 장소, 시간, 에너지, 흙, 물, 인간의 지성이 갖는 인정된 한계의 세계 내에서 이루어지는 과학인 것이다. 이 과학은 가장 지역적이고 친숙한 차원에서, 너무나도 복잡하고 궁극적으로 불가해한 신비의 세계를 대면하고 있다. 이 세계는 산업농업의 환원주의적 과학이 극도로 단순화하고 무시하고자 했던 바로 그 세계다. 아주 오래된 전통을 이어받은 이 새로운 과학은 인간의 무지함을 인간이 하는 작업의 변함없는 출발점으로 받아들일 것을 요구하며, 우리가 가진 모든 지성을 활용하자고 호소한다.

3

먹는다는 건
씨를 뿌리고 싹이 트는 것으로 시작되는
먹거리 경제의 한 해 드라마를 마무리하는 일이다.
하지만 먹는 사람들 대부분은
그런 사실을 더 이상 인식하지 못한다.
그들은 먹거리를 농산물이라 생각할지는 몰라도
자신을 '소비자'라 생각하지는 않는다.

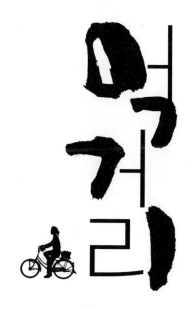

작가 노트
Author's Note

3부에는 약간의 설명이 필요하다. 출판사에서는 이 글 모음집을 통해 농사와 농장, 농부, 먹거리를 한 주제로 묶어 주는 연결고리를 보여 주자는 아이디어를 내놓았다. 나는 좋은 아이디어라 생각하며 찬성했다. 하지만 우리가 처음에 생각한 대로 책의 내용을 에세이에만 국한할 경우, 먹거리에 대한 글이 부족할 거라는 게 문제였다. 나는 농사나 농장이나 농부에 대해서는 많은 글을 썼지만, 먹거리만을 다룬 글이라면 단 하나밖에 쓰지 않았던 것이다. 나는 요리와는 거리가 먼 사람이며, 내 요리 실력이란 뭘 튀기거나 태워 먹는 정도밖에 안 된다.

그래서 우리는 3부에 먹거리에 관한 유일한 에세이인 〈먹는 즐거움〉 외에 내 소설 중에 사람들이 먹는 장면을 그린 대목들을 몇 군데 추려서 실어 보기로 했다. 이 역시 좋은 아이디어라고 생각되었던 것은, 그런 대목들이 먹거리를 전문적으로 다루고 있지 않기 때문이다. 단편이고 장편이고 내 소설 속의 그런 장면들은 먹거리만이 아니라 '식사'[120]에 관한 것이기도 하다. 먹거리는 혼자 먹을 수 있다. 그런데 식사는 내가 알기로는 가족이나 이웃, 심지어 낯선 길손을 불러 모아 여럿이 함께하는 일이다. 가장 일반적인 형태로 볼 때, 식사는 환대나 베풂, 맞아들임, 감사와 관련이 있다. 나로서는 그런 소설 장면 속에서 먹거리가 나름의 역사나 노고나 사귐이 있는 정황 속에 놓여 있다는 게 즐거운 일이다.

나는 그런 장면마다 그게 언제쯤 있었던 일인지 말해 주고, 그 장면이 속한 이야기의 맥락을 대강이나마 소개하기 위해 간단한 설명을 달아 보았다.

---

120) meal. 그 어원은 정해진 때에 무얼 먹는다는 뜻인 만큼, 우리말의 '끼니'나 '식사'에 가깝다.

한편으로, 그 장면들에 등장하는 여인들의 역할에 대해서 한 가지 덧붙일 말이 있다. 여성을 공평하게 대하자는 저간의 노력이 상당히 바람직한 성과를 거두기는 했으되 '여자들 일'을 좀 하찮아 보이게 만든 감도 없잖아 있다고 나는 생각한다. 여러 가지 이유가 있는 것으로 안다. 하지만 이해할 만하다 하더라도, 그런 경향이 전통적인 농가의 안살림에 대한 시각에까지 미친다면 불공평한 일일 것이다.

물론 사람들은 불완전하며, 사람들의 가사 노동 분배도 불완전하다. 어떤 시대든, 아무리 계몽되고 해방된 시대라고 해도 특정 부류를 학대하는 관습이 반드시 발견된다. 하지만 여기 소개된 장면들에 등장하는 여인들은 여성 해방운동에서 전형으로 비판하는 '집사람'이 아니며, 오늘날 교외 주택단지에 거주하는 주부와도 거리가 있다. 그들은 소비자가 아니다. 그들은 깡통을 따거나, 냉동 조리식품을 데우거나, 무슨무슨 '믹스'를 저어 끼니를 때우지도 않는다.

그러기는커녕, 그들은 남정네들과 더불어 실질적으로도 문화적으로도 복잡한 가정경제의 책임자다. 그들의 살림은 가사와 농장 일의 구분이 없다. 그들은 땅만이 아니라 오래된 지혜와 당대의 지식에도 의존하며 살았다. 이 여성들은 전통에 따라 요리를 하긴 하되, 이 요리는 철따라 해야 하는 복잡정교한 일들의 일부일 뿐이다. 작물 재배와 가축 돌보기, 수확과 보관, 가축을 잡고 정육하기, 겨울 양식을 위해 절이거나 말리거나 저장하기 같은 일들 말이다. 이런 일들은 선호나 능력에 따라, 가정에 따라 남녀가 나누어서 했고, 지금도 그렇게 하는 집들이 종종 있다. 그러면서 남녀는 함께 관여해야 하는 일을 통해 만났다.

이들 여성을 공평히 대하자면 그들이 자신의 '여자들 일'에 적용한 지식이나 지혜나 기술을 십분 감탄하면서 인정할 필요가 있다. 더구나 그들 중 상당수는 '남자들 일'도 완벽하게 할 줄 알았다. 독자는 《올드 잭의 기억》 속의 장면을 보면서 메리 펜이 수확 날 점심 준비를 도우면서 작업복을 입고 있다는 사실에 주목할 것이다. 여자들은 남자들이 다 먹고 나간 뒤라 여자들끼리만의 여유롭고 오붓한 식사를 마치고 나서 설거지를 하고 주방을 정리할 것이고, 메리는 밭으로 가서 남자들과 함께 일할 것이다. 한나도 임신만 하지 않았다면 밭에 갈 것이다.

▶ 웬델 베리 소설 속 인물들의 가계도

웬델 베리의 모든 소설 작품(장편 8편 및 단편 35편)과 일부 시 작품(17편)은 켄터키의 포트윌리엄(Port William)이라는 상상의 농촌을 배경으로 한다. 웬델 베리는 포트윌리엄을 배경으로 하는 이야기들을 통해, 제2차 세계대전 이후 급팽창한 농산업의 영향으로 농촌과 가족농이 파괴되고 소멸해가는 모습을 그려 내고 있다. 여기서 포트윌리엄 사람들의 가계도를 소개하는 것은, 이 책 3부에서 스케치처럼 소개된 웬델 베리 소설의 세계를 보다 입체감 있게 전달하고자 하는 의도에서이다. 3부에 소개된 소설 장면들에 나오는 인물들과 가계도를 대비해 보면, 한 장소에 오래 뿌리박고 살아온 사람들이 땅과 이웃에 나뭇가지처럼 이어져 있다는 느낌을 받게 된다.

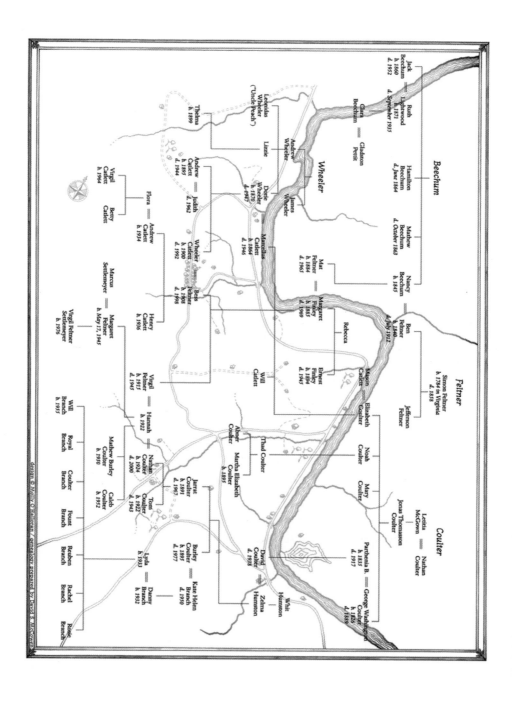

《그 먼 땅》중에서
That Distant Land, 2004

다음은 전쟁과 파괴적 산업화에 부단히 의존한 20세기 문명으로 모든 게 바뀌어 버리기 이전의 옛날식 가족생활과 환대를 살짝이나마 맛볼 수 있는 장면이다. 단편집《그 먼 땅》중 〈자리를 보다〉에 나오는 대목이다.

연로한 앤트니는 가족의 부양자였고, 정말 부양을 잘했다. 그는 가을이면 늘 가족이 먹을 돼지 열두 마리를 잡아, 그의 집 훈제 저장고에 허벅다리 스물네 덩이와 앞다리 스물네 덩이와 몸통 스물네 덩이를 매달아 두었다. 아내 모오 프라우드풋은 칠면조 한 무리와 거위 한 무리와 뿔닭 한 무리를 길렀고, 그녀의 닭장은 군청 소재지만큼이나 붐볐다. "농사짓기에는 너무 늙어 버린" 지가 한참 지난 뒤에도 앤트니가 가꾸는 텃밭은 웬만한 농가의 상업용 작물 밭만큼 컸다. 그가 그런 밭에서 난 것들을 따거나 파내어 가져오면, 모오 프라우드풋은 일개 부대를 먹일 일이라도 있는 양 잔뜩 절이고 말리고 밀봉하여 보관했다. 실제로 그들은 대부대를 먹인다고 해도 좋았다. 정해진 가족 모임들뿐 아니라 이래 저래 찾아오는 사람이나 생기는 일이 항상 있었으며, 무엇인가 줘야 할 사람도 항상 있었으니까.

프라우드풋 집안의 가족 모임은 유명했다. 진수성찬으로나, 귀한 것들이 두루 푸짐한 것으로나 어디 비할 데가 없었다. 특히 여름에는 더 그랬다. 그 즈음이면 충분히 오래 저장한 햄[121]과 닭튀김과 그레이비[122], 두세 종류의 생선, 뜨거운 비스킷 빵[123]과 세 종류의 옥수수 빵, 감자와 콩과 구운 옥수수와 당근과 사탕무와 양파, 옥수수 푸딩과 볶아서 크림에 버무린 옥수수, 삶아서 소스 섞어 구운 양배추, 익혀서 저민 토마토, 식초에 막 절인 싱싱한 오이, 서너 종류의 피클이 있고, 늦여름일 경우 수박과 멜론도 있으며, 각종 파이와 케이크와 과일 푸딩도 있고, 우유와 커피도 넉넉했던 것이다. 게다가 큼지막한 도자기 주전자 대여섯 개가 스파이들 사이에서 오가듯 은밀하게 한 어른에서 다른 어른에게로 옮겨 다니고는 했다. 그 시절, 냇가에 있는 너른 옥수수 밭을 가진 프라우드풋 부부의 집은 위스키 맛이 일품이기로도 유명했던 것이다.

그러니 이 집에 모임이 있으면 오는 사람도 참 많았다. 일가족에게 모임이 있다는 소식을 전하면 소문을 듣는 사람이 있기 마련이었고, 프라우드풋 집안의 피가 한 방울이라도 흐르는 사람이면 찾아오고는 했다.

---

121) 햄은 훈제한 돼지 허벅다리 또는 그 살코기다.

122) gravy. 고기를 요리할 때 생기는 고기즙에 양념을 한 소스로, 고기구이나 삶아 으깬 감자 등에 뿌려 먹는다.

123) 비스킷은 미국의 경우 대개 반죽에 효모를 넣어 부풀린 부드러운 빵으로, 머핀 비슷하다. 이후부터는 그냥 비스킷이라 부른다.

모이는 날은 온종일 시끌벅적했다. 문은 있는 대로 다 열려 있고, 옛날 집이라 천장이 회반죽이나 판자로 마감되어 있지 않았던 까닭이다. 위층 바닥 널은 맨 받침목에 못으로만 고정되어 있어 틈이 벌어진 데가 많았고, 어떤 곳에는 아래위로 소리만 통하는 게 아니라 훤히 다 보이기도 했다. 어디서 무얼 하는 소리든 다른 데서 다 들을 수 있었다.

일출 얼마 뒤부터 일몰 뒤까지, 우레 같은 발소리 목소리가 그칠 줄을 몰랐다. 그러다 으레 연로한 앤트니가 사람들 가운데서 불쑥 일어났다. "자, 모오, 이제 자리 봅시다. 이 사람들 집에 돌아들 가야지." 그러면 집안사람들은 하늘에서 내린 무슨 분부라도 따르듯, 각자의 가족별로 나뉘었다. 자기 아이들이나 신발이나 모자를 찾아다니고 발견하고 제 것인지 확인하고 했다. 말들을 탈것에 매기도 했다. 그리고 연로한 앤트니 프라우드풋의 자손 일가족들은 황혼 빛에 각자의 길로 흩어지기 시작했다.

♣

다음 대목은 단편 〈엄숙한 소년〉의 한 장면이다. 1934년 추수감사절과 크리스마스 사이의 몹시 추운 날 한낮, 톨 프라우드풋은 마차에 옥수수를 한 짐 싣고 집으로 가다가 한 사내와 그 어린 아들을 태워 준다. 둘은 분명 대공황으로 삶터에서 밀려난 신세인 듯 보였다. 톨은 그런 형편을 이해했고, 날씨에 비해 그들의 차림은 너무 부실하고 날은 너무 추웠고 게다가 여하튼 친절한 게 그의 원칙이었기에, 그는 처음 보는 두 길손에게 자기 집에 가서 점심을 들자고 한다. 시골 사람들이 한낮에 먹는 거창한 점심 말

이다. 그는 두 사람을 먼저 집으로 들여보내고, 자신은 말들을 살피러 짐
마차를 외양간으로 몬다.

톨은 짐마차 끄는 말들에게 뭐라고 하더니 외양간 앞마당으로 마차
를 몰았다. 그는 마차를 옥수수 저장고 앞에 세워 두었다. 짐은 점심을
먹고 내리기로 했다. 그는 말들을 풀어 물을 먹인 다음 마구간으로 데
려갔고, 먹이를 주었다.

"먹어라, 얘들아, 먹어." 그는 말했다.

그런 다음 그는 집으로 향했다. 그는 걸어가며 손을 벌렸고, 그러자
늙은 개가 그 손길 아래 머리를 숙였다.

사내와 소년은 그가 말한 대로 한 게 분명해 보였다. 집 앞에는 보이
지 않았던 것이다. 톨은 미스 미니Miss Minnie가 그들을 반겼으리란 걸
이미 알고 있었다.

"아이구, 어서 들어와요!" 그녀는 문을 열어 주며 어린 소년을 보고 말
했을 것이다. "점심 함께 먹을 동무들이 생겼나 보네! 얘, 어서 들어와서
몸 좀 데우렴!"

그는 덜덜 떠는 작은 소년의 모습이 그녀에게 어떤 연민을 자아냈을
지 안 봐도 알 수 있었다. 톨과 미스 미니는 늦게 결혼한 사이인데, 오래
함께 사는 동안 자식을 얻지 못했다. 이제 두 사람은 나이가 들 대로 들
었고, 미스 미니는 여성의 생리가 끊어진 지 오래였다.[124]

---

124) 창세기 18장11절의 아브라함과 사라에 대한 구절에서 따온 표현이다.

그는 늙은 개에게 베란다에 있으라고 말한 뒤 주방 문을 열고 안으로 들어섰다. 실내는 따뜻했고, 맞은편 벽에 있는 두 개의 커다란 창에 비치는 빛으로 환했으며, 요리 중인 음식 냄새로 가득했다. 부부는 불과 일주일쯤 전에 돼지 몇 마리를 잡은 터라, 주방에는 소시지 볶는 향기가 그득했다. 톨은 프라이팬에서 소시지가 지글지글 볶이고 있는 소리를 들었다. 그는 안에 들어서자마자 웃옷 단추를 끄르며 둘러보았다. 소년은 스토브[125] 가까이 앉았는데, 이제 따뜻한 데 있어서인지 좀 졸려 보였고, 얼굴에 핏기가 좀 돌기 시작했다. 사내는 소년 가까이 서서 창밖을 내다보고 있었다. 스스로를 딱한 이방인이라 느끼며, 자신이 다른 어딘가에 있는 듯 느끼려고 애쓰는 것 같았다.

톨은 자신의 야외복을 벗어 걸어 두었다. 그는 미소로 맞이하는 미스 미니에게 고갯짓을 했다. 그녀는 비스킷을 한 판 더 굽기 위해 반죽을 밀고 있었다. 그것 말고 점심 준비는 평소와 다를 바 없었다. 미스 미니는 대개 점심을 넉넉하게 준비하여, 남은 음식을 저녁 때 데워먹거나 그대로 먹을 수 있도록 했다. 그러니 점심 먹거리야 넉넉할 터였다. 두 길손 덕분에 톨은 자기 집 주방의 풍요와 향기와 온기를 새삼 깨달을 수 있었다.

"밖이 많이 춥나 봐요." 미스 미니가 말했다. "이 아이, 얼어붙을 뻔했어요."

톨은 그녀 역시 두 손님에 대해 운 좋게 알아낸 바는 전혀 없음을 알

---

125) stove. 난로이기도 하지만 주목적은 조리용이며, 화구가 여럿이고 오븐이 딸린 레인지를 가리킨다.

수 있었다. "그러게." 그가 말했다. "꽤 춥네."

그는 문 옆에 있는 작은 세면대로 돌아섰다. 그리고 들통의 물을 세면대에 붓더니 스토브 위 찻주전자의 물을 한데 섞었다. 손을 씻고 세수를 한 그는 수건을 더듬어 들었다.

톨이 손님들에게 시선을 거두자마자 그들이 톨을 바라보기 시작했다. 그제야 그들은 그가 서 있는 모습을 처음 보았기에 그가 얼마나 큰지를 알 수 있었다. 그는 키가 크고 어깨가 넓고 몸이 굵은 사람이었다. 그의 모든 동작은 자신이 얼마나 건장한지를 전혀 의식하지 못한다는 듯 무심한 인상을 풍겼다. 그는 옷도 마찬가지로 무심한 듯 입었는데, 마치 일단 입었으니 더 이상은 신경 쓸 것 없다는 식 같았다. 소년은 적어도 톨이나 미스 미니가 본 바로는 웃지 않았지만, 톨이 빗질을 하자 뻣뻣한 반백 머리카락이 제멋대로 이리 쭈뼛 저리 쭈뼛해진 모습을 보고서는 웃고 싶어지기는 했을 게 분명하다. 톨은 빗을 무슨 손가락이나 나무 꼬챙이기라도 한 듯 아무렇지 않게 다루었던 것이다. 그런 톨이 세면대에서 돌아서자, 사내는 다시 창밖을 내다보았고 소년은 무릎을 내려다보았다.

"다 됐어요." 미스 미니가 톨에게 말했다. 그녀는 오븐에서 비스킷 한 판을 꺼낸 뒤 또 한 판을 밀어 넣었다.

톨은 스토브에서 제일 먼 식탁 머리로 가더니 식탁 양쪽에 있는 두 의자를 가리켰다. "자, 편히들 앉아요." 그가 사내와 소년에게 말했다. "앉아요, 앉아."

그가 먼저 앉자 두 손님도 앉았다.

"대단히 폐가 많습니다." 사내가 말했다.

"저 기다리지 마세요." 미스 미니가 말했다. "금방 갈게요."

"얘야, 그 소시지 이리 좀 주렴." 톨이 말했다. "두 개 덜고 이리 좀 다오."

"비스킷 좀 덜어요." 그가 사내에게 말했다. "으음, 그걸로 되나. 두세 개쯤 덜어요. 넉넉히 있으니까."

모든 게 넉넉히 있었다. 소시지는 큰 접시에 담은 것 말고도 이미 스토브 위 프라이팬에 볶고 있는 게 더 있었다. 비스킷은 빛깔이 짙고 옅은 것들 말고도 오븐에서 구워지고 있는 게 더 있었다. 흰강낭콩은 큰 대접에 든 것 말고도 스토브 위 주전자에 더 들어 있었다. 사과 소스와 으깬 감자도 한 대접씩 담겨 있었다. 우유와 버터밀크[126]도 한 주전자씩 있었다.

톨은 자기 접시를 수북이 만든 다음 손님들의 접시도 수북해지도록 챙겼다. "접시가 다 빌 때까지 어서 들어요." 그가 말했다. "그게 다일지도 모르니까."

미스 미니도 곧 합석을 하자 모두 함께 먹기 시작했다. 이따금 톨과 미스 미니는 서로를 슬쩍 바라보고는 했다. 손님들이 음식에 얼마나 열중하고 있는지를 상대방이 아는지 확인하고 싶어서였다. 사내와 소년은 고개도 들지 않고 허겁지겁 먹었는데, 마치 그 주린 모습을 남이 본다는 걸 인정하기 싫어서인 듯했다. 톨은 생각했다. '아침을 굶었구나.' 그는 소년이 걱정되어서 두 사람이 어디서 왔고 어디로 가는지 알고픈 호기심을 잊어버렸다.

---

126) 원유 표면에 떠오르는 크림(유지방)을 걷어 내어 교유기(攪乳器)로 저어 주면 지방분이 굳어져 버터가 만들어지는데, 이때 남는 액체를 말한다. 시고 걸쭉하다.

미스 미니는 소년에게 소시지와 콩을 더 먹도록 했고, 비스킷 두 개를 버터 발라 더 접시에 놓아 주었다. 톨은 그녀의 손이 차마 소년의 어깨를 어루만지지 못하고 위에서 맴돌기만 하는 것을 보았다. 소년은 잘생긴 남자아이였고, 미소 한번 지을 줄을 몰랐다. 톨은 소년 앞에 감자 대접을 놓아 주기도 하고 우유를 더 따라 주기도 했다.

"아이고, 저 소년 너무 먹어서 걷지도 못하겠는걸." 톨이 말했다. "잘못하면 큰일 나겠어!"

소년은 올려다볼 뿐 웃지도 말하지도 않았다. 톨도 미스 미니도 소년이 "흠" 소리 한번 내는 것도 듣지 못했다. 톨은 사내에게 음식을 있는 대로 다 놓아 주었고, 사내는 부지런히 먹으면서 고개는 들지 않았다.

"정말 폐가 많습니다." 사내가 말했다.

그러자 톨이 말했다. "아니, 한번 좀 봐요. 저 소년 팔이 한 번 굽을 때마다 입의 남대문이 열린다니까."

그래도 소년은 웃지 않았다. 엄숙한 소년이었다. 나이에 비해 너무나 엄숙한 소년.

"흠, 우린 자기의 입하고 팔 굽는 게 상관있는 사람을 하나 더 알지, 그치?"[127] 미스 미니가 소년에게 말했는데, 소년은 올려다보지도 웃지도 않았다. "얘야, 비스킷 더 먹지 않을래?"

이제 남자 어른 둘은 접시를 다 비워 가고 있었다. 그녀는 자리에서 일어나 사탕수수 당밀을 한 주전자 가져왔고, 오븐에서 막 꺼낸 뜨거운 비스킷도 한 판 더 가져왔다.

That Distant Land

---

127) 영어에서 '팔 굽히다'(bend one's elbow)라는 숙어는 과음한다는 뜻이다.

두 남자는 비스킷에 버터를 바른 다음 버터가 녹자 접시에 둔 채 가운데를 벌려 당밀을 뿌렸다. 미스 미니는 소년 것도 똑같이 만들어 주었다. 그녀는 소년의 웃는 얼굴을 꼭 보고 싶었고, 톨도 그랬다.

"그런데 말야, 미스 미니." 톨이 말했다. "저 소년이 이제부터는 좀 느긋하게 비스킷을 즐기고 싶은 모양이야. 이제 삼사백 개밖에 안 남았으니 말야."

하지만 소년은 자기 비스킷과 당밀만 먹을 뿐, 아무도 쳐다보지 않았다.

이제 식사는 다 끝나 가는데, 그 다음은 어떻게 한단 말인가? 톨과 미스 미니는 이 얌전하고 바짝 마르고 정말 예쁘게 생긴 소년을 몹시도 가여워했다. 낡은 주방은 그들의 가여워하는 마음으로 가득했건만, 아무 메아리도 없을지 모를 일이었다. 어쩌면 이 사내와 소년은 그저 가만히 일어나 "폐가 많았습니다."라는 말과 함께 아무것도 남기지 않고 가 버릴지도 모른다.

"얘야!" 톨이 말했다. 그는 버터밀크를 반쯤 따라 둔 자기 잔을 들어 올렸다. "얘야, 버터밀크를 마실 때는 말이다, 항상 가까운 쪽으로 마셔야 한단다. 이렇게 말이다." 톨은 잔을 기울여 가까운 쪽으로 한 모금을 마셨다. "먼 쪽으로 마시면 말이다, 너도 해 보면 알겠지만, 별로 좋을 게 없으니까 말이다." 그러더니 그는 잔의 먼 쪽을 입술에 대고는 잔을 기울였다. 아마 그 자신도 놀랐을 것이다. 그러자 잔에 남은 버터밀크는 바로 그의 셔츠 앞섶으로 흘러내렸다. 이어서 그는 확실히 놀란 표정으로 미스 미니를 바라보았다.

몇 초 동안 아무도 소리를 내지 않았다. 모두들 톨을 바라보았고, 톨

의 머리카락은 사방으로 당당하게 뻗쳐 있고 턱과 셔츠에는 버터밀크
가 잔뜩 묻어 있고 눈에는 스스로도 놀란 기색이 가득한 모습으로 톨
은 미스 미니를 바라보았다.

그러자 미스 미니가 조용히 말했다. "프라우드풋, 하여튼 못 말린다니
까."

그러자 소년의 소리가 들렸다. 처음에는 목에 뭐가 걸려서 질식이라도
하는 소린 줄 알았다. 그러다 크게 웃는 소리가 났다.

소년은 목을 스토브 연통만큼이나 넓게 틔우려는 듯 크게 마음껏 웃
기 시작했다. 누구한테 지독히도 간지럽힘을 당하는 소년의 웃음소리였
다. 그 소리가 모든 걸 바꿔 버렸다. 미스 미니는 방긋 웃었다. 그러자 톨
은 크고 호탕하게 껄껄 웃었다. 그러자 미스 미니도 깔깔 웃었다. 그러자
소년의 아버지도 허허 웃었다. 사내와 소년은 고개를 들고 시선을 마주
쳤다. 모두가 서로의 눈을 응시했고, 모두 소리 내어 웃었다.

다들 웃고 있었고, 미스 미니는 앞치마 자락으로 눈을 훔쳐야 했다.

"세상에!" 그녀가 일어서며 말했다. "다음은 뭘까?" 그녀는 톨에게 줄
깨끗한 셔츠를 가지러 갔다.

"비스킷 좀 더 들지 뭐." 톨이 말했다. 그러자 모두 비스킷에 버터를
발랐고, 당밀 주전자가 다시 돌기 시작했다.

《한나 쿨터》 중에서
Hannah Coulter, 2004

진주만 공격 직후인 1941년의 크리스마스는 이 소설의 화자인 한나가 버질 펠트너와 결혼한 지 얼마 안 돼 다가왔다. 크리스마스 직후에는 다들 예상한 대로 버질이 군에 징집당할 것이다. 전쟁으로 미래가 워낙 불안해졌기에, 한나와 버질은 버질의 부모와 함께 살고 있다.

크리스마스 시즌이었고, 우리는 때를 최대한 활용했다. 버질과 나는 삼나무 한 그루를 베어 거실 한구석을 꽉 채웠다. 삼나무는 천장에까지 닿았고, 거실 전체를 향기롭게 했다. 우리는 삼나무 가지에다 장식물과 조명을 달았고, 선물을 싸서 나무 아래에다 두었다. 어느 저녁에는 버질이 캐틀릿 집안 아이들에게 산타클로스인 척하며 전화를 걸어 너무 긴장시키는 바람에, 베스와 휠러는 아이들을 재우느라 몹시 애를 먹었다. 우리는 한 주일 내내 요리를 했다. 펠트너 집안의 요리사 네티 배니언과 버질의 어머니 펠트너 부인, 그리고 나 셋이서였다. 우리는 쿠키와 캔디를 우리 것 말고도 남들에게 줄 것까지 만들었다. 과일 케이크와 피칸 케이크, 잼 케이크도 만들었다. 펠트너는 훈제식품 저장고에 가서 충분히 오래 저장한 햄을 가져왔고, 우리는 그걸 삶아서 구워 냈다. 우리는 햄에 격자로 칼집을 내고, 윤이 나게 시럽을 바른 다음, 격자마다 클로버를 하나씩 얹어 마무리했다. 물론 우리는 끝도 없이 얘기하고 농담하고 깔깔 웃었다. 나는 주방 옆 저장실에 자꾸 가서 우리가 한 일이 얼마나 대단한지를 보며 감탄하지 않을 수 없었다. 나로서는 이번 크리스마스처럼 많은 일을 했던 적이 없었던 것이다.

우리는 다른 사람들도 거의 항상 전쟁 생각으로 힘들다는 걸 저마다 알면서도, 그 생각은 제 마음속에만 조용히 담아 두고 있었다. 어쩌면 우리 모두 초장에서 양떼를 지키는 양치기들 위로 하늘이 열리는 광경을 생각하고 있었는지도 모른다. 그들 위로 천국의 빛이 쏟아지고, 천사가 평화를 선포하는 광경 말이다. 나는 그런 생각을 했고, 베들레헴의 마구간에서 수난 겪는 사람들 생각도 했는데, 나로서는 처음 있는 일이었다. 이따금 가랑비처럼 내 온몸을 적시며 흘러내리는 듯한 아픔이 있었다. 전쟁은 실체감을 주는 구체적인 무엇이었다. 그것은 우리 모두의 마음속에 자리 잡고 있되, 아무도 입 밖에 내지 않는 무엇이었다.

버질과 나는 크리스마스 전날 샤바크에 계신 할머니를 모셔 왔다. 할머니는 일요일마다 입는 검은 정장과 은 귀고리와 브로치 차림이었다. 내가 알기로 그녀는 나 보기 부끄럽지 않으려고 번듯한 겨울 외투와 작은 짐가방을 사 두었다. 그녀는 펠트너 부부와 버질과 나에게 줄 선물을 쇼핑백에 담아 두었는데, 버질이 들어 주려 해도 마다했다. 나는 그녀가 아들네에 오면 어색해할까 봐 걱정이었으나 그럴 필요는 없었다. 펠트너 부부는 문간에서 그녀를 따뜻하게 맞아 주었고, 그녀는 진심으로 기뻐하며 고맙다고 했다.

크리스마스 날 아침에는 네티 배니언의 시어머니인 패니 아주머니가 네티와 함께 와 주었다. 그날 하루 주방에 대한 옛 지휘권을 되찾기 위해서였다. 조 배니언은 필요할 경우 대령하기 위해 패니 아주머니의 명령에 따라 두 사람을 곧 따라왔다.

다른 사람들도 왔다. 베스와 휠러가 제일 먼저였다. 현관문이 홱 열어젖혀지자 그들의 사내아이들은 진주색 손잡이가 달린 장난감 권총을 두 자루씩 흔들고 있었고, 뒤를 이어 어린 여동생들이 크리스마스 인형을 들고 들어왔으며, 그 뒤로 베스와 휠러가 포장한 선물들을 한 아름 안고 들어왔다. 사내아이 둘이 엄청난 군중처럼 떠들자 버질이 말했다. "자, 앤디하고 헨리, 너희들 나랑 약속한 거 잊지 않았겠지. 나는 너네 것 반을 갖고, 너넨 내 것 반을 갖기로 한 거 말야." 그러자 아이들은 더 시끄러워졌다. 결국 헨리는 버질에게 총 한 자루를 넘겨줬고, 앤디는 하나도 양보할 수 없다며 버텼다. 그러다 셋은 함께 주방으로 가서 음식 향기를 맡았고, 네티와 패니 아주머니에게 권총 자랑을 했다.

그 소란을 들은 어네스트 핀리가 위층 자기 방에서 내려왔다. 어네스트는 제1차 세계대전 때 부상을 입은 뒤로 목발을 짚고 다녔다. 그는 나무로 된 건 뭐든 다 만드는 목수로, 사려 깊고 조용조용 말하며 대개 혼자 일하는 사람이었다. 캐틀릿 집안 사내아이들은 그를 아주 좋아했다. 그의 작품과 연장, 그의 단정한 작업장, 그리고 갈 때마다 그가 들려주는 긴 동화 때문이었다.

내가 아주머니가 아니라 "아줌마"[128]라고 부르는지 보려고 여전히 귀를 잔뜩 기울이는 미스 오라도 리지 아주머니와 호머 로드 아저씨와 함께 왔다. 두 분은 전날 인디애나폴리스에서 하그레이브로 와 있었다. 로드 부부는 펠트너 부부와 아무 친척간도 아니었다. 리지 아주머니와 펠트너 부인이 처녀 시절 단짝이었고, 그래서 리지 아주머니 말마따나 어떤 친척보다도 가까웠다는 사실 말고는 말이다.

버질과 나와 권총 가진 사내아이들은 함께 차를 타고 버즈 브랜치 길을 따라 잭 비첨 아저씨의 집으로 가서 아저씨를 우리 집으로 모셔왔다. 비첨은 부인과 사별한 뒤로 자칭 '독신생활'을 하고 있었다. 그는 펠트너의 어머니 낸시 비첨 펠트너 부인보다 훨씬 어린 남동생이었다. 잭 아저씨에게 펠트너의 아버지 벤은 아버지이자 친구 같은 사람이었다. 그런 잭 아저씨가 이제는 집안의 제일 큰 어른인 셈이었다. 본인은 그런 권위를 주장한 적이 한 번도 없었지만 말이다. 모두가 그를 우러러보았고 사랑했으며, 가끔은 어쩔 수 없이 견뎌야 했다.

잭 아저씨는 위엄 있어 보이려고 할 필요가 없었다. 그냥 위엄이 있었다. 그는 한창때 힘이 장사였는데, 지금은 지팡이를 짚고 다니지만 엉치 부분이 좀 굽었을 뿐 아직도 등이 꼿꼿했다. 그는 아직 헌칠하고 일에 철두철미하며, 어리석은 구석이라곤 없는 사람이었다.

우리는 헨리가 감히 그럴 줄은 몰랐다. 우리가 차에서 내려 집으로 갈 때, 헨리는 잭 아저씨 앞으로 달려가더니 권총 두 자루를 들이댔다. 나는 잭 아저씨가 그런 장난을 재밌어하리라 생각지 않았는데 그게 아니

Hannah Coulter

---

128) aunt를 친근하게 auntie라 부르는 것을 부족하나마 옮긴 말이다. 친척이라면 고모님(숙모님, 이모님)을 고모(숙모, 이모)로 부르는 식일 것이다.

었다. 그는 크게 껄껄 웃으며 좋아했다. "저 녀석 교유기[129]에다 고양이를 집어넣겠는걸."

그렇게 우리는 다 모였다.

점심 전에 아이들을 잠잠하게 하고 그 다음에는 어린 여자애들을 낮잠 재우기 위해 우리는 바로 선물을 펼치기로 했다. 낡은 거실은 나무와 사람들과 선물들과 날아다니는 포장지들로 붐볐다. 네티 배니언과 조와 패니 아주머니는 모두가 갖다 주는 선물을 받으려고 문간에 앉아 기다렸다. 사내아이들은 버질 옆에 앉았는데, 버질은 아이들 선물에 대해 여전히 절반의 권리를 주장하면서 몹시도 부럽다며 투덜거렸다. 아이들은 그게 정당한 소린지 자신이 없었으나 그의 우스개가 무척 좋아서 그의 곁에 최대한 붙어 앉아 있었다.

식당의 기다란 식탁에 열여섯 명이 둘러앉았다. 식당에 들어섰을 때, 우리는 식탁이 너무나 아름다워 그냥 서서 보기만 하지 않는다는 게 부끄러울 지경이었다. 펠트너 부인은 손님이 있을 때 아니면 절대 쓰지 않는 최고의 식탁보와 훌륭한 접시 및 은붙이를 깔아 두었다. 그리고 식탁에는 마침내, 우리가 오랫동안 장만한 햄과 칠면조와 드레싱이, 노릇한 껍질을 쓴 굴 냄비 요리가 차려져 있었다. 예쁜 유리 대접에 담은 크랜베리 소스도 있었다. 으깬 감자와 그레이비, 깍지콩과 흰강낭콩, 옥수수 푸딩, 따끈한 롤빵도 있었다. 식당 벽 나지막한 찬장 위에는 케이크 받침에 우리가 만든 여러 개의 예쁜 케이크가 층층이 놓여 있었고, 휘핑크

---

129) butter churn. 버터를 만들어 내는 통 모양의 기구로, 원유 표면에 떠오르는 크림(유지방)을 걷어 내어 계속 저어 주면 지방분이 굳어져 버터가 만들어진다.

림과 곁들여 나올 커스터드[130] 한 주전자가 있었다.

먹는 건 말할 것도 없고 손을 대기도 아까울 정도로 음식들은 훌륭해 보였건만, 물론 우리는 먹었다. 할머니는 식탁 한쪽 끝 펠트너 오른편에 앉았고, 잭 아저씨는 반대쪽 끝 펠트너 부인 오른편에 앉았다. 버질과 나는 가운데, 베스와 휠러를 마주보는 자리에 앉았다. 아이들은 각자의 보통 의자나 높은 의자에 앉되 어른들 사이사이에 앉았다. 둘이 나란히 앉는 경우는 없었다.

펠트너 부부의 집은 모든 음식이 훌륭했다. 펠트너 부인도 네티 배니언도 요리 솜씨가 좋기 때문인데, 이번에는 특별히 더 좋아서 찬사들이 대단했다. 그 중에서도 잭 아저씨의 찬사가 최고였다. 남들이 하는 찬사에 조금씩 보탰을 뿐인데도 그랬다. 그는 그런 음식에 몹시 굶주렸던 사람처럼 상당히 음미를 하며 먹었고, 그런 그를 본다는 건 즐거운 일이었다. 누가 "이 햄 정말 맛있어!"라고 하거나 "이 드레싱 아주 완벽한걸!"이라고 하면, 잭 아저씨는 엄숙히 고개를 가로저으며 "아아, 바로 이거야!"라고 말하고는 했다. 그런 그의 말은 식탁에 쏟아져 내리는 축복 같았다.

그는 그 외에는 별로 말이 없었고, 할머니도 별 말이 없었다. 하지만 두 분이 하는 말은 무엇이든 기품이 있었다. 그 자리에, 식탁의 마주보는 구석 자리에, 얼굴에 오랜 인고의 세월과 지금의 애정과 기쁨이 묻어 있는 그 두 분이 있다는 건 또 다른 축복이었다.

Hannah Coulter

---

130) custard. 우유와 계란노른자 등을 섞어 만든 크림 같은 디저트다.

《앤디 캐틀릿》 중에서
Andy Catlett, 2006

여기서는 앤디 캐틀릿이 노인이 다 된 화자로서 1943년 크리스마스를 되돌아보고 있다.[131] 그가 처음으로 부모를 떠나 혼자 여행을 했을 때였다. 그는 버스를 타고 10마일(약 16킬로미터)을 가서 먼저 포트윌리엄 가까이 버즈 브랜치 길에 사는 할머니와 할아버지를 찾아가고, 그 다음에는 포트윌리엄 끝자락에 사는 외할머니와 외할아버지 펠트너 부부를 방문했다. 이 대목과 그 다음의 두 대목은《앤디 캐틀릿: 어릴 적 여행들》의 일부다. 여기서 그는 막 도착해서 부엌에 있는 할머니를 찾는다.

아마 시골에 전기를 들여오는 사업이 진행되고 있었을 것이다. 얼마 뒤에 들어오기는 했지만, 그때는 아직이었다. 뒷베란다에 큰 아이스박스가 있었고, 여름에 얼음을 구할 수 있을 때면 남은 음식을 보관하고 우유도 시원하게 했다. 아이스박스와, 배터리를 전력으로 하는 라디오

---

131) 1943년에 앤디는 아홉 살이다.

와 전화는 그 집의 유일한 현대식 기기였다. 농가의 옛날식 경제는 여전히 탄탄했다. 필요한 먹거리는 닭장이나 텃밭에서, 지하 저장실이나 훈제 저장고에서, 농경지나 목초지에서 부엌으로 바로 조달되었다. 부엌 식탁에는 깍지콩 두 단지와 사과 소스 한 단지, 그 시절 덤불이나 숲 가장자리에 많았고 내가 야생 블랙라즈베리로 알고 있었던 작은 단지 하나가 있었다. 나는 생각했다. '파이!'

"할머니, 파이 만들 거야?" 내가 물었다.

"흐음!" 할머니는 말했다. "그럴까. 파이 먹고 싶니?"

나는 최대한 예의를 갖추어 말했다. "네에, 할머니."

할머니는 감자 요리 준비를 이내 마쳤다. 스토브의 통풍구를 막아 화력을 좀 낮추고, 감자 담은 솥의 물을 갈아 뚜껑을 탁 덮은 다음, 스토브에 얹어 삶기 시작했던 것이다. 할머니는 솥을 하나 더 꺼내어 콩을 담은 뒤에 소금과 후추를 친 다음 툭툭한 돼지고기 한 덩이를 넣었다. 할머니는 이런저런 얘기를 장황하게 했다. 하는 일에 대해서도 말하고, 친척들이 보낸 편지나 크리스마스 카드를 통해 알게 된 사실이나 정당의 노선과 관련해 얻어들은 것에 대해서도 얘기했다. 그 무렵 나는 혹시 하나라도 더 얻는 게 있을까 해서, 앉아 있지 않고 할머니를 졸졸 따라다녔다.

할머니는 뒷문 가에 있는 세면대에서 손을 씻은 뒤 물기를 완전히 닦아 냈다. 나는 할머니를 따라 부엌 한구석 서늘한 저장실로 갔고, 할머니가 밀가루와 돼지기름과 그 밖의 재료들을 가늠하여 파이 크러스트를 반죽하기 시작하는 모습을 지켜보았다. 할머니는 반죽을 알맞은 두께로 밀어 파이 팬에 다져넣은 다음 왼손가락 끝으로 팬을 쥐고서 팬 가장자리 밖으로 나온 밀가루를 칼로 도려냈다.

(……)

할머니는 점심 준비를 하면서 일이 되어 가는 과정을 혼잣말하듯 했는데, 강한 긍정의 뜻인지 낮고 굵은 소리로 말하고는 했다. 나는 그때에도 할머니가 일하는 모습이 놀랍다는 걸 알았고, 지금은 확실히 더 잘 알고 있다. 할머니의 부엌은 오늘의 기준으로 보자면 보잘것없는 수준이라 말할 수도 있을 것이다. 물론 가전제품은 없었다. 조리 도구는 무적의 무쇠 솥과 번철을 제외하고는 이가 빠지거나 때운 데가 많기도 했다. 부엌칼들은 하도 많이 갈아 써서 빈약해 보였다. 모든 게 수명을 다하도록 쓴 티가 완연했다. 할머니는 정확한 계량 같은 걸 별로 하지 않았다. 양념은 먹는 사람 입맛에 따라 했다. 재료를 섞는 비율은 경우에 맞게 감으로 했다. 이를테면 파이 크러스트나 비스킷을 만들 반죽은 너무 흐늘흐늘해도 안 되고 너무 뻑뻑해도 안 되었다. 감으로 딱 맞다 싶을 때 맞았다. 할머니에게는 요리책이나 적어둔 요리법이 있는 것도 아니었다.

어느새 할머니는 라즈베리를 준비해 뒀고, 주스에 밀가루와 설탕을 섞어 소스팬에 데워 두었다. 이제 할머니는 밀가루 반죽을 깔아 둔 팬에 라즈베리와 주스 범벅을 부었다. 그러고는 남은 반죽을 둥글게 뭉치는데, 그런 용도로 잘 쓰는 대리석 상판이 깨진 조리대 위에다 반죽을 놓고 양손을 힘차게 놀렸다. 할머니는 뭉친 반죽을 밀가루를 뿌려 가며 납작하게 민 다음 재빨리 기다랗게 여러 조각으로 썬 뒤, 그 조각들을 파이 속 위에다 예쁜 격자 모양으로 놓았다. 마무리로는 맨 위에다 설탕을 얇게 한 층 뿌렸는데, 이 설탕 층은 오븐의 열기 속에서 바삭바삭한

갈색으로 변할 터였다. 이렇게 마무리한 파이를 할머니는 오븐에다 밀어 넣었다.

할머니는 나를 위해 설탕을 특별히 후하게 썼다. 나는 어느 정도 그럴 줄 알았고, 그게 당연한 줄 알았다. 하지만 나이가 들수록 아는 게 많아지고, 아는 게 많아질수록 감사하게 된다. 지금 나는 그때 못지않게 감사하고 있으며, 할머니에 대한 애틋함 때문에 마음이 아프다. 이제는 할머니가 평생 분노감과 엄청난 애착심 사이에서 몹시도 괴로워했다는 사실을 아는 까닭이다. 할머니에게서는 언제나 독특하게 슬픈 기운이 감돌았는데, 그것은 노년에서 오는 상실과 비탄 때문만은 아니었다. 여러 가지로 불만족스러워져 가고, 기대한 만큼 생활하기 어렵고, 자꾸 부족해지는 추세를 어찌해 볼 수 없다는 체념 탓도 있었다. 내 생각에 할머니는 상황이 가장 나아 보일 때 항상 그 뒤에 숨어 있는, 몰락에 대한 불안으로 시달렸던 것 같다. 할머니가 밀턴의 《실낙원》을 읽어 본 적이 있는지는 모르겠다. 천국과 지옥, 낙원과 타락한 세계를 우주로 하는 이 장편 서사시는 할머니 세대 대부분이 실재한다고 느꼈던 세계였다. 이 작품을 읽은 설교자에 의해서라도 말이다. 할머니가 그 작품을 직접 읽어 봤든 말든, 천국을 잃었다는 상실감은 할머니 세계의 중대한 사실이었고, 할머니는 그 점을 예민하게 의식했다.

파이를 일단락 짓고 나자, 할머니는 내처 비스킷 반죽을 만들기 시작했다. 반죽을 밀대로 납작하게 밀어 비스킷들을 정해진 크기대로 잘라 내더니, 오븐에 들어갈 준비를 마친 팬에 놓았다.

할머니는 내가 오기 전에 이미 아침을 차리고, 아침 우유를 짜고, 침구를 정리하고, 집안을 정돈하고, 설거지를 하고, 부엌을 치우는 일을 했다. 이제는 나에게 도울 기회를 주어서, 우리는 아침에 짠 우유 항아리를 뒷베란다를 거쳐 지하실로 옮겼고, 전날 밤 갖다 둔 우유에 뜬 크림을 걷어 내기 위해 지하실에 두었던 항아리를 부엌으로 옮겨 왔다.

✦

이제 같은 날 한낮이다. 앤디는 문밖 길가에 있는 우편함에서 신문을 가져왔다.

나는 집을 빙 돌아서 부엌문으로 들어와서는 덧신을 벗어던지고, 신문을 할머니에게 건네주고, 목도리를 벗은 다음 손을 씻었다.

"그 머리 좀 빗어 보렴." 할머니가 말했다. "그런 머리는 처음 보겠구나. 꼭 짚 더미 같아."

나는 별 소용없을 줄 알면서도 물 들통이 놓인 선반에서 빗을 집어 들고는 몇 번 빗질이랍시고 해 보았다.

할머니는 나를 가만히 바라보다가 깔깔 웃기 시작했다. "못 말리겠구나!" 할머니의 웃음소리에는 자애로움과 너그러움이 가득했다. 그러면서 그 웃음에는 역사가 있었으니, 안 되는 건 안 된다는 걸 확실히 안다는 뜻이 담겨 있었다. "애고, 관두렴." 할머니는 결국 그렇게 말했다. "이리 와서 먹자."

할머니는 대단한 점심을 차려 두었다. 전시의 내핍에 별 영향을 받지 않은 진수성찬이었다. 하기야 커피와 설탕의 배급 말고는, 그런 농가에서는 경제적인 압박을 별로 못 느꼈다. 돼지를 잡은 지 얼마 안 되었던 때라 신선한 소시지가 큼직한 접시에 담겨 있을 뿐 아니라 식초에 절인 돼지 머릿고기도 한 대접 있었다. 소시지에 뿌려 먹을 그레이비도 한 대접 있고, 으깬 감자와 깍지콩과 사과 소스도 한 대접 있었다. 버터나 그레이비를 곁들여 먹을 따끈한 비스킷도 한 판 있고, 오븐에도 한 판 더 있었다. 새로 만든 버터를 쓴 잘생긴 케이크도 있었다. 케이크 표면은 버터 주걱으로 반듯하게 격자무늬를 새겨 놓았다. 버터밀크 한 주전자와 원유 한 주전자도 있었다. 그리고 파이가 있었는데, 아직 따뜻했고 설탕 녹은 겉이 바삭바삭하고 노릇했다.

아, 나는 며칠은 굶은 아이처럼 먹었다. 먹어도 먹어도 살이 안 찌는 대식가처럼, 겉보다 속이 더 큰 사람처럼 먹었다. 게다가 할머니는 나를 먹기 대회에 데리고 나간 것처럼 마구 먹여 댔다.

할아버지는 배가 안 고프다느니 입맛이 없다느니 했지만 할머니 말대로 "먹다 보면 생기는 식욕"으로 먹었는데, 생기기 시작하면 왕성한 게 그 식욕이었다. 할아버지는 내가 오기 전에 말을 타고 5마일 거리에 있는 스몰우드에 다녀왔다. 할아버지의 치아를 다 뽑아 버렸던 무신론자 의사인 친구 집 홀스턴에게 다녀온 것이었는데, 그런 할아버지이지만 내가 이로 씹는 것 못지않게 잇몸으로 잘 씹었고 나보다 빨리 먹었다.

우리는 먹으면서 별로 말이 없었다. 모두 배가 고팠던 것이다. 식탁에 음식이 근사하게 차려져 있었다는 걸 그때는 몰랐지만 지금은 알 수 있다. 그때 또 몰랐던 것 하나는 내가 찾아온 것을 축하하여 할머니가 그토록 넉넉히 차려 주었다는 사실이다. 그런 차림은 할머니 생활의 쓸쓸함에서, 할머니의 실망감에서, 할머니가 얻을 수 없었던 작은 안락과 기뺨을 향한 염원에서 비롯된 것이었다. 허나 그런 것들에 대해 할아버지는 무심했다. 나는 두 번째 파이 마지막 한 입을 마지막 우유 한 모금으로 씻어 내리고 나자, 피를 잔뜩 빤 진드기처럼 배가 불렀다. 나는 분명히 "와! 잘 먹었다."라고 말했을 것이다. "잘 먹었습니다."라고 했는지도 모른다. 나는 혼자 여행하는 처지인 만큼 예의 바르게 행동할 필요가 있음을 잊지 않고 있었던 것이다. 하지만 시간은 내게 더 많은 감사를 가르쳐 주었다.

다음은 앤디가 포트윌리엄에 사는 외할머니와 외할아버지인 펠트너 부부를 방문하는 장면이다.

할아버지는 아침 식사 후에 읍내에 나가고 없었다. 무슨 일로 갔는지는 모른다. 그래도 나는 할아버지가 은행 이사회의 일원이고 신임이 두터운 사람이어서 사람들이 이런저런 일로 많이 찾는다는 건 알고 있었다. 할아버지는 집으로 돌아와 식당을 들여다보며 말했다.

"자, 우리 일하러 가 볼까."

나는 할아버지가 나랑 함께 가고 싶어 한다는 걸 알았고 갈 마음도 좀 있었지만 바깥이 아주 추운 아침이란 것도 알았고, 안 가고 싶은 마음이 더 많았다. 날씨 탓에 아침 내내 집 안에 아늑하게 있으면서 집 정돈하고 요리하고 부인네들 얘기하는 소리를 듣고 있는 게 훨씬 좋다는 생각을 하고 있었던 것이다.

"어, 나는 그냥 여기 있는 게 낫겠는데." 나는 그렇게 말했다.

할아버지는 내 어머니나 버질 삼촌이 어릴 때 그런 대답을 했더라면 받아 주지 않았을 것이다. 하지만 나는 달랐다. 나는 할아버지의 손자였고, 할아버지보다는 내 부모가 책임져야 할 대상이었으며, 아직 어린 애였던 것이다.

할아버지는 혼자 껄껄 웃기만 하며 "뭐, 그러렴."이라고 했다. 나는 할아버지가 실내를 가로질러 뒷문으로 나가는 소리를 들었다.

할머니가 들어온 건 오래지 않아서였다. 할머니는 부드럽게 말했다. "앤디, 할아버지는 네 도움이 필요한 일이 좀 있단다." 그제야 나는 함께 갔어야 했다는 걸 알았다.

할머니는 올바른 품행에 대한 기대가 높아서 때로는 꽤 엄해지기도 했다. 할머니는 내가 정직하지 않거나 경솔하거나 잘못했을 때 당장 눈치를 챘다. 지금 생각해 보면 나는 할머니의 조용한 요구 덕분에 많이 자랐던 것 같다. 할머니는 "애야, 할머니 말 좀 들어 볼래. 난 네가 더 잘할 수 있을 줄 알았는데."라고 말하며 잘못을 바로잡아 주고는 했고, 그러면 나는 속으로 톱니바퀴의 역회전을 방지하는 멈춤쇠에 걸린 듯, 거꾸로 갈 엄두를 내지 못했다.

나는 방한 장비를 챙겨 입고는 뒷문 밖으로 나갔다. 바깥은 추웠다. 더구나 추운 바람과 더불어 차가운 빗방울도 조금씩 비껴 떨어지고 있었다. 양계장을 가로질러 가는데, 할아버지가 기르는 늙은 암탉 몇 마리가 꼬리를 축 늘어뜨리고 서 있는 모습이 딱해 보였다. 내 기분과 같은 모양이었다. 나는 내키지 않고 부끄러운 마음뿐이었으며, 추위에 잔뜩 움츠리고 있었다. 할아버지가 어디로 갔는지, 물어보지 않았으니 알 수가 없었다. 나는 귀를 기울이고서 양계장 저편에 있는 울타리 문으로 나가서 헛간 뒤에 있는 밭 쪽으로 갔다.

그러다 헛간 진입로에서 조 배니언의 말소리가 들렸다. "자, 자!" 그는 메리와 짐이라는 이름의 노새 두 마리가 끄는 건초 수레 위에 서서 헛간을 나서고 있었다. "워—워!" 그는 나를 보고서 말했다. "타는 게 낫지 싶구나."

"저도 그렇지 싶네요." 나는 그렇게 말하고 올라탔다.

조는 언덕마루 제일 높은 데 있는 담배 헛간으로 수레를 몰고 갔다. 헛간 진입로 앞까지 가자 조는 수레를 다시 세웠다. "안에들 있어." 그가 말했다. 나는 뛰어내렸고 그는 수레를 몰고 떠났다.

나는 안에 "들" 있는 게 누구인지 몰랐지만, 볕들라고 활짝 열어 둔 앞문으로 들어서면서 그들이 할아버지와 벌리 쿨터라는 걸 알 수 있었다.

쿨터 형제, 즉 벌리와 형 재럿은 이 헛간을 담배 보관고로 썼는데, 이제는 비워 줘야 했다. 할아버지와 벌리가 그날 아침 하던 일은 며칠만 있으면 시작될 양들의 출산을 위해 헛간을 알맞게 치워 주는 일이었다. 쿨터 형제가 이 헛간을 썼던 만큼 책임이 있었기에, 벌리가 도와주러 온 것이었다. 나는 거절한 것에 대해 여전히 부끄럽기도 하고 좀 이상하기도 했기에, 헛간에 들어설 때 멈춰서고 말았다.

헛간 한구석에는 알팔파 건초 블록이 잔뜩 쌓여 있었다. 새끼 낳을 암양들에게 그때그때 먹이기 위해 쌓아 둔 것이었다. 할아버지와 벌리는 암양들이 건초를 먹기도 전에 망가뜨리는 경우가 없도록 그 둘레에 낮은 칸막이를 만드는 중이었다. 할아버지는 널빤지 한 장에 못질을 막 시작하고 있었고, 벌리는 낡은 목재 더미에서 쓸 만한 것을 고르고 있었다.

나를 먼저 발견한 것은 할아버지였다. "아이구, 왔구나."

그러자 벌리가 돌아보더니 말했다. "어! 이거 앤디 아니냐!"

잊을 수 없는 순간이었다. 얼마전에 이탈리아에서 전사한 톰 쿨터가 벌리의 조카였다. 1943년 그 궂은 해에 엄청나게 흘렀던 피 중 일부는 톰 쿨터의 것이었다. 나는 톰의 전사 소식이 전해진 뒤로는 벌리를 보지 못했다. 나는 어른들처럼 인사할 줄을 몰라, 무슨 말을 해야 할지 몰랐다. 벌리가 내게 말을 걸 때, 그 느낌은 마치 나를 반기기만 할 뿐 아니라 톰에 대한 그의 애도의 심정으로도 맞아들이는 것 같았다. 갑자기 목이 메었다. 그는 오른손 장갑을 벗으며 다가와 내 손을 잡고 흔들었다.

"어떻게 지내, 친구?"

나는 고개만 끄덕였다. "잘 지내요."라고 말하면 울어 버릴 것 같아서였다.

할아버지가 말했다. "앤디, 여기 이 널빤지 끝을 좀 잡아 주렴."

내가 널빤지 한쪽 끝을 붙들고 있는 동안 할아버지는 반대쪽 끝에 못질을 했다. 할아버지는 그런 다음 내 쪽으로 와서 마저 못질을 했다. 우리는 그 다음 널빤지도 같은 식으로 못질했다. 나는 도움이 되고 있었다. 두 어른은 아침 내내 내가 도움이 될 만한 거리를 찾아냈다. 나에게 일을 줌으로써 함께 어울릴 수 있게 해 준 것이다. 그들은 나를 계속 바쁘게 만들었다. 그러면서 나는 그땐 생소했지만 지금은 익숙한 아름다운 변화를 체험했다. 나는 주저하고 두려워하다가 함께 하는 일에 흥미를 느끼기 시작했고 재미까지 맛보게 되었던 것이다. 몸까지 따뜻해졌다.

우리는 건초더미 둘레에 방책 세우는 일을 마쳤다. 그리고 제자리가 아니거나 방해가 되는 것들을 다 치웠다. 우리는 헛간을 말끔히 정돈했다. 조는 건초밭에서 건초를 한 짐 싣고 돌아왔다. 이윽고 우리는 헛간에 양들을 위한 깔짚을 깔아 주기 시작했다. 수레에서 건초를 한 쇠스랑씩 퍼 와서 바닥 전체에 고르고 깊게 흩어 주는 일이었다. 그러자 묵은 담배 향은 깨끗한 새 건초 향으로 바뀌었다. 할아버지는 기다란 널빤지를 좀 갖고 있었는데, 새끼 낳은 암양들과 낳을 암양들 사이를 분리해 줄 필요가 있을 때 바로 쓰기 위한 것이었다. 우리는 이 널빤지들을 손봐서 필요할 때 쓰기 편한 쪽 벽에다 기대 놓았다. 우리는 쌓아 둔 구유들을 내려 진입로 가운데다 줄지어 놓기도 했다. 한쪽 벽에는 가로세로 4피트(약 1.2미터)의 우리를 줄줄이 만들었다. 새끼 낳은 암양이 새끼들과 함께 지내면서 새끼들이 첫 출발을 잘할 수 있도록 돌봐 주기 위한 공간으로, 할아버지가 "산과 병동"이라 부르는 곳이었다.

내가 봐도 나 때문에 일이 더뎌지고 있다는 걸 알 수 있을 때에도 어른들은 내게 도울 기회를 주고는 했다. 우리는 지나간 여름 농사를 되돌아보게 하는 담배 헛간을, 다가올 해의 어린 양들을 기대하게 하는 외양간으로 변모시키고 있었다. 우리는 일을 하면서 새해가 다가오고 있고, 날이 길어지고 있으며, 나고 자라는 때가 돌아오고 있음을 느낄 수 있었고, 그 때문에 모두 행복감을 느끼는 듯했다. 전쟁으로 사람들이 많이 슬퍼하고 두려워할 때임에도 말이다. 우리가 마지막으로 한 일은 빈방을 깨끗이 치우는 것이었다. 이 방은 일종의 병원으로, 추운 밤에 할아버지가 불을 피워 놓고 난산을 돕거나, 약한 새끼를 낳은 암양을 데려다가 젖을 잘 먹고 몸이 젖지 않도록 돌봐 주거나, 어미 잃은 새끼들의 첫 출발을 도와주기 위한 공간이었다.

마침내 일이 끝나자 할아버지는 시계를 보더니 나를 바라봤다. "자, 뭘 좀 먹을 수 있겠냐?"

아침나절이 다 지나가도록 배고픈 줄을 몰랐는데, 생각해 보니 배가 고팠다. "음, 뭐 많이 먹을 수 있겠어."

우리가 크게 웃자 벌리가 말했다. "배는 목이 잘린 건 아닌지 생각할 걸."

"벌리." 할아버지가 말했다. "가서 점심 같이 하지 않으려나?"

벌리는 말했다. "아뇨, 맷. 고마워요. 집에 스토브 위에다 점심 먹을 걸 좀 올려놨어요. 가서 그것들이 어떤지 보는 게 낫겠어요."

그때 조는 노새들을 먹이러 먹이 있는 헛간으로 수레를 끌고 갔고, 할아버지는 나를 데리고 벌리를 집까지 태워다 주었다.

우리가 돌아와서 씻을 무렵, 모두들 부엌에 있었다. 네티는 스토브에 둔 음식을 마무리하고 있었고, 할머니와 한나는 식탁에 음식을 차리고 있었다. 음식 냄새를 맡으니 속이 후벼 파인 듯 텅 빈 느낌이었다. 친할머니 댁과 마찬가지로 소시지와 그레이비와 으깬 감자가 나왔다. 외할머니의 소시지는 양념이 달랐지만 못지않게 맛있었다. 그뿐 아니라 우유로 만든 옥수수 죽과 크림에 버무린 흰강낭콩, 그리고 비스킷 대신에 옥수수 팬케이크가 있었는데 이미 썰어서 식탁에 차려진 것들 말고도 번철에 굽고 있는 것들도 있었다. 그 밖에도 싱싱한 우유 한 주전자, 어른을 위한 커피, 그리고 역시 온갖 크리스마스 디저트, 또 역시 나를 위한 아이스크림도 있었다.

"뱃속에 빈자리 남겨 두거라." 할머니가 다시 말했다.

Andy Catlett

277

나는 대답했다. "빈자리 넉넉할 거야."

빈자리는 내 생각보다도 넉넉했다.

"앤디가 내일 우리 먹을 걸 남기기나 할까요?" 한나가 말했다.

"글쎄." 할아버지가 말했다. "우린 한 이틀 걸러야 할지도 몰라."

〈비참〉 중에서

Misery, 2008

다시 노년의 앤디 캐틀럿이 화자로 등장하는 장면이다. 역시 할머니 할아버지에 대한 회상인데, 단편[132]의 일부이며, 때는 1945년이다.

농적인 질서에 의해 구현되고 지속되는 가정, 시간과 자연의 질서를 토대로 하는 가정은 힘들기는 해도 위로받을 일도 많다. 그 집은 그런 질서 속에 있었기 때문에 아이는 그 속에서 행복할 수 있었다.

하지만 때는 다가오고 있었고, 이미 도착하기 시작하고 있었다. 그런 질서가 경시되고, 하나씩 해체되기 시작하면서 말이다. 나는 그런 옛 질서가 아직 온전히 남아 있을 때 세상에 나왔기에 얼핏이나마 그 맛을 볼 수 있었다. 나는 대장간에서 놀거나 빈둥거리면서, 대장장이들이 말

---

132) 단편 〈비참〉은 버지니아의 워싱턴 앤 리 대학에서 발행하는 주요 문학지 《셰난도》에 처음 실렸다.

이나 노새에게 편자를 달아 주기도 하고, 철광석이나 나무로 여전히 쓰이던 각종의 간단한 농기구를 만드는 모습을 보고는 했다. 나는 이웃들과 함께 곡식밭에서 바인더[133]를 따라 가며 묶인 단을 모아 낟가리[134]를 만들어 세우기도 하고, 아직 베이지 않은 밀이나 보리에서 뛰쳐나온 어린 토끼를 잡느라 일손을 멈추기도 했다. 그리고 이웃들이 곡식 단을 하나씩 탈곡기에 넣고 곡식 포대를 끌어내는 모습을 보기도 했다. 땀 흘린 사람들이 뒷베란다에서 씻고서 크리스마스 점심 못지않은 추수 성찬 앞에 앉아 있을 때, 전시라서 아이스티에 넣을 설탕도 없지만 푸짐하게 먹고 얘기하고 웃기 위해 모여 있을 때, 나는 돕기 위해 자리를 지키고 있고는 했다.

그러다 할머니가, 늙고 병들고 도움 못 받는 할머니가 탈곡해 주러 온 이웃들에게 음식을 차려 줄 수 없게 되고 아버지도 그런 사실을 인정하게 되는 날이 왔다. 아버지는 역시 그날 일을 감당할 기력이 없었던 할아버지를 만나 모셔 오기 위해 법률사무소 일을 잠시 쉬었다.

"괜찮아요." 아버지가 할머니를 안심시키며 말했다. "제가 알아서 할게요."

그러고서 아버지는 정말 알아서 했다. 아버지는 쩔쩔매는 건 사절인 유능한 사람이었던 것이다. 아버지는 나가서 쇠고기 분쇄육 한 더미와 포장된 햄버거 빵을 몇 자루 사 왔다. 그리고 주방 스토브에 불을 지피고, 도와주겠다는 할머니를 꼼짝 못하게 하고는 햄버거용 고기를 넘치

---

133) binder. 곡식을 베어 단으로 묶는 농기계인데, 본래는 가축이 끌었다.

134) shock. 낟알을 떨어 내지 않은 채 밭에서 말리기 위해 보통 12단씩 모아 밭에 세워 두는 더미를 가리킨다.

도록 굽고 또 구웠다. 배고픈 사람들과 그들을 따라온 배고픈 사내아이들을 먹이기 위해서였다. 아버지의 임기응변은 적절했다. 감탄스러워할 구석이 있다는 걸 내가 봐도 알 수 있었다. 하지만 나는 오래되고 건실하던 무언가가 심각하게 잘못되어 가고 있다는 것도, 아니면 이미 잘못되어 버렸다는 것도 알 수 있었다. 나에게는 누릴 기회가 없는 오래되고 건전한 전통이 등한시되고 있었다. 그때 나는 그런 사실을 말할 수는 없어도 느낄 수는 있었다. 전적으로 그렇게 느꼈다. 부엌에서는 내 아버지가 요리를 하고 있었는데, 내가 보았던 여느 요리사처럼 하는 게 아니라 아버지 당신처럼 하고 있었다. 치러야 할 큰일을 해결하기 위해 몹시 집중하고 서두르되, 다감한 마음은 없이 하고 있었다. 그리고 밖에서는 도와준 이웃들이 앉아 있었는데, 마땅한 추수 성찬이 아니라 햄버거를 기다리고 있었다. 나와 마찬가지로 그들에게도 도시 생활을, 햄버거 간이 판매점을 연상시키는 그 햄버거를 말이다.

할머니 할아버지는 일흔 연세를 넘겼으니, 기력이 쇠해 살기가 짐스럽고 서글펐다. 그리고 두 분이 살아온 삶이, 계절이 다스리는 시골 생활이, 두 분이 지켜보는 가운데 저물어 가고 있었다. 이제는 탈곡기도, 탈곡을 돕는 이웃들도 그들의 집으로 오지 않을 터였다. 사내아이들이 기어오르고 미끄러져 내려오는 거대한 건초 더미도 다시 보기 힘들 터였다. 돈만 주면 사서 도움을 받을 수 있는 콤바인[135]이 있었던 것이다.

---

135) combine. 곡물을 수확하고, 탈곡하고, 키질까지 하는 대형 농기계로, 초기 모델은 가축의 힘을 이용했으나, 이제는 주로 석유와 엔진의 힘을 이용하는 기계를 가리킨다.

《올드 잭의 기억》 중에서
The Memory of Old Jack, 1974

1952년 9월, 펠트너 부부의 집에서 담배를 수확할 때의 장면이다. 품앗이 전통이 아직 계속되고 있던 때다. 품앗이는 서서히 해체되기는 해도 이로부터 30년 남짓 더 이어졌다. 남자들은 작물을 거두려고 모였고, 여자들은 남자들 점심을 장만하느라 모였다. 마거릿 펠트너는 나이가 많이 들었고, 한나는 버질 펠트너가 제2차 세계대전 때 죽은 뒤로 네이선 쿨터와 결혼하여 임신을 했다. 하지만 메리 펜은 점심이 끝나고 설거지를 마치자마자 나가서 남자들과 남은 일을 할 것이다. 이 대목 시작 부분에 한나는 잭 비첨 노인[136]을 이발소에서 우연히 보았다. 그녀는 이발소에서 잠들어 꿈까지 꾼 그를, 점심을 차리는 펠트너 부부의 집으로 모셔 온다.

그들은 맷 펠트너의 집으로 가는 길을 천천히 걷는다. 한나는 도움을

---

136) 소개된 장면에서 포트윌리엄 지역공동체에서 가장 원로인 잭 비첨 노인은 아흔두 살이며, 이 해에 세상을 떠난다.

받기 위해서이기나 한 듯 노인의 팔을 붙들고 있는데, 실은 그녀가 그를 돕고 있다. 그래도 그녀는 그녀를 위해 그토록 정중하게 굽힌 그의 팔을 잡음으로써 정말 도움을 받고 있다. 그녀는 그의 앎과 동반하니 든든하다. 그녀는 자신이 그의 앎 속에서 온전하다는 것을 안다. 그의 응시를 받으며 그녀는 자신이 물리적으로만이 아니라 역사적으로도 한 여인임을 느끼게 된다. 신비의 씨앗을 맺은, 여러 세대 가운데 한 여인임을 말이다. 그로써 그녀는 자신이 완성된다는 느낌을 받게 되니, 젊은 남자의 욕구로는 그런 완성감을 맛볼 수 없는 까닭이다. 걸어가면서 그녀는 그에게 이런저런 소식을 들려준다. 다들 어떻게 지내는지, 어디서들 일을 하고 있는지, 일들을 어디까지 마쳤는지, 남은 일은 무언지. 이따금 그녀는 자기 얘기에 푹 빠진 듯 멈춰 서고는 하는데, 실은 그에게 쉴 틈을 주기 위해서다. 하지만 그녀는 그렇게 해서라도 더 오래 걷는 게 좋다. 그녀는 그에게 감격하고 있으며, 그가 보는 데 서 있는 게 기쁘다. 만년의 앎이 여성스러운 그이고, 인간의 모든 수고는 신비의 세계로 넘어간다는 걸 아는 그이며, 생을 다하기까지 언제까지나 자기 땅의 생명에 충실했던 그다. 올드 잭은 그녀의 음성을 이윽히 듣고 있다. 힘이 있고 희망과 앎과 기쁨이 가득하며, 그를 즐겁게 해 주고 그가 알고 싶어 하는 것들을 말해 주는 목소리를. 그는 그녀에게 계속 얘기해 달라는 뜻으로 고개를 끄덕이고 미소를 짓는다. 이따금 칭찬도 하는데, 노년이 가져다 준 결정적인 판단의 어조로 말한다. "장하군. 아주 잘했어." 그의 어조는 이런 뜻을 담고 있다. 언제까지나 자기 자신을 믿으라.

이제 두 사람은 맷의 집 앞마당을 지나고 있다. 갑자기 올드 잭은 점심 냄새를 맡게 된다. 진한 향기가 그의 감각을 휘젓더니 마음마저 바꿔 놓는다. 그는 몇 걸음을 더 간다. 이제 그는 노년의 세계를 떠나 더 강건하고 젊은 세계로 들어선다. 노동으로 인한 배고픔을 노동의 결실로 해결하는 세계의 한복판으로 진입하고 있는 것이다. 그것은 그가 아는, 오직 그리고 최종적으로 아는 질서다. 일과 배고픔 사이의 복잡한 순환의 질서 말이다.

두 사람이 집 모퉁이를 돌아서니 뒷베란다가 눈에 들어오고, 막 돌아온 남자들이 다 모여 있다. 세숫대야 두 개와 따뜻한 물이 담긴 주전자 두 개가 놓여 있다. 한나의 어린 딸 마거릿은 가까이서 수건을 들고 서 있다. 라이트닝, 그리고 맷의 손자 앤디 캐틀릿은 뒷베란다 끄트머리에서 세숫대야에 몸을 숙여 씻고 있다. 맷은 베란다에 놓인 고리버들 흔들의자에 앉아 한나의 어린 아들 매티를 안고 있다. 벌리와 재럿, 네이선, 엘튼은 베란다 밖 뜰에서 담배를 피며 서 있거나 쪼그리고 앉아 차례를 기다리고 있다. 그들의 셔츠는 땀으로 젖어 있다. 그들의 손과 온 앞섶은 담배에서 나온 진액으로 검어져 있다. 그들에게서는 땀과 담배와 밭 흙의 냄새가 난다. 그들 모두의 모습에서는 중노동 끝에 찾아오는 평온함의 기운이 느껴진다. 그들은 쉬러 왔고, 지금 그들의 평온함은 더 오래 일해야 하는 오후를 앞두고 있기 때문에, 하루 일을 마치면 찾아올 평온함보다 더욱 강하고 깊이 있게 느껴지며 더욱 알뜰하게 즐기게 된다. 심지어 맷도, 평소 같으면 매티를 데리고 무슨 장난이라도 하고 있을 그도 의자 팔걸이에 양손을 얹고 가만히 앉아 있다. 매티는 그의 어깨에 기대어 거의 잠든 상태다. 얘기하고 있는 건 벌리뿐이다. 다른 때 같으면 남들처럼 가만히 있을 그이지만 말이다. 그는 라이트닝의 등에다 농담 반 칭찬 반으로 계속 뭐라고 하고 있다. 그것은 다른 사람들이 다 알듯이, 라이트닝을 계속 붙어 있게 하기 위한 의도로 하는 달콤한 소리였다. 그렇게 힘든 일을 계속해서 해야 하는 부담이 있다 보니, 습관적으로 허풍을 떨고는 하던 라이트닝이 부루퉁해져 있을 때가 많았던 것이다.

"아니, 저 친구 팔 좀 보라구." 벌리가 말하고 있다. "저 사나이 팔뚝 근육 좀 보란 말야. 어휴, 팔이 저러니 소맷자락도 못 걷어 올리겠네. 내가 저 친구 곁에 안 가는 게 당연하지."

다른 사람들은 싱긋 웃으며 눈을 깜빡였다. 사실을 말하자면, 일을 맡기고 내버려 두면 라이트닝은 일손이 느리다. 하지만 벌리는 일주일 내내 라이트닝의 뒤를 따라다니며 허풍을 떨고 추월하겠다고 위협을 하면서 말로만 그칠 뿐이었고, 그럼으로써 라이트닝을 일을 가장 잘하는 엘튼이나 네이선 수준으로 이끌 수 있었다.

라이트닝은 다 씻은 뒤 허리를 펴고는, 어린 마거릿이 건네주는 수건으로 손과 얼굴을 닦는다. 그는 벌리가 하는 말에 초연한 척하기 위해 최선을 다하지만 영향을 받지 않을 수 없고, 자기 오른팔 근육을 대견한 듯 만져 본다.

"잭 아저씨, 제가 오전에 저 친구한테 희롱을 당했다니까요." 벌리는 집 모퉁이를 돌아오는 노인을 보며 말한다. "따라잡아 보려고 했지만 어디 당할 수가 있어야지."

"가서 먼저 씻어요." 그가 형인 재럿에게 말한다. "난 마저 담배 펴야 하니까." 그는 뒤허리에 손을 짚고서 좀 구부정하게 서 있다. 좀 아픈 시늉이다. 그럴지도 모르지만 이 역시 장난이다. 과장스럽게 늙고 지친 사람인 양하는 것이다. 그는 먼 데를 쳐다보며 자신의 패배를 곱씹는 독백을 한다. "어림도 없더구먼! 당할 수가 있어야지! 비스킷은 너무 적게 먹고 나이는 너무 많이 먹었으니 차이가 날 밖에."

"오오, 훌륭한 청년일세!" 올드 아저씨는 분위기를 알아차리고서 그렇게 말한다. 그는 누군가가 계속 다그치지 않으면 라이트닝이 어디에 있을지를 안다. 어디선가 자고 있을 것이다. 올드 잭은 벌리의 칭찬에 찬동하며 고개를 끄덕인다. "눈빛이 벌써 다른걸."

"어르신 말씀이 지당하지, 암." 벌리가 말한다. "브랜치 가문의 자랑이지. 확실히 그래. 그런데 어디서 비스킷 향이 나는구먼. 햄인지도 모르겠어. 그렇다면 오후엔 달라질지도 몰라. 나도 제대로 먹고서 다시 밭에 나가 볼 작정이니까. 뭐, 저 친구를 따라잡지는 못해도 내가 뒤따라가는 소리는 들리게 해 주지. 햄과 비스킷이 있으니까!" 그 말과 함께 그는 노래를 부른다.

비스킷을 몇 개나 먹을 수 있나요?
마흔아홉 개하고 햄 한 덩어리를
오늘 오전에만.

이제 라이트닝은 빗질을 마무리하고 있는데, 앞머리에는 웨이브를 주고 양쪽 옆머리는 바짝 붙여 뒤로 넘긴다. 빗을 놓고 머리를 조금만 움직여도 당장 흐트러질 작품이다. 그의 눈빛과 턱과 입매에는 오만한 기색이 역력하다. 일솜씨가 뛰어나서가 아니라 일솜씨 뛰어난 것에 대한 경멸에서 비롯되는 오만이었다. 그는 밭일을 제일 잘하지는 않아도, 제일 잘하는 사람이나 자기 안에 타고났을지도 모르는 실력을 조롱하는 데는 제일인 만큼, 밭일이 제일인 사람 못지않다고 생각하는 것이다. 올드 잭은 라이트닝의 얼굴을 살피더니 "허!" 하고 못마땅해하며 고개를 돌려 버린다. 그런 마음 가진 사람들을 너무 많이 봤기 때문에 그 심리를 대번 알아본 것이다.

재럿과 엘튼이 다 씻고 나자 벌리와 네이선이 씻기 시작한다. 한나는 맷의 품에서 잠든 매티를 안아 들고서 거실에 있는 아기 낮잠 자는 자리로 데려간다. 마거릿은 다른 데로 놀러 나갔다.

이제는 맷이 일어나 올드 잭과 함께 씻는다. 두 사람이 수건을 다 쓰고 나자, 맷은 수건을 흔들의자 등받이에 걸어 둔다.

"자, 이제 식사하러 가죠." 맷이 말한다. 그가 주방 문을 열자 사람들이 줄줄 따라 들어간다. 올드 잭이 먼저고 나머지는 그 다음이다. 남자들과 세 여자들 사이에 이런저런 인사가 오간다.

올드 잭은 식탁 맨 윗자리에 앉는다. "다들 앉으세." 그가 말하자 나머지는 의자를 당겨 자리에 앉는다. 맷은 식탁 끝자리에 앉았다. 식탁의 측면 중 올드 잭 오른편으로는 엘튼과 라이트닝과 앤디가, 왼편으로는 벌리와 네이선과 재럿이 앉았다. 그들은 음식이 가득한 큰 접시나 대접 여럿을 전달해 가며 자기 접시를 채웠다.

이제 그들은 배가 고팠던 만큼 열심히, 그리고 조용히 먹기만 한다. 여자들은 접시들을 필요한 데로 계속 날라 주고 아이스티를 계속 채워 준다.

"천천히들 먹게." 올드 잭이 말한다. "음식이 훌륭하고 넉넉히 있으니."

이 말에 다른 사람들은 음식 칭찬을 하기 시작한다. 아내가 요리를 한 사람들은 다른 여자들이 한 요리에 대한 칭찬을 조심스럽게 한다.

사람들의 허기와 왕성한 식욕을 실감한 올드 잭은 평소보다 아주 잘 먹는다. 하지만 그의 마음은 다른 사람들에게 가 있어서, 그는 그들을 유심히 살펴본다. 나이 든 맷과 재럿과 벌리를 살피니 피곤하지만 견디려는 의지가 보여 안쓰러우면서 감탄스럽기도 하다. 검증이 된 다섯 사람, 그가 속속들이 잘 알고 오래 신뢰해 왔기에 만족과 사랑을 느끼는 다섯 사람을 보니, 속으로 칭찬과 축복을 하게 된다. 그들을 바라보는 그의 기쁨은 너무 살뜰해서 아플 정도다.

그리고 그는 청년이 된 앤디를 살펴본다. 혈족이기도 하지만 일을 두려워하지 않고 생각이 건전하기에 그가 사랑하는 앤디였다. 앤디는 살집이 너무 없고, 앞으로 겪을 일도 결단할 것도 많기에, 보기 안쓰럽기도 했다.

그는 사랑하지 않는 라이트닝도 바라본다. 그는 저 아이는 먹는 값을 하기가 어려울 것이라 생각한다. 라이트닝은 자꾸 빠져나갈 궁리를 하기 좋아하는 아이이기 때문이다. 둘 중 하나를 택할 수 있다면, 또는 그럴 수 있다고 생각한다면, 최선을 다하거나 최선의 가능성을 생각하는 법이 없다.

올드 잭은 고개를 가로젓는다. "앤디 저 아이, 많이 좀 먹이게." 노인이 맷에게 말한다.

"걱정 마세요. 저 아이는 제가 잘 챙길 테니까요." 맷은 그렇게 말하며 앤디의 손을 잡더니 어깨를 두드렸다.

"앤디가 가고 나면 많이 그리울 거야." 벌리가 말한다.

이제 허기는 면한 사람들이 앤디를 주목한다. 이날은 여름부터 일해 온 앤디의 마지막 작업일이다. 다음날이면 앤디는 대학 생활을 시작하러 떠나기 때문이다.

"우린 저 친구가 어디로 갔나 하고 두리번거리게 될 거야." 벌리는 말한다. "하지만 떠나신 넘이지 뭐. 이렇게들 말하겠지. '수레 짐 아주 잘 싣던 그 껑충한 애 어디 갔지? 맨 윗단 짐끼리 엇물리게 단도리 잘하던 애 말야.' 그러면 우린 이러겠지. '어, 앤디는 여기 없어. 책 연구하러 대학에 갔거든.'"

"여학생 연구겠지." 네이선이 히죽 웃으며 말하더니 한나에게 윙크를 한다.

"앤디는 필요하면 여학생 사귀어도 괜찮아요." 한나가 말한다. "그건 내가 당신보다 잘 알아요."

"앤디, 얘, 너 커비하고는 잘 지내지, 그치?" 메리 펜이 말한다.

"아, 커비가 딴짓 말라고 분부하면 앤디는 대학에서 책만 파는 게 백 번 낫지." 벌리가 말한다. "안 그러면 커비가 벌통을 걷어차 버릴걸."

"암튼 앤디, 넌 책만 파야 한다." 재럿이 말한다. 식탁 맞은편 앤디를 바라보는 그의 시선은 짙은 눈썹 아래 자못 진지하고 직선적이다. "책에만 전념하면 뭐가 돼도 된다."

"앤디." 이번에는 엘튼이 말한다. "너 책 공부 잔뜩 하고 나면 거기서 길을 찾을 테고, 그러면 여기 우리하고 어울릴 시간은 아주 없을 거다."

떠나는 자기 얘기를 싱긋 웃으며 듣고 있던 앤디는 이제 쑥스러워 낯이 붉어진다. "진짜 그럴걸." 엘튼은 함부로 단언할 수 없다는 걸 알면서도 그렇게 말한다. 장난스레 한 말이긴 하지만 엘튼이 자신한 바는 두고 봐야 할 일일 것이다.

다들 알고 있다. 앤디가 아직 진로를 정하지 못했다는 걸.

그러자 맷이 말한다. "뭐, 앤디는 여기서 우리하고 지내면서 학교에서는 못 배웠을 걸 배웠으니까. 거기 선생이 많아도 그런 건 모를 거야. 내가 생각하는 앤디라면 그런 걸 잊어버리지 않을 테고."

"그렇고말고!" 올드 잭이 말한다. "지당한 말씀이야!"

이제 접시는 다 비었다. 여자들은 접시를 모아 싱크대 옆에 쌓아 둔다. 그리고 치운 식탁에다 블랙베리 파이 담은 접시를 내온다. 오븐에서 막 꺼내 따끈한 파이에 차가운 크림을 얹은 디저트다.

"이건 앤디한테 고마워들 하세요." 한나가 말한다. "앤디가 제일 좋아하는 거라 제가 특별히 만들었답니다."

"'앤디'한테 고마워하라구!" 네이선이 말한다. "야, 이거 너무 심한데, 당신 '내'가 좋아하는 건 도대체 언제 만들어 줄 작정이야?"

한나는 벙긋 웃는다. "당신한테도 때가 와요." 그녀가 말한다. "당신 '2세' 말예요."

다른 사람들은 하하 웃는다. 아이스티 잔들이 다시 채워진다. 이제 사람들은 천천히 파이를 먹어 가며 한가로이 지난날이나 다른 작물 얘기를 한다.

이제 오래 미룰 수는 없는 오후 일이 다가오고 있다. 올드 잭은 그런 기운을 공기로 느낄 수 있다. 그것은 아무리 튼튼하고 일 잘하는 사람이라도 어렵사리 버텨야 하는 더위와 일의 부담이 주는 두려움이다. 하지만 이제 다시 들로 돌아가는 건 그의 몫이 아니다. 땡볕에서 쏟아지는 땀도, 그래도 능숙하고 힘차게 일을 해내는 재미도, 자부심도, 더 이상 그의 몫이 아니다.

《제이버 크로우》 중에서
Jayber Crow, 2000

제이버 자신이 화자로 등장하는 장면이다. 1937년부터 1969년까지, 그는 포트윌리엄의 이발사로 일하며 가게 단칸방에 살았다. 그러다 위생법상 온수 시설을 갖춰야 함에 따라 영업을 할 수 없게 되었다. 이제 그는 강가에 있는 외딴 오두막집에서 살면서 여전히 이발 일을 하고 있다. 여기 이 대목은 식사 때의 일이기는 하지만 음식 얘기는 별로 없다. 하지만 진짜 주제는 벌리 쿨터가 포트윌리엄의 "멤버십"이라 부르는 것을 이루는 바, 애정과 도움을 거저 주고 받는 일인지도 모른다.

나는 내 자신의 머리를 깎기 위해 줄곧 하그레이브로 다녔다. 포트윌리엄에 살 때에는 거기로 다니기가 꽤 쉬웠다. 누가 그쪽으로 간다는 소리가 들리면 태워 달라고 말하고는 했던 것이다. 그런데 강가에 있는 집에 살다 보니 그게 그리 쉽지 않았다. 이따금 히치하이킹을 해야 했는데, 한나절이 걸리고는 했다. 한번은 그런 사정을 대니에게 말한 적이 있다.

그는 말했다. "아니, 제이버, 이발하러 하그레이브까지 가실 것 없어요.

라이다가 할 줄 알거든요."

저녁 무렵이었다. 그는 낚시를 마치고 집으로 돌아가는 길이었다. "가시죠." 그가 말했다.

그래서 나는 그의 트럭을 함께 타고 그의 집으로 갔다.

"라이다!" 그가 말했다. "제이버가 이발을 하셔야 한대."

그녀는 말했다. "음, 먼저 저녁을 드셔야겠네요. 나는 식사 준비부터 마쳐야 하니까요."

나는 말했다. "아니, 난 폐 끼치는 건 싫은데."

"한 입 는다고 해서 달라질 건 없어요." 그녀가 말했다.

"괜찮아, 제이버." 베란다 그네의자에서 벌리가 말했다. "폐 될 것 없어. 이리 오게. 몇 분만 기다리면 내가 식탁에 저녁 차릴 테니까."

그러자 라이다는 손에 든 행주로 벌리의 어깨를 탁 쳤다. "식탁에서 뭘 해요! 그랬다간 아주 좋은 꼴 볼 줄 아세요!"

"식탁은 늘 요리한다고 매번 저 사람들 차지지." 벌리가 말했다. "저리로 가세, 제이버."

그 즈음 아이들과 개들은 모두 낯선 사람이 왔다는 걸 알고서 구경을 나와 있었다. 그들은 내 주머니에 사탕이 꽉 차 있는 걸 보았기라도 한 듯 나를 둘러싸고 있었다.

"물러서거라! 물러서!" 대니가 말했다. "좀 지나가게 해 드려!" 그는 양손으로 공간을 가르는 동작을 했다.

아이들과 개들은 홍해 바다 갈라지듯 양쪽으로 물러섰고, 그러자 대니와 내가 지나갈 통로가 생겨, 우리는 베란다 한구석에 있는 빗물받이 통 옆에 있는 세면대로 갔다. 대니는 세숫대야를 집어 그 바닥으로 물통의 수면을 탁 쳐서 장구벌레들을 가라앉힌 다음, 대야 반 가득 물을 퍼서 세면대에 올려놓고는 비켜서더니, 먼저 하시라는 손짓을 했다. "세수까지 하시려면 비누하고 수건도 있어요." 그는 그렇게 말하더니 다시 몰려든 아이들과 개들에게 말했다. "물러서!"

아이들은 다시 뒤로 물러났지만 나를 지켜보는 건 멈추지 않았다. 나는 세수를 하고 물을 내버린 다음 대니가 쓸 물을 대야로 퍼 주고는, 아이들과 개들 사이로 해서 베란다로 갔다. "앉으시게, 제이버." 벌리가 말하며 자기도 앉았다.

대니는 다 씻고 나서 대야에 다시 물을 채운 다음 아이들 씻는 걸 지키며 서 있었다. 큰 아이들은 씻기보다는 물장난이 더 하고 싶은 작은 아이들을 챙겼다. 대니는 말했다. "저녁 다 먹을 때까지 개한테 손대지 마라."

그 많은 어린애들이 식사 때 상당한 소란을 피우리라 예상할 만한데, 라이다가 우리한테 저녁 먹으러 오라고 부르자 열네 살인 월부터 네 살인 로지까지 아이들은 가서 제 자리에 앉더니 찍소리도 하지 않았다. 처음에 나는 내가 있어서 그런지도 모르겠다고 생각했는데, 실은 다분히 규율 때문이었다. 그렇다고 아이들이 기가 죽어서 그런 건 아니었다. 기강이 그랬던 것이다. 아이들은 라이다가 안 볼 때면 제법 시끄러워졌다. 루벤과 두 여아들은 아직 너무 어려서 계속해서 한꺼번에 말을 했는데, 마치 나무 가득 몰려 있는 참새들처럼 쩍쩍거렸다.

식사가 끝나자 아이들은 접시를 그러모아 쌓았고, 벌리는 설거지를 하고 월은 접시를 닦아서 치워 놓았다.

벌리와 라이다는 벌리가 집안일을 게을리하네 잘 못하네 아니네 하며 농담을 계속 주고받았다. 하지만 물론 벌리는 대니와 라이다가 오기 오래전에 혼자서 살았고, 온갖 집안일을 다 할 줄 알았다. 라이다의 마음에 쏙 들 정도는 아니더라도 말이다. 그들이 그의 집으로 왔을 때에 그는 자기 집인 만큼 그들에게 환대를 베풀었을 텐데, 어느 결엔가 자신이 손님이 되어 버리고 말았다. 그들은 굳이 안 그래도 되었을지 모르지만 환대를 환대로 갚았다. 내 생각에 그는 훌륭한 손님이 되는 대신, 할 수만 있다면 모든 면에서 라이다를 돕는 편을 택했다. 라이다는 벌리의 그런 세심한 배려를 간파했고, 끝없이 가지를 치는 농담이 서로에 대한 애틋한 정의 표현임을 이해했다. 두 사람은 농담을 주고받을 때 속마음과는 반대되는 말을 했다. 벌리가 자꾸 방해가 되는 라이다 때문에 집안일을 제때 못했다고 불평한다면, 그건 그녀가 전혀 방해되지 않으며 그녀가 와 있어서 고맙다는 뜻이었다. 라이다가 두 노총각 대신 한 남편을 모시고 살았더라면 얼마나 좋았겠냐고 말한다면, 그건 그녀가 두 사람을 참고 견디며 사는 것 이상으로 사랑한다는 뜻이었다. 뭐 그런 식이었다.

벌리와 윌이 설거지를 하고, 대니와 로열과 쿨터와 파운트가 나가서 개들을 먹이고 몇 가지 남은 할일을 하는 동안(저녁 먹기 전까지 소들 젖을 짜고 먹이는 건 아이들 일이었다) 라이다는 내 이발을 해 주었다. 아이들은 엄마가 낯선 사람 머리를 깎아 주는 광경이 대단한 충격이어서, 레이첼과 로지는 내내 속삭이고 키들거렸고, 루벤은 식탁 밑에 들어가서야 참고 봐줄 수 있었다.

《한나 쿨터》 중에서
Hannah Coulter, 2004

여기 소개하는 두 문단에서 우리는 한나 쿨터에게로 돌아간다. 때는 2000
년. 그녀의 두 번째 남편 네이선은 세상을 떠났다. 손자인 버지,[137] 즉 한나와
첫 남편인 버질 펠트너 사이에서 난 마거릿이 낳은 아들은 환멸과 약물에 빠
져 사라져 버렸다. 칼렙은 한나와 네이선의 아들이다. 그는 과학자로, 좀 떨어
진 곳에 있는 대학의 농학 교수다. 앨리스는 그의 아내다.

늙은 남편이라 해도, 지금 내 기억 속에 있는 그이는 젊은 남자다. 죽
은 남편이라 해도, 과거가 아니라 현재로 기억하고 있는 그이는 아직 내
사랑 속에 살아 있다. 죽음은 일종의 렌즈다. 전에는 죽음을 벽이나 닫
힌 문이라 생각하고는 하던 나이지만 말이다. 죽음은 만사를 바꿔 버리
고 만사를 투명하게 만드는 까닭이다. 죽음이야말로 이 꿈을, 이 짧고도

---

137) 버지(Virgie)는 버질(Virgil)의 애칭으로, 할아버지의 이름을 딴 것이다.

영원한 삶을 알 수 있는 더없이 진정한 방법인지도 모른다. 이따금 나는 네이선을 기억하려고 할 때 제대로 모습을 떠올리지 못하고는 한다. 그렇지 않고 그이 생각을 안 하고 있을 때, 청하지도 않았던 그가 찾아와서 그의 모습을 그 어느 때보다 더 뚜렷하게 보기도 한다. 그럴 때 거기서, 혹은 여기서 나는 깨어 있는 걸까?

가을이다. 추수감사절은 지났다. 칼렙과 앨리스가 여기 왔었다. 마거릿도 왔는데, 이제 버지가 없는 것을 체념하게 된 모양이지만 우리는 아무도 버지 얘기를 꺼내지 않았다. 나는 우리 모두 한동안 남은 음식만 먹어도 될 정도로 점심을 푸짐하게 차렸다. 쿨터 브랜치가 쏘아 잡은 어린 칠면조 수컷, 드레싱과 그레이비, 으깬 감자, 깍지콩, 옥수수 푸딩, 따끈한 롤빵, 호박 파이. 우리 넷은 여러 퍼즐 판의 잃어버린 조각처럼 모여 식탁에 둘러앉았다. 네이선이 있었다면 감사 기도를 올렸을 것이다. 나라도 했어야 했는데, 시도는 했건만, 내 목소리로 깨뜨릴 수 없는 침묵만이 있을 뿐이었다. 나는 고개를 숙이고 앉아 있을 뿐이었고, 그동안 나머지 가족은 내가 큰 소리로 무어라고 하기를 기다리고 있다. 이윽고 나는 주제를 바꾸어서 말했다. "칼렙, 롤빵 좀 돌리렴."

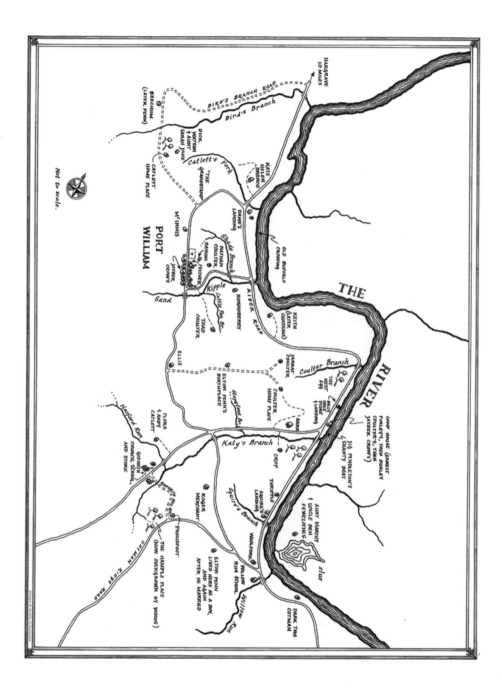

먹는 즐거움

The Pleasures of Eating, 1989

여러 번 그랬다. 미국의 농업과 농촌생활이 몰락해 가고 있다는 내용의 강연을 마치고 나면, 청중 가운데 누군가가 "도시 사람들은 무얼 할수 있을까요?"라고 묻는 경우 말이다.

"책임 있게 먹어야 합니다." 나는 대개 그렇게 대답했다. 물론 나는 그게 무슨 뜻인지 설명하려고 애쓰고는 했는데, 그러고도 늘 말한 것보다말할 게 더 많다는 느낌이 남았다. 이 글에서는 좀 더 나은 설명을 해보고자 한다.

먼저 나는 먹는다는 게 농업적인 행위라는 주장에서 출발하고자 한다. 먹는다는 건 씨를 뿌리고 싹이 트는 것으로 시작되는 먹거리 경제의한 해 드라마를 마무리하는 일이다. 하지만 먹는 사람들 대부분은 그런 사실을 더 이상 인식하지 못한다. 그들은 먹거리를 농산물이라 생각할지는 몰라도, 자신을 '소비자'라 생각하지는 않는다. 그들이 그 이상을 생각한다면, 자신이 수동적인 소비자임을 인지하는 것이다. 그들은

298

구할 수 있는 것들의 범위 내에서 원하는 것을, 혹은 원하도록 설득당한 것을 산다. 값은 주로 달라는 대로 지불한다. 그리고 구입 대상의 질과 가격에 대한 비판적인 질문들은 주로 무시한다. 이를테면 이런 질문들 말이다. 얼마나 싱싱할까? 얼마나 불순물이 적거나 깨끗할까? 얼마나 위험물질이 없을까? 얼마나 멀리 운반돼 온 것이며, 운반비는 가격에 얼마나 포함돼 있을까? 제조비나 포장비나 광고비는 얼마나 포함돼 있을까? 식품이 제조되거나 '가공'되거나 '미리 조리'되었을 경우, 그 질이나 가격이나 영양가는 얼마나 영향을 받게 될까?

대부분 도시 쇼핑객들은 먹거리는 농장에서 생산된다고 말할 것이다. 하지만 그들 대부분은 그것이 어떤 농장인지 혹은 어떤 종류의 농장인지, 농장이 어디에 있는지, 농사에 어떤 지식이나 기술이 이용되는지 알지 못한다. 그들은 농장이 계속해서 무얼 생산해 내리라는 것은 거의 의심치 않는 듯하나, 어떻게 혹은 어떤 난관을 극복하고서 그럴 수 있는지는 알지 못한다. 그렇다면 그들에게 먹거리는 다분히 추상적인 관념, 즉 알거나 상상하지 못하는 무엇이며, 적어도 식료품점 진열대나 식탁에 오르기 전까지는 그러하다.

생산이 특화되면 그만큼 소비도 특화된다. 이를테면 연예오락산업의 고객들은 스스로 즐기는 능력을 자꾸 잃어버리고, 점점 더 상업적인 전문 공급업자들에게 의존하게 된다. 이는 식품산업 고객들의 경우에도 그대로 통하는 이치다. 점점 더 수동적이고 무비판적이고 의존적인 '단순' 소비자가 되어 버리는 경향이 있는 것이다. 식품산업 생산업자들은 이제 무수한 소비자를 설득하여 이미 조리된 먹거리를 선호하게 만들었다. 그들은 우리를 위해 우리의 먹거리를 재배하고 배달하고 조리해 주며, 꼭 엄마처럼 어서 먹으라고 권한다. 그들이 아직 먹거리를 미리 씹어서 입에 넣어 주려고까지 하지 않는 것은, 아직 이익을 남기며 그렇게 하는 방법을 발견하기 못했기 때문이다. 우리는 그들이 그런 방법을 기꺼이 찾아내려 한다고 확신해도 좋다. 식품산업이 이상적으로 생각하는 소비자는, 식탁에 묶인 채 식품공장에서 뱃속까지 바로 통하는 튜브로 먹거리를 받아먹는 사람일 것이다.

내 말이 과장일지도 모르지만, 그렇더라도 그리 심한 과장은 아닐 것이다. 식품산업이 주는 대로 받아먹는 사람은 먹는다는 게 농업적인 행위라는 사실을 모르는 사람이다. 먹는 일과 땅이 연결되어 있다는 것을 알거나 상상하지 못하며, 그래서 수동적이고 무비판적일 수밖에 없는 사람이다. 한마디로 희생자인 것이다. 먹는 사람이 먹거리가 농사나 땅과 상관이 있다는 생각을 더 이상 하지 못한다면, 그는 아주 위험스러운 일종의 문화적 기억상실증을 앓고 있는 셈이다. 요즘 나오는 미래의 '꿈의 집' 버전은 텔레비전 화면으로 볼 수 있는 온갖 물품 목록으로 '손쉽게' 쇼핑을 하고, 원격 조종으로 미리 조리된 음식을 데우는 것을 꼭 포함시킨다. 물론 이는 소비되는 먹거리의 역사에 대해 철저히 무지해야 가능한 일이다. 또한 이를 위해서는 소비자들이 잘 알지 못하는 상태에서는 무엇을 사기 싫어하는 본성을 포기해야 한다. 소비자들에게 그들이 잘 알지 못하는 무엇을 파는 일을 명예롭고 매력적인 활동으로 만들어야 하기도 한다. 이런 꿈의 집을 꿈꾸는 사람은 그런 먹거리의 종류나 질에 대해 전혀 모를 수밖에 없을 것이다. 그게 어디서 난 것인지, 어떻게 생산되어 미리 조리되었는지, 어떤 재료나 첨가물이나 잔류물이 들었는지도 당연히 모를 것이다. 식품산업에 대해 적극적으로 면밀하고 꾸준하게 알아보지 않는 이상 말이다. 그런 공을 들인다는 건 각성을 하고서 먹거리 경제에서 활발하고 책임 있는 역할을 맡는 것이나 마찬가지일지도 모른다.

그렇다면 여느 정치학과 마찬가지로 먹거리의 정치학은 우리의 자유와 연관이 있다. 우리는 우리의 정신과 목소리가 다른 누군가의 통제를 받을 경우 우리가 자유로울 수 없다는 사실을 아직은 잊지 않고 있다. 하지만 우리의 먹거리와 그 원천이 다른 누군가의 통제를 받을 경우 우리가 자유로울 수 없다는 사실은 간과해 왔다. 수동적인 먹거리 소비자로서의 조건은 민주적인 조건이 아니다. 책임 있게 먹어야 하는 이유 하나는 자유롭게 살기 위해서다.

그런데 먹거리의 정치학이 있다면, 먹거리의 미학과 먹거리의 윤리학도 있을 텐데, 둘 다 정치학과 떼어 놓고 생각할 수는 없다. 성 산업에서의 성과 마찬가지로, 식품산업에서 먹는 행위는 열등하고 부실하고 보잘것없는 것이 되어 버렸다. 우리의 주방과 여타 먹는 장소들은 점점 더 주유소를 닮아 간다. 우리의 집이 점점 모텔을 닮아 가듯 말이다. 이제 우리는 "삶은 그리 흥미로운 게 아니다."라는 결론을 내린 듯하다. "삶의 만족은 최소한으로, 되는대로, 빨리 누리도록 하자."고 하는 듯하다. 우리는 일터에 가기 위해 서둘러 끼니를 때우고, 저녁이나 주말이나 휴가 때 '레크리에이션'을 즐기기 위해 서둘러 일을 때운다. 그리고 최대한의 속도와 소음과 폭력을 다해 서둘러 레크리에이션을 때운다. 무엇 때문에? 우리 삶의 '질'을 높이는 데 필사적인 무슨 패스트푸드점에서 10억 번째 햄버거를 먹기 위해서? 이 모든 게 가능한 까닭은, 이 세상에서 몸 가진 생명체의 인과관계에, 그것의 가능성과 목적에 너무나 무감각한

탓인지도 모른다.

　이런 무감각함은 식품산업의 광고에서 너무나 노골적으로 표현된다. 식품산업 광고에서 먹거리는 배우처럼 잔뜩 분장을 하고 나타난다. 먹거리에 대한 지식을 그런 광고로만 얻는다면, 실제로 그런 사람들이 꽤 많은데, 갖가지 먹거리가 살아 있는 생명체였다는 사실을 모를 것이다. 그것들이 다 흙에서 난 것임을, 수고롭게 길러진 것임을 모를 테다. 미리 조리된 식품이나 패스트푸드 앞에 앉은 미국의 수동적인 소비자는, 싱싱하지 못하고 무언지 모를 내용물로 범벅이 된 접시를 마주한다. 더구나 이 내용물들은 가공되고, 착색되고, 빵가루나 소스나 고기즙을 뒤집어쓰고, 살균 처리가 된 것이며, 살아 있던 생명체의 어느 한 부분과도 닮은 데가 없어 보인다. 자연과 농업의 산물이던 것이 어느 모로 보나 산업의 생산품으로 변모한 것이다. 그리하여 먹는 자도 먹히는 대상도 생물학적 진실로부터 외떨어져 있게 된다. 그리고 그 결과는 인간의 경험에서 전례가 없던 외로움이다. 그런 고독 속에서 먹는 사람은, 먹는 행위를 처음에는 자신과 공급자 사이의 상업적인 거래로만, 그 다음에는 자신과 먹거리 사이의 식욕 충족을 위한 거래로만 생각할지도 모른다.

　먹는 행위의 이러한 기묘한 전문화는 역시 식품산업에 확실히 도움이 된다. 식품산업 입장에서는 먹거리와 농사 사이의 연관성을 흐려야 하는 충분한 이유가 있다. 소비자가 자신이 먹는 햄버거가 생의 대부분을 제 배설물이 질퍽한 사육장에 갇혀 있던 비육우肥肉牛에서 비롯된 것임을 알아서 좋을 리 없다. 접시에 담긴 송아지고기 커틀릿이 몸을 돌릴 공간이 없는 사육 칸에서만 살던 송아지의 살이라는 사실을 알아서 좋을 게 없다. 코울슬로(다져서 절인 양배추 샐러드)에 대한 연민이 덜 자

302

상할지 몰라도, 가로세로가 1마일이나 되는 양배추 밭이 위생과 생물다양성에 끼치는 영향이 어떠할지에 대해 생각해 보도록 부추길 필요는 없을 것이다. 거대한 규모의 단일경작 방식으로 기른 채소란 독한 농약에 의존할 수밖에 없기 때문이다. 좁디좁은 데 갇혀 사는 동물이 항생제나 각종 약품에 의존할 수밖에 없듯이 말이다.

달리 말해 소비자는 식품산업에서, 다른 여느 산업에서도 마찬가지지만 무엇보다 중요한 관심사가 질과 건강이 아니라 양과 가격임을 알아서는 안 되는 것이다. 지난 수십 년 동안 산업화된 먹거리 경제 전체가, 거대한 농장이나 사육장에서부터 슈퍼마켓 체인이나 패스트푸드 레스토랑에 이르기까지 모든 게, 양에만 집착해 왔으니 말이다. 식품산업은 끊임없이 규모를 확대해 왔는데, 이는 양을 늘리기 위해, 그리고 원가를 줄이기 위해서였다. 하지만 규모가 커질수록 다양성은 떨어진다. 다양성이 떨어지면 건강이 부실해지고, 건강이 부실해지면 약품이나 화학물질에 대한 의존도가 높아질 수밖에 없다. 자본은 노동을 대체하는 과정에서 사람인 일꾼을, 땅의 천연적인 건강과 비옥함을 기계와 약품과 화학물질로 교체해 버린다. 먹거리는 이익률을 높이는 여하한 수단이나 편법에 의해 생산된다. 광고업계 분장사들의 역할은 소비자를 설득하여, 그렇게 생산된 먹거리가 질 좋고 맛 좋고 건강에 좋으며 부부애와 장수의 증표라고 믿게 만드는 것이다.

그렇게 하면 소비자를 옛날식 가정 먹거리 경제의 안팎살림husbandry and wifery으로부터 해방시킬 수 있다. 그런데 이 해방은 덫에 스스로 걸려들어야만 맞이할 수 있다. (많은 사람들이 그러하듯, 무지와 무기력을 특권이라고 아는 게 아닌 한 말이다.) 이 덫은 산업주의의 이상이다. 말하자면 상품은 자유롭게 들어가되 의식은 나오지 않는 배관들에 둘러싸인 성벽 속의 도시인 것이다. 그런 덫에서 벗어나는 방법은 무엇일까? 덫에 걸려들 때와 마찬가지로 자발적이어야만 벗어날 수 있다. 먹는 일에 관련된 의식을 회복해야만, 먹거리 경제에서 제 역할에 대한 책임을 되살려야만 가능한 일이다. 출발은 알버트 하워드 경이 《흙과 건강》에서 말하는 유익한 원칙에서부터 해도 좋을 것이다. 그것은 우리가 "흙과 동식물과 인간의 모든 문제를 하나의 큰 주제"로 이해해야 한다는 원칙이다. 달리 말해 먹는 사람은 먹는 행위가 불가피하게 이 세상에서 일어나는 일임을, 불가피하게 농적인 행위임을, 그리고 어떻게 먹느냐에 따라 세상을 어떻게 이용하느냐가 크게 달라짐을 이해해야 한다. 이는 말할 수 없이 복잡한 관계를 간단히 설명하는 한 방법이다. 책임 있게 먹는다는 것은 이 복잡한 관계를 이해하고 규정하는 최선의 방법일지 모른다. 그렇다면 우리가 할 수 있는 것은 무엇일까? 다음과 같은 목록을 만들어 볼 수 있을 것이다.

첫째, 먹거리 생산에 가능한 한 참여한다. 뜰이 있거나 베란다나 볕 드는 창가에 화분이라도 있다면, 먹거리를 기른다. 자기 집 주방에서 나온 음식물 찌꺼기를 퇴비로 만들어 거름으로 이용한다. 먹거리를 조금이나마 직접 길러야만 흙에서 씨앗으로, 꽃으로, 열매로, 음식으로, 찌꺼기로, 다시 흙으로 돌아가는 에너지의 아름다운 순환을 알 수 있다. 자신이 직접 기르는 먹거리에 대해서는 자신이 전적으로 책임을 질 것이며, 그 이모저모를 다 알 것이다. 먹거리의 이력을 다 알게 되면 그 진가를 충분히 알게 될 것이다.

둘째, 음식을 직접 조리한다. 요리를 직접 한다는 건 자신의 내면과 생활에서 부엌살림과 알뜰살림의 솜씨를 되살리는 일이다. 집에서 해 먹으면 더 싸게 먹을 수 있고, 어느 정도의 '품질 관리'가 가능하다. 자신이 먹는 것에 첨가된 게 무엇인지에 대해서도 더 잘 알게 된다.

셋째, 사야 할 먹거리의 원산지를 안 다음, 집에서 가장 가까이서 생산된 먹거리를 산다. 모든 지역사회가 가능한 한 제 먹거리의 원산지가 되어야 한다는 생각은 여러 면에서 이치에 맞다. 지역에서 생산된 먹거리를 이용하는 것이야말로 소비자가 먹거리에 대해 알고 영향을 행사하는 가장 확실하고 참신하고 쉬운 방법이다.

넷째, 가능한 한 지역의 농부나 텃밭 주인이나 과수원 주인과 직거래를 한다. 앞에서 제안한 사항들의 이유가 여기에도 다 적용된다. 더구나 그런 직거래를 하면 생산자와 소비자가 진 부담으로 번영을 누리는 도소매상, 운송업자, 가공업자, 포장업자, 광고업자 같은 이들을 모두 배제할 수 있다.

다섯째, 자기 보호의 차원에서, 산업화된 먹거리 생산의 경제와 기술에 대해 가능한 한 많이 배운다. 먹거리에 첨가되는 먹거리 아닌 게 어떤 것들이며, 그런 첨가물에 대해 우리가 지불하는 대가는 얼마나 되는가?

여섯째, 가장 모범적인 농사나 텃밭 가꾸기와 관련된 것들을 배운다.

일곱째, 먹거리 종이 생기고 자라는 과정에 대해, 가능하면 직접적인 관찰이나 경험을 통해 많이 배운다.

마지막 항목은 특히 나에게 중요한 점 같다. 이제는 많은 사람들이 야생 동식물의 생활상 못지않게 길들여진 동식물의 생활상으로부터도(꽃이나 개나 고양이의 생활상은 예외로 하지만) 멀어져 버렸다. 참으로 유감스러운 일이다. 길들여진 동식물들도 다양한 매력을 갖고 있으며, 그런 그들에 대해 안다는 건 대단한 즐거움이기 때문이다. 게다가 농사나 가축돌보기, 원예, 텃밭 가꾸기 같은 일들은 잘만 하면 복잡하고 그럴듯한기술이어서, 그런 것들을 알게 되는 즐거움도 크다.

그렇다면 그런 기술과 동식물을, 그리고 그것들이 비롯되는 땅을 착취하고 망가뜨리는 먹거리 경제에 대해 안다는 건 대단히 불쾌한 일이다. 현대의 먹거리 역사에 대해 조금이라도 아는 사람에게는 집 아닌 곳에서 무얼 먹는다는 게 성가신 일이 될 수 있다. 내 경우에는 여행 중일때는 육류나 가금류 대신에 해산물을 먹는 경향이 있다. 나는 채식주의자가 전혀 아니지만, 어떤 동물이 내 먹이가 되기 위해 비참하게 살았다는 생각을 하기는 싫은 것이다. 육류를 먹을 거라면, 나는 그것이 한적한 바깥에서, 풀이 많은 방목지에서, 깨끗한 물과 나무그늘이 있는 곳에서 잘 살았던 동물의 것이기를 바란다. 내가 먹는 채소와 과일이 내가 알기로 좋은 땅에서 건강하게 잘 자란 것이기를 바란다. 캘리포니아의 센트럴밸리 같은 곳에서 내가 보았던 거대하고 농약 천지인 공장식밭에서 난 것이 아니기를 바란다. 산업화된 농장은 공장의 생산 라인을본떠 만들었다고 한다. 그리고 실제로는 집단 강제수용소를 더 닮았다.

먹는 즐거움은 '포괄적인' 즐거움이 되어야 한다. 식도락가의 즐거움만이 되어서는 아니 된다. 채소가 자란 밭을 알고 그 밭이 건강하다는사실을 아는 사람은 자라는 작물의 아름다움을 기억할 것이다. 이를테면 잘 가꾸어진 밭에서 새벽 빛 속에 이슬 머금은 작물의 모습 같은 것말이다. 그런 기억은 먹거리를 대할 때 절로 연상되며, 먹는 즐거움 중 하나다. 먹거리가 자란 밭이 건강하다는 걸 알면, 먹는 사람은 마음이 편해진다. 육류를 먹을 때에도 마찬가지다. 좋은 풀밭에서 마음껏 풀을 뜯어먹고 자란 송아지의 고기라는 걸 알면 스테이크 맛도 더 좋아진다. 길러서 잘 아는 동무 같은 동물을 먹는다는 건 너무 잔인한 짓이라고 생각하는 사람도 있을 테다. 하지만 나는 그런 게 이해하고 감사하며 먹는 일이라고 생각한다. 먹는 즐거움의 참으로 중요한 일부분은, 먹거리의 원천인 생명과 세계를 정확히 의식하는 데 있다. 그렇다면 먹는 즐거움은 우리 건강의 가장 유효한 기준인지도 모른다. 나는 이 즐거움이 필요한 노력을 기울이는 도시 소비자라면 꽤 넉넉히 누릴 수 있는 즐거움이리라 생각한다.

앞에서 나는 먹거리의 정치학과 미학과 윤리학을 언급했다. 그런데 먹는 즐거움을 말한다는 건 그런 범주를 다 뛰어넘는 일이다. 충분히 다 즐기면서, 무지에 의존하지 않는 즐거움을 누리면서 먹는다는 건, 어쩌면 우리와 천지만물이 이어져 있다는 사실을 가장 심오하게 표현하는 일일 것이다. 이 즐거움을 통해 우리는 의존하기에 감사해야 하는 존재임을 체험하고 축복할 수 있다. 먹거리의 의미를 생각해 볼 때면, 나는 항상 윌리엄 카를로스 윌리엄스[138]의 시구를 떠올리게 된다. 나에게는 언제나 옳아 보이는 구절이다.

---

138) William Carlos Williams(1883~1963). 모더니즘과 이미지즘에 경도됐던 미국 시인. 의사로도 활동했으며, 시인 에즈라 파운드와 절친했다. 여기 인용된 시는 〈The Host〉(1953)의 일부이며, 여기서 'host'란 기생 생물들에게 몸을 내어주는 숙주(宿主)의 뜻으로 보인다. 식당에서 성직자들이 음식을 즐기면서 상투적인 복음 구절만 되뇌는 모습을 그린 이 시는, 인간이 생존하기 위해 먹는 먹거리는 뭇 생명이자 하느님의 몸이며, 인간은 그런 몸에 기생하는 존재임을 예리하게 짚고 있다. 여기서 '상상'이란 인간의 오만한 이성을 뜻하는 것으로 보인다.

하느님의 몸 말고는
먹을 게 없으니,
있으면 찾아보라.
신성한 식물과 바다는
하느님의 몸을
상상에 내맡긴다.

먹는 일을 정의롭게 하는 일

현존 작가 중에 웬델 베리 이상으로 농업 문제에 집요하게 매달려 온 인물이 있을까? 생태 문제를 조금이라도 걱정하는 많은 작가들에겐 사상의 북극성과도 같은 존재인 그는, 수십 년 동안 고향에서 직접 농사를 지으며 농업과 문명에 관하여 방대하고 체계적인 저술 활동을 벌여 온 예술가이자 농부다.

《포이즌우드 바이블》로 너무나 유명한 소설가 바바라 킹솔버는 이렇게 말한다.

"우리 모두에겐 우리 삶의 바위투성이 해협을 건너가는 데 도움과 가르침을 주는 선지자가 있다. 내 경우에 가장 힘든 가시밭길은 너무나 물질적인 세상에서 영적인 가족을 부양하는 일인데, 그래서 나는 스스로에게 이런 질문을 자주 던진다. '웬델 베리라면 어떻게 할까?'"[139]

---

139)《Wendell Berry : Life and Work》, 288쪽.

웬델 베리가 말하는 '좋은 삶'이란 건강한 농촌 공동체에서 적정 기술을 이용하여 지속가능한 농업을 하며, 이웃과 땅을 보살피고 살리며, 건실한 먹을거리를 즐기는 삶이다. 그 반대는 산업농업, 삶의 산업화, 무지, 오만, 탐욕, 그리고 이웃과 자연에 대한 폭력의 세계다.[140] 그의 소설 작품들은 모두가 그런 좋은 삶이 가능한 상상의 농촌 '포트윌리엄'을 다각도로 그려 낸, 전체가 하나의 유기적인 연대기를 이루는 작업이었다. 《심층 경제》로 유명한 환경 저술가 빌 매키번은 말한다. "그의 소설을 읽노라면 농부가 되었으면 하는, 자신이 직접 일구고 자신을 일구어 준 땅에서 늙었으면 하는, 그 땅과 이웃 관계를 아이들에게 물려줬으면 하는 꿈을 조금이나마 꾸지 않을 수 없다."[141]

이 책은 그런 웬델 베리의 수많은 에세이와 소설 중 농업과 먹거리에 관한 글들을 추린 선집을 번역한 것이다. 소설은 비록 장면 스케치에 가까운 분량들이지만 그의 스타일과 성향과 역량을 맛보기에 충분하다. 아울러 이 선집은 소설과 에세이가 어우러져 있어 신선한 느낌을 주며, 작가의 세계를 더 넓으면서도 밀도 있게 보여 주는 장점을 갖는다.

이 책은 3부로 이루어져 있는데, 1부가 건실한 농업이 어떤 것인지를 말해 주는 에세이들로서 이론에 가깝다면, 2부는 건실한 농부를 탐방하고 쓴 에세이들이 주를 이루는 실제라고 할 수 있으며, 3부는 건실한

---

140) http://en.wikipedia.org/wiki/Wendell_Berry

141) 《Wendell Berry : Life and Work》, 116쪽.

먹거리를 따뜻하게 나누는 소설 장면들과 먹는 즐거움을 논하는 에세이를 담은 상상이라 할 수 있겠다.

웬델 베리의 에세이와 소설을 하나의 주제로 묶은 이 독특하고 기발한 선집은 결국 먹거리를 통해, 무엇을 어떻게 길러 먹느냐의 문제를 통해 보는 한 권의 문명비판서다. 그러면 왜 하필 '먹거리'인가? 우리는 한 생물로서 먹지 않고서는 살 수 없기에 먹는 문제의 중요성이야 말할 것도 없는 일이다. 하지만 미래세대의 생존 기반을 허물며 번창해 온 산업문명의 지배하에 살아오면서 우리는 공기의 소중함을 모르듯이 먹거리의 소중함과 신성함에 너무나 둔감해졌고, 그만큼 인간으로서의 본분을 잊고 헤매며 허랑방탕 살아가는 탕자가 되어 버렸다. 작가는 이 책의 마지막 에세이 〈먹는 즐거움〉을 맺으면서 인용한 시를 통해 해답의 열쇠를 보여 주려 했는지도 모른다. 시는 우리가 먹는 것 치고 "하느님의 몸" 아닌 것이 없다고 말한다. 이 무슨 말인가? 하느님을 먹다니?

답은 한살림운동을 이끄셨던 생명운동의 대부 무위당 장일순 선생께서 해 주신다.

예수님의 탄생에 있어서 마태복음 2장과 누가복음 2장에는 엄청난 일이 있는 것으로 기록되어 있습니다. (……) 하필이면 짐승의 먹이 그릇인 구유에 오셨단 말인가! 인간들의 집에서 태어나지 아니하시고. (……) 구유에 오신 것은 짐승의 먹이로 오신 것입니다. 인간 세상만을 구원하시기 위해 오신 것이 아니라 무한한 우주공간과 무한한 시간에 걸쳐서 보이는 것, 안 보이는 것, 몽땅 해결을 하러 오신 것을 알게 됩니다. (……) 여기에

서 우리에게 말씀하시는 예수님의 가르침은 무한한 감동을 줍니다. 하늘
을 나는 새, 들에 핀 백합화에도 먹이고 입힌다는 말씀인데 하느님께서 날
짐승 하나, 풀 한 포기에게도 빠뜨림이 없이 섬기신다는 뜻이요, 먹이와 입
는 것이 되어 주신다는 뜻이요, 풀 한 포기 새 하나에도 하느님께서 함께
하신다는 뜻입니다. (……) 예수께서 마태복음 26장 26~28절에서 (……)
세상의 밥으로 오신 것을 말해 주십니다. 하느님으로서의 밥, 생명으로서
의 밥을 선포하십니다. 우리나라 동학의 해월 최시형 선생은 "밥 한 그릇
을 알면 만사를 알게 되나니라" 했고, "한울이 한울을 먹는다以天食天"라
는 말씀도 있었습니다. (……) 바로 예수께서 우리를 위해서 주시는 몸으
로서의 밥, 피로서의 포도주는 우리 안에 있는 하느님을 모시기 위해서 주
신다는 것입니다.[142]

우리가 밥 한 그릇, 쌀 한 톨에 담긴 진리를 진실로 깨우치면 모든 게
해결된다는 뜻이다. 만물에 깃드신 하느님의 몸을 먹는 우리 안에는 하
느님이 계시고, 그 하느님이 하느님을 먹는다는 게 이천식천의 이치인
것이다. 그런데 지금 우리는 무얼 어떻게 먹고 있는가? 풀 먹고 살아야
할 소를 집단으로 좁은 데 가두어 놓고 곡물은 말할 것도 없고 동족의
내장을 갈아 먹이다가 광우병을 일으켰다. 인간의 욕심대로 유전자를
조작한 쌀과 밀과 옥수수를 겁도 없이 잘도 팔고 먹는다. 핵무기 제조와
결코 무관치 않은 원자력발전소가 터져 바다와 강산이 수만 년이 지나
도 회복될 수 없도록 오염되고 있다. 우린 그렇게 기르고 그런 데서 난

142)《나락 한 알 속의 우주》 13~18쪽(구판).

걸 먹고 있다. 하늘이 하늘을 먹는 게 아니라 괴물이 괴물을 먹는다. 더 큰 죄가 있을까.

우리가 자연 그대로의 건강한 먹거리를 기르고 먹는다는 것, 즉 먹는 일을 정의롭게 하는 것은 인간 사회를 정의롭게 하는 일이며, 곧 하느님 나라를 이루는 일이다. 내 안에, 사람들 사이에 있어야 할 천국을 되찾 는 일이다. 낙원은 도시도 아니요 밀림도 아닌 농촌인 만큼, 농촌을 건 강하게 되살리는 일이야 말로 인간이 가야 할 바른 길일 것이다.

평생을 누구보다 성자처럼 살다 가신 작가 권정생 선생의 글은 내게 언제나 성서 같은 울림을 준다.

예수는 십자가에 못 박히기 전날, 저녁 먹는 자리에서 빵을 떼어 주며 "이건 내 살이라" 했고, 포도주를 따라주면서 "이건 내 피다"라고 했다. 사 실은 빵과 포도주가 예수의 살과 피가 되는 것이 아니라, 하루 뒤에 있어 질 자신의 살과 피의 갈 길을 가르쳐준 것이다. (……) 우리가 먹고 있는 모 든 먹을거리는 자연에서 얻는다. 공기로 숨을 쉬고 물을 마시고 온갖 동식 물을 잡아먹고 산다. 결국 우리 몸속에는 온갖 것이 다 들어와서 살이 되 고 피가 되어 움직인다. 내가 사는 것이 아니라 자연이 함께 내 몸속에서 살고 있다. 그러니 나는 자연의 일부이며 또한 하느님의 한 부분이기도 하 다. 예수님이 이 사람들속에 내가 있고 내속에 하느님이 계신다고 하신 것 은 백번 옳은 말씀이다. (……) 오히려 짐승들의 삶은 사람보다 정직하고 순수하다. 그들은 특별한 종교를 갖지 않았지만 종교 이상으로 하늘의 뜻 을 따라 살고 있다. (……) 하느님나라의 백성을 위하고 인간구원을 바란다면 자연을 가꾸고 농촌을 지키는 농사꾼이 되는 게 좋을 것이다. (……)
예수님이 지금 한국에 오신다면 십자가 대신 똥짐을 지실지도 모른다.[143]

2011년 9월 이한중

---

143)《우리들의 하느님》19~20, 26~27쪽(구판).

연보

1934	미국 켄터키 주 헨리 카운티 출생.
	아버지 존 베리는 변호사이자 담배 제조자 협회의 임원인 농부였다.
1936 (2)	가족이 켄터키 주 뉴캐슬로 이주.
1948 (14)	켄터키 주 밀러스버그 군사학교 입학.
1952 (18)	군사학교 졸업과 동시에 켄터키대학교 입학.
1955 (21)	같은 대학 미술대 교수의 딸 타냐 에이믹스를 만남.
1956 (22)	영문학 학사 취득과 동시에 대학원 입학.
1957 (23)	영문학 석사 취득. 타냐 에이믹스와 결혼.
	켄터키 주 조지타운대학교 영어 강사로 부임.
1958 (24)	스탠포드대학교 문예창작 프로그램 장학생으로 선발. 딸 메리 출생.
1959~60	스탠포드대학교 문예창작 강사.
1960 (26)	소설 《네이선 쿨터》 출간.
1960~61	켄터키에서 농부 생활.
1961~62	구겐하임 재단 장학생으로 이탈리아, 프랑스 거주.
1962 (28)	아들 덴 출생.
1962~64	뉴욕 대학 브롱스 캠퍼스 영문학 강사.
1964 (30)	시 〈1963년 11월26일〉 발표.
	켄터키대학교 렉싱턴 캠퍼스 문예창작 교수 부임.
1965 (31)	켄터키 주 포트 로열에 마련한 농장 레인스 랜딩으로 이주.
	록펠러 재단 장학금 수여.
1967 (33)	소설 《지상의 장소》 출간.

* 괄호 안은 나이

1968 (34)   스탠포드대학교 문예창작 방문교수 선임.

1969 (35)   첫 에세이집 《다리가 긴 집》 출간.

1974 (40)   소설 《올드 잭의 기억》 출간.

1977 (43)   켄터키대학교 사임.

1987 (53)   켄터키대학교 복귀(이후 1993년 다시 사임).

1988 (54)   소설 《기억하기》 출간.

1989 (55)   래넌 문학상 논픽션 부문 수상.

1991 (57)   부친 존 베리 타계.

1992 (58)   단편집 《충절》 출간.

1994 (60)   잉거솔 재단의 T. S. 엘리엇 상 수상.

1996 (62)   소설 《잃어버린 세계》 출간.

1997 (63)   모친 버지니아 베리 타계.

1999 (65)   토머스 머튼 상 수상.

2000 (66)   소설 《제이버 크로우》 출간.
             장편 에세이 《삶은 기적이다》 출간.

2004 (70)   소설 《한나 쿨터》 출간.
             단편 선집 《그 먼 땅》 출간.

2005 (71)   단편 〈상처받은 이〉로 O. 헨리 상 수상.

2006 (72)   소설 《앤디 캐틀릿》 출간.

2008 (74)   시집 《성난 농부의 시》 출간.

2009 (75)   동화 《하얀 발》 출간.

2010 (76)   국민 인문학 상 수상.

원어 표기

지명, 인명, 작품명의 원어 및 알아두면 도움이 될 만한 몇몇 번역어의 원어를
가나다 순으로 정리하였습니다.

가정학 home economics
가족농 family farm
가족적임 familiness
가축 살림 animal husbandry
개벌 clear-cutting
건지 Guernsey
게리 파커 Gary Parker
〈계간 농장〉〈The Farm Quarterly〉
고목림 old-growth forest
공장식 농장 factory farm
그랜트 캐넌 Grant Cannon
《그 먼 땅》《That Distant Land》
《기억하기》《Remembering》
《내 양을 먹이라》《Feed My Sheep》
《네이선 쿨터》《Nathan Coulter》
네티 배니언 Nettie Banion
농기업 agribusiness
농림축산지 economic landscapes
농본론자 agrarian
농업달러 agridollar
《농업에 관한 고백》
- 《An Agricultural Testament》
농업지도소 extension service
늑대중심적 lupocentric
《다리가 긴 집》《The Long-Legged House》
단기 경제학 short-term economics
단일경작 monoculture
단일성 oneness
댄 위킨든 Dan Wickenden
도널드 홀 Donald Hall
동물공장 animal factory
동물과학 animal science
둑 헛간 bank barn
라디노 ladino
〈라스트 호울 어스 카탈로그〉
- 〈The Last Whole Earth Catalog〉
라이다 Lyda

랜드 인스티튜트 Land Institute
랜시 클리핑어 Lancie Clippinger
러셀 스미스 J. Russell Smith
레너드 위킨든 Leonard Wickenden
레드맨 인더스트리 Redman Industries
로담스테드 Rothamsted
로버트 하일브로너 Robert Heilbroner
루이스 하워드 Louise Howard
리버티 하이드 베일리 Liberty Hyde Bailey
마크 D. 쇼 Mark D. Shaw
마티 스트레인지 Marty Strange
멀치 mulch
메노나이트 Mennonite
모리 텔린 Maury Telleen
모 오 프라우드풋 Maw Proudfoot
〈목양인〉〈The Sheepman〉
미스 오라 Miss Ora
바깥살림 husbandry
바인우드 Vinewood
발보아 Balboa
밥 버그랜드 Bob Bergland
밥 윌러튼 Bob Willerton
배리 코모너 Barry Commoner
밸리 베니어 Valley Veneer
버나 벨 Verna Bell
버즈 브랜치 Bird's Branch
벅민스터 풀러 Buckminster Fuller
벌노랑이 birdsfoot trefoil
벨기에 짐말 Belgian
보더체비엇 Border Cheviot
보존론자 conservationist
《보존 사육 핸드북》
- 《A Conservation Breeding Handbook》
〈비참〉〈Misery〉
사우스다운 Southdown
사우스론 South Lawn
사이갈이 cultivation

온 삶을 먹다
대지의 청지기 웬델 베리의 먹거리, 농사, 땅에 대한 성찰

웬델 베리 지음 | 이한중 옮김

2011년 10월 15일 처음 찍음 | 2024년 1월 15일 다섯 번 찍음
펴낸곳 도서출판 낮은산
펴낸이 정광호 | 편집 정우진 | 제작 세걸음 | 디자인 박대성
출판 등록 2000년 7월 19일 제10-2015호
주소 04048 서울시 마포구 어울마당로5길 16 반석빌딩 3층
이메일 littlemt2001ch@gmail.com
전화 (02)335-7365(편집), (02)335-7362(영업) | 전송 (02)335-7380
인쇄·제판·제본 상지사 P&B

ISBN 978-89-89646-71-6 03840